KB123310

文學散傳

한국편

김창룡

보고사

自序

현하 서화계의 청안(靑眼) · 소안(笑顔)을 한 몸에 받으니 가히 이 경계 메카라고 할 수 있는 서예월간지 『묵가(墨家)』에 '문방열전'이라는 제하(題下)로 2008년 1월부터 2011년 1월까지 연재하였다. 거듭 '문방별전'이라는 내제(內題)로 2011년 2월부터 2012년 7월에 걸쳐 속재(續載)한 바, 총합 51단위의 글을 축적한 셈 되었다. 1차의 글들은 한국과 중국의 문사들이 문방사우 및 연적을 주인공삼아 쓴 이야기들 가운데 사마천 『사기』 열전의 형식 체재에 충실한 의인작품들에 대한 감상 및 평설이었고, 2차의 글들은 그 형식면에서 사마천을 벗어나 자유자재한 소설의 영역에 들어선 일련의 작품 군에 대한 감평(鑑評)이었다.

저자의 작은 의도가 감히 생심(生心)낼 수 있었던 계기는 내 배재 시절부터의 은부(恩傅)이신 보산(寶山) 김진악 선생님의 제자 위한 권찬(勸贊)에 힘입음이었다. 마침내 스스로의 미재(微才)를 돌보지 않고 누세(屢歲) 갈력(竭力)한 산물들을 한 자리에 합쳐 놓고 보니, 흙이 쌓여 메가 되었다는 이른바 '토적성산(土積成山)'이란 말이 너끈 제격인 양하였다. 이러구러 그 더미들을 성격에 따라 분류한 성과가 2012년 8월에 인행한 『문방열전-중국편』이요, 그 두 번째 보고서가 올해 2013년 2월 문방별전만을 선별 출간한 『조선의 문방소설』이다. 결과, 가장 큰 덩이인 한국의 문방열전뿐 남았더니 이제 상재(上梓)를 보았으니, 해묵었던 결실이 바야흐로 각각의 곳집에 안돈(安頓)을 이룬 것이다.

하물며 흐름 끝자락엔 저자가 의인열전 분야에 구종(久從)해온 표시로 버루 의인의 창작품인 〈흡주자금성전(歙州子金星傳)〉 한 족적까지 영첨(另添)해 새기는 보람마저 거두었다.

3서(三書) 장정의 과정에선 책의(冊衣)마다 일시에 후광이 깃들었다. 『문방열전-중국편』의 표제 휘쇄는 서단의 북두(北斗)인 취묵헌(醉墨軒) 인영선 선생께서, 『조선의 문방소설』 일곱 자 한글 필치는 사계의 지존(至尊)인 한얼 이종선 선생께서, 『문방열전-한국편』의 표지 의장은 묵림(墨林) 태산(泰山)인 석헌(石軒) 임재우 선생께서 독보(獨步)의 찬연한 신운(神韻)을 보태었으니, 미재미재(美哉美哉)라!

책 표지화는 1책에서 저자 소장의 금추(錦秋) 이남호 선생 작품의 〈회소서초엽도(懷素書蕉葉圖)〉를, 2책에선 일사(一史) 구자무 선생의 〈연적도(硯滴圖)〉를 배경으로 펼쳤다. 이번은 주(走)의 자모(慈母)인 희원(禧苑) 김명순 여사의 〈문방도(文房圖)〉를 올렸으니, 올해 팔질(八耋)을 맞으신 성선(聖善)을 위해 길이 기념코자 한 뜻이다.

호강이 어디 글씨·그림에만 그쳤으리. 첫째 책의 서문은 국사무쌍(國士無雙) 마하(摩河) 선주선 교수께서, 둘째 책의 서문은 홍학대방(鴻學大方) 소산(韶山) 박태상 교수께서 과람한 문필 찬사를 얹어 주었으니 분외의 광영이 아닐 수 없다. 더하여 참치(參差)한 난고를 단아한 맵시로 거듭나게 해 준 보고사의 김흥국 대표께, 그리고 자상히 편집 교정 살펴준 이경민 선생께 대한 호의를 속내로만 감출 수 없다.

이 마당에 삼종(三種) 서(書)가 출판되기까지의 인인성사(因人成事)한 인택(仁澤)의 전말을 적어 훗날에 이르도록 새겨 잊지 않을 따름이다.

2013년 4월 청명일
夢碧山房에서
저 자

차례

이첨의 저생전
李詹 • 楮生傳

생(生)의 성은 저(楮)[1]요, 이름은 백(白), 자는 무점(無玷)[2]이다. 회계(會稽) 사람으로, 한(漢)나라 중상시(中常侍) 상방령(尙方令)[3]을 지낸 채륜蔡倫의 후예이다.

그가 태어남에 난초꽃 욕탕에서 목욕시키고 흰빛 옥구슬[4]로 어르면서 흰 띠풀을 가지고 꾸렸으므로, 그 빛깔이 반드르르하였다. 같은 배에서 난 그의 아우는 전부 열아홉인데,[5] 서로 간에 모두 친목하여 한순간도 그 순서를 잃는 일이 없었다.

천성이 본디 깨끗하고 조촐하니 무인(武人)을 좋아하지 않는 대신,

---

1) 종이. 또는, 뽕나무과의 낙엽관목인 닥나무. 그 껍질이 종이의 원료가 된다.

2) 깨끗함. 玷은 옥티, 옥의 흠결[玷缺].

3) 상방(尙方)의 우두머리. 상방은 천자가 쓰는 기물을 맡은 벼슬.

4) 옛날 중국에서 남자 아이가 태어나면 옥구슬을 장난감으로 주었다. '乃生男子 載寢之牀 載衣之裳 載弄之璋.'[詩經, 小雅, 斯干] 흔히 생남(生男)한 경사를 일컬어 농장지경(弄璋之慶)이라 함도 이에서 나온 것이다.

5) 종이는 한 권이 20장이므로, 저생을 뺀 나머지 숫자를 이렇게 셈한 것이다.

글하는 선비와 즐겨 노닐었다. 중산(中山)의 모학사(毛學士)[6]가 각별히 맺어진 벗이었으니, 아무 때고 허물없이 가까웠던지라 아무리 그 얼굴에다 점을 찍어 더럽혀도 씻어 닦는 법이 없었다. 학문을 하여 천지·음양의 이치와 성현(聖賢)·성명(性命)의 근원에 통달하였으며, 제자백가의 글과 이단(異端)·적멸(寂滅)[7]의 교의(教義)에 이르기까지 기록해 적지 않음이 없었으니, 찾아내어 분명히 살펴 볼 수 있다.

한(漢)나라가 선비들에게 책문(策問)[8]을 실시하자, 이에 방정과(方正科)[9]에 응시하여 바야흐로 논변을 펴 올렸다.

"예로부터 책의 이루어짐은 대개 대쪽을 엮고 겸하여 흰 비단을 사용하기도 했지만 둘 다 불편합니다. 신이 비록 대단치는 않사오나 성심으로 대신할까 바라오니, 만일 그 같은 보람이 나타나지 않는다면 제게 먹칠하여 주옵소서."

화제(和帝)[10]가 시험토록 하였는데 과연 기억력이 뛰어나서 백에 하나도 놓침이 없었으매 죽간(竹簡)으로 된 책은 쓰지 않아도 좋게 되었다. 이에 그를 치하하여 저국공(楮國公)[11]에 백주자사(白州刺史)[12]의 벼슬을 수여하고 만자군(萬字軍)을 다스리게 하니, 바야흐로 그 봉읍(封邑)으로 성씨를 삼았다.

수부(樹膚)[13]·마두(麻頭)[14]·어망(魚網)[15]·○근(○根)[16]의 네 사람도

6) 모영(毛穎). 붓의 의인화 명칭.
7) 불교에서 말하는 번뇌를 벗어나는 경지. 여기선 불교를 지칭한 것.
8) 과거를 볼 때에 시무(時務)·시사(時事)의 문제를 내어 고시함. 또는 그 문체(文體).
9) 한나라 때의 과거 과목.
10) 후한(後漢) 제4대 임금.
11) 국공은 작위의 이름. 수(隨)대부터 명(明)대까지 두었는데, 군공(郡公)의 위, 군왕(郡王)의 아래 가는 지위. 따라서 후한 때는 아직 국공의 제도가 없었다.
12) 흰빛 고을 감찰관. 종이의 흰색을 강조한 표현이다.
13) 나무껍질.

함께 아뢰었지만 모두 그 아뢴 내용만큼 감당할 수 없다고 하여 제외당하였다.

이윽고는 장생(長生)의 술법을 배워 비바람을 피할 수 있었고 좀에 슬지도 않았다. 이레째 되는 날이면 햇볕의 정기를 마시고 티끌을 털어냈으며, 그 옷을 태우면서 고요히 처하였다.

진(晋)나라의 좌태충(左太沖)[17]이 〈제도부(齊都賦)〉와 〈삼도부(三都賦)〉를 지은 것이 있는데,[18] 선생이 한 번 보고는 기록하여 외워버리니 사람들이 다투어 베끼었다. 그 바람에 비록 평상시에 서로 잘 아는 사이라 할지라도 그를 만나보기 어려울 정도였다.

뒷날 왕우군(王右軍)[19]의 필적을 받으매 천하에 기묘한 서법의 본보기가 되었다. 양(梁)나라에 벼슬하여 태자인 소통(蕭統)과 더불어서『고문선(古文選)』을 엮어 세상에 알렸는가 하면, 황제의 명을 받들어 위수(魏收)[20]와 함께 국사(國史)를 편수하기도 했다. 그러나 위수의 호오(好惡)에 따른 편견이 공정을 잃었으므로 '예사(穢史)'[21]라 일컫고는 사직을 청하였다. 소작(蘇綽)[22]과 함께 회계의 일이나 살폈으면 좋겠다고 하니

---

14) 삼베 결.

15) 고기 잡는 그물.

16) 어떤 나무의 뿌리인 듯하나, 원전의 글자가 모호하여 지금껏 미상(未詳)한 부분.

17) 서진(西晉)의 문인 좌사(左思). 자가 태충(太沖)으로, 그가 지은 〈제도부(齊都賦)〉 및 〈삼도부(三都賦)〉를 지어 귀호(貴豪)들이 다투어 옮겨 베끼는 통에 낙양(洛陽)의 종이가 귀해져서 종이 값을 올렸다는 그 당사자임.

18) 좌태충이 각각 제나라의 도읍지와 삼국시대 위(魏)·촉(蜀)·오(吳) 세 나라 도읍지의 번화한 모습을 묘사한 일을 말한다.

19) 왕희지(王羲之). 우군장군(右軍將軍)을 지냈기에 부른 이름. A.D.307~365.

20) 남북조 시대 북위(北魏)의 학자. 북위의 삼재(三才)라 일컬어지고 사관(史官)으로 중용(重用)되었다. 칙명으로『위서(魏書)』를 찬술하고 율령의 수개(修改) 및 예전(禮典) 제정 등의 공으로 벼슬이 상서우복야(尙書右僕射)에 이르렀다.

21) 더럽혀진 역사. 사실(史實)을 왜곡하여 쓴 역사서.

진후주

윤허하는 조서를 내려주었다. 이에 지출은 붉은 빛, 수입은 검정빛으로 전체의 밝힘을 분명하게 한 바, 사람들이 그 재능을 칭찬하였다.

그 후에 진(陳)의 후주(後主)[23]에게 사랑을 받아 매양 총신(寵臣)인 안학사(安學士)의 무리와 어울려 임춘각(臨春閣)[24]에서 시도 짓고 하였다.

수(隋)나라 군대가 경구(京口)[25]를 넘어올 제, 진(陳)나라 장군이 밀서를 보내 급하다고 알렸으나 저생이 감추고 봉한 것을 열지 않는 바람에 진나라가 패하고 말았다.

수나라 대업(大業)[26] 연간에는 왕주(王胄),[27] 설도형(薛道衡)[28]과 양제(煬帝)를 섬기면서 함께 정초(庭草) 및 연니(燕泥)[29]에 관한 구절을 읊었다. 얼마 지나지 않아 양제가 다른 사람이 자기 위에 드러남을 탐탁히 여기지 않는 바람에 드디어는 소외와 홀대를 당하니, 종이 말듯 처신을 감추고 속으로만 품어 간직하게 되었다.

22) 북조(北朝) 때 사람. 박학 능문한데다가 산술(算術)을 더욱 잘하였다 함.
23) 남조(南朝) 진(陳)나라의 마지막 황제. 유락(遊樂)에 빠져 정사에 태만하고, 누각을 지어 비빈(妃嬪)들과 향락타가 수(隋)나라 군대에 의해 망하였다.
24) 진 후주가 세운 임춘(臨春)·결기(結綺)·망선(望仙)의 세 누각 중의 하나.
25) 지금 강소성(江蘇省) 진강현(鎭江縣)에 속한 땅 이름.
26) 수양제(隋煬帝) 양광(楊廣)의 연호. A.D.605~616.
27) 글재주로 수양제의 사랑을 받았다. '庭草無人隨意綠'의 글귀가 유명하다.
28) A.D.540~609. 글을 잘하여 수문제(隋文帝)의 아낌을 받았는데, 양제 즉위 시에 문제를 기리는 글을 올린 것이 양제에게 저촉되어 불행한 운명에 떨어졌다.
29) 제비가 둥지를 지을 때 물어오는 진흙.

왕안석

당(唐)나라가 일어나 홍문관(弘文館)[30]을 설치함에, 저생이 본관(本官) 겸 학사(學士)의 자격으로 저수량(褚遂良),[31] 구양순(歐陽詢)[32]들과 앞 시대의 일들을 강론하고 정사를 신중히 헤아리고 정하여 이른바 정관(貞觀)의 다스림[33]에 이르게 하였다.

송나라가 흥성하면서 염락(濂洛)[34]의 모든 선비들이 똑같이 문명의 다스림을 천명하였다. 사마온공(司馬溫公)[35]이 바야흐로 『자치통감(資治通鑑)』을 엮을 때 저생을 해박하고 고상한 군자라 하면서 매번 더불어 자문하였다.

마침 왕형공(王荊公)[36]이 권세를 부리는 차에 『춘추』의 가르침을 달갑게 여기지 않아 그 책을 일러 망가 문드러진 정치 문서라 하니, 저생이 옳지 않다고 하자 마침내는 쫓겨나 쓰이지 못하였다.

원(元)나라 초기에 이르러는 본래의 사업에 힘쓰지 아니하고 오로지 장사만을 몸에 익혔다. 몸에 돈꾸러미를 차고 찻집과 술집 등을 드나들면서 푼(分)과 리(厘)를 셈해 따지게 되니, 사람들 간에는 비루하게 여기

---

30) 도서(圖書)를 수장(收藏)하던 관청. 당(唐) 고조(高祖) 무덕(武德) 4년에 설치한 수문관(修文館)을 9년에 홍문관으로 개칭하였다.

31) 당 태종(太宗)·고종(高宗) 조의 명필. A.D.596~659.

32) 당나라 때의 서예 대가로 특히 해서가 압권이다. A.D.557~641.

33) 당 태종의 연호. 명군(明君)이던 당태종의 치세(治世)가 태평성세를 이루었으므로 그 연호를 따서 '정관지치(貞觀之治)'라 일컫는다.

34) 땅 이름. 염계(濂溪)와 낙양(洛陽). 송나라 때 염계 출신의 학자로 주돈이(周敦頤), 낙양 출신의 학자로는 정호(程顥)와 정이(程頤) 형제가 유명하다.

35) 사마광(司馬光). 송대의 명신(名臣). 신종(神宗) 때 왕안석의 신법(新法)을 반대하다가 실각했으나, 철종(哲宗) 때 정승이 되어 신법을 모두 폐지하였음.

36) 왕안석(王安石). 자는 개보(介甫). 북송(北宋) 때의 정치가로 신종(神宗) 때에 신법(新法)을 추진하였다. 당송팔대가(唐宋八大家)의 한 사람.

기도 하였다.

원이 망하고 명(明) 황실에 벼슬하면서 그제야 황제의 총애와 신임을 입게 되었다.

자손이 아주 많았으니, 어떤 부류는 사씨(史氏)로 대를 이었고, 또 어떤 부류는 시인 집안으로 문벌을 이루었으며, 혹은 선(禪)에 관한 기록을 산더미처럼 쌓아 놓기도 하였다. 등용이 되어 관직에 있던 자는 돈과 곡식의 수효를 맡고, 군무(軍務)에 종사하던 자는 군사의 전공을 기록했다. 그 직업 따라 하는 일에 비록 귀천이 있기는 했지만 누구도 직책에 소홀하다는 비난은 듣지 않았다. 대부(大夫)가 된 뒤로는 모두가 다 흰 띠를 둘렀다고 한다.

태사공은 이르노라.

「주(周)의 무왕(武王)이 은(殷)나라를 타도하고 그 아우인 숙도(叔度)를 채(蔡) 땅에 봉하면서 폐주(廢主)인 주(紂)의 아들 무경(武庚)을 도와 은나라의 유민을 다스리게 했다.

무왕이 죽었을 때 성왕(成王)의 나이 어린지라 삼촌인 주공(周公)이 보필하였는데, 채숙(蔡叔)이 나라 안에 터무니없는 말을 퍼뜨리기에 주공이 추방하였다. 하지만 채숙의 아들 호(胡)가 행실을 바꾸고 덕망을 드러내매 주공이 천거하여 노(魯)나라의 경사(卿士)로 삼았다. 더하여 성왕은 호를 신채(新蔡) 땅에 봉해 주었으니, 그가 바로 채나라의 초대 군주인 채중(蔡仲)이다.

뒷시대에 초(楚)의 공왕(共王)이 채(蔡)나라의 애후(哀侯)를 잡아 갔거니와,[37] 그 명분을 식부인(息夫人)[38]에 대한 불경(不敬)에 두었다. 그러자

37) 공왕은 문왕(文王)의 오류인 듯. 애후는 채나라 13대 군주. B.C.694~675.

38) 식부인은 춘추시대 식(息)나라의 왕에게 시집간 여인으로, 성이 규(嬀)이다. 그래서 식규(息嬀)라고도 부른다. 애후의 처제인데, 애후가 그녀와 정을 통한 사실을 알게

채의 사람들이 애후의 아들 힐(肹)을 세운 바, 이가 곧 무후(繆侯)이다.

제(齊)나라의 환공(桓公)은 무후가 채(蔡)나라 여자와 관계를 끊지도 않은 상태에서 다른 데 장가들었다고 하여 무후를 포로로 잡아 들였다.

무후가 죽자 그 아들 갑오(甲午)가 그 자리에 들어섰는데, 초(楚)의 영왕(靈王)은 영후(靈侯)가 부왕 경후(景侯)를 시해한 데 대해 불의를 징벌하고 원수를 갚는다며 짐짓 군사를 매복시켜 놓고 갑오를 술에 취하게 해 죽인 후, 채 땅을 포위해서 멸하고 말았다.

식부인

그 땅을 초나라가 점령했으나 급기야 여러 제후국의 반발로 다시 경후(景侯)의 어린 아들 여(廬)를 데려다 세우니, 이가 곧 평후(平侯)이다. 하채(下蔡)로 천도하였다가, 초의 혜왕(惠王) 때 와서 또 다시 채의 제후(齊侯)를 멸하니,[39] 그 후 채나라는 결국 스러지고 말았다.

슬프다! 왕자(王者)의 후예들이 대대로 두터운 덕을 쌓아 자신의 나라를 누렸지만, 그 흥망성쇠야 기화(氣化)[40]에 달려 있는 것이다. 채(蔡)가 본래는 주(周)나라와 같은 성씨[41]로서, 열강의 틈바구니에 끼인 채

된 식나라의 군주가 분개하여, 초나라를 불러들여 채를 친 사실을 말한다.

39) 마지막 25대 군주 때 채나라가 완전히 멸망되었으니, B.C.446년이다.

40) 기수(氣數). 운수(運數)의 변화.

41) 주(周)나라는 문왕(文王) 희창(姬昌)의 아들인 무왕(武王) 희발(姬發)이 은나라를 멸하고 세운 왕조이니, 그 성이 희씨(姬氏)이다. 채나라 또한 문왕의 다섯째 아들인 채숙(蔡叔), 곧 희도(姬度)에게 봉해 준 나라이므로 그 성이 같은 희씨이다. 그러다 2세 왕인

애꿎게 침범을 당하였으나 연면히 그 끼쳐 받은 전통의 끈을 떨어뜨리지 않았다. 한나라 말에 이르러 마침내 봉읍 받은 땅 이름으로 성을 바꾸었으니,[42] 나라가 변하여 집안이 되고 번성하여 자손이 온 천하에 그득하게 됨은 내 오직 채씨의 후손 같은 경우에서 볼 따름인저!」

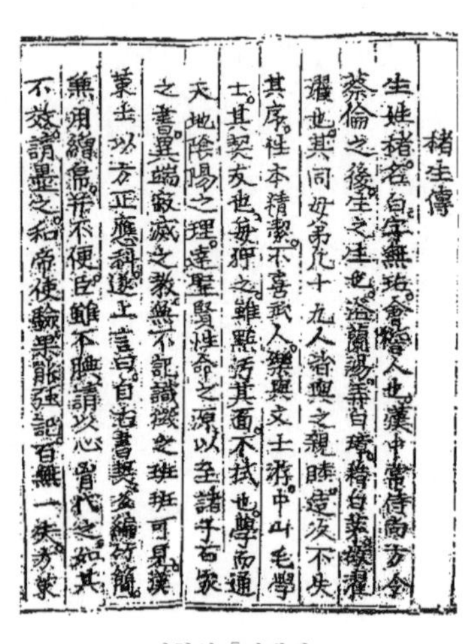
楮生傳
生姓楮名白字無玷會稽人也漢中常侍尙方令
蔡倫之後生之生也浴蘭湯弄白璞籍白茅擇
濯也其同母弟凡十九人皆與之親睦造次不失
其序性本精潔不喜武人樂與文士游中山毛學
士其契友也每狎之雖點污其面不拭也學而通
天地陰陽之理達聖賢性命之源以至諸子百家
之書異端寂滅之敎無不記識之班班可見漢
葉生以方正應科遂上言曰自古書契多編竹簡
無用繒帛者不便臣雖不典請以心胥代之如其
不效請罪之和帝使驗果能強記百無一失秀家

이첨의 『저생전』

〈저생전(楮生傳)〉은 여말 선초의 문신인 이첨(李詹, 1345~1405)이 지은 종이의 열전이다.

이첨의 자는 중숙(中叔), 호를 쌍매당(雙梅堂)이라 하였다. 시와 문장이 뛰어날 뿐 아니라 글씨로도 이름이 있으며, 하륜(河崙) 등과 『삼국사략(三國史略)』을 찬수(纂修)하기도 한바 역사 분야에도 일익을 담당한 인물이다.

우선, 이첨의 종이 열전에 대한 이해를 위해 『고려사(高麗史)』와 『고려사절요(高麗史節要)』 및 『동문선(東文選)』 등을 바탕으로 작가의 정치적 간력(簡歷)을 살펴 둘 필요가 있다.

공민왕 14년(1365) 감시(監試)에 합격, 1368년 문과에 급제하여 예문

채중(蔡仲) 때 와서 나라 이름인 채(蔡)로 성을 삼게 된 것이다.

42) 후한 시대 채륜의 기술에 따라 만들어진 종이를 채륜지(蔡倫紙), 또는 채후지(蔡侯紙)라 하는바, 바로 그 채륜지를 채(蔡)라는 성씨로 형상화한 것이다.

검열(藝文檢閱)이 되고, 1369년 우정언(右正言)을 거쳐 우왕 1년(1375) 우헌납(右獻納)에 올랐더니, 이인임(李仁任) 등 친원파에 대한 탄핵의 혐의로 10년간의 유배를 겪었다. 1388년 풀려나 내부부령(內部副令)·응교(應敎) 등을 거쳐 우상시(右常侍)가 되고, 이어 지신사(知申事)에 올라 감시(監試)를 맡아보았다. 그러다가 1392년 정몽주와 이색, 김진양(金震陽) 등이 정도전, 조준, 남은 일파의 변란 획책을 탄핵하다가 화를 당한 사건에 연루되어 다시금 결성(結城) 즉 지금의 홍성에 귀양 갔으나 얼마 안 있어 태조 이성계의 즉위와 함께 석방되었다.

조선이 건국(1392)한 후인 태조 7년(1398), 54세 때 이조전서(吏曹典書)에 기용되어 동지중추원학사(同知中樞院學士)에 올랐다. 정종 2년(1400)에는 첨서삼군부사(簽書三軍府事)로 명나라에 다녀왔다. 태종 2년(1402) 예문관 대제학을 거쳐 지의정부사(知議政府事)에 올랐고, 명 황제의 등극을 축하하는 등극사(登極使) 신분으로 하륜을 따라 두 번째로 명나라에 다녀왔다. 하지만 그가 지은 〈등주(登州)〉나 〈사대사헌전(辭大司憲箋)〉 등을 읽어 보면 그에게 명나라 등정이 그다지 유쾌한 일만은 아니었으리란 추측을 불러일으킨다. 그해 정헌대부(正憲大夫), 그 이듬해 지의정부사(知議政府事) 겸 사헌부 대사헌에 올랐으나 태종의 측근인 조영무(趙英茂)와의 일에 얽혀서 1404년 독산(禿山)에 잠시 유배되었다가 다시 복직을 허락 받았으나 병을 이유로 사직했다. 그리고 이듬해 그 병을 못 이기고 생을 마감하였다.

이첨은 고려 말에서 조선 초에 걸친 과도기를 살던 정치인들의 처신 가운데 특이한 경우에 드는 한 사람이라고 규정해 볼 수 있다. 처세 유형을 보면 이른바 삼은(三隱)이라고 하는 포은(圃隱) 정몽주, 목은(牧隱) 이색, 야은(冶隱) 길재 등 왕조의 적폐에 대한 개혁의 의지는 있으되

쌍매당 이첨

끝내 고려 왕조를 지키고자 한 부류가 있는 반면, 삼봉(三峯) 정도전이나 양촌(陽村) 권근, 송당(松堂) 조준 같이 역성혁명 쪽을 선택하여 권력에 편승한 부류가 있다. 그 외는 이 두 가지 처신의 어느 편에도 가세하지 않은 부류라 하겠다. 이제 이첨은 그 같은 격변기에 유배지에 있다가 혁명의 소식을 접했으니 따로 선택의 여지도 없었고, 이어 새로운 정권 안돈기의 몇 년 동안 정치적 공백 상태로 있다가 불리어 벼슬하게 된 경우이다.

그의 정치 역정으로 알 수 있듯 고려 왕조 하에서는 권신(權臣)과 맞서다가 두 차례나 유배당하는 등 사뭇 강도 높은 직신(直臣)의 길을 걸었고, 또 〈장척명(長尺銘)〉·〈척사기문(斥邪氣文)〉·〈밀봉설(蜜蜂說)〉 등의 글을 통해 나름의 지조론을 편 것이 있다. 48세 되던 해, 이성계가 일으킨 역성혁명이라는 거대한 시험대 앞에서 비록 결단을 내리지 않아도 되었지만, 54세 이후엔 이씨 왕조에 협조한바 되어 높이 현달한 정치인의 길을 걸었다.

이첨은 호를 쌍매당(雙梅堂)이라 하였다. 마침 이 호와 관련하여 손수 지은 〈쌍매당명(雙梅堂銘)〉을 보면 흥미로운 사연 한 가지가 눈길을 끈다. 곧 원래는 고향집에 두 그루의 소나무가 서 있어 쌍송당(雙松堂)이라 했었는데, 벼슬 살고 돌아와서 보니 소나무는 간 데 없고 대신 그 자리에 한 쌍의 매화나무가 서 있기에 이름 또한 실상에 맞게 쌍매당(雙梅堂)으로 고쳐 명명했다는 것이다. 이것은 흡사 두 왕조에 걸쳐 활동한 이첨의 정치적 삶의 함축적인 단면인 듯도 해서 흠칫하게 만드는 국면이 있다.

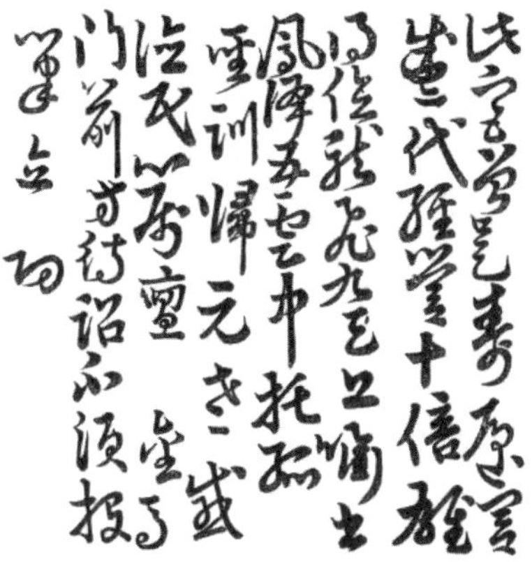

『쌍매당협장문집(雙梅堂篋藏文集)』의 유고가 있다. 목차는 전체 25권으로 되어 있지만, 중간 3권부터 21권까지가 결락되어 있다. 현재 남아있는 부분은 아들인 지청도군사(知淸道郡事) 소축(小畜)이 태종·세종 연간에 편찬 간행한 목판본 중 22~25권 사이의 산문 및 후손 누군가의 손으로 전사(傳寫)된 필사본 가운데 잔존한 1~2권 사이의 한시들이 합철된 모양을 볼 수 있을 따름이다. 애오라지 성종 때 서거정 등이 편한 『동문선(東文選)』을 통해서 일실된 작품들의 상당수 편린들을 확인할 수 있다. 이 안에 실린 산문만 하더라도 명(銘) 6편, 소(疏) 14편, 기(記) 13편, 찬(贊) 8편, 서(序) 7편, 설(說) 5편, 장(狀) 4편, 전(箋) 3편, 전(傳)과 제문(祭文) 각각 2편, 문(文)과 조칙(詔勅) 각각 1편 등 다양한 장르에 걸쳐 있는 바, 거개가 원래 문집에서 볼 수 없는 것이기에 더욱 요긴하다.

이첨의 필적

그는 시에도 일가를 이루고 있었다. 조선 전기의 시화집으로 후대 시화(詩話)에 막대한 영향을 떨친 서거정의 『동인시화(東人詩話)』에 보면 이첨이 자기가 지은 시를 정이오(鄭以吾)와 대화하는 대목이 나오거니와, 조선 최고의 비평가로 인정 받은 허균(許筠)은 그의 한시 평론집인 『성수시화(惺叟詩話)』에서 '조선 초기의 시는 정이오(鄭以吾)와 이첨의 시가 가장 훌륭하다(國初之詩 鄭郊隱李雙梅最善)'는 평을 남기기도 하였다.

전(傳)은 두 작품이 전한다. 〈저생전〉은 그의 유집인 〈쌍매당협장문집〉 권23 '傳類'의 안에, 그리고 『동문선』 101권 '傳'의 안에 〈수선전(守禪傳)〉과 함께 나란히 실려 있다.

표제의 저생(楮生)이란 말이 의미하는 바는, '저(楮)'가 닥나무이니 일단 닥나무의 전기라고 해야 할 것 같지만 실제 작품의 내용과 맞추어 합당치 않다. '楮'를 사전에서 찾아보면 일차적인 의미는 뽕나무 과의 낙엽관목으로 그 껍질이 종이의 원료가 되는 '닥나무'이다. 이차적으로는 '종이'라고 풀이되어 있다. 궁극 작품의 내용은 종이 이야기인데 종이 기준에서 하나는 원자재 상태를, 다른 하나는 완성된 형상을 따라 말한 것이다. 나무와 종이 사이에 서로 인과와 표리를 이루지만, 〈저생전〉의 의인 대상은 이 둘을 함께 통괄하는 개념인 '닥나무 가공의 종이'로서 타당성을 얻는다. 따라서 '닥종이의 일생'을 다룬 전기가 되겠다. 〈저생전〉은 후한(後漢)으로부터 명대까지도 의연히 존재한바, 중국사와 더불어 영수(靈壽)를 누렸던 저생이 유구한 중국사를 관류하면서 겪는 정치적 우여곡절의 이야기이다.

범엽(范曄)이 지은 역사서인 『후한서(後漢書)』 〈환자열전(宦者列傳)〉 및 〈채륜전(蔡倫傳)〉에 의하면 채륜이 A.D.105년에 처음 황제에게 자신이 만든 종이를 올렸다고 되어 있다. 후대에 채후지(蔡侯紙)라고 불리는 것인데, 바로 주인공 저생을 채륜의 후손으로 설정시킨 이유이다.

그런데 채륜이 화제에게 채륜지를 바친 때가 화제가 붕어(崩御)하는 해(105년)이다. 한편 작품에서 화제(和帝)가 저생을 시험하였다는 것 또한 이 해에 있었던 채륜의 종이 진상을 의미하는 표현이다.

동시의 동일한 상황임에도 저생을 채륜의 후예로 설정시킨 형상이 되었다. 같은 종이 열전으로 채륜의 추천을 받았다고 한 〈저대제전(楮待制傳)〉이거나, 채륜의 사사를 받았다고 한 〈저선생전(楮先生傳)〉에 비해 살짝 모순을 피해가지 못했다.

〈저대제전〉은 명대에 민문진(閔文振)이 쓴 종이 의인 전기이고, 〈저선생전〉 역시 청대 장조(張潮)가 쓴 종이 의인 전기이다. 두 작품 다 〈저생전〉의 이후에 나온 것으로, 종이 열전에 관한 한 중국보다 한국에서 우선되었다는 사실이 특기할 만하다.

아무튼 대략 산정하더라도 주인공 저생이 후한(後漢) 제4대 황제인 화제(和帝, 재위 88~105년) 때 처음 저국공(楮國公)에 백주자사(白洲刺史)를 제수 받은 이래 진(晉), 양(梁), 진(陳), 수(隋), 당(唐), 송(宋), 원(元), 그리고 명(明, 1368~1644년)의 시대에도 의연히 황실에 벼슬하면서 황제의 총애와 신임을 입었다 했으니, 그가 세상에 살아 활동한 시간이 줄잡아 1200년 이상 훌쩍 넘어간다. 작품 안에서 저생은 구원장생(久遠長生), 불사불멸(不死不滅)의 인물인 셈이다.

그러한 일면, 이것을 지은 당사자인 이첨 또한 고려 충목왕 원년(1345)부터 조선 태종 5년(1405) 61세로 생을 마치기까지 그가 재세(在世)하는 동안 아홉 사람의 군왕이 바뀌었다. 곧 고려의 공민왕 때부터 시작하여 우왕, 창왕, 공양왕, 조선의 태조, 정종, 태종 등 일곱 왕을 섬기는 과정에서 여러 차례 승강(昇降)과 부침(浮沈)을 거듭했던 인물이다. 게다가 생애의 중간 48세 되던 해에 이첨은 왕조가 교체되는 현실을 몸소 목격하고 체험하였다.

그것은 마치 자신이 쓴 〈저생전〉 이야기 속의 왕조 흥망에 대한 서술의 한 장면인 양하였다. 이제 주인공 저생을 굳이 수백 년에 걸쳐 사는 인물로 설정해 놓고 그 파란곡절을 일일이 경험토록 만든 일은 한갓 우연한 일 너머의 어떤 필연적인 저의마저 있지는 않았을까? 그리하여 암만해도 이 작품은 그가 온갖 정치적 우여곡절을 이루 겪고 난 뒤, 보다 정신적 온축(蘊蓄)의 단계에서 이루어낸 결실인 것으로 여겨진다. 그런 의미에서 〈저생전〉의 창작 또한 암만해도 조선 건국의 이후일 것만 같다.

〈저생전〉이 조선조 이후의 산물인 듯싶은 것은 불교에 대한 작가의 태도와도 관계 있어 보인다. 공양왕 시절 이첨이 밀직대언(密直代言)이라는 벼슬에 있을 때 마침 성균박사(成均博士)로 있던 김초(金貂)가 불교의 폐단을 혹독하게 비판하는 상서를 올렸다. 이첨은 '왕건 태조 이래로 역대에 불법을 숭상하고 믿었는데 지금 김초가 이를 배척함은 선왕의 유지를 허무는 일'이라고 했다. 그런데 〈저생전〉 중 저생의 기록 범위를 열거하는 대목 중에 "異端寂滅之教", 곧 이단 적멸(寂滅)의 교의(教義)란 표현이 나오는 바 다름 아닌 불교를 가리키는 말이다.

대개 불교가 이단의 교의로 전락한 것은 조선조 건국에 즈음하여 새로이 숭유억불(崇儒抑佛) 정책을 표방한 이후가 된다. 그리하여 이첨이 임종한 해인 1405년에는 억불숭유 정책을 강화하는 법을 공표하기에 이른다. 고려 말까지는 비록 불교와 성리학 사이에 갈등의 양상을 보이기는 했지만 고려가 종언을 고하는 시점까지 공식적으로는 이단의 종교가 아니었던 점을 감안한다면, 이는 필경 국체가 조선으로 바뀐 다음의 일로 봄이 타당하겠다는 생각이다.

또 주인공이 "不喜武人", 무인을 좋아하지 않았다는 데에서 일말의 단서를 끌어내 본다. 이는 종이가 거의 문인들의 전유물처럼 되고 무인들과는 별반 접촉의 기회가 닿지 않았기에 한 말이다. 표현의 묘미를 잘 살린 것이지만, 문무간 애증의 문제는 하필 무신집권기와 같이 무인이 발호하는 살벌한 시대가 아니라도 자칫 상호 간에 갈등 유발의 요인이 될 수가 있어 문필로 다루기에 꽤 첨예한 사안이 아닐 수 없다. 특히 이첨의 생애 안에서 17세 때 홍건적의 개경 함락(1361), 또 24세 때 주원장에 의한 원명 교체(1368), 44세 때 최영의 요동 정벌을 위한 출정과 위화도 회군(1388) 등 군사적인 문제가 빈발했던 시기이다. 또한 고려 말에서 조선 초 사이에도 주요 권력자들이 당시 관군의 주력을 이루고 있던 시위패(侍衛牌)에 대해 국가기구를 거치지 않고 직접 징발권과 지휘권을 행사하며 사실상의 사병(私兵)으로 부리고 있었다. 바로 그 고려와 조선의 과도기 안에서 무인 출신인 이성계가 역성혁명을 진두지휘하는 그런 긴장된 상황의 한 중간에 맘 편히 쓸 수 있는 문구(文句)도 못되었을 것이다.

요컨대 위협적인 무인 득세의 정황이 가시고 대략 문치(文治) 표방의 분위기적 안정이 갖춰진 시점에서 구사 가능했던 표현이라고 봄이 온당하다는 생각이다. 이를테면 조선 건국 후 8년 만에 사병 구실을 하던 시위패를 국가의 공병(公兵)으로 전환시킨 이른바 사병혁파(私兵革罷)가 정종 2년(1400년)의 일이었으니, 혹 〈저생전〉의 착수도 그러한 세월 뒤의 어느 날에 이루어진 것은 아니었을까?

더하여 특별히 괄목할 것은 바로 이듬해 저화(楮貨)를 발행하였다는 사실이다. 저화란 남송(南宋)의 회자(會子)와 원·명대의 보초(寶鈔)를 참고하여 만든 고려 말·조선 초에 발행되었던 지폐이다. 1391년(공양왕 3) 종래에 발행하였던 철전(鐵錢)·은전(銀錢) 등의 주화가 원료의 부족을 초래하자 자섬저화고(資贍楮貨庫)를 설치하여 저화를 인조(印造)·유통코자 하였다. 그러나 이듬해 고려의 멸망으로 저화는 회수되고 인판(印板)도 소각하였다. 그러다가 태종 즉위년인 1401년 하륜(河崙)의 건의로 사섬서(司贍署)를 설치하여 저화를 발행·통용하게 하고, 1402년 1월 저화 2,000장을 새로 제조했다고 한다. 동시에 이전까지 쓰던 포화(布貨)의 사용을 금지했지만 부진하자 정부는 저화 통행책을 거듭 마련하여 그 유통을 꾀했다. 종이돈의 등장은 그 무렵을 살던 누구나의 관심사가 아닐 수 없었다. 이첨의 나이 57,8세 되던 해이다. 저화의 원료는 닥종이, 곧 닥나무 껍질을 원료로 하여 만든 종이이니, 돈으로 활동하던 주인공 저생, 즉 종이의 또 한 가지 행색인 것이다.

> 원(元)나라 초기에 이르러는 본래의 사업에 힘쓰지 아니하고, 오로지 장사만을 몸에 익혔다. 몸에 돈 꾸러미를 차고 찻집과 술집 등을 드나들면서 푼(分)과 리(厘)를 셈해 따지게 되니, 사람들이 혹 비루하게 여기기도 하였다.

1403년 이첨의 나이 59세 때엔 태종의 명을 받아 직접 권근, 하륜 등과 함께 단군조선을 시작으로 하여 개국 이래 고려 후기까지의 역사를 시대순으로 서술한 『동국사략』(일명 『삼국사략(三國史略)』)을 편찬하였다. 엄청난 물량의 종이인 저생과 가까이 했던 시간이다. 작중에서의 저생 역시 『문선』의 공동 저자로, 『자치통감』 편찬의 자문 당사자로 활약하고 있다.

이첨의 종이 열전에서는 하필 선비들의 문방구로서의 종이만 등장하지 않는다. 책, 화선지, 회계 장부, 밀서, 지폐 등 종이가 세상에 쓰여 왔던 용도를 다양하게 펼치고 있다. 그러고 보니 지필묵연 문방의 네 가지 사물 가운데 필·묵·연들은 가용의 범위가 하나같이 문방의 안에만 있었는데 유독 종이만이 예외인 것을 알겠다. 즉, 종이는 반드시 문인 예술가들의 서화 용도로만 활용되지 않고 훨씬 넓은 범위에서 그 역할과 소임을 다한다는 뜻이다.

하지만 그 중에도 가장 으뜸가는 역할은 역시 책, 시전(詩箋), 화선지 등 문방과 관계된 것이고, 〈저생전〉 안에서도 압권으로 나타나는 형상은 단연 책이었다. 종이 책이 인류 문화에 끼친 공헌을 강조한 것이지만, 종이 책의 문명적 이기(利器)는 종이가 발명되기 이전 상황과의 대조 안에서 더욱 돋보이게 된다.

이첨보다 약 반세기 앞에 살았던 이곡(李穀, 1298~1351)이 죽부인을 인격화한 가전 작품 〈죽부인전(竹夫人傳)〉을 보면 동양권에서의 책의 변천사가 재미있게 그려져 있다.

蒼筤自崑崙之陰 徙震方 伏羲時 與韋氏主文籍 大有功 子孫皆守業爲史官 秦之虐也 用李斯計 焚書坑儒 蒼筤氏後寖微 至漢蔡倫家客楮生者 頗學文載筆 時與竹氏游 然其人輕薄 且好浸潤之譖 疾竹氏剛直 陰蠹而毁之 遂奪其任.

창랑(蒼筤)이 곤륜산 북쪽에서부터 동쪽으로 옮겼고, 복희(伏羲) 임금 때 위씨(韋氏)와 함께 문적(文籍)을 맡아 큰 공을 이룩하니, 자손들마다 선조의 업을 지켜 사관(史官)이 되었다. 진(秦)나라가 학정을 함에, 승상 이사(李斯)의 계책을 써서 책을 불사르고 유생들을 땅에 파묻으니, 창랑의 후손도 차츰 쇠미하여졌다. 한나라에 이르러 채륜(蔡倫)의 문객으로 있던 저생(楮生)이란 이가 꽤나 글을 배워 기록을 적어 담았는데 이때 죽씨와 더불어 노닐었다. 그러나 그 사람됨이 경박하고 게다가 파고들어 곧이듣게 만드는 참언을 하기 좋아하였다. 죽씨의 강직함을 미워해서 남몰래 야금야금 잔해하고 헐어내리더니, 드디어는 그 직위를 빼앗고 말았다.

위씨(韋氏)는 대나무 책인 죽간(竹簡)을 매는 가죽끈을 인격화한 말이다. 이사(李斯)는 처음에 진(秦)나라의 객경(客卿)으로 진시황을 도와 천하를 통일하자 승상이 되어 군현제를 창립하고 금서령(禁書令)을 내린 인물로, 소전(小篆)의 글씨체를 만든 당사자라는 설도 있다. 그의 시대에 분서갱유(焚書坑儒)가 일어났는데, 이때는 종이의 발명 이전이다. 따라서 불살랐다는 책은 종이가 아니라 죽간 형태의 책인 것이다. 한나라 채륜의 이후에 책의 형태가 종이로 바뀌니 이는 바로 책 문화의 일대 혁명이 아닐 수 없었다. 당연한 결과로 이전의 죽간 책은 무겁고 불편한 것이 되어 버렸다. 세상은 이제 죽간 대신 서서히 가볍고 편한

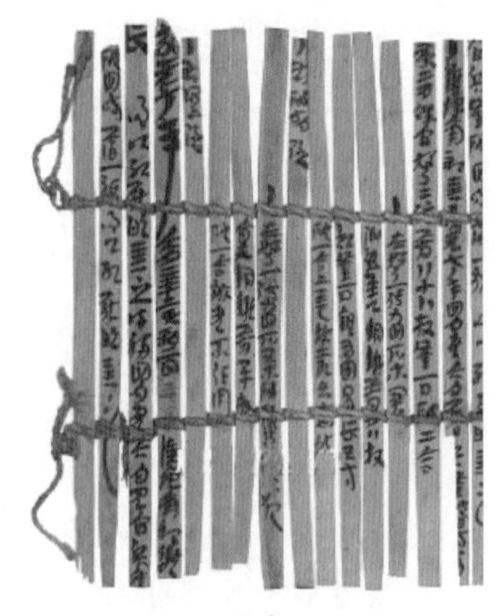
죽간

종이 책을 쓰기 시작했다. 그러나 아직은 죽간이 완전히 사라진 것은 아니었다. '죽씨와 더불어 노닐었다'는 말은 바로 죽간과 종이책의 공존을 뜻한다.

한편, 저생을 경박하다고 한 것은 종이가 가벼워서 작은 바람에도 팔랑거려 움직이는 형상을 포착하여 한 말이다. 남에게 파고드는 참언을 잘 한다는 것은 종이가 번져 발묵(潑墨)이 잘 되는 속성을 재치 있게 나타낸 표현이다. 〈저생전〉 이전의 이 〈죽부인전〉에서 벌써 저생이 등장하고 있음을 본다. 물론 한유의 〈모영전〉에도 저생이 나오기는 하지만 문방사우 전체 인물들 속에 묻혀 있을 뿐 저생 한 개인에 대한 프로필은 없다. 그런데 여기서는 특별히 저생의 캐릭터가 경박하고 참언 잘하는 인물로 설정되어 있다. 비록 부정적인 인물로 나오기는 해도 이렇게까지 근접 서술한 것은 전례가 없던 일이다.

저생의 참언으로 인하여 죽간씨가 중앙에서 밀려나게 되었다 함은 드디어 죽간의 시대가 가고 종이 책의 시대가 도래했음을 은유한 표현이다. 결국 어떡해서든 경쟁력에서 불리한 죽간이 밀려날 수밖에 없는 상황이지만, 이야기를 다루는 과정에서는 인과성에 맞는 적당한 이유를 마련해 줘야 하기에 그 명분을 저생의 참언으로 돌렸다. 그리하여 이 땅에서 저생이 처음 맡은 역할은 악역이 되고 말았다.

하지만 이 작품의 뒤에 나온 〈저생전〉에서는 본래 저생의 천성이 정결(精潔)하다 했다. 순수하고 깨끗하며 단아하다는 뜻이다. 또 모학사

(毛學士)[붓]와 교분이 두터웠으며, 학문을 하여 천지 음양의 이치와 성명(性命)의 근원에 통달하였고, 제자백가(諸子百家)의 글까지 모두 기록하였다고 칭찬하였다.

과연 이첨이 종이 열전에서 펼쳐 보인 것처럼 그의 저력은 엄청난 것이었다. 2세기 초에 채륜지라는 공식 명칭과 더불어 출현한 이래 오늘날 21세기에조차 그 의연한 모습을 지키고 있으니, 그가 세상의 문화를 책임져 온 시간이 2000년 가까이 되고 있기에 말이다. 채륜은 종이 개량의 당사자일 뿐, 종이의 발명이 이보다 더 앞에 있다는 견해까지 감안한다면 그 위력은 더욱 빛난다. 게다가 붓과 먹, 벼루 등은 오늘날 서화에 종사하거나 관심을 가진 한정된 대상 안에서 근존(僅存)하고 있는 반면, 종이는 책이라는 형태를 통해 동서양을 막론하고 인류의 생활에 깊숙이 관여하고 있다는 점에서 단연 으뜸의 위상을 누리고 있다고 해도 과언이 아니다.

반면, 이첨은 주인공의 생애담을 펼치면서 그 불사불멸의 저력과 함께 그 유원(悠遠)한 역사 속에 종이가 치러 온 갖가지 수난들에 대해 이야기했다. 파노라마란 '영화나 소설 따위에서, 변화와 굴곡이 많고 규모가 큰 이야기를 비유적으로 이르는 말'이다. 아홉 개 국체(國體)를 거치며 온갖 파란곡절을 다 겪은 주인공 저생의 이 일대기야말로 진정 규모가 크고 변화와 굴곡 많은 한 편의 파노라마였다.

• 楮生傳 •

生姓楮 名白 字無玷 會稽人也 漢中常侍尙方令蔡倫之後 生之生也 欲蘭湯 弄白璋 藉白茅 故濯濯也 其同母弟凡十九人 皆與之親睦 造次 不失其序 性本精潔 不喜武人 樂與文士游 中山毛學士 其契友也 每狎 之 雖點汚其面 不拭也 學而通天地陰陽之理 達聖賢性命之源 以至諸 子百家之書 異端寂滅之敎 無不記識 徵之班班可見 漢策士以方正應科 遂上言曰 自古書契 多編竹簡 兼用繒帛 并不便 臣雖不腆 請以心胸代 之 如其不效 請墨之 和帝使驗 果能强記 百無一失 方策可不用也 於是 褒拜楮國公白州刺史 統萬字軍 遂以封邑爲氏 樹膚麻頭魚網○根四人 亦同奏 率以不克如奏免 旣而學長生之術 不衝風雨 不食壁魚 每於荐 七日吸陽精祛塵坱 熏其衣而靜勝焉 晉左大沖作成都賦 生一見記誦 人 競傳寫 雖雅相知 罕得接見 後受王右軍墨蹟 而其楷法妙天下 仕梁臣 太子統同撰古文選 以傳于世 承詔與魏收同修國史 以收好惡不公 謂之 穢史 請辭 願與蘇綽 同考計帳 詔許之 於是朱出墨入 綜覈明白 人稱其 能 其後得幸於陳後主 常與狎客安學士輩 賦詩於臨春閣 及隋軍度京口 陳將密啓告急 生秘不開封 以此陳敗 大業間 與王冑薛道衡事煬帝 共 吟庭草燕泥之句 尋以帝不欲人出其右 遂見疎略 則卷而懷之 唐興 置 弘文館 生以本官兼學士 與褚遂良歐陽詢 講論前古 商推政事 以致貞 觀之治 及宋 與濂洛諸儒 共闡文明之治 司馬溫公方編資治通鑑 謂生 爲博雅 每與資焉 會王荊公用事 不喜春秋之學 指謂破爛朝報 生不可 遂斥不用 逮于元初 不務本業 惟商賈是習 身帶錢貫 出入茶坊酒肆 校 其分銖 人或鄙之 元亡 仕于皇明 方見寵任 其子孫甚衆 或世史氏 或門 詩家 草封禪錄 登庸在官者 知錢穀之數 從戎者 記甲兵之功 其職事雖 有貴賤 而皆無曠官之誚 自以爲大夫之後 擧皆帶素云

太史公曰 武王克殷 封帝叔度於蔡 相紂子武庚 治殷遺民 武王崩 成王少 周公輔之 蔡叔流言於國 周公放之 其子胡改行率德 周公擧爲卿士 成王復封胡於新蔡 是爲蔡仲 其後楚共王 虜哀侯以歸 以其不敬息夫人也 蔡人立其子肹 是爲繆侯 齊桓公以其不絕蔡女而他適 虜繆侯以歸 繆侯卒 子甲午立 楚靈王以靈侯父仇 故伏甲醉而殺之 圍蔡滅之 乃求景侯少子廬立之 是爲平侯 徙居下蔡 楚惠王復滅蔡齊侯 其後遂微 嗚呼 王者之後承 世積厚德 以有國家 而其盛衰 氣化使然也 蔡本周之同姓 介於强國 橫被侵伐 延緜能不墜遺緖 至于漢末 遂以封邑易其姓 國變而爲家 家大而子孫滿天下者 若惟蔡氏之後見焉. 『雙梅堂集』

권벽의 관성후전

權擘 • 管城侯傳

후(侯)의 성은 모(毛)요, 이름은 기(記)이다. 자는 술이(述而)이고 관성(管城) 사람이다.

그 선조는 천지가 생겨난 이래 어느새 세상에 드러났다. 그때는 바야흐로 황막하기만 하여 인문(人文)이 아직 드러나지 못하고 결승(結繩)[1]으로 다스렸음에, 문자를 귀하게 여기지 아니하였다. 그런 까닭에 숨어 살며 자취를 감춘 채로 사람들이 알아주기를 바라지 아니하였다. 게다가 문헌이 드러난 것이 없어 그 계통을 살필 길이 없다.

서계(書契)[2]의 시대에 이르자, 복희씨(伏羲氏)[3]를 도와 팔괘(八卦)를 그렸고 창힐(蒼頡)과 더불어 글자를 만드니, 황제가 그 공로의 보람을 기록하였다. 모씨는 이때부터 비로소 그 존재가 드러났다.

1) 끈이나 새끼 따위의 매듭. 또, 매듭을 짓는 일.

2) 글자로 사물을 표시하는 부호.

3) 중국 고대 전설상의 제왕으로, 삼황오제(三皇五帝)의 으뜸. 팔괘를 처음으로 만들었다 하며 그물을 발명하여 고기잡이의 방법을 가르쳤다고 한다.

복희씨

주(周)나라에 와서는 공자를 따라 『춘추(春秋)』를 짓다가, 기린(麒麟)이 잡힌 일로 노(魯)나라에서 인연이 끊어지게 되니,[4] 마침내 겨레를 모아 중산(中山)에 숨어살게 되었다.

진(秦)나라 시황(始皇)의 때에 몽념(蒙恬) 장군이 남으로 초(楚)를 치고 중산 땅을 지나다가 모씨가 그 산에 은거한다는 말을 들었다. 드디어 그 겨레를 찾아가서 무리 중 뛰어난 이들을 데리고 왔는데, 그때 모영을 얻게 된 것이다.

모영을 수레에 태우고 함께 돌아와서는 시황제에게 천거하니, 시황제는 곧바로 관성(管城)에 봉해주면서 중서(中書)로 호칭하였다. 승상인 이사(李斯)를 따라 전서와 예서를 익숙하게 함에, 이사가 기이하게 여겨 매우 가까이 하였다.

마침 분서갱유(焚書坑儒)의 화란이 일자 나라 안의 모든 유생들이 누구도 벗어나는 이가 없게 되었다. 모영 역시 글하는 서생인지라 거의 보전하기가 어려운 지경이었으나 이사의 덕에 불행에서 벗어날 수 있게 되었고, 관성(管城)에서 천수를 마치었다.

그렇게 하여 자손이 집안을 이루게 되었는데, 위진(魏晋) 시대에 이르러는 종왕(鍾王)[5]의 문중에 출입을 하여 그 재능을 과시하니 사람

4) '서수획린(西狩獲麟)'의 일을 지칭한다. 노나라 애공(哀公) 14년에 서쪽에서 사냥하다가 기린을 잡았다는 고사가 있는데, 공자가 『춘추』를 쓰다가 이 부분에 이르러 절필했다고 한다. 기린의 출현은 성군을 기약하는 상서로운 기회이나, 당시 그에 상응할 만한 밝은 임금이 없기에 슬퍼하고 가슴 아파했다는 것.

5) 위(魏) 시대 글씨 대가인 종요(鍾繇)와, 진(晉) 시대 글씨 대가 왕희지(王羲之)의 앞 글자를 따서 명칭한 것이다.

들마다 하나같이 소중하게 여겼다.

그 후 강엄(江淹)에게 오색(五色)의 효험을 나타낸 이도 있고,[6] 기소유(紀少瑜)에게 청루관(靑鏤管)의 이적(異蹟)을 올려 보인 자도 있었다.[7]

종요

왕희지

당나라 때에는 모화(毛花)[8]란 이가 이백(李白)과 함께 기막힌 의기로 사귀었다. 언젠가 이백을 따라 편전에 들어 나란히 제고(制誥)[9]를 짓는데, 표현 하나하나가 다 마음에 든 현종이 가상히 여겨 열 사람의 빈궁으로 하여금 모화의 좌우에 앉도록 명했다.[10] 그가 총애를 받음이 이와 같았다.

그 후 모(毛) 아무개란 이가 있었다. 기록에 이름이 사라지긴 했지만, 일찍 유공권(柳公權)[11]을 따라 직간(直諫)한 일이 있다. 세간에서 이른바

6) 오색은 오색필. 다섯 가지 채색이 나는 미려한 붓. 글재주에 대한 비유적 표현으로도 쓴다. 강엄은 남조시대 양 출신의 문인으로, 송·제·양에서 벼슬했다. 젊어서부터 문명을 날렸는데, 야정(冶亭)이란 곳에서 꿈에 곽박(郭璞)임을 자처하는 사내에게 오색필을 되돌려주기 전까지 그의 시가 빛을 발했다고 한다.

7) 기소유는 양나라의 문인으로, 일찍 고아가 되었으나 열셋에 능히 글을 지었다고 한다. 청루관(靑鏤管)은 청색으로 아로새긴 붓대. 기소유의 꿈에 육수(陸倕)라는 이가 한 묶음 되는 청루관 붓을 준 이후 그의 문장이 날로 진보했다고 한다.

8) 당의 시인 이백의 꿈 설화로부터 취해 온 '붓'의 의인 명칭. 이백은 붓[毛筆]에서 꽃[花]이 피어나는 꿈을 꾸고부터 재치가 날로 진보되었다고 한다.

9) 제왕의 사령(辭令). 인사(人事)에 관한 명령.

10) 이백이 편전에서 현종의 조칙을 초(草)할 때 마침 강추위로 붓이 얼었더니, 황제가 궁빈(宮嬪) 열 명으로 하여금 각기 상아로 만든 아필(牙筆)을 잡아 불게 한 다음 이백에게 쓰도록 했다는 고사에서 취해온 것이다.

11) 당나라의 서가(書家). 목종(穆宗) 때 시서학사(侍書學士)를 했는데, 임금이 붓 쓰는 법에 대해 묻자 마음을 바르게 하면 붓도 바르다[心正筆正]고 하니, 임금이 붓에 가탁

이백과 그의 필적

모연(毛椽)[12]이라 하는 이는 왕순(王珣)[13]과 친해 자나 깨나 서로 떨어지지 못하였거니, 순(珣)이 그를 매우 높여 존중하였다.

오대(五代) 시절에는 모추자(毛錐子)[14]란 이가 있었다. 그는 사홍조(史弘肇)[15]와는 서로 관계가 좋지 못하였다. 홍조가 그와의 관계를 끊고 보지 않았지만, 모추자 역시 그다지 노하지 않았다. 역대의 군신들도 모두 모추자를 높여 존중하지 않았을 뿐더러, 심지어는 첨두노(尖頭奴)[16]라고 부르는 자도 있었다. 어진 사람을 소홀히 함이 이와 같았으니, 그 당시의 사정을 가히 알만하다.

하여 간(諫)한 것임을 깨달았다 한다.

12) 연대지필(椽大之筆). 서까래처럼 큰 붓.

13) 당나라의 문인. 형인 여(璵), 아우인 진(瑨)과 함께 문학으로 이름나 삼왕(三王)으로 일컬어졌다.

14) 붓의 인격화 명칭. 붓의 끝이 송곳처럼 뾰족함을 살린 뜻. 『오대사(五代史)』의 〈사홍조전(史弘肇傳)〉에 그 이름이 나온다.

15) 오대(五代) 때의 무인. 일찍이 '조정을 편히 하고 화란을 평정하는 데는 긴 창과 큰 칼이면 그만이지 붓이 무슨 소용 있으랴!'라고 한 발언이 유명하다.

16) 뾰족머리 사내. 끝이 뾰족한 붓을 이르는 말.

기(記)의 부친은 항예(亢銳)[17]이다. 그는 같은 고을 관씨(管氏)의 딸을 아내로 삼아 기를 낳았다.

기의 바탕이 영오(穎悟)[18]하니, 어렸을 때부터 이미 문장이 뛰어나다는 평이 있었다. 사람들과 글을 논하는 언사가 탁 트이고 빼어나 그 예봉을 당할 수가 없었다.

비록 설렁대며 가만히 있지를 못하였지만 그릇은 비범하였다. 단지 문학으로만 업을 삼고 세상사에 구애받지 않았기에 무심자(無心子)[19]로 불렸다.

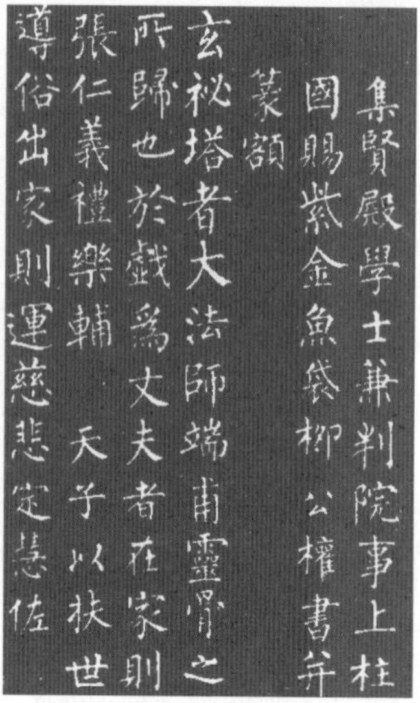

柳公權의 필적

약관의 나이에 서울에서 유학하였는데, 공경대부로부터 일반 선비에 이르기까지 기의 이름을 들었다 하면 따로 불러 만나지 않는 사람이 없었다. 문장을 짓도록 시키면 그는 종이를 손에 들고 즉시 찾아가니, 모두들 그를 아끼고 소중하게 여기면서 함께 노닐기를 원했다.

대신들이 임금에게 기를 천거하였더니, 임금이 그를 문덕전(文德殿)으로 부르며 말했다.

"그대는 어떤 일에 능하시오?"

기는 대답 올리기를,

"생각건대 신이 기록의 명령에 대비하는 직책을 받을 수만 있다면, 비록 장강(長杠)[20]의 재주는 못되어도 또한 근소한 보탬이야 될 수 있겠

17) 굳세고 날카롭다는 뜻. 또는 극히 날카롭다는 말. '亢은 굳세다, 극진하다의 뜻.
18) 민첩한 지혜가 일반과 다름.
19) 무심필(無心筆). 곧, 가운데 심을 박지 않고 한 가지 털로만 만든 붓.

나이다."

이에 임금이 기뻐하며 중서(中書)[21]로 임관의 조명(詔命)을 기다리라 하고, 곧 중서사인(中書舍人)의 벼슬을 내렸다. 그리고 얼마 안 지나 벼슬을 올려 중서령(中書令)을 삼았다.

이 무렵 상서령(尙書令)인 도홍(陶泓), 객경(客卿)인 진현(陳玄), 중서시랑(中書侍郎) 저지백(楮知白) 등이 모두 문학으로 총행을 받고 있었다. 기는 이 세 사람과 아교 옻칠같이 서로 떨어질 수 없는 관계를 맺어 함께 돕는 기쁨이 대단하였거니, 당시 사람들이 문원사보(文苑四寶)라 일컬었다. 임금의 명이 갖가지 문필 관련의 일에 미칠 때마다 필경은 이 네 사람으로 하여금 머리를 맞대게 하였다.

그런 중에도 기의 윤색(潤色)하는 공로가 더욱 컸기에 임금이 매번 포상하고 장려하였다. 이윽고 벼슬을 높여 문연각대학사(文淵閣大學士) 겸 중서평장사(中書平章事)를 내렸으니, 대개 이 마당에 그를 재상으로 세워서 좌우에 두게 했던 것이다.

매번 조정에 들 때마다 임금은 각별한 예로 그를 대하였으니, 모학사(毛學士)라 불렀지, 이름을 부르지 않았다.

기는 성품이 문(文)을 좋아하고 무(武)를 싫어하였다. 즐겨 문사들과 교유하였으되, 만약 무인이 청하는 경우 비록 하는 수 없어 가기는 했지만 기꺼이 은근함을 함께 나누지는 않았다. 그 때문에 무인들 상당수가 그를 미워하였고, 임금에게 이렇게 참언하는 이도 있었다.

"기의 품성이 탐묵(貪墨)[22]하니 결백하다는 이름이 없나이다."

이에 임금이 이렇게 말하였다.

---

20) 긴 받침목. 양동(梁棟)의 〈대모봉(大茅峰)〉 시에, '安得長杠撑日月.'

21) 궁중에서 천자의 조명(詔命) 등을 맡은 벼슬. 우두머리는 중서령(中書令)이다.

22) 욕심이 많고 더러움.

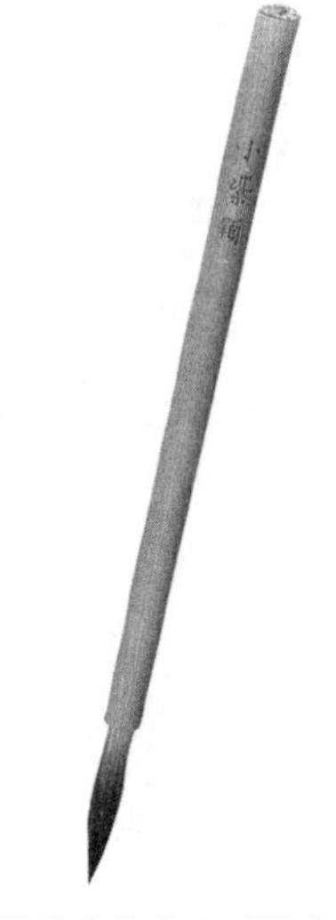
竹管과 紫毫로 만든 小紫穎. 길이 21.2cm, 털의 길이 4.2cm의 황제용 붓. -대만 고궁박물원 소장

"나는 그의 문학을 활용하여 서한(書翰)을 관장토록 할 뿐, 그 나머지야 알 바 있겠는가?"

이로부터 좌우에서 다시 말하지 아니하였다.

임금은 마침내 다음과 같은 조서를 내리었다.

"대개 듣자 하니, 공로가 있는데 상을 내리지 않는다면 비록 당우(唐虞)[23]라도 천하를 바로 세울 수가 없는 법, 문연각대학사 모기(毛記)가 오랫동안 서적을 맡아 문치(文治)를 돕고 완성토록 하였으매, 그 공로가 성하도다. 이에 기를 관성후(管城侯)에 봉하노니 대대로 끊어짐이 없도록 하고, 중서(中書)에 남아 짐을 보필토록 하라!"

이에 기는 갓을 벗고 머리 조아려 사직을 아뢰었다.

"신은 본래 미천하였으나 우연히 성군을 만나 뵈어 관작이 제 분수를 넘었으니, 보은할 길을 모르겠나이다. 다만 마음을 다 하고 힘을 다 바칠 생각으로, 비록 제 터럭을 뽑아 천하를 이롭게 한다손 아까워하지 않았나이다. 하오나 지금은 늙어 민머리가 되고 중서령의 직책을 감당하기 어려운바, 바라옵건대 걸해(乞骸)[24]를 청하오니 벼슬에서 물러나 관성에 봉읍(封邑)[25]토록 해 주소서!"

임금은 허락하고 싶지 않았으나 그의 늙고 쇠약함이 안됐어서 결국 그 청을 따라 주었다. 기는 드디어 관성에 돌아가 수명을 다하였고, 그 아들 섬(銛)[26]이 뒤를 이었다.

23) 중국 고대의 임금인 도당씨(陶唐氏) 요(堯)와 유우씨(有虞氏) 순(舜)을 아울러 이르는 말. 중국 역사에서 이상적인 태평 시대로 꼽힌다.

24) 걸해골(乞骸骨). 늙은 재상이 벼슬을 내놓고 은퇴하기를 임금에게 청원하던 일.

25) 제후를 봉하여 땅을 내줌. 또는 그 땅.

26) '날카로움[銛銳]'의 뜻. 뾰족한 붓끝의 형용.

管城侯傳

侯姓毛氏名記字述而管城人也其先自開闢以來已出於世時方鴻荒人文
未宣結繩以治不貴文士故隱居秘跡不求人知又文獻無徵其世系不可考
至書契時佐伏羲劃八卦與蒼頡共作字帝錄功用之毛氏自是始顯至周從
孔子作春秋獲麟而見絶於魯遂聚族隱居中山始皇之時蒙將軍恬南伐楚
過中山聞毛氏隱居其地遂訪其族取其拔萃者得毛穎焉載之與歸獻於始
皇皇乃封諸管城號中書從丞相李斯工篆隸斯奇之甚相親善時焚坑禍
起海內儒生無一免者穎亦書生幾不能保賴斯得脫以壽終於管城子孫因
家焉至魏晉出入鍾王家以衒其能人皆重之其後或效五色瑞於江淹或呈
青鏤異於絶少瑜唐時毛花者與李白神交嘗隨白入便殿同撰制誥詞
意稱旨玄宗嘉之勅宮嬪十人侍史左右其見寵如此厥後有毛某者史失其
名嘗隨柳公權直諫爲世所稱有毛穎者與王[illegible]

管城侯傳

侯姓毛氏名記字述而管城人也其先自開闢以來已出於世時
方鴻荒人文未宣結繩以治不貴文士故隱居秘迹不求人知又
文獻無徵其世系不可考至書契時佐伏羲畫八卦與蒼頡共作
字帝錄功用之毛氏自是始顯至周從孔子作春秋獲麟而見絶
於魯遂聚族隱居中山秦始皇時蒙將軍恬南伐楚過中山聞毛
氏隱居其地遂訪其族取其拔萃者得毛穎爲載之與歸獻於始
皇始皇乃封諸管城號中書君從丞相李斯工篆隸斯奇之甚相
親善時焚坑禍起海內儒士無一免者穎亦書生幾不能保賴斯
得脫以壽終於管城子孫因家焉至魏晉出入鍾王家以衒其能
人皆重之其後或効五色瑞於江淹或呈青鏤異於絶少瑜唐時
毛花者與李白神交嘗隨白入便殿同撰制誥詞意稱旨玄宗嘉

필사본 〈관성후전〉(左)과 활자본 〈관성후전〉

사신은 찬(贊)하노라.

「모씨는 대대로 관성에 살았거니와, 기(記)는 훤히 드러나는 재주를 바탕으로 임금의 곁에 있으면서 문병(文柄)[27]을 장악하였다. 문장의 공로와 업적으로 성대히 세상에 이름을 날린 뒤 마침내는 제후의 인장(印章)을 차고 금의로 환향하였으니, 갸륵하지 아니하랴!」

우리나라에서 동물, 식물, 사물, 심성 등을 사마천의 열전과 똑같은 형식으로 지어내는 이른바 가전(假傳)의 처음 시작이야 저 고려 후반기에 서하(西河) 임춘(林椿, 1150경~?)이 '술'과 '돈'을 의인화한 〈국순전(麴醇傳)〉 및 〈공방전(孔方傳)〉 등에 그 영예가 주어진다. 그렇지만 그 대상을

27) 학문상, 또는 문치(文治)에 있어서의 권세.

반드시 문방(文房)의 사물과 관련짓자면, 지금까지 알려진 한 조선 선조 때의 문신 권벽(權擘, 1520~1593)이 '붓'을 인격화한 〈관성후전(管城侯傳)〉이 첫 번째 실마리를 당긴 셈이 된다. 따라서 본편이 현하(現下) 우리나라 최초의 문방열전이라는 의미를 갖는다. 중국에서 한유(韓愈, 768~824)가 최초의 붓의 가전인 〈모영전(毛穎傳)〉을 쓴 이래 약 750년 뒤의 일이다. 이 작품은 1995년 한국한문학회 편의 『습재집(習齋集)』에 대한 정민 교수의 해제(解題)를 통해 처음 그 면모가 알려졌다.

권벽은 본관 안동, 좌승지 기(祺)의 아들로 자는 대수(大手), 호는 습재(習齋)이다. 1543년(중종 38)에 진사(進士)가 되었으며, 이 해 식년문과에 을과로 급제하였다. 이이(李珥)의 천거로 사관(史官)에 기용되고, 1546년(명종 1) 예조정랑(禮曹正郎)이 된 이래 약 20여 년간 《중종실록》·《인종실록》·《명종실록》의 편찬에 참여하는 등 여러 청환(淸宦) 직을 역임한 뒤, 1578년 외직에 있을 때 함경도순무어사(咸鏡道巡撫御史) 허봉(許篈)의 탄핵으로 파직되었다. 후에 다시 1580년 대호군(大護軍)에 임명되었으나 사헌부의 탄핵으로 삭직되었다가 1583년 임시로 승정원에서 왕명의 출납을 맡는 가승지(假承旨)에 기용되고 1585년 오위장(五衛將)이 되었다.

그는 시문(詩文)에 뛰어나 명나라로 내왕하는 외교문서를 주관하였다. 그리고 벼슬을 하는 50여 년간 공무 외에는 오직 시에만 열중하였으니 그 결실이 『습재집(習齋集)』이다. 특히 자를 대수(大手)라고 한 것이 재미있다. '대수필(大手筆)'이라 함은 대문장가를 뜻하는 까닭이다. 주변에서 자를 이렇게 지어준 뜻은 일찍이 어린 나이에 벌써 문장가로서의 큰 잠재력을 나타냈다는 암시처럼 여겨지기도 한다.

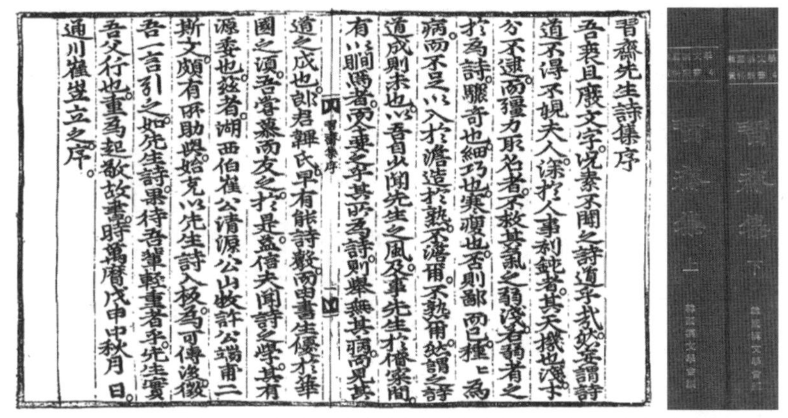
習齋先生詩集序
吾衰且癈文字况素不閑之詩道乎哉然妄謂詩
道不得不婉夫人深於人事利鈍者其天機也淺乎
分不逮而彊力取名者不救其氣之弱淺若病者之
於爲詩驟奇也細巧也寒瘦也否則鄙而已種種爲
病而不足以入於濬造於熟不濬甫不熟甫然謂之詩
道成則未也以吾自少聞先生之風及事先生於儕衆間
有以瞯焉者而又要之乎其所爲詩則畢無其病焉是其
道之成也郎君諱氏早有能詩聲而由書生優於華
國之須吾嘗慕而友之於是益信夫聞詩之學其有
源委也茲者湖西伯崔公清源公山收許公端甫二
斯文頗有所助與始克以先生詩入梓爲可傳後徵
吾一言引之如先生詩果待吾輩輕重者乎先生實
吾父行也重爲起敬故書時萬曆戊申中秋月日
通川崔岦立之序

1995년에 권벽의 유작을 한 자리에 수습한 『습재집(習齋集)』이 발간되었다.

습재보다 19세 아래인 최립(崔岦, 1539~1612)은 〈습재선생시집서(習齋先生詩集序)〉에서 습재의 시에는 속기(俗氣)가 없으니, 시도(詩道)를 갖춘 훌륭한 바탕의 시인이라고 칭찬하였다. 또, 44년 연하인 월사(月沙) 이정구(李廷龜, 1564~1635)도 〈습재선생시집서(習齋先生詩集序)〉를 썼다. 시에 공교로운 재주가 있는 이는 대개 곤궁과 근심·곤경·불우 같은 불행한 조건이 따라야 가능한 법인데, 권벽의 경우에는 이른 나이에 대과(大科)에 오르고 명성이 자자한 중에 50년간 입조(立朝)하여 벼슬이 예부시랑까지 이르렀으면서도 어쩌면 그다지 시적 능력이 뛰어난지 모르겠노라며 그의 시재를 칭예(稱譽)하고 있다.

이정구의 글 속에는 소싯적부터 안명세(安名世, 1518~1548)·윤결(尹潔, 1517~1548)과 친한 벗으로 사귀었더니, 두 벗의 비명횡사를 본 후로 다시 사람들과 교유하지 않았다는 말도 있다. 이는 다름 아니라 명종 때 안명세가 을사사화(乙巳士禍)의 전말을 시정기(時政記)에 사실대로 적은 일이 화근이 되고, 뒤미처 윤결이 안명세의 무고한 죽음에 대해 언급한 것이 빌미되어 참화를 당한 사건을 말한다. 그리하여 누군가

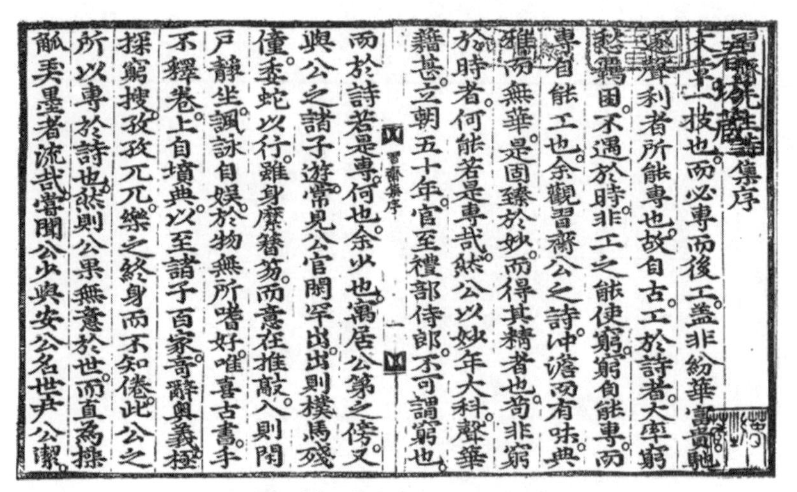
習齋先生詩集序
夫詩一技也。而必專而後工。蓋非紛華富貴馳
逐聲利者所能專也。故自古工於詩者。大率窮
愁羈困。不遇於時。非工之能使窮。窮自能專。而
專自能工也。余觀習齋公之詩。沖澹而有味。典
雅而無華。是固臻於妙而得其精者也。苟非窮
於時者。何能若是專哉。然公以妙年大科。聲華
藉甚。立朝五十年。官至禮部侍郎。不可謂窮也。
習齋集序 一
而於詩若是專何也。余少也。寓居公第之傍。又
與公之諸子遊。常見公官閒罕出。出則樸馬殘
僮。委蛇以行。雖身縻簪笏。而意在推敲。入則閉
戶靜坐。諷詠自娛。於物無所嗜好。唯喜古書。手
不釋卷。上自墳典。以至諸子百家奇辭奧義。援
採窮搜。孜孜兀兀。樂之終身而不知倦。此公之
所以專於詩也。然則公果無意於世。而直爲操
觚弄墨者流哉。嘗聞公少與安公名世尹公潔。

월사 이정구가 쓴 〈習齋先生詩集序〉

찾아와도 별일이 없는지의 안부를 묻는 것 외엔 일체 아무런 대화도 나누지 않는 모습이 흡사 빚어 놓은 소상(塑像)같다고 했다. 그리하여 아무도 그 실상을 엿보아 알 수가 없었노라고 적고 있다. 이렇게 그의 대인기피에 대한 이유를 젊은 시절 절친한 친구 두 사람의 죽음에 두고 있다.

물론 가장 가까운 벗의 어처구니없는 변고를 목격하고 큰 충격을 받아 어느 시기에 위축될 수 있겠으나, 모든 사람들이 저마다 그러한 이유로 타고난 성격까지 바뀐다고는 보기 어렵다. 이를테면 동시대의 교산(蛟山) 허균(許筠, 1569~1618) 같은 경우도, 형제처럼 가까이하며 세상에 대한 불만을 함께 토로하던 박응서(朴應犀)·서양갑(徐羊甲)·심우영(沈友英) 등을 칠서자(七庶子)의 난 때 모두 참화로 잃었다. 하지만 그는 일시 몸을 감췄다가 다시 다른 양반 동지들을 규합하여 거듭 혁명을 도모하였다. 주변의 참화에도 불구하고 그 처신이 외향적·적극적으로 나타났음을 보면 사람마다 그 기질이 같지 않음을 알 수 있다.

따라서, 보다 근본적으로는 그의 타고난 천성에다 원인을 두는 편이 보다 적실해 보인다. '겉으로 드러내지 아니하고 마음속으로만 생각하는, 또는 그런 것'을 내성적(內性的)이라 하고, 또한 '성격이 내성적이고 비사교적인 것'을 내향적(內向的)이라고 한다는 사전적 정의에 맞춰 본대도, 권벽은 다분히 내향적 성격의 소유자임이 타당해 보인다. 앞서 최립과 이정구의 서문에도 그 칭찬의 근거는 거의 시 얘기에 집중되어 있을 따름이었다. 반면, 사회적 행적이라든지 대인 관계 등에 대한 화제는 찾아보기 어려운 사실로도 대충 짐작할 만하다. 아울러 그가 남긴 상당수의 시와 문이 바로 그 같은 자아 지향의 내면적 성향을 잘 반영해 주고 있다.

권벽의 사물에 대한 비상한 관조와 관심의 자취는 문집 곳곳에서 확인된다. 그 중에도 권3에 들어 있는 〈관의전(觀蟻戰)〉—'개미 싸움을 보다'—이란 시 한 편은 그의 시인다운 관찰력과 세심한 정서를 엿보아 알기에 유감이 없다. 이에 옮겨보기로 한다.

床下無端蟻陣成	평상 밑에 난데없는 개미 진영이 생겼는데
聞來錯認鬪牛聲	듣다보니 무슨 소 싸우는 소린 줄만 알았네.
應懷未雨鴟鴞志	올빼미처럼 잔인한 맘 발동한 건 아니지만
欲試一句蠻觸兵	한 열흘 껄렁한 쌈꾼들 노는 꼴 지켜볼까나.
使我忽驚槐國夢	어이타 괴안국의 꿈 화들짝 들깨우면서까지
知渠會作竹橋行	꼭 죽교(竹橋) 밖 나들이만 하란 법 있으랴.
尋常漱水猶思避	예사롭게 물로 씻어내 버리면 그만이겠지만
對此偏增愛物情	이 형상 보노라니 자연에의 애착만 더해지네.

결말부에 이르러서 독백의 탄식처럼 스스로 사물에 대한 편애가 더해감을 감추지 않고 있다. 바로 이러한 사물에 대한 애정과 열정이 있

고서야 사물에의 관심을 읊은 시도 기대해 볼 길이 있는 것이다.

그리고 과연 그것의 여실한 반영인 양 습재의 문집에는 유달리 많은 수의 영물시가 처처에 자리해 있음을 본다. 일일이 열거하기 어려우나 대략 눈에 드는 것만 추려 보인대도 〈제포도(題葡萄)〉·〈영오가피(詠五加皮)〉·〈매(梅)〉·〈죽(竹)〉·〈영정백(詠庭柏)〉·〈영국(詠菊)〉·〈잔국(殘菊)〉·〈해당(海棠)〉·〈류(柳)〉·〈앵도(櫻桃)〉·〈두견화(杜鵑花)〉·〈분하(盆荷)〉·〈분련(盆蓮)〉·〈분국(盆菊)〉 등 식물 상대가 가장 많다. 그리고 〈형(螢)〉·〈선(蟬)〉·〈승(蠅)〉·〈두견(杜鵑)〉·〈자고(鷓鴣)〉·〈애부유이십운(哀蜉蝣二十韻)〉·〈영접(詠蝶)〉 같은 동물에의 음영, 〈설(雪)〉·〈월(月)〉·〈제추선(題秋扇)〉·〈등(燈)〉·〈소율(燒栗)〉·〈영염(詠鹽)〉 같은 사물 제영(題詠) 등등 그의 시 목록에는 자연물을 내세운 제목의 시들이 유난히 많다.

그 이유는 대개 사람을 만나기보다는 사물을 상대하며 자적(自適)하거나 고독을 달래는 시간이 많아서 그랬을 터이다. 아무튼 물(物)을 향한 비상한 눈길과 관심의 바탕은 그의 여섯 아들 중에 가장 시명(詩名)이 높이 오른 다섯째 석주(石洲) 권필에게도 일정한 훈염(薰染)이 이루어진 것 같다. 다름 아니라 아들 권필도 불후의 의인열전 한 작품을 남긴 바 있으니, 바로 '게'를 인격화시킨 〈곽삭전(郭索傳)〉이 그것이다. 작품 속에는 광해군 당시 행세했던 이이첨(李爾瞻)·유희분(柳希奮) 등의 정치적인 자행을 풍자한 뜻이 있고, 전편에 걸쳐 골계적 의취 또한 뛰어나다. 그리하여 저자가 진즉에 다른 어느 가전보다 우선하여 천착을 시도한 바 있었다.

〈관성후전〉은 『습재집』 안에 동일한 내용이 두 군데 수록되어 있다. 곧 권25에 필사본이 있고, 다시금 『습재집』 속편 권4에도 똑같은 내용의 금속활자본이 있다. 정민의 『습재집』 '해제'에 의하면 필사본은 1927년부터 1928년 사이에 안동 권씨 후예로 부여에서 보통학교 교장을 지낸 일 있는 권영식(權寧植, 1886~1952)의 수적(手跡)이고, 금속활자본은 1942년에 충남 서천의 권병식(權丙軾) 집안에서 8권 4책으로 간행한 것이라 하였다. 따라서 두 형태의 〈관성후전〉 중에 필사본이 먼저 이루어진 것이다.

아울러 필사본 작품의 표제 바로 아래에는 '辛丑作'이라 작게 기록해 놓은바, 습재 생애에 있어 신축년은 1541년, 22세 때이다. 고작 22세 청년의 창작이라 놀랍게 여길 수도 있으나, 금석지감(今昔之感)이란 말처럼 나이는 옛날과 지금 사이에 그 조숙의 개념이 같지 않으니, 이는 별반 기이한 현상까지는 되지 못한다. 특히 가전 양식의 경우 소싯적의 습작 혹은 과작(課作) 형태로 남겨진 자취를 간혹 구경해 볼 나위가 있다. 이를테면 조선 현종 때의 문신인 문곡(文谷) 김수항(金壽恒, 1629~1689)이 쓴 〈화왕전(花王傳)〉 역시 작품 제목 바로 아래에 '十六歲作'임을 첨록(添錄)해 놓은 것이 있다. 근세에 역당(亦堂) 구영회(具永會, 1911~1984)의 문방(文房) 제재 전기(傳奇)인 〈문방사우전(文房四友傳)〉 또한 그 부첨(附簽)의 간지가 '丁卯', 1927년 곧 작자 17세 당시의 성적(成蹟)이었고, 연민 이가원(李家源, 1917~2000)이 〈화왕전(花王傳)〉을 작성한 시기도 '癸酉'년이라 한 바, 1933년 즉 작자 17세 때의 소산(所產)이었다.

또한 정민의 저술인 『목릉문단과 석주 권필』의 '습재 권벽의 문학과 습재집에 대하여'란 제하(題下)에 권벽의 연대별 작품 수를 정리해 둔 것이 있는데, 바로 그 신축년부터 갑자기 창작의 빈도가 높아짐을 알 수 있다. 즉 19세에 9수, 20세에 23수, 21세에는 나타난 것이 없고, 그러다가 22세 곧 이 〈관성후전〉 지은 해에 37수로 상승하더니 이후 20대 후반까지 점진적으로 왕성해짐을 보게 되는바, 이 열전은 역시 그의 필력이 처음 탄력을 얻게 된 시기의 산물로 간주하는 일이 가능하다.

앞에서 습재 권벽의 물(物)에 대한 관심 내지 형상화에 유별함이 있다 하였다. 그런데 이상한 것은 그 대상물이 사뭇 다양한 가운데도 문방사우에 관련한 의인 조자(調子)는 암만 괄목해 보아도 여간해서 찾아보기 어렵다는 사실이다. 그나마 겨우 연결의 고리를 찾는다면 『습재집』 속집(續集) 권1에 들어 있으니, '몽당붓'을 읊은 다음의 〈독필(禿筆)〉 칠절(七絕)이 가장 관련 있어 보인다.

長爲人役盡纖毫	오래 남 위해 일하다 보니 가는 털조차 닳아 빠져
利世何曾惜拔毛	세상을 위한 일에 터럭따위 빠지는 것 아까웠으리.
鬢髮早凋身已老	머리털이며 살쩍머리 진작 쇠어 몸 다 늙어졌거니
只緣平日用心勞	그 이유야 번연한 것 평상시의 마음고생 때문이지.

그리고 바로 이 안의 내용이 공교롭게도 그의 청년기 작인 〈관성후전〉의 다음 대목과 아주 예사롭지 않은 유사성을 띠고 있다. 곧 주인공이 임금으로부터 관성후를 봉해 받자 벼슬을 사양하면서 아뢰는 말이 그것이다.

由思欲盡心褐力 雖拔毛利天下 有所不惜 今老禿荒耗.

다만 마음 다 쓰고 힘을 다 바칠 생각이오니, 비록 제 터럭을 뽑아 천하를 이롭게 한다손 아깝지 아니할 것이옵니다. 하오나, 지금은 늙어 민머리가 되고…….

내용상으로 개념이 서로 통할 뿐 아니라 수사 표현의 실상에 있어서도 아주 절친함을 나타내는 것을 볼 수 있다. 말하자면 칠언시의 '터럭 빠져 세상을 위함[拔毛利世]'은 열전의 '터럭 빠져 천하를 이롭게 함[拔毛利天下]', 시의 '남을 위해 일함[爲人役盡]'은 전의 '마음 다 쓰고 힘 다 바침[盡心竭力]', 시의 '아까웠으리[何曾惜]'는 전의 '아까워하지 않음[有所不惜]', 시제(詩題)의 '禿筆'은 열전 속 붓의 형상인 '禿荒耗'와 각기 대(對)가 이뤄졌다고 해도 과언이 아닐 만큼 둘 사이에 의미상 표현상의 기맥이 상통하고 있다.

권벽의 필적

한편, 『습재집』 권2에는 '혼자 앉아 흥얼대다'의 〈독좌요(獨坐謠)〉라는 작품이 있다. 그리고 동일한 제목이 권19에서도 거듭 소개되어 있다. 그런데 공교롭게도 이 시 안에 '관성(管城)'이란 표현이 들어가 있음으로 하여, 작가가 의인열전 안에서 세운 주인공인 '관성후(管城侯)'와 더불어 대단히 반가운 회심처가 마련된다.

獨坐復獨坐	덩그러니 앉았다가 어느새 또 그렇게
獨坐獨長謠	그렇게 혼자 앉아 시 타령만 장황하다.
智者不我顧	영악하다는 이들 내겐 아랑곳을 않고
愚夫余不邀	미욱한 자는 내 쪽에서 받자가 안 돼.
所以成獨坐	그래서 덩그러니 앉아 있게 되었지만
幽鬱難自聊	먹먹한 이 울증을 달래기가 어렵구나.
豈無山可對	마주 바라볼 산이야 있다지만
不語空岧嶢	암말 않고 괜스레 키만 훌쩍해.
亦有水相親	가까이할 물이 또 있다곤 해도

無情去滔滔　생각 없이 저만치 흘러만 가네.
麴生風味好　국생의 풍미가 제아무리 좋다 한들
不到陋巷瓢　내 빈궁의 표주박까진 이르지 못해.
管城縱同調　관성자가 비록 내 뜻 따라준다지만
徒使肝肺焦　부질없이 애간장만 태울 뿐인 것을.
涉世貴和光　세상살인 잘 섞여 지내는 걸 친다지만
如何羞折腰　굽신대기 부끄러운 거야 어찌할 건가.
衆醉忌獨醒　다들 취한 판에 홀로 깨어 있기 끔찍한
此患吾自招　이내 우환이야 스스로 자초한 셈이렷다.
但願守介獨　다만 바라기는 이 한몸 지조 잘 지켜서
永於塵埃超　티끌세상 와중에 길이 초연할 수 있기를.

아무도 알아주는 이 없는 세상에서 그 어디에도 마음 붙일 길 없어 안절부절못하는 작가의 안타까운 동작이 고스란히 드러나 있다.

그런데 관성(管城) 곧 붓에 대한 하소연은 불쑥 튀어나온 것이 아니라 갑갑한 심사가 산, 물, 술의 단계를 거쳐서 나온 것이다. 혼자 앉아 답답기만 한 심사를 산이며 물이 있어 마음 달래줄 만하지만 그것들도 궁극엔 자신과 대화할 수 없는 실존적인 한계가 있다며 탄식한다. 그리고 뒤를 이어, 애오라지 술이면 마음이 좀 풀리겠다 싶었지만 그조차 궁핍한 자기 신세로는 역시 손닿기 어려운 수단이라고 했다. 마지막 방편으로 관성자인 붓이 자신의 희로애락을 모두 대변해 주기에 동조(同調)의 기류(氣類)인 듯싶었지만, 기쁨을 가져다주기 보다는 외려 애간장을 태우는 것이 문제라고 했다. 아마 창작의 고통을 하소연하는 것 같지만 그럼에도 앞의 세 가지에 비해 심적인 의존도는 가장 크다. 자신과 괴리되어진 순서는 산, 물, 술, 붓이겠지만 역으로 가까운 순서로 간다면 애간장을 태우기는 하나 역시 마음을 같이하는 대상은 그나마 붓이라는 뜻도 된다. 소외감을 기준 삼는다면 크고 높고 강한 것에서부터 점차 작고 낮고 약한 것으로 끌어내려 표현함으로써 강조의 효과를 얻으려는 수사법인 점강법(漸降法)이 되겠지만, 친근감을 기준 삼는다면 의미를 점점 강하고 크고 높게 하여 마침내 절정에 이르도록 하는 기법인 점층법(漸層法)의 사례에 든다고 하겠다. 여하간 성격상 대인 교섭이 어렵기만 하여 늘 자신만의 내면세계에 틀어박혀 살았던 권벽에게 가장 위로를 줄 수 있는 대상은 일상 가까이하는 산수(山水)보다, 또 좋아하는 술보다도 붓이 제일로 절친한 삶의 위안과 근거가 되었던 것임을 헤아려 볼 수 있다.

권벽은 기재(企齋) 신광한(申光漢, 1484~1555)에게서 시를 배웠다고 한다. 신광한은 신숙주(申叔舟)의 손자로, 이조판서·대제학 등을 역임한 인물이다. 동시에 문학사에서는 산문 단편집인 『기재기이(企齋記異)』의 저자이기도 하다. 이 안에 4편의 소설이 실려 있다. 〈최생우진기(崔生遇眞記)〉는 최생이라는 사람이 선계와 용궁에서 노닐다가 돌아온 뒤로 세속에 관심을 두지 않고 산에서 약초를 캐다가 세상을 마쳤다는 내용이다. 〈하생기우전(何生奇遇傳)〉은 불우한 하생이 한 번 죽었던 여인과 기이한 인연을 맺는다는 줄거리이다. 몽유록계 소설 〈안빙몽유록(安憑夢遊錄)〉은 과거에 여러 번 낙방한 안빙이라는 서생이 별장에서 시와 더불어 노닐다가 잠이 들어 꽃나라에 가서 놀고 시를 읊었다는 이야기가 펼쳐진다. 그리고 또 하나, 서재에 자리를 함께한 오래된 지필묵연 사우(四友) 간에 대화를 나누는 〈서재야회록(書齋夜會錄)〉이 있으니, 이도 곧 문방열전 계통의 전기(傳奇)이다.

그러면 비교적 이른 시기에 자신의 선생이 시도한 바 있었던 문방 제재 의인화를 권벽이 거듭 문방 제재로 실천해 보인 이 일을 어쩌다가 일어난 우연한 현상으로만 치부할 것인가? 아니면 이 같은 산문 작업들 또한 시 스승으로부터 끼쳐 받은 사승(師承)의 여운(餘韻)으로 보아도 무방할는지.

하지만 최소한 이 작품이 무엇을 읽고 무엇을 참고하여 지었는지 보다 밝게 짐작해 볼 수 있는 작품이 또 하나 있으니, 『탁영집(濯纓集)』 권4와 『동문선』 권20 '墓誌銘'에도 수록되어 있는 김일손(金馹孫, 1464~1498)의 〈관처사묘지명(管處士墓誌銘)〉이 그것이다.

무릇 묘지명(墓誌銘)이란 죽은 사람을 추모하기 위해 그의 생애와 업적을 기록하여 묘(墓) 안에 묻는 글을 가리킨다. 지명(誌銘)은 합성어이니, 지(誌)는 죽은 사람의 생애를 기록한 산문이고 명(銘)은 그를 추도하는 운문이다. 그 대상이야 당연 사람이지만, 여기서는 붓을 '관처사'라는 이름으로 인격화시켜 주인공의 종언(終焉)과 함께 그 일생 내력을 적고 기리는 형식을 취하였다. 붓의 수명이 다했음을 강조한다는 의미에서 표제만 '傳' 대신 '墓誌銘'으로 했을 뿐 그 모든 형태는 가전(假傳) 곧 의인열전과 하등 다를 바 없다. 제목을 '묘지명'이라 하고서 사람 아닌 사물을 연참(鉛槧)에 옮긴 특이한 일례라 할 것이다.

지금 〈관처사묘지명〉과 〈관성후전〉 두 작품을 대비하여 읽어보면 권벽이 어느 정도로 김일손의 이 작품을 크게 수용했는지 요연(瞭然)히 파악할 수 있다. 예컨대 몽념과 진시황의 고사 인용은 물론 주인공이 종요와 왕희지의 문하에 출입했다는 것, 강엄(江淹)에게 오색(五色)의 효험을 끼쳐 준 것, 기소유(紀少瑜)에게 청루관(青鏤管)의 이적을 보인 것, 당나라 시절에 모화(毛花)란 이가 이백(李白)과 특별한 의기로 사귄 것, 무인(武人)인 사홍조(史弘肇)와 관계가 좋지 않아 배척당한 것, 주인공 관씨가 탐묵(貪墨)한 성품으로 몰린다는 것, 자신의 힘으로 서지 못하고

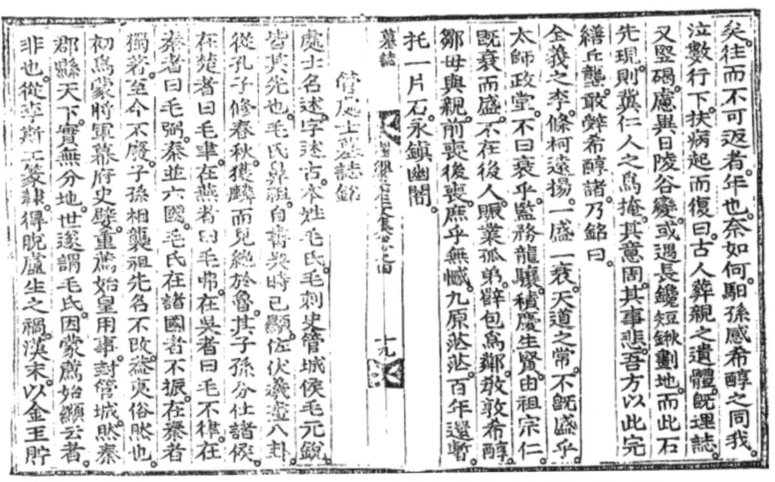

矣。往而不可返者年也。奈如何。駟孫感希醇之同我。
泣數行下。扶病起而復曰。古人葬親之遺體。旣埋誌。
又竪碣。慮異日陵谷變。或遇長鑱短鍬劃地。而此石
先現。則冀仁人之爲掩。其意周。其事悲。吾方以此完
繕丘壟。敢辭。希醇諸乃銘曰。
全義之李。條柯遠揚。一盛一衰。天道之常。不飫盛乎
太師政堂。不曰衰乎。監務龍驤。積慶生賢。由祖宗仁。
旣衰而盛。不在後人。賑業孤弟。辟包爲鄰。敦敦希醇。
鄉毋與親。前喪後喪。庶乎無憾。九原茲茲。百年還嚮。
托一片石。永鎭幽閣。

墓誌　濯纓先生文集卷之四　十九

管處士墓誌銘

處士名述。字述古。本姓毛氏。毛刺史管城侯毛元銳
者。其先也。毛氏鼻祖。自黃帝時已顯。佐伏羲畫八卦。
從孔子修春秋。獲麟而見絶於魯。其子孫分仕諸侯。
在楚者曰毛聿。在燕者曰毛弗。在吳者曰毛不律。在
秦者曰毛弼。秦並六國。毛氏在諸國者不振。在秦者
獨著。至今不廢。子孫相襲。祖先名不改。從夷俗然也。
初爲蒙將軍幕府史。蒙重薦。始皇用事。封管城。然秦
郡縣天下。實無分地。世遂謂毛氏因蒙薦始顯云者。
非也。從李斯工篆隸。得脫儒生之禍。漢末。以金王貯

김일손이 붓의 일생을 의인화한 〈관처사묘지명〉. 『탁영집』 권4 소재

항상 남의 부림을 받았기에 천하게 여겨 '뾰족머리'란 뜻인 첨두노(尖頭奴)로 불리었다는 것 등등, 〈관성후전〉 내용의 상당부가 〈관처사묘지명〉으로부터의 직접적인 소재 취용의 자취를 보이고 있다.

김일손은 김종직의 문인이다. 일찍이 스승이 『성종실록』에 〈조의제문(弔義帝文)〉을 실은 일이 화단(禍端)이 되어 연산군 4년에 무오사화(戊午士禍)에 희생이 된 인물이다. 김일손의 유저를 모아놓은 『탁영집(濯纓集)』은 저자의 조카 김대유(金大有)가 수집·편찬하여 1512년(중종 7) 청도(淸道)에서 초간본을 간행했다.

한편, 성종 9년(1478)에 서거정이 왕명에 따라 편찬한 바 있던 『동문선』은 중종 13년(1517)에 신용개(申用漑)에 의해 다시 성종 이후의 시문(詩文)이 더해졌다. 『속동문선(續東文選)』이라는 책이 그것이니, 이 〈관처사묘지명〉은 바로 신용개가 『속동문선』을 편찬하는 과정에 실은 것이다. 이제 김일손의 생몰년과 맞춰 보았을 때 이 『탁영집』과 『속동문선』 두 책은 모두 권벽이 탄생하기 각각 8년 전과 3년 전에 만들어졌으

매, 참조에 이용했던 사실이 밝혀진다. 권벽은 1541년에 〈관성후전〉을 썼으니 책이 만들어진 지 각각 29년, 24년 만에 활용의 터전이 마련되었음을 확인할 수가 있다.

권벽이 〈관성후전〉을 지은 일은 이렇게 김일손이거나 신광한 같은 선유(先儒)로부터의 일정한 감화와 수용에 따른 것이었다. 그러나 이제 그 훈염(薰染)과 계승의 맥락이 연면히 다섯째 아들인 석주 권필(權韠, 1569~1612)한테까지 미치게 되었다 함은 앞에서 잠깐 언급한 바 있다. 특히 이 부분은 한국 의인열전의 흐름 안에서도 비중이 크고 의미 깊은 일이 되겠기로, 이에 각별히 특서(特書)해 둘 필요에 당한다. 곧 조선조 최고의 시인으로 인정받는 석주 권필이 이 분야에서조차 〈곽삭전〉이란 의인열전 한 단위를 남겨놓은 사실이 있고, 이 작품은 한 시기에서 다른 시기로 넘어가는 시점에 처해 중요한 어귀 역할을 하였다. 그리하여 이것은 가전문학사상 고려의 가전 및 조선 전기의 가전과 조선 후기의 가전을 잇는 요추(腰椎)의 의미를 띤다. 그러한 〈곽삭전〉의 대략적인 경개(梗概)는 다음과 같다.

오(吳)나라 사람 곽삭(郭索)의 10대조인 광(匡)은 신농씨를 도와 소화와 혈행을 다스렸으며, 진(秦)나라에서는 학질 치료에 공헌이 컸다. 9대조인 오(敖)는 춘추시대에 월(越)나라 구천(句踐)을 도왔던 인물이었다. 곽삭은 타고난 성품이 조급하였다. 일찍부터 세속을 꺼려 물외의 경지에서 자취를 감추고 노닐었으나 사람들이 흠모하고 자주 찾았다. 언젠가 곽삭을 천거하는 이가 있어 왕이 중임을 내리려 했지만 간곡한 눈물로 사양하니, 대신 강택(江澤)의 넓은 땅을 식읍으로 하사받았다. 교유하는 문사들 중에 특히 조순(曹醇)과는 각별한 사이로, 둘이 자리를 함께 하면 좌중(座中)을 즐겁게 하는 힘이 있었다. 팽기(蟛蜞)란 자는 곽삭의 모습을 빙자해서 남을 음해하는 자인지라 사대부들이 경계하였으며, 한무제 때 협기로 행세하다가 승상 공손홍에게 잡혀 죽은 곽해(郭解)가 곽삭과는 한 가문인지 아닌지 정확한 여부를 알 길 없다. 문무 겸전의 훌륭한 삭이 나중에는 초택(草澤) 사이에서 죽으매 애달픈 일이었다.

대개 의인열전의 주제는 유가적 가치관에 적합한 교훈 또는 풍자로 나타나기 마련이지만, 가끔은 주인공의 성품이나 행적이 작자의 신변적 진실과 중첩되어 나타나는 수도 있다. 〈곽삭전〉은 그 대표적인 사례가 된다. 조정에 의해 일약 중임(重任)을 천거 받을 정도의 덕망, 운인(韻人)·가사(佳士)들과의 친교, 역의 이치를 깨달음과 같은 문사로서의 역량뿐 아니라 횡초(橫草)의 공로를 이룬 가문 출신으로 호반의 자질도 함께 갖춘, 이른바 문무겸전의 주인공 곽삭은 바로 권필 자신을 암시하는 자화상 역할을 띤다.

동시에 격동의 세월을 산 권필이 바람직하게 생각하는 초상이기도 했을 터이다. 무엇보다 권필은 1592년 임진란 발발의 당년에 강경한 주전론(主戰論)을 주장하였던 인물이라는 점이 크게 상기된다. 임란을 겪은 뒤에도 계속되는 파당 정치 속에서 무(武)를 경시하고 군비에 소홀한 조정의 병폐는 사그라지지 않았다. 이에 대한 경각심의 차원에서도 무(武)의 표상이 되는 게는 기막히게 적절한 대상이 아닐 수 없었다. 나아가 유사시에 너끈히 대처할 수 있는 강성한 군사력의 아쉬움 때문에 재차 전쟁터를 달리며 세우는 공로인 '횡초지공(橫草之功)'과 그것을 가능케 만드는 기상인 '횡초지기(橫草之氣)'를 강조하였던 것으로 보인다.

한편 작품이 자기적 합리화의 미학만으로 일관하였던 것은 아니었다. 여기에는 냉정한 현실 인식과 풍자 정신이 아울러 깔려 있다. 곽해를 핑계 삼아 표현한 "협기를 믿고 권세를 휘두름[任俠行權]"이라든가,

丈人其言雖若不經然往往與老莊合所謂遊
方之外者非耶
郭索傳
郭索者吳人也其先曰匡佐神農氏得治胃氣
理経絡之術嘗客游秦秦人多病癃者匡至門
癃輒已自是郭氏重於秦匡子曰敖敖于越王
勾踐是時越王方委國政於鬪蛙蛙素習知郭
氏小之不為禮乃去自敖歷九代至索索生而
性躁然有物外高致避世亡在澤中蹙踊勃窣
於蘆葦間務滅其跡不欲上人齒牙間江湖人
四八〇

권필의 초상과 그의 유작 모음인 『石洲集』에 실린 〈곽삭전〉

팽기[방게]를 빙자한 “겉으론 군자인양 하나 속으론 남을 은근히 해침[外托君子 內實陰賊]” 같은 우유(寓喩)의 수법을 통하여 당시의 횡포한 권력가 및 위선에 찬 무리들에 대해서도 은유적으로 야유한 대목이 없지 않았다. 광해 초에 최고의 권신(權臣)이던 이이첨(李爾瞻)이 교제를 신청하였을 때에 이를 단호히 거절했던 권필이었다. 뿐만 아니라 자신을 끝내 죽음으로 몰아넣었던 〈궁류시(宮柳詩)〉가 다름 아닌 광해의 척신(戚臣)인 유희분(柳希奮)을 풍자한 것이라 하니, 권필의 이같은 강개한 삶의 태도가 그의 의식 세계의 고스란한 반영인 문학과 무관하다고 보기 어렵다.

권벽이 22세 때 〈관성후전〉을 지었을 당시에야 하필 자신을 둘러싼 현실 세계에 대한 무슨 풍자거나 비판을 목적으로 숨겨둔 것 같이 보이지는 않는다. 그보다는 자신의 문학적 역량을 확인해보고 자기 표현적 묘미를 얻고자 한 운필로 인식된다. 그러나 이후 벼슬살이의 환로

(宦路)를 겪으면서부터는 차츰 현실적인 문제에 대한 사리 판단의 성향을 보이게 된다. 이를테면 습재 시 안의 〈명홍(冥鴻)〉(권16)—어둔 밤의 큰기러기—에서의 기러기는 그저 가을밤의 쓸쓸함을 나타내는 시각적 이미저리가 아니라 거친 정치적 현실로부터 일정 거리를 유지하고 있는 권벽 자신의 모습을 암시하고 있다. 또 〈영화(詠花)〉(권22)에서의 꽃이 그냥 천연의 미적 대상으로서의 꽃이 아니요, 〈영접(詠蝶)〉(권22) 및 동명의 〈영접(詠蝶)〉(권24)에 형상된 나비가 더이상 순연한 서정으로만 바라보는 나비만은 아니겠다. "현실 정치권과 자신의 유거 공간을 대립관계로 설정하고, 유거 공간의 상대적 우월성을 논하고, 사물을 통해 물리나 인정을 추출하는 일반적 형식과 달리 인간적 경험의 결과를 사물에 적용"[28]시켰을 개연성이 고려된다. 요컨대 단순한 주관적 감성의 영물이 아닌 객관적 이성에 입각한 영물을 구사하고 있다는 의미인 것이다.

바로 이 지점이 아버지 권벽과 아들 권필 사이의 문학적 교차점이라 할 만하다. 그것은 단순히 누구나 다루지는 않았던 의인 열전을 공교롭게도 부자가 나란히 창작했다는 사실에만 국한되지 않았다. 의인법 구사의 내포적 의미까지 서로 닮아있다는 사실에서 부전자승(父傳子承)한 내면의 모습을 보게 되는 것이다.

필사본과 금속활자본을 대교(對校)해 보았을 때, 작품 전반부만 해도 '始皇之時(필사본) / 秦始皇時(활자본)', '隱居其山(필사본) / 隱居其地(활자본)' 등 둘 사이에 달리 나타나는 것들이 눈에 띈다. 또 활자본에는 승상 이사(李斯)의 '斯'가 '期'로 오기(誤記)된 부분도 있고, 필사본에서는

28) 김창호,「권벽시 연구 : 幽鬱의 삶과 독백의 시세계」,『한국한문학연구』 25집, 한국한문학회, 2000, pp.68~69.

사홍조(史弘肇)의 '肇'가 '早'로 오서(誤書)된 것도 있다. 그런가 하면 필사·활자 두 본에서 똑같이 '紀少瑜'가 '絕少瑜'로 와전된 모양도 포착되는 등 오류가 심심찮게 있다. 전체적으로는 필사본에서 좀 더 많지만, 먼저 이루어진 필사본을 기본으로 삼되 와류(訛謬)를 보정(補正)하면서 소개하기로 한다. 원전의 결자(缺字)는 ○로 표시하였다.

• 管城侯傳 •

侯姓毛氏 名記 字述而 管城人也 其先自開闢以來 已出於世 時方鴻荒 人文未宣 結繩以治 不貴文士 故隱居秘迹 不求人知 又文獻無徵 其世系不可考 至書契 時佐伏羲劃八卦 與蒼頡共作字 帝錄功用之 毛氏自是始顯 至周 從孔子作春秋 獲麟而見絕於魯 遂聚族 隱居中山 始皇之時 蒙將軍恬 南伐楚 過中山 聞毛氏隱居其山 遂訪其族 取其拔萃者得毛穎焉 載之與歸 薦於始皇 始皇乃封諸管城 號中書 從丞相李斯 工篆隸 斯奇之 甚相親善 時焚坑禍起 海內儒生無一免者 穎亦書生 幾不能保 賴斯得脫 以壽終於管城 子孫因家焉 至魏晋 出入鍾王家 以衒其能 人皆重之 其後或效五色瑞於江淹 或呈靑鏤 異於絕少瑜 唐時毛花者 與李白神交 嘗隨白 入便殿 同撰制誥詞 詞意稱旨 玄宗嘉之 勅宮嬪十人 侍坐左右 其見寵如此 厥後有毛某者 史失其名 嘗隨柳公權直諫爲世所稱 有毛椽者 與玉�相善 寤寐不離 珣甚敬重焉 五代時 有毛錐子者 與史弘肇不相好 弘肇絕不見錐子 亦心不甚怒○ 歷代君臣皆不崇重 至有以尖頭奴呼之者 簡賢如此 時事可知 記父亢銳 娶同郡管氏女生記 記質穎悟 自少時已有文章發越之○ 與人論文言辭爽秀 其鋒不可當 雖喜動無靜然 器宇不凡 唯以文學爲業 不拘世務 號無心子 弱冠遊京師 自公卿以至士庶 聞記名 無不請見 使爲文章 操紙立就人 皆愛重願與之遊 大臣薦記於上 上召見文德殿 謂記曰 君有何能 對曰 倘臣得蒙收錄 以備任使 則雖無長杠之才 亦可得○毫髮之○ 上悅 使待詔中書 卽拜中書舍人 未幾 陞爲中書令 是時 尙書令陶泓客卿陳玄中書侍郎楮知白 皆以文學得幸 記與三人 結爲膠漆 相得○甚 時人謂之文苑四貴 每有詔令及凡文翰之事 必使四人謀之 而記潤色之功尤多 上每褒奬焉 久之 擢拜文淵閣太學士兼中書平章事 盖爰立作相 値諸左右也

每入朝 上待以優禮 呼毛學士 而不名 記性喜文惡武 樂與文士遊 若武人請之 則雖不得已而往 不肯與之慇懃 由是武人多嫉之 或讒於上曰 記性貪墨 無潔白稱 上曰 吾用其文學 俾掌書翰 豈顧其他 自是左右莫敢復言 上乃下詔曰 盖聞有功不賞 雖唐虞不能以勸天下 文淵閣大學士毛記 久典書籍 助成文治 厥功茂焉 其封記爲管城侯 世世勿絕 留在中書以輔朕躬 記旣冠 頓首謝曰 臣本微賤遭遇聖主 官爵踰分 報恩末由 思欲盡心褐力 雖拔毛利天下 有所不惜 今老禿荒耗 不堪中書之任 請乞骸骨退老封邑 上欲不許 憐其衰老 乃從其請 記遂歸管城以壽終 子銛嗣

史臣贊曰 毛氏世居管城 記以脫穎之資 在王左右 專掌文柄 文章功業 蔚然名世 終佩侯印 衣錦還鄉 不亦美哉. 『習齋集』

김석행의 진현전

金奭行 • 陳玄傳

맹자

진현(陳玄)[1]이란 이는 강(絳)[2] 출신이다.

그 계통은 알 수 없으나, 어떤 이는 춘추시대 묵적(墨翟)[3]의 후예라고 말하기도 한다. 그러나 동이(東夷)가 맹자(孟子)의 불설지교(不屑之敎)[4]를 입게 되면서 따로이 성(姓)을 진(陳)으로 했다고도 한다.

자호(自號)는 묵경(墨卿)[5]이라 했다. 이는 대개 그가 홍농(弘農)[6]의 묵지촌(墨池村)[7]에 살았던 데다,

1) '먹'의 의인화 표현.

2) 춘추시대 진(晉)나라 땅으로, 지금 산서성(山西省) 소재.

3) 묵자(墨子). 전국시대 송(宋)나라의 사상가로, 겸애(兼愛)・숭검(崇儉)・비공(非攻) 등을 주장하는 묵가(墨家) 사상의 시조.

4) 상대에 대해 탐탁히 여기지 않아 짐짓 가르쳐주지 않고, 스스로 생각하게 하는 가르침. 여기선 유가 쪽에서 묵자가 달갑지 않음을 시사한 말이다. '孟子曰 敎亦多術矣 予不屑之敎誨也者 是亦敎誨之而已矣.'【孟子, 告子・下】.

5) '먹'을 높여 의인화시킨 표현.

6) 지금 하남성(河南省) 소재의 한나라가 세웠던 군(郡) 이름.

관성백(管城伯)[8]인 모영(毛穎)[9]과 친해서 함께 나들이를 나설 때면 이 연못에서 목욕했던 까닭에 이렇게 부른 것이다.

노자

사람됨이 법도를 지니어 스스로의 절조를 견지하였고, 사뭇 노자(老子)의 가르침을 좋아하니, 그 지극히 심원한 의미를 취하여 이름을 삼게 되었다.

또한 찬란히 세상에 드러남이 가상한 일인 줄 잘 알면서도, 남에게 보이지 않는 자신을 지킬 줄 알았다. 타고난 성품이 애초부터 군자의 덕을 품수 받았고, 북두성(北斗星)과 견우성(牽牛星)의 기운을 뽑었다.

장성해서는 어느덧 문장(文章)이 되었다. 그야말로 오채(五彩)[10]가 일찍부터 드러나고 물고기가 용문(龍門)[11]으로 비약하는 경사(慶事)였다.

관각(館閣)[12]에서 그를 천거하여 오랫동안 한림학사(翰林學士)[13]를 지냈고, 때로 음풍영월(吟風咏月)하며 스스로 즐기었다. 만년에는 드디어 나와서 수양태수(首陽太守)[14]를 하였는데, 청정(淸淨)하고 호젓하여 매월(梅月)의 칭송이 있었으니, 애틋하구나!

그의 도는 전수 받은 바가 있어 겸애(兼愛)를 위주로 하였으니, 비록

7) 벼루의 움푹 팬 곳. 연지(硯池).
8) '붓'을 높여 의인화시킨 표현.
9) '붓'의 별칭. '毛穎者 中山人也.'[韓愈, 毛穎傳].
10) 청(靑)・황(黃)・적(赤)・백(白)・흑(黑) 다섯 색깔이 서로 어우러짐.
11) 용궁의 문. 이곳은 물이 험하여 어별(魚鼈) 등속이 올라갈 수 없고, 올라가면 용(龍)이 된다고 한다. 명성과 명망이 높은 사람을 뜻하는 말이기도 하다.
12) 한림원(翰林院). 조서의 기초를 맡은 관아.
13) 당 현종 이후 천자의 측근에서 조칙을 초(草)하는 것을 맡은 벼슬.
14) 수양(首陽)은 중국 산서성(山西省) 영제현(永濟縣)의 남쪽에 있는 산으로, 백이(伯夷) 숙제(叔齊)가 은나라에 대한 절의를 지켜 굶어죽은 곳.

발꿈치가 닳고 이마가 해져도 세상에 이롭다면 반드시 이행하는 것이었다. 관성백(管城伯)[15]도 매양 그것을 규감(規鑑)으로 삼고 따랐다.

수양산

눌와자(訥窩子)는 이르노라.

「반듯하면서 바르고 곧기에, 나서면 가히 간필(諫筆)[16]을 떨쳤고, 물러나 있으면 가히 그 본분을 지켰다. 벗과 서로 의를 지키되 그 믿음에서 어긋나지 않았으니, 역시 군자가 아니겠는가!」

만가재(晩可齋) 김석행(金奭行, 1688~1762)은 안동 본관으로, 〈진현전(陳玄傳)〉은 그의 유저인 『만가재고(晩可齋稿)』 전체 5책 중에 제2책의 '傳'에 들어 있다.

일찍이 벼슬한 행적이 없었기에 공인으로서의 삶의 이력을 서술하기 어렵다. 다만 『조선왕조실록』 영조 35년 3월 계사일(癸巳日) 조에 다음과 같은 짧은 기록 안에 그 이름이 단 한 번 보일 뿐이다.

> 癸巳 四學儒生金奭行等上書 請先正臣文烈公趙憲文敬公金集從享聖廡 不許.
>
> 1759년 3월 계사일에 사학(四學)의 유생(儒生) 출신인 김석행 등이 상서하여 조헌(趙憲)과 김집(金集)의 문묘 종향을 청했으나 허락하지 아니하였다.

---

15) 붓의 별칭.
16) 신하가 임금에게 간언(諫言)하는 글.

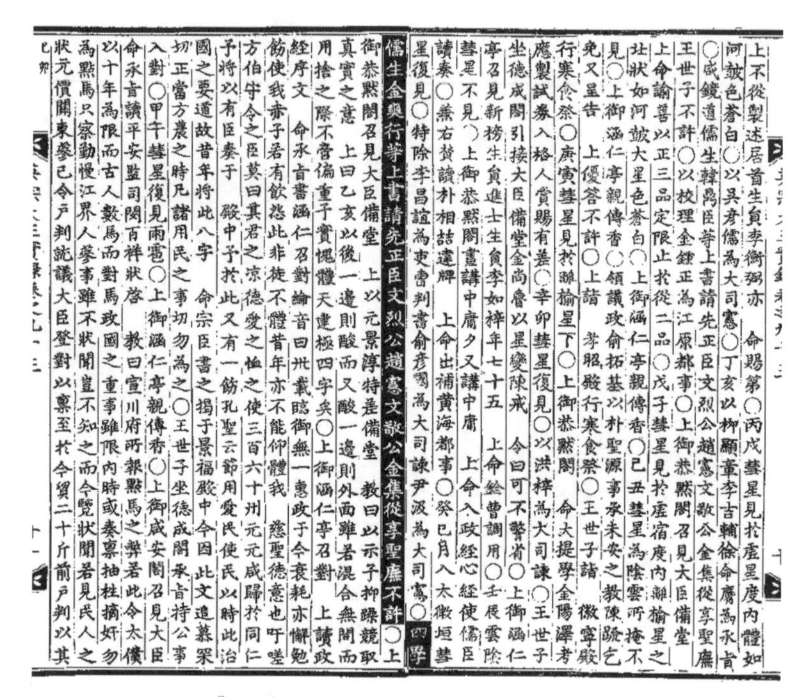

『조선왕조실록』 영조 35년 3월 癸巳日의 기록

중봉(重峰) 조헌(1544~1592)은 율곡 이이의 문인으로, '기발이승일도설(氣發理乘一途說)'을 지지하여 이이의 학문을 계승 발전시켰고, 임진왜란을 당해서는 옥천에서 의병을 일으켜 영규(靈圭) 등 승병과 합세해 청주를 탈환하였다. 이어 전라도로 향하는 왜군을 막기 위해 금산전투에서 분전하다가 의병들과 함께 전사한 인물이다. 사후 142년 만인 1734년(영조 10)에 영의정에 추증되었다. 그리고 다시 25년 뒤에 김석행이 이번엔 문묘 배향을 상신하게 된 것이다. 정작 그 일이 성사된 때는 김석행 등의 품신이 있은 뒤 124년이나 더 지난 1883년(고종 20)이나 되어서였다.

한편 김석행이 나왔다고 하는 사학(四學)이란 조선시대 중앙인 한성부(漢城府)의 각 부(部)에 설치된 관립 교육기관이다. 사부학당(四部學堂)의 줄임말쯤 되리니, 중앙에 중학(中學) 및 동쪽의 동학(東學), 남쪽의 남학(南學), 서쪽의 서학(西學) 등 네 곳의 학교를 말한다. 중등 정도의 교육을 실시한바, 성균관에 비해 규모나 등급이 낮으나 교육 방법 및 내용 등에서는 비슷하였다. 따라서 성균관의 부속학교와 같은 성격을 띠었으되 문묘(文廟)의 설치 없이 교육만을 담당하였다. 각 학당에 100명 정원이었으며, 재사(齋舍)라 하는 기숙사 제도를 마련하여 학비 및 운영비용을 국가가 부담하였다. 교관 이하 학당에 필요한 인원은 성균관 소속의 교수와 훈도 2명씩을 파견하여 성균관 관원으로 겸직하게 했다. 양반과 서인의 자제로서 8세가 되면 입학이 허락되었는데 과목은 소학과 사서오경을 위주로 했고, 『근사록(近思錄)』 및 역사 일반들도 다루었다. 성적 우수자가 15세 이상에 승보시(陞補試)에 합격하면 성균관에 진학시켰다. 학당에서는 5일마다, 예조에서는 매달 제술(製述)과 경사(經史) 시험을 치러 1년의 성적을 임금에게 보고하였다. 우수생 5명을 뽑아 생원·진사 시험에 응시하게 하였고 이들에게는 알성시 응시의 자격도 주어졌다. 조선시대에 지방의 중등교육을 향교가 담당하였다면, 중앙 관학으로서의 중등교육을 사학이 담당하였다고 볼 수 있다.

바로 이곳 사학 출신인 김석행은 생몰의 연대와 약력이 모두 미상이다. 문집 전반의 내용으로 미루어 보아 벼슬은 한 번도 한 것 같지 않으며 평생을 독음(獨吟) 내지는 지인들과의 음풍농월(吟風弄月)로 지낸 듯싶다. 그러한 자기 합리의 한 가지 반영이었던지 문집의 두 편 설(說) 작품 중 하나인 〈주망설(蛛網說)〉에서는 아예 벼슬길을 속세의 그물이란 뜻의 '진망(塵網)'에다 비유하였다. 나아가 이것이 거미줄[蛛網]보다 더 험한 길이라고 표현했으니, 저간의 실정을 알만하다. 시문 중에 서종급(徐宗伋, 1688~1762)이나 이천보(李天輔, 1698~1761) 등과 화답한 시도 있는 것으로 보아 저자는 처사(處士)로서 일영일상(一咏一觴)하던 인물이요, 그 시기는 영조 연간이었다.

그의 시문집 『만가재고(晩可齋稿)』는 5책의 필사본으로, 전집(前集)과 후집(後集)으로 나뉘어 있다. 서문도 발문도 없고, 저자에 대한 아무런 기록도 남아있지 않다. 규장각 도서목록에 포함되어 있고, 간행은 영조(英祖) 연간(1725~1776) 이후로 추정하고 있다.

제1책은 전집시(前集詩)라 하여 7세 때 지은 시를 위시한 이른바 초년작 174수와 중년 작 98수 등 총 272수의 시가 수록되어 있다.

제2책은 앞부분에 전집문(前集文)이라 하여 尺牘 4편·序 1편·記 5편·說 2편·哀辭 1편·祭文 6편·跋 1편·傳 1편·論 1편·銘 3편·賦 2편·雜著 13편으로 조성되었다. 설(說) 2편은 각각 〈지망설(蜘網說)〉과 〈걸인설(乞人說)〉이고, 전(傳) 1편은 다름 아닌 〈진현전(陳玄傳)〉이다. 명(銘) 3편은 〈눌와명(訥窩銘)〉·〈서진명(書鎭銘)〉·〈구명(柩銘)〉이며, 잡저(雜著)는 제문(祭文)·서(書)·발(跋) 등을 모은 것이다. 이하는 '후집시(後集詩)'라 하여 백사록(白社錄)이라는 제하에 시 134수가 있다.

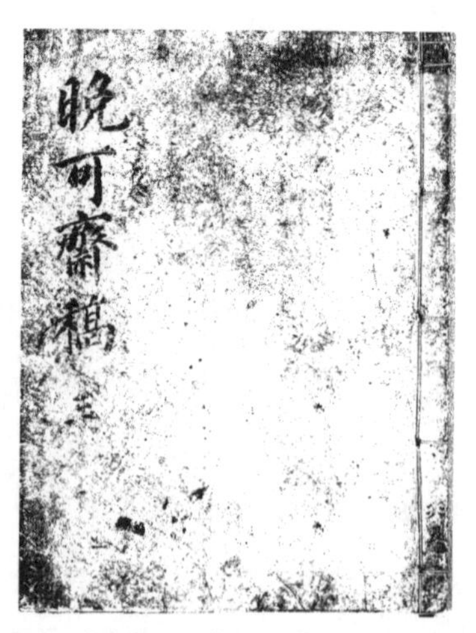

김석행 유집 『만가재고』의 표지

제3책에 시 196수, 제4책에 시 264수, 제5책에 시 166수, 도합 626수로 오언·육언·칠언의 절구(絕句)

및 율시(律詩) 등 다양한 형식을 구사해 보이고 있다.

이토록 문집 전체를 통해서 시가 가장 많은 부분을 차지하는 현상으로 그의 시에 대한 비상한 열정이 간파된다.

역시 혼자만의 고적(孤寂) 속에서 사색을 나타낸 시가 가장 많다. 유난히 외로움을 타는 듯싶은 대목이 많이 보이매 필경 다정다감한 성격의 소유자인 양하다. 그 외에 친한 벗과 어울려 서로 운(韻)을 던져주면 그에 맞춰 시를 짓기도 하였으니 '유재(流在)·간와(簡窩)와 더불어 사계절 꽃 12율(律)에 대해 읊되 한 글자씩 운을 부른다'라는 뜻인 〈여유재간와영사시화십이율호운일자(與流在簡窩咏四時花十二律呼韻一字)〉(제3책) 같은 것이 그러하였다. 이 경우 특히 모란·작약·월계(月桂)·석죽화(石竹花)·파초·왜척촉(倭躑躅)·전추라(剪秋羅)·국화·포도·소나무·대나무·매화 등 12종 꽃에 대한 영물시가 그 사물 관심의 단서가 될 만하다.

그런가 하면 서로 돌아가면서 읊는 형식의 연구(聯句)도 적지 않다. 일례로 〈초추삼로회한문공추시십일편운공부(抄秋三老會韓文公秋詩十一篇韻共賦)〉(제3책)은 삼로회(三老會)가 한자리에서 한유(韓愈)의 〈추시십일편(秋詩十一篇)〉 운을 뽑아서 함께 지은 것이고, 〈부용맹동야추회시십오편분운각부(復用孟東野秋懷詩十五篇分韻各賦)〉(제3책)는 맹교(孟郊, 751~814)의 〈추회시십오편(秋懷詩十五篇)〉의 운을 각자 나누어 지은 경우이다. 특히 〈연구부연몰강자(聯句賦硯沒絳字)〉(제1책) 같은 작품은 다름 아닌 문방사우의 하나인 벼루를 교대로 음영한 자취이다.

김석행이 지은 시 중에는 자신이 시에 벽(癖)이 있다는 고백도 없지는 않지만, 동시에 시보다 문의 방면에 더욱 주력하였노라고 자변하는 대목도 있다. 2책의 발(跋) 1편인 〈부고발(賦稿跋)〉이라는 글에 모처럼 그의 문학적 신상 고백에 대한 낭보를 접할 수 있다.

余之工於文 不爲不多矣 始己未迄玆癸酉十五年 所工業賦六百餘首 詩居賦十四分之一 四六居詩三分之二 義與四六同箴銘頌 各二三十篇 至如散文吟咏 又得多卷…….

나는 문(文)에 재주가 있으니 작품 수도 많지 않을 수 없다. 기미년에 시작하여 계유년까지 15년 동안 부(賦)에 공들인 것이 600여 수가 된다. 시는 부의 14분지 1이고, 사륙문(四六文)은 시의 3분지 2이다. 의(義)와 사륙문은 잠(箴)·명(銘)·송(頌)과 함께 각각 2,30편 가량 된다. 거기에 산문 읊기에 이르면 또한 상당한 권수가 된다.

김석행의 생애 안에서 기미년이라면 1739년 곧 만 51세 되던 해요, 계유년은 1753년 65세 때가 되니, 이 고백이 그의 만년의 글임을 인지할 수 있다. 그의 문집을 보면 거의 시(詩)가 압도적인 숫자를 차지함에도 불구하고 그것이 부(賦)의 14분지 1밖에는 되지 않는다고 했다. 그런데, 현전(現傳)의 문집에는 〈눌부(訥賦)〉와 〈지도부(志道賦)〉 고작 두 작품밖에 보이지 않으니 그 영문을 알기 어렵다.

한편, 시는 여느 시인과 다름없이 함축된 언어가 많지만, 문의 경우는 전체적으로 평명(平明)한 편이다. 즉 대부분 직서법적 수사가 대체를 이루는 간결한 문장 속에 뜻이 평이하고 명백하다.

의인 열전을 짓는 작가 대부분이 그러하듯이 김석행의 경우 역시 사물 의인의 자취가 문집의 도처에 발견된다. 일일이 열거하기 어려운 중에 거미 및 거미집을 소재로 한 〈지주(蜘蛛)〉(제1책)와 〈주망설(蛛網說)〉(제2책), 자신의 대지팡이를 읊은 〈만가죽공(晩可竹笻)〉(제3책), 또 절친한 시우(詩友)인 간와(簡窩)라는 이가 지니고 있는 벼루를 대상으로 한 〈간와고연(簡窩古硯)〉(제3책), 지재(知齋)라는 벗의 거문고를 다룬 〈지재현금(知齋玄琴)〉(제3책), 염재(恬齋)라는 벗의 그림병풍을 다룬 〈염재화병(恬齋畵屛)〉(제3책) 등을 들어볼 만하다. 특히 〈한거잡영사십오수(閑居雜咏四十五首)〉는 사물 음영의 결정판이라 할 만하니 그 순서는 硯·筆·墨·紙·屛·帳·氈[솜털요]·几·燈·爐·衾·枕·梳·巾·扇·簾·鏡·笻·袍·帶·笏·屨[미투리]·樽·琴·棊·博[쌍륙]·硯滴·詩筒·茶罐·藥囊·牛·馬·驢·鷄·犬·龍·虎·鸞·鳳·龜·鶴·鵝·鳩·燕·螢으로 되어 있다. 이 중 지필묵연이 가장 선두를 차지하고 있는바, 각별히 문방사우를 앞자리에 배열한 데는 어쩌면 그 저의가 시인에게 중요한 순서라는 이유도 없지는 않았겠다. 그리고 26번째 자리에는 문방사우와 관계 깊은 연적을 읊었다. 여기 그 다섯 휘품 모두를 열거된 순서에 맞춰 인용해 둔다.

閑居雜咏四十五首 梅花會當在此
劖出千年鄴瓦堅 玄雲潭底淨淵淵 肯教陶子彈丸破 金線環來寶自堅 右硯
靈山奋鼠飮松腴 散出芳烟紙上驅 縱使道門埋十笔 中書環匣不曾無 右筆
泓出青童最可人 小窓書幌鎭相親 瑩光休道雷公石 爍爍松煤施是珍 右墨
雲錦霜膚一尺天 剪開詞客幾千篇 齋香且莫爭佳品 水月鏡花撲共傳 右紙
邕甲休言纈醉眸 却欣書讖更兄求 清貧不害遮無竹 肯使前人羙獨留 右屛
折髮纖羅烟氣凝 遠來孫幔室堪稱 塵清木榻垂垂絃 書室與居未見憎 右帳
王家舊物一團青 待客猶能設小廳 金縷紫茸何足羨 支床終日醉還醒 右氊
拂拭烏皮奉曲肱 山窓日永午眠能 嗒然枯木君同我 誰識莊園老叟凭 右几
蘭膏金粟暈光江 幾占釵頭綴玉虫 何必火城方取快 桃來一炷可勤工 右燈
陶成圓体篆成畵 全茶中間點以朱 一炷青烟香滿室 老夫癡坐煖金壺 右爐
歲云暮矣雪風寒 遥想看雲不暫閑 永夜姜衾眠未夢 譽褪難對臺京山 右衾

《한거잡영사십오수》

〈硯〉

刳出千年鄴瓦堅　천년 묵은 단단한 덩어리 돌 빼개어내니
玄雲潭底淨淵淵　물 아래 잠긴 묘한 구름빛 은은히 곱구나.
肯敎陶子彈丸破　도공으로 하여금 깨뜨려 자그마니 만들 제
金線環來寶自然　그대로 금실 고운 줄로 에워싼 보배인 것을.

〈筆〉

靈山奮鼠飮松腴　솜양지꽃 먹고 사는 영산의 날랜 쥐가
散出芳烟紙上驅　종이 위 달리면서 근사한 자취 뿌리도다.
縱使道門埋十瓮　수련생으로 몽당붓 열 항아리 묻게 한다면
中書環匝不曾無　죄 훌륭한 문장가로 에워싸게 할만도 한데.

〈墨〉

池出靑童最可人　연못 밖에 나온 신선 쓰임새 으뜸이요
小窓書幌嫵相親　서실 작은 창에 둘린 휘장 사랑스러워.
瑩光休道雷公石　천둥 신의 돌 빛깔만 곱다고 하지 마라
燦燦松煤摠是珍　반짝이는 솔 그을음이 온통 보배일지니.

〈紙〉

雲錦雪膚一尺天　아롱진 한 자 폭의 비단무늬 눈 같은 살결
剪開詞客幾千篇　글객들은 끊어다가 몇 천 작품이나 썼을까.
蜜香且莫爭佳品　밀향지니 아니커니 고급 품질 다툴 것 없어
水月鏡花摸共傳　아뜩하고 미묘한 정취가 여길 거쳐 전해지니.

〈硯滴〉

呑吐以時用適中　때론 삼키고 때론 토함 중용에 맞춰 하니
澄潭貯與墨池通　맑은 沼에 간직된 물 벼루연못으로 통한다.
如何渟滀尾閭水　어이하여 바닷물로 새는 통로에 고인 물의
一理生生潮信同　연면한 한줄기가 일정 주기 조숫물 같은지.

김석행의 유작을 담은 『만가재고』가 필사본이다 보니 필사의 과정상 전반적으로 기이한 약자거나 오자 등이 더러 보인다. 여기 벼루 시에서도 첫 구에 '千年鄴(천년업)'으로 된 표기는 '千年樸(천년박)'이겠고, 붓 시의 맨 끝 구에 '環匣(환갑)'은 '環匝(환잡)', 종이 시의 셋째 전구(轉句)에 '密(밀)'이라고 쓴 것은 '蜜(밀)'이 맞겠기에 고쳐 수록하였다.

아울러 이 중 바로 세 번째에 자리한 '墨'의 시는 특별히 먹 의인 문조(文藻)인 〈진현전〉과 관련하여 더욱 각별해 보인다.

먹을 뜻하는 일차적인 표기가 '墨'임에도 불구하고 중국과 한국의 먹의 열전들 중 어느 것도 그 표제에 '묵(墨)' 자 사용을 보인 사례가 없었다. 이는 김석행의 이 전(傳) 작품 한 대목 안에 서술되었듯 묵자가 유교 입장에서 이단으로 다루어졌던 데서 그 이유를 찾을 수도 있을 법하다.

〈진현전〉에 나타난 주인공의 이미지는 크게 안팎 양면으로 나누어 보는 일이 가능하다.

외적인 면모는 그가 묵적의 후예인 것, 홍농(弘農)의 묵지촌(墨池村)에 살았다는 것, 한림원(翰林院)의 천거를 받아 오래 한림학사(翰林學士)를 지냈다는 것, 만년에는 수양태수(首陽太守)를 했다는 것 등이 그것이다. 이와 같은 기술은 의인열전 일반에서 보듯 작품의 조성 과정에 주인공을 한 사람 문인 관리의 행적처럼 꾸미기 위한 과정의 허구임이 당연하다. 사뭇 노자의 가르침을 좋아하였다는 서술도 작자 자신의 심중 언어는 아닌 듯 싶다. 문집 전반에 걸쳐서 김석행이 노장의 도가(道家)를 흠선한다거나 묵자의 사유에 솔깃해 하

19세기의 책가도
–고려대박물관 소장

는 경우를 찾아볼 수 없다. 그 사상과 경륜이며 모든 행색에서 어디까지나 유자가 가야 할 자기 수신(修身)과 인륜 법도(法道)에서 벗어나지 않았다는 사실을 아는 일이 어렵지 않다. 게다가 그가 자기 일에 힘쓰는 일 없이 무위도식하는 사람과는 상종하지 않겠다고 강변한 〈걸인설(乞人說)〉 같은 글을 보아도 그가 노자나 장자의 무위자연 개념을 탐탁히 여겼을 것 같지는 않다.

반면, 이러한 행적 부분을 제한 나머지 내적 면모에 대한 묘사는 작가의 주관이 반영된 듯하여 한층 더 주목된다. 그리하여 작자가 주인공의 인성(人性)에 대해 표출해 보인 대목만을 추린다면 다음 몇 가지로 정리해 볼 수가 있다.

1) 사람됨이 법도를 지녀 스스로의 절조를 견지하였다.
2) 세상에 비쳐 드러남이 가상한 일인 줄 알면서도 남에게 보이지 않는 자신을 지킬 줄 알았다.
3) 때로 음풍영월로 스스로 즐겼고, 만년에는 청정하고 호젓하여 매월(梅月)의 칭송이 있었다.
4) 반듯하고 바르고 곧기에 나서면 가히 간필(諫筆)을 떨쳤고, 물러나 있으면 그 본분을 지켰다.
5) 벗과 서로 의를 지키되 믿음을 저버리지 않았다.

이상은 작자가 겸손한 입장에서 자신이 그렇게 되었으면 하고 지향하는 이념의 푯대라고 하겠고, 좀 더 적극적으로 과감하게 평한다면 바로 작자 자신의 신상 고백일 수 있다.

주인공이 수양태수(首陽太守)를 하였는데 맑고 호젓해서 매월(梅月)의 칭송이 있었다고 한 것은, 다름 아닌 둘 다 황해도 해주(海州) 산의 명묵인 수양(首陽)과 매월(梅月)을 말함이다. 소나무를 태워 가장 높이 올라가는 그을음인 초연(超煙)을 모아 만든 것으로, 조선의 선비들이라면 누구나 탐을 냈지만 워낙 비싸 손에 넣기가 어려웠다 한다. 당시 중국 안휘성(安徽省) 휘주(徽州) 산의 먹을 제일로 치는 분위기였지만, 조선 해주 산의 먹을 으뜸으로 삼는 이들도 있었다고 한다. 작품에서는 주인공을 중국인으로 설정했음에도 불구하고, 궁극엔 조선의 명품 먹인 수양과 매월을 세워 선양하고자 한 뜻이 컸던 것이다.

아울러 이 먹과 관련해서 유명한 소화(笑話) 일편(一片)이 『고금소총』에 전해진다. 제목을 〈광심취묵(誑嬸取墨)〉－숙모를 속여 먹을 취하다－이라고 한 이 우스개를 번역으로 옮겨 보인다.

우리나라 먹의 산지가 한 둘이 아니지만 해주의 수양매월이 최상품이다. 예전에 한 사람이 황해감사의 임기를 마치고 판서로 승차하여 돌아왔다. 그런데 그의 조카 중에 숙부가 지니고 온 수양매월 먹을 탐내는 자가 있었다. 조카는 판서에게 몇 개 나누어 주기를 청했으나 판서가 없다고 거절하자 속으로 유감을 품었다. 나중에 그는 숙부가 나가기를 기다렸다가 숙모에게 은밀히 이렇게 말했다. “숙부님께서 황해감사로 계셨을 때 두 기녀와 가까이 지내며 질탕하게 노셨다 합니다. 기녀 이름이 하나는 수양이라 하고 하나는 매월이랍니다. 숙부님께서 한양으로 돌아오실 때 그 정을 잊지 못하고 두 기녀 이름을 먹에 새겨 함 하나에 가득 넣어가지고 오셨답니다. 숙모님께서는 잘 모르는 모양이시군요. 미심쩍거든 함을 열고 한 번 보세요.” 숙모가 댓바람에 함을 열어보니 수양 매월의 이름이 새겨진 먹이 그득하였다. 숙모는 노기충천하여 함을 들어다가 마당에 던졌다. 먹들이 땅에 흩어져 뒹굴었고, 조카는 재빨리 주워 소매에 가득 담아 가지고 돌아갔다. 저녁이 되어 밖에서 돌아온 판서는 먹을 담았던 함이 땅에 버려져 있는 것을 보고 크게 놀라, “어찌된 까닭인가?” 묻자 부인이 꾸짖었다. “사랑하는 기생 이름을 어째 손바닥엔 새겨오지 않고 먹에만 새겨 오시었소?” 순간 재상은 조카의 짓인 줄 깨닫고 부인에게 말하였다. “해주부 뒷산 이름이 수

양인데, 그 산에서 나는 먹의 이름을 매월이라 한 것은 오래된 일이야." 변명했지만 부인은 그래도 믿지 못하여 쉴 새 없이 질책해대는지라 판서는 그 고초를 견디지 못했다고 한다. 이 이야기가 한 때의 우스개로 전해졌다.

옛 소설 〈토끼전〉에도, "여러 화공이 둘러앉아 토기 화상을 그리려고 문방사우 차려 노니 금수파 거북연과 남포청석 용연이며 마가연과 홍도연과 한림풍월 부용단과 수양매월 용제먹과 황모무심 양호필과……" 하는 속에 수양매월 용제먹이 보이고 있고, 〈추풍감별곡〉에도, "남포 베루에 수양매월을 가라 양호무심필을 흠석 푸러노코 백릉화주지를 펼처 책상 우에 놋터니"처럼 문방사우 명품의 나열 중에 수양매월이 등장하고 있을 정도의 명묵이었다.

〈진현전〉 작가는 작품의 마무리 평결부의 명칭을 '눌와자(訥窩子)'로 세웠다. 의인열전 평결부 용어의 대종을 이루는 '태사공왈(太史公曰)'이나 '찬왈(贊曰)', 또는 '사신왈(史臣曰)' 대신, 지극히 개아적(個我的)인 칭호를 선택해서 썼다는 사실이 특이해 보인다.

동시에 이 '눌와자'는 알고 보면 그의 애용하는 호였음을 그의 문집의 독서 과정에서 석연해진다. 다름 아닌 제2책 '전집문(前集文)'의 세 편 '명(銘)' 가운데 〈눌와명(訥窩銘)〉이 나온다.

慎玆語言 司我樞機　　말씀을 신중히 하여 나의 중심 다스리고자
懿是養德 律戒悖違　　훌륭한 덕 양성하고 어긋난 일은 경계하네.
訥以顧行 曾欲余訒　　어눌을 따져 되살핌은 과묵하기 바람이요
窩玆銘言 有意於愼　　거실 명으로 새겨둠은 근신을 목표함이라네.

눌와는 작자의 당호(堂號)인 양하나, '눌(訥)'에 대한 그의 지론은 여기

서 그치지 않는다. 이 명(銘)의 바로 뒤엔 〈눌부(訥賦)〉라는 제목 하에 다시금 눌언(訥言)이 군자다운 것이고 교변(巧辯)이 소인다운 것임을 견줘 열거하면서 역변하고 있다. 특히 이 작품의 소서(小序)에 보면 '어떤 사람이 내게 일러주기를, 남들이 자네를 말더듬이라고 흉본다고 하였다[或謂余曰 人以訥病子]'는 말이 나온다. 이로써 그가 한눈에도 금세 알 수 있을 만큼 떠듬떠듬하는 정도가 심했던 '말더듬이'였던 모양이고, 스스로는 이를 애써 합당화하고자 했음을 본다.

• 陳玄傳 •

陳玄者絳人也 不知其系出 或以爲春秋時墨翟之後裔也 而自夷之被孟子不屑之誨 別姓爲陳云 自號墨卿 盖玄居於弘農縣墨池村 與管城伯毛穎友善 相與出遊 輒浴於斯池故 因以號焉 其爲人也 繩墨自持 頗好老子學 取玄玄之義而名焉 且能知白守黑矣 自賦性初 稟得龍光 射牛斗之氣 及其壯也 已成文章 五彩早闡 魚躍龍門之慶 館薦永爲翰林學士 有時以吟風咏月自娛矣 晚乃出爲首陽太守 淸淨孤特 有梅月之頌惜乎 而其道有所受傳 以兼愛爲主 雖磨頂放踵利天下焉 而必爲之 管城伯每隨戒之矣

訥窩子曰 平方正直 用可以奮諫筆 處可以守本分矣 有友相守 而不離其信也 不亦君子乎.

『晩可齋稿』

傳
陳玄傳
陳玄者絳人也不知其系出或以爲春秋時墨翟之
後裔也而自夷之被孟子不屑之誨別姓爲陳云自
號墨卿盖玄居於弘農縣墨池村與管城伯毛穎友
善相與出遊輒浴於斯池故因以號焉其爲人也繩
墨自持頗好老子學取玄玄之義而名焉且能知白
守黑矣自賦性初稟得龍光射牛斗之氣及其壯也
已成文章五彩早闡魚躍龍門之慶館薦永爲翰林
學士有時以吟風咏月自娛矣晚乃出爲首陽太守
淸淨孤特有梅月之頌惜乎而其道有所受傳以兼
愛爲主雖磨頂放踵利天下焉而必爲之管城伯每
隨戒之矣
訥窩子曰平方正直用可以奮諫筆處可以守本分
矣有友相守而不離其信也不亦君子乎
論
項羽不渡烏江論 [illegible]月課
古語云勝敗者兵家之常數也又曰屈伸者時勢之
固然也斯言不其然乎古之人往往有以一隊敗殘
之衆茹憤畜銳收績於顚覆之餘卒以興邦此果非

『만가재고』 제2책에 실린 〈진현전〉

남유용의 모영전보

南有容 · 毛穎傳補

진현(陳玄)[1]이란 이는 본래 백이(伯夷)[2]와는 그 조상이 같았는데 나중에 진(陳)나라로 옮겨 간 까닭에 진씨(陳氏)가 되었다. 진나라가 초(楚)의 혜왕(惠王)[3]에 의해서 멸망을 당하자 진씨는 남만(南蠻)[4]으로 달아났고, 그러기 십여 대 뒤인 현(玄)에 이르러 또 강(絳)[5]으로 옮기었기에 다시금 중국인이 되었다. 하지만 오히려 예전 습속을 따라서 몸에다 무늬를 새겨 넣게 되었다.

현은 즐겨 묵적(墨翟)[6]의 도(道)를 수행하였는데, 항상 스스로 입버릇

1) 먹의 의인화 명칭.

2) 은(殷)나라 고죽군(孤竹君)의 큰 아들. 고죽국(孤竹國) 묵태초(墨胎初)의 아들이니, 그의 성씨가 묵태(墨胎)이기에 이렇게 말하였다. 주나라 곡식 먹기가 부끄럽다 하여 수양산(首陽山)에 들어가 굶어 죽음.

3) 전국시대 초나라 제29대 왕, 파란곡절한 망명 과정을 겪다가 복위(復位)한 뒤에 진(陳) · 채(蔡) · 기(杞)의 세 나라를 멸하여 사수(泗水) 위에까지 땅을 넓혔다. 재위 57년.

4) 남쪽 오랑캐. 옛날에 중국이 나라 남쪽의 미개인을 얕잡아 일컬었던 말.

5) 춘추시대 진(晋)나라 땅. 목후(穆侯)가 이곳으로 도읍을 옮기었다. 지금의 산서성(山西省) 익성현(翼城縣) 동남쪽.

처럼 외던 말이 있었다.

"만약에 나를 써서 온 천하를 이롭게 할 수 있다면, 비록 발꿈치가 닳고 이마가 해지는 한이 있더라도 나는 변함없이 할 것이다!"[7)]

진(秦)의 시황제(始皇帝)가 천하를 병합하던 초기에는 얼마간 문학하는 선비들을 가까이 했다. 현(玄)도 이사(李斯)[8)]의 뒤를 이어 객경(客卿)[9)]이 되었던 바, 도홍(陶泓)·모영(毛穎) 등[10)]과 더불어 항상 곁에 자리하며 왕래하는 문서 등을 윤색하니, 임금이 대단히 보배롭게 여겼다.

얼마 후 연(燕)나라 출신 노생(盧生)[11)]이 나쁜 말로 임금을 비방하고는 곧장 도망쳐버리자, 임금이 진노하여 길흉 예언의 술법에 대해 글 지은 자를 조사하기에 이르렀다. 모영·진현과 관련 있는 무리들도 대부분 공모(共謀)에 연루되었다. 이에 선비 2백여 명을 땅에 묻어 버리고, 진현 등은 저버림을 받아 쓰이지 않게 되었다.

도홍(陶泓)이란 사람은, 그 윗대에 황하(黃河) 강가에서 우순(虞舜)[12)]을 따랐더니, 순임금이 천자가 되면서 그에게 도씨(陶氏) 성을 내려주었다. 사람됨이 꾸밈이 없고 듬직하였으며, 자기 영지(領地) 안에 도읍을 가지고 있었다.

모영과 진현이 아무리 특별한 총애를 받는 귀한 몸이라 하나, 임금

---

6) 전국시대 송나라의 사상가로 묵가(墨家)의 시조. 겸애(兼愛)·숭검(崇儉)·비공(非攻) 등의 설을 주장함.

7) 원전에, '如有用我 而利天下者 雖磨踵放頂 吾亦爲之.' 이는 『맹자(孟子)』, 「진심(盡心)」의 '墨子兼愛 摩頂放踵 利天下爲之'를 응용한 구절이다.

8) 진(秦)나라의 객경으로 진시황을 도와 천하를 통일, 승상이 되어 군현제를 창립하고 금서령을 내렸다. 소전(小篆)의 서체를 만들었다고도 한다.

9) 이국인(異國人) 출신의 경(卿)을 말한다.

10) 각각 벼루와 붓의 의인 명칭.

11) 신선술로 진시황의 총애를 받던 사람.

12) 순(舜) 임금의 성(姓)이 유우씨(有虞氏)이므로 이렇게 부르기도 한다.

이 장차 책임 지워 부릴 일이 있거나 혹은 누군가를 잡아들일 일이 있거나 하면 바삐 돌아치며 엎치락뒤치락하지 않을 수 없었다. 그러다가 자칫 임금의 뜻에 맞지 않으면 홀연 물리침을 당했거니와, 홍(泓)만은 무거운 신임으로 중용(重用)을 받았다. 그랬던 터라 학문이거나 예술에 관한 일이 생기면 임금은 모영 등으로 하여금 몸소 도홍에게 나아가 그 생각을 받으라 했고, 도홍은 그때마다 누운 자세로 응답할 뿐 몸을 굽히는 일이 없었다.

임금이 제후들을 통합한 뒤에는 도홍 등으로 하여금 같은 관사(舘舍)에서 지내면서 천하의 모든 기록을 도맡아 다스리라 하니, 이 세 사람이 더욱 서로 허물없는 사이가 되었다.

홍(泓)은 비둔하였으나 눕게 되면 배가 편편해졌다. 현(玄)이 늘 홍의 배에 발을 대고 있었으되 이를 혐의로 여기지 않았다.

영(穎)과 현(玄)이 둘 다 일찍 죽고 말았지만, 홍(泓)은 집안에서 천수(天壽)를 다 마치었다. 훗날 어떤 사람이 있어 그를 위한 명문(銘文)을 지었다.

'예리하지 못하나 바로 그 둔함으로 체(體)[13]를 삼고, 움직임을 모르나 바로 그 정(靜)으로서 용(用)[14]을 삼았다. 근본 벼리 그러함에 오랜 생명 누리었네!'

저선생(楮先生)이란 이는 그 선조가 주(周)나라 경왕(景王)[15]의 태사(太史)를 지냈고 그 역사를 적은 공로가 있어서 섬(剡)[16] 땅에 봉해졌다. 그리하여 자손이 회계(會稽) 사람이 되었다. 그러다가 전국시대에 저씨

13) 본체(本體). 정체(正體).
14) 운용(運用).
15) 주(周)나라 제24대 임금.
16) 진한(秦漢) 때 회계군(會稽郡)에 속한 현(縣). 지금의 절강성(浙江省) 승현(嵊縣).

(楮氏)들이 사방 흩어져 제후들한테 가는 신세가 되었거니와, 회계 땅에 사는 저씨가 가장 잘 알려졌다.

시황제 9년에 선생이 초(楚)나라의 사신을 따라 진(秦)나라에 특산품을 공납(貢納)하러 들어갔는데, 시황제가 그의 희고 명석하며 아름다운 얼굴과 거동을 보고는 지극히 사랑하여 태사(太史)[17]를 내림과 동시에 그 직책을 대대로 잇게 해주었다.

이 무렵 천하에는 일이 많아 임금은 중서군(中書君)[18]으로 하여금 저 선생에게 나아가서 함께 천자가 비장(秘藏)해 둔 서적에 기록해 넣을 것을 명하였다. 그때 중서군이 머리를 제치고 혀를 휘두르며 위아래 고갯짓으로 종횡무진 수천만 언어를 다루면서 밤낮없이 힘쓰면 저선생은 섬세하고 맑은 바탕으로 이를 받들었거니와, 임금의 뜻에 맞지 않음이 없었다.

이윽고 임금이 승상 이사(李斯)의 제안을 따라 『시경(詩經)』·『서경(書經)』 및 제자백가(諸子百家)의 어록들을 불태웠다. 이사가 황제 앞에 또 아뢰되,

"저씨(楮氏) 일족은 그 집안의 말썽거리인 사씨(史氏)로 인해 별스런 글을 많이 기록한바 되었으니, 필경엔 저씨를 모조리 없애야만 천하 글을 끊겠노라 다짐하지 않아도 절로 끊어질 것이옵니다."

하자, 임금이 그 아룀을 옳다 하고 함양(咸陽)의 저잣거리에서 저씨 겨레를 모아다 불사르고 말았다. 하지만 선생은 바야흐로 진(秦)의 역사를 기록하려던 차였고, 게다가 점치는 일이며 신선 방술(方術) 및 천하의 지리, 금전 및 곡식을 기재하는 일에 훤했던 까닭에 유독 그 화난에 말리지 아니하였다.

17) 기록을 맡아보던 관리(官吏). 사관(史官).

18) 붓의 의인화 명칭.

패공(沛公)[19]이 함곡관(函谷關)으로 들어오면서 소하(蕭何)[20]가 맨 먼저 지도와 호적을 거둬들이니, 선생도 뒤미처 한나라를 도와 천하를 평정하고선 마침내 수명을 다 마치었다.

竹農 徐東均의
〈器皿折枝圖〉

애초에 저씨의 겨레 가운데 저통(楮通)[21]이란 자가 있었는데, 재물을 잘 불리는 것으로 진시황의 총애를 입었다. 그는 천하의 돈과 비단이며 재화·보옥 등이 있는 곳을 나다녀 살피면서 그것의 귀해지고 천해짐에 따라 때맞춰 파는 일에 능통하였다. 그 와중에 저선생이 뱃속에 만권서(萬卷書)를 간직하고 있으면서도 시사(時事)에 통하지 못한다고 헐뜯었다. 책을 불사르던 재앙과 환난의 때에조차, 통(通)만큼은 저씨임에도 문맹이었던지라 오히려 더욱 요행을 얻게 되었던 것이다. 한(漢)나라가 비록 통(通)의 경박함으로 인해 흥성하였지만, 그가 도둑을 막아내지 못했던 이유로 그만두게 한 다음에는 결국 다시는 쓰지 않았다.

효문왕(孝文王)[22] 시절, 환란을 피해 여러 곳으로 도망해 있던 저씨(楮

19) 한고조(漢高祖) 유방(劉邦)이 제위(帝位)에 오르기 전의 호칭. 패(沛)에서 기병(起兵)했으므로 붙은 명칭.

20) 전한의 정치가(?~B.C.193). 장량(張良)·한신(韓信) 등과 함께 유방을 도와 한(漢)나라의 기틀을 세웠으며, 재상으로 있으면서 율구장(律九章)이라는 법률을 만들었다.

21) 종이돈. 통(通)은 유통, 통화(通貨)의 뜻.

22) 한나라의 문제(文帝). 고조(高祖)의 중자(中子)로, 본명은 유항(劉恒). 인자(仁慈)·공검(恭儉)하고, 덕으로 백성을 교화하는 등 태평한 정치를 이룩하였다. 재위 23년.

氏)들에게서 그간 잃어버린 책들을 차츰 구해 들였다. 그 마당에 유생(儒生)들이 남아 있는 책을 간직하고 있던 까닭에 적으나마 스스로 존재를 나타낼 수 있었고, 그 자손이 지금까지도 끊어지지 않았던 것이다.

찬(贊)하노라.

「거룩하고 대단하여라, 이 네 사람의 공로여! 이는 대개 신명(神明)의 조화가 함께 하신 것이다. 만일 이 네 사람 아니었다면 성인은 그 가르침을 후세에 남길 수 없었을 테고, 나라를 갖고 다스리는 자는 교화를 펼 방법이 없었을 것이다. 도서(圖書)의 자취와 영롱히 수놓아진 문장은 스러져 나타날 수 없었을 테요, 천리(天理)는 막혔으리라. 오호라! 이 네 분 아니었다면 우린 그 누구에 기대어 살았을 것이랴!」

〈모영전보(毛穎傳補)〉는 뇌연(雷淵) 남유용(南有容, 1698~1773)이 '지(紙)'·'묵(墨)'·'연(硯)'을 합전(合傳) 형식으로 지은 가전(假傳)이다.

남유용은 조선 후기 영조 때의 문신으로, 의령(宜寧) 본관에 자는 덕재(德哉), 호는 뇌연(雷淵)·소화(小華)이다. 남용익(南龍翼)의 증손이요, 조부는 남정중(南正重)이다. 서울 사직동 외가에서 아버지 동지돈녕부사(同知敦寧府事) 한기(漢紀)와 어머니 청송 심씨(靑松沈氏) 사이에서 태어났다. 이재(李縡)의 문인(門人)이며, 오원(吳瑗)·이천보(李天輔)·윤심형(尹心衡) 등과 교유하였다. 아들인 남공철(南公轍)은 순조 때 우의정을 거쳐 좌의정·영의정에 이르렀으며, 당시 제일의 문장가로 시와 글씨에도 뛰어나 많은 금석문과 비갈을 썼다.

남유용이 1740년(영조 16) 알성문과에 급제하여 사간원 소속의 정6품 정언(正言)으로 있을 때 간관(諫官)은 의리와 시비를 명확히 밝혀야 한다는 상소를 올렸는데, 이것이 탕평책을 펴는 영조의 뜻에 거슬려 해남으로 유배 당했다. 1742년 풀려나 홍문관에 등용된 뒤 다양한 관직을 거쳤으니, 호조·병조·예조의 참판(參判) 등과 대사헌(大司憲), 그리고 1758년에는 홍문관(弘文館)과 예문관(藝文館)을 아우르는 정2품의 양관대제학(兩館大提學)을 거쳐, 이후 정2품의 무관직인 지중추부사(知中樞府事)와 형조판서를 역임하였다.

각별히 그의 이름 앞에는 자주 '양관대제학'이란 칭호가 따라다니곤 한다. 원래 조선 초에 예문관·보문각·집현전 등에 모두 대제학이 있었는데, 나중에는 예문관과 홍문관의 양관만을 두어 한꺼번에 관장케 함에 양관대제학이라 하였다. 곧 예문관과 홍문관의 최고책임자로 국가의 문한(文翰)을 총괄하는 지위이니, 반드시 문과 출신 중에서도 학문이 높은 사람을 임명했다. 때문에 대제학은 문과 출신 관료들 중 최고의 영예로운 대명사인 양 간주되었다.

특히 1754년 원손보양관(元孫輔養官)의 자격으로 훗날에 정조(1752~1800)가 된 세손에게 글을 가르쳤다. 보양관은 보양청(輔養廳)에 속하여 세자(世子)와 세손(世孫)을 교육하는 일을 맡아보던 벼슬이다. 세자 보양관은 정1품에서 종2품, 세손 보양관은 종2품에서 정3품이었다. 이때 세 살 된 정조를 무릎에 앉혀놓고 글을 가르쳤던 일로, 정조는 그 은덕을 오래도록 잊지 못하였다고 한다.

남유용이 세상을 하직한 지 4년이나 지난 뒤에야 정조가 즉위하였으니, 남유용은 자기 무릎 위에서 글 배우던 어린 세손이 드디어 왕이 된 모습을 보지 못하고 세상을 떠난 것이다. 왕이 된 정조가 남유용의 은덕을 두고두고 못 잊어 했던 정녕한 마음의 자취는 남유용의 유고 첫머리에 정조가 직접 쓴 서문인 〈어제서뇌연자고(御製敍雷淵子稿)〉 안에 잘 표출되어 있다.

公每具公服入講席 置予膝上 口授指畫 譬曉音義 語懇懇不倦 其時事 尙依俙可憶也… 噫 此奚足以酬其功哉 聊以志予之不忘舊學焉耳矣 遂書此 俾弁之卷首.
공은 언제나 관원의 예복을 입고 강의하는 자리에 들었고, 나를 무릎 위에 앉혀서는 입으로 일러 주고 손으로 짚어 주며 음과 뜻을 깨우쳐 주는데, 지성스러운 말로 느슨한 적이 없었으니, 그때적 일을 아직도 희미하게나마 기억할 수 있다. … 아아, 이것으로 어찌 그 분의 공로에 보답했다고 할 수 있으리오. 애오라지 내가 지난날 배운 공부를 잊지 않으면 될 뿐. 이 글을 써서 권두의 머리말로 채우도록 하는 것이다.

옛 신하이자 스승에 대한 정조의 그리움과 고마움의 절절한 심사를 엿볼 수 있는 대목이 아닐 수 없다.

雷淵 남유용

남유용은 고문(古文)을 잘하여 한구(韓歐) 즉 한유(韓愈)와 구양수(歐陽修)를 따랐다. 시는 고체(古體)에 뛰어났으며, 그 문체가 애조를 띠면서도 장중하고 힘이 있어 법도와 감정이 잘 융화되어 있는 것으로 평가된다. 글씨에도 일가를 이룬바 단양(丹陽)에 〈우화교비(羽化橋碑)〉와 〈해백윤세수비(海伯尹世綏碑)〉 등의 자취가 있다.

저서인 『뇌연집(雷淵集)』은 남유용의 사후 10년 후인 1783년에 이루어졌다. 정조의 명에 따라 저자의 아들 남공철(南公轍)이 가장(家藏)의 초고(草稿)를 바탕으로 수집·편차(編次)하여 운각(芸閣)에서 초간 활자본을 인행(印行)한 것이다. 오늘날 서울대 규장각에 보관되어 있고, 『한국문집총간』 217~218집에서 면모를 살필 수가 있다. 묘와 묘비는 경기도 성남시 분당구 율동 산57번지에 있다.

이제 그의 문집의 운문 중에 창작의 연대를 알 수 있고, 감성미가 돋보이는 악부(樂府) 시 〈추월하교교(秋月何皎皎)〉(권8) 한 편린을 읽어 보기로 한다. 창작 연도의 간지는 을미(乙未)년 곧 1715년임을 알리고 있으니, 남유용이 17세 되던 해 가을의 작이었다. 전체 4편으로 되어 있고, 넷 다 '秋月何皎皎'(휘영청 가을 달 저리도 밝은데)로 시작되거니와, 맨 뒤의 것이 더욱 좋다.

秋月何皎皎　가을 달 어쩜 저리도 밝을까
影入秋江湄　그림자 가을 강가에 비춰드네.
儂心有如月　내 마음 정녕 저 달만 같으니
水流月不移　물은 흘러도 달이야 늘 그 자리.

한편, 그는 〈추소직려유회(秋宵直廬有懷)〉(권3)라는 시에서 '스스로의 천성이 말 잘 못하고, 마음엔 있는데 말로 나타내지 못한다[我生訥於口 心在口不宣]'고 표백했다. 『조선왕조실록』 영조 49년(癸巳, 1773년) 그가 돌아간 해의 기록에 '탄이(坦夷) 순실(純實)' 즉 차분하며 순박하니 곧고 참되다고 했고, 아들인 남공철이 지은 묘갈명(墓碣銘)에도 '평생 남과 교유하는 일이 적었다'고 했다. 암만해도 내성적인 성격 쪽에 가까운 인물로 보이지만, 또 그 덕분으로 그의 시작(詩作) 중에는 남달리 섬세한 상념에 의해 빚어진 면면들이 곳곳에서 운치를 발하고 있다.

남유용은 산문학(散文學) 상에서는 과연 당나라 산문의 종장인 한유(韓愈)를 가장 존숭하고 따랐음이 명백하였다. 한유가 처음으로 원(原)이라는 장르를 만들어 냈으니, 『한창려집(韓昌黎集)』(권11)에 〈원도(原道)〉·〈원성(原性)〉·〈원훼(原毁)〉·〈원인(原人)〉·〈원귀(原鬼)〉 등이 그것이다. 권27 잡저에 보면 남유용에게도 〈원명(原命)〉(1), 〈원명(原命)〉(2)와 〈원교(原敎)〉 등 세 종의 '原'을 쓴 것이 보이고, 또 한유가 〈사설(師

說)〉·〈잡설((雜說)〉 등을 지었듯 그 또한 〈난설(蘭說)〉·〈묘설(猫說)〉·〈이다재설(二多齋說)〉을 지었다. 한유가 〈오자왕승복전(圬者王承福傳)〉 및 〈태학생하번전(太學生何蕃傳)〉 같은 전을 다룬 것처럼 한유를 추존하던 그도 역시 〈부풍자전(扶風子傳)〉·〈효자박씨전(孝子朴氏傳)〉·〈김명국전(金鳴國傳)〉·〈김성기전(金聖基傳)〉·〈임준원전(林俊元傳)〉·〈윤효자전(尹孝子傳)〉 등을 다뤘으며, 한유가 〈모영전(毛穎傳)〉을 쓴 데에 화답하듯 남유용은 그 후속으로 〈모영전보(毛穎傳補)〉를 썼다. 그 뿐이 아니다. 한유가 소와 소가죽신의 열전 〈하비후혁화전(下邳侯革華傳)〉을 썼던 일에 호응이라도 하듯 말[馬]의 열전 〈굴승전(屈乘傳)〉을 썼던 것이다.

그의 사물 관심은 권27에 취합된 명(銘) 양식 안에도 잘 나타나 있다. 한유는 〈예연명(瘞硯銘)〉 정도를 지었지만, 그는 지팡이의 〈척촉장명(躑躅杖銘)〉, 술병의 〈주호명(酒壺銘)〉, 벼루의 〈태화고연명(太華古硯銘)〉과 〈오경보고연경명(吳敬父古硯磬銘)〉, 시 주머니의 〈유란자시낭명(幽蘭子詩囊銘)〉 등등 한유보다 넉넉한 보람을 같은 권27의 잡저에 남기고 있다.

이제 문방사우와 관련한 그의 기록의 흔적을 찾는다면, 뇌연이 화전(花牋) 십여 폭을 선사 받으니 그 중 두 폭에다가 감사의 뜻을 담았다는 〈경유혜화전십수폭제기이폭위사(景孺惠花牋十數幅題其二幅爲謝)〉(권6, 詩) 칠언절구가 있다. 경유(景孺)는 뇌연과 동시대의 문신으로, 근암(近庵) 윤급(尹汲, 1697~1770)인가 한다. 자(字)가 경유(景孺)이다.

또한 〈서간미사유문혜면지채관(書簡尾謝孺文惠綿紙彩管)〉(권6, 詩)은 유문(孺文)이란 이가 면지(綿紙)와 채색 붓을 준 것에 대해 감사한다는 뜻을 편지 뒤에 따로 담은 칠언절구이다. 지필을 한자리에 놓고 읊은 것이기에 여기 인용해 보인다.

綿楮開包若展紗　솜 종이 풀쳐내자 비단이 펼쳐진 듯
彤豪發甲欲生花　붉은색 붓 뚜껑 여니 꽃이 피어난 듯.
可堪裁剪添詩軸　곱게 잘라 두루마리 용도로 쓸지언정
何止摩挲侈硯家　주무르는 벼루 호사가로만 그칠 건가.

유문은 검암(儉巖) 범경문(范慶文, 1738~1800)을 말하는 듯싶다. 자가 유문이다. 중인 출신으로 17, 18세 때에 문장으로 이름나 사대부 간에 이름이 있었고, 장자(長者)의 풍모를 지녔다는 말을 들었다고 한다. 김시모(金時模)·김진태(金鎭泰) 등 여러 여항시인들과 교유하였으며, 천수경(千壽慶)을 비롯한 이른바 송석원시사(松石園詩社)의 구성원들과도 교계를 맺었다. 그가 어느 때 남유용 앞으로 솜을 원료로 만든 종이와 채색 붓을 전했던가 보다. 그 일 덕분에 이 같은 지필 음영의 귀한 작품 하나가 남게 되었다.

같은 권6 '詩'에는 〈소용당수문형연감부(踈慵堂受文衡硯感賦)〉라는 작품도 있다. '소용당(踈慵堂)에서 문형연(文衡硯), 곧 대제학의 벼루를 받고 감격하여 짓다'라는 뜻이다. 여기서 그가 감격 속에 받아든 벼루는 지난날 자기 이전에 대제학을 지낸 증조부 호곡(壺谷) 남용익(南龍翼, 1628~1692)이 공관(公館)에서 사용하던 그 물건이 아닐까 짐작된다. 그 벼루를 올려다보며 손때 묻은 자리에 상념이 잠기고, 옛날 먹 갈던 자리에서 묵향의 여운을 토로했다. 동시에 자신의 그릇은 그 할아버지에 못 미치고 자기가 처한 당년에 유학의 도가 엉망인데 어찌하면 좋을는지 걱정하면서 읊은 시이다.

이밖에 권7의 〈평강태수혜설화전(平康太守惠雪華牋)〉은 한 지방관으로부터 설화(雪華) 종이를 받은 데 대한 사의를 칠절시로 나타낸 것이다. 권27의 〈태화고연명(太華古硯銘)〉은 형님이면서 지기(知己)로 지냈다는 태화공(太華公) 남유상(南有常)의 벼루를, 〈오경보고연경명(吳敬父古

硯磬銘)〉은 오경보(吳敬父)라는 이의 벼루와 경쇠를 명(銘)의 형식에 따라 지은 문방 관계의 편장(篇章)들이었다. 비록 〈모영전보〉와 양식은 다 달랐지만 그 문방 관심과 애호의 면에서 취지가 다르지 않았다.

각별히 남유용에게는 벼루에 관한 아주 괄목할 만한 일화가 있다. 다름 아닌 김종학 화가의 소장품을 이근배 시인이 '정조대왕사은연(正祖大王賜恩硯)'으로 이름 붙인 벼루가 있는데, 이것이 다름 아닌 남유용이 정조로부터 받은 벼루로 알려져 일대 관심거리로 주목 받은 일이 있다. 정조가 아직 왕세손으로 있을 당시 청의 왕자인 성친왕(成親王)으로부터 받은 단계연 벼루를 아버지[思悼世子]의 스승이자, 자신의 보양관인 남유용에게 정표로 선물했다고 한다.

연명(硯銘)은 모두 4개가 있는데, 첫 번째와 두 번째는 아직 조선으로 건너오기 전의 단계에 새겨진 것이다. 첫 번째 명(銘)은 소장자인 청나라 마씨(馬氏)의 소유일 때 '淸溪馬氏珍藏 蘭田題刊', 곧 '청계 마씨가 진귀하게 간직한다는 뜻을 난전이 새긴다'고 한 내용이고, 두 번째는 '成親王', 즉 청 황실의 성친왕(成親王)의 각명(刻銘)이다.

정조가 스승 남유용에게 사은의 정표로 건넨 벼루
-『월간에세이』 2006년 11월호, 이근배의 〈벼루 읽는 시인〉에서

그리고 조선으로 들어온 이후 이루어진 세 번째 연명에는 '萬川明月主人 奉贈雷淵老師', 곧 '만천명월주인(萬川明月主人)이 뇌연 스승님께 받들어 올린다'고 밝히면서 바로 뒤에 정조의 호인 '홍재(弘齋)'의 관지(款識)가 찍혀 있다. '만천명월'이란 온 누리 시내에 밝은 달이란 뜻, 정조가 자신을 나타낸 표현이다. 그리고 네 번째 연명에는 '臣南有容 祇受珍藏'이 새겨져 있다. '신(臣) 남유용은 공경하여 받들고 귀하게 간직한다'라는 뜻이다. 건륭 시대 채취한 단계 자석연(紫石硯)에, 비취 무늬가 깔리고 봉안(鳳眼)이 박힌 최고의 명품 벼루라는 설명을 붙였다. 다만 남유용의 글인 '祗受'(지수)를 '祇受'(기수)로 본 듯싶지만, '공경한다'는 뜻의 '지승'으로 읽어야 타당하다.

그런데 남유용이 왕가의 은택을 입은 일은 이것 전에도 이미 있던 일이었다. 이를테면 1757년(丁丑) 정조가 6세의 원손으로 있던 시절, 남유용이 영조로부터 호피(虎皮)를 선물 받은 사실이 『뇌연집』의 부록 '연보(年譜)'에 상세히 나타나 있다.

> 丁丑：公六十歲 正月拜元孫師傅 … 九月拜藝文提學 十月 … 賜虎皮 上命公入侍 召元孫 指公問曰 誰也 元孫對曰 南某也 上喜曰 汝於六歲 已知君前臣名之禮也 仍謂公曰 元孫德性漸長進 此宗社之幸而卿之力也 遂賜虎皮曰 皐比之賜 欲令元孫知師道之尊 非爲卿也 爲宗社也 仍感涕顧元孫曰 予爲汝留師傅.
>
> 정축년 공이 예순 살 되던 해 정월 원손사부를 제수 받았다.… 9월에 예문제학을 제수 받았다. 10월에 … 호피를 내렸다. 임금이 공을 입시토록 하고 원손을 불러 공을 가리키면서 누군지 물어 보았다. 그러자 원손이 대답해 올리되 '남 아무개 공입니다.' 하였더니 임금이 기뻐서 말하기를, "네가 여섯 살에 벌써 임금 앞 신하들 이름을 아는 예를 갖췄구나." 그러면서 공에게는, "원손의 덕스러움이 점차로 진보하니, 이는 종사의 다행이자 경의 힘이로다!" 하고는 이에 호피를 내리면서, "호피를 내림은 원손으로 하여금 스

승 높이는 도리를 알게 함이오. 경을 위해서라기보다 종사를 위함이오." 그리고는 감격의 눈물을 흘리시며 원손을 돌아보시고는, "내가 널 위해 사부를 남겨주었구나!" 하셨다.

비록 세손이 여섯 살보다는 나중에 내렸을 이 벼루에 관한 얘기를 '연보'에서 확인할 수는 없을망정, 벼루와 관련된 이러한 특별한 경험들로 그의 문방 사물에 대한 관심과 사랑이 더 크고 깊어졌으리라고 예측하는데 별반 어려움이 없을 듯싶다. 동시에 그가 문학상에 존숭하던 한유가 다만 붓만을 그려놓은 일에 대해서 자신도 한번 문방사우에 대하여 손써 볼 수 있는 여지가 있음에, 쓰고 싶은 생심이 일었을 터이다. 그것은 다음 남유용이 〈모영전보〉의 작품에 들어가기 전 도입부에 덧붙인 다음과 같은 솔직한 메시지와도 잘 상응이 된다.

傳毛穎 本以文滑稽耳 然與穎遊者楮先生陶泓陳玄 功不在穎下 而昌黎不爲立傳 今爲補缺如左云.

모영전은 본시 골계를 나타낸 글이다. 하지만 모영과 함께 노닌 저선생과 도홍, 진현은 공로가 그의 아래에 있지 아니한데도 한창려가 입전하지 않았기에 지금 그 빠진 자리를 채우니, 다음과 같다.

그리하여 '지'·'묵'·'연' 삼합(三合)의 전기가 이루어졌으니, 『뇌연집』 권27에 실려 있다. 더구나 세 주인공 중에서도 특히 벼루 주인공에 대해서만큼 한눈에도 벌써 차별화가 나타나 있다. 즉 모영[붓]과 진현[먹]이 다 일찍 세상을 떠났지만 홍(泓)은 집안에서 천수(天壽)를 다 마쳤으며, 뒷날엔 어떤 사람이 그를 위한 명문(銘文)을 지었다고 설정하였다. 이 또한 어쩌면 그가 누렸던바 지난날 벼루 관련의 영광사를 인식하고 한 뜻은 아닌지 모르겠다.

• 毛穎傳補 •

陳玄者 與伯夷同祖 後徙陳爲陳氏 陳爲楚惠王所滅 而陳氏逃之南蠻 十餘世而及玄 又徙絳 復爲中國人 然猶從其故俗 而文身焉 玄喜爲墨翟之道 常自誦曰 如有用我 而利天下者 雖磨踵放頂 吾亦爲之 秦皇帝初并天下 稍近文學之士 而玄代李斯爲客卿 與陶泓毛穎 常居左右 以潤色辭令 上甚珍之 旣而燕人盧生 以惡語誹訕上 仍亡去 上發怒 遂按作籙圖書者 而穎玄之徒 多與其謀 於是坑儒生二百餘人 而玄等廢不用

陶泓者 其上世 從虞舜于河濱 舜爲天子 賜姓爲陶氏 爲人質厚 內有城府 穎玄雖貴幸 上將有任使 或捽抑而致之 莫不犇走顚倒 少弗稱旨輒遭斥退 至於泓 獨見器重 有文事 上使穎等 躬詣泓謀 泓嘗臥而應之不爲屈 上旣合諸侯 詔泓等同館以居 專治天下簿書 三人益相狎 泓肥鈍 臥輒坦腹 玄常以足加其腹 泓亦弗嫌也 穎玄皆早歿 泓以壽終于家後有人爲之銘曰 弗能銳 仍以鈍爲體 弗能動 仍以靜爲用 維其然 是以能永年

楮先生者 其先爲周景王太史 紀周史有功 封于剡 其子孫遂爲會稽人 戰國時 楮氏散而之諸侯 然會稽之楮最顯云 始皇帝九年 先生從楚使者 入貢于秦 始皇見其白晳美容儀 甚憐之 使爲太史 嗣其職 時天下多事 上令中書君 詣先生同記注 中書君攘首奮舌 俯仰縱橫 上下累千萬言 窮日夜弗倦 而先生精白以承 無不稱上意者 旣而上用丞相李斯議焚詩書百家之語 李斯曰 楮氏之族 以家故史氏 多記異書 必盡滅楮氏天下之書 不期絶而自絶 上可其奏 遂竝焚楮氏之族于咸陽市上 而先生以方錄秦史 且能知卜筮方術及天下輿地錢穀所簿 故獨不與焉 及沛公入關 蕭何先收圖籍 而先生隨以往 佐漢定天下 竟以壽終 初楮氏之族有名通者 以善興利見寵於秦皇帝 行視天下錢帛財寶之處 趁時貴賤 以

通販鬻 訾先生以腹貯萬卷 而不能達時務 焚書之禍 通以楮氏 而不知書 顧益幸 漢興以通輕薄 不能禁盜 廢之 終不復用 而孝文時 稍求亡書 諸楮氏逃禍于四方者 稍因諸儒抱遺書以自見 其子孫至于今不絕

贊曰 偉乎博哉 四人之功 蓋與造化參矣 微四人 聖人無以垂其教 有國家者無以宣其化 圖書之跡 黼黻之章 泯然無可徵 而天之理塞矣 嗚虖 微四人 吾誰與歸. 『雷淵集』

毛穎傳補
傳毛穎本以文滑稽耳然與穎遊者措先生
陶泓陳玄功不在穎下而昌黎不爲立傳今
雷淵集 卷二十七 雜著 二十一
爲補缺如左云
陳玄者與伯夷同祖後徙陳爲陳氏陳爲楚惠王所
滅而陳氏逃之南蠻十餘世而及玄又徙絳復爲中
國人然猶從其故俗而文身焉玄喜爲墨翟之道常
自誦曰如有用我而利天下者雖磨踵放頂吾亦爲
之秦皇帝初并天下稍近文學之士而玄代李斯爲
客卿與陶泓毛穎常居左右以潤色辭令上甚珍之
旣而燕人盧生以惡語誹訕上仍亡去上發怒遂按
作錄圖書者而穎玄之徒多與其謀於是坑儒生二
百餘人而玄等廢不用

『雷淵集』 권27에 수록된 〈모영전보〉

조재도의 진현전

趙載道・陳玄傳

진현(陳玄)이란 이는 강주(絳州)[1] 사람이다.

그 선조는 송(松)[2]이라 했는데, 신농씨(神農氏)[3]를 보좌하여 목덕(木德)으로 왕노릇을 하였고, 신선의 도를 배워 능히 그 기(氣)를 온전히 할 수 있었다.

그 뒤 염(焰)[4]이란 이가 노자(老子)의 시절을 맞아 그 도(道)를 스승으로 삼고 현묵(玄墨)[5]의 법을 제대로 익혀 스스로 중묘자(衆妙子)[6]라 일컬었다.

현(玄)은 사람됨이 방정(方正)[7]하고, 묵자(墨子)[8]의 도를 즐겨 배웠으

1) 춘추시대 진(晉)나라, 전국시대에는 위(魏)・진(秦)의 땅으로, 산서성 소재.

2) '소나무'의 의인화 표현. 먹을 만드는 재료로 소나무의 기름을 사용한다. 송유(松油)는 유연(油煙)을 뽑는데 가장 많이 사용되어 왔던 재료.

3) 중국 삼황(三皇) 중 하나. 화덕(火德)으로 왕이 되었기에 염제(炎帝)라고도 한다. 농사짓는 법을 가르쳤다 하고, 의료(醫療) 및 악사(樂師)의 신이기도 하다.

4) '불길'. 먹의 제조 과정상 유연(油煙)을 채취하기 위해 불을 사용한다.

5) 고요하여 말이 적음. '老子玄黙 孔子所師.'[漢書, 古今人表注]

6) 묘한 이치를 다 갖춘 사내라는 뜻.

한무제

며, 모원예(毛元銳), 저지백(楮砥白), 석허중(石虛中)의 세 사람[9]과 벗을 하였다.

한(漢)의 경제(景帝)[10]가 붕(崩)하고 무제(武帝)[11]가 즉위하였는데, 무제는 학문을 좋아하여 건원(建元)[12] 원년에 학문하는 바른 선비들을 추천하라는 조서를 내렸다. 이에 태수(太守)가 진현의 이름을 듣고 진현 및 모원예, 저지백, 석허중을 추천하였다. 임금은 그들을 불러 보고는 곧바로 진현을 자묵객경(子墨客卿)[13]으로 삼았다. 세 사람 역시 모두 벼슬에 제수되니, 임금이 곁에 두고 몹시 사랑하였다.

이때를 맞아, 사마상여(司馬相如),[14] 식부궁(息夫躬)[15]이 모두 사(詞)·부(賦)로 진출하였고, 동중서(董仲舒)[16]와 사마천(司馬遷)[17]은 다 학문

7) 먹의 모양이 네모반듯한 것을 암시한 표현이다.

8) 춘추시대 노(魯)의 사상가 묵적(墨翟). 묵가(墨家) 사상의 원조로, 만인 앞에 차별 없는 겸애설(兼愛說)을 폈다.

9) 각각 붓, 종이, 벼루에 대한 의인화 명칭.

10) 한(漢)의 여섯 번째 군주인 효경제(孝景帝). 이름은 유계(劉啓). 근검·애민(愛民)하여 아버지 문제(文帝)와 함께 '문경지치(文景之治)'라는 일컬음을 얻었다.

11) 한(漢)의 제 7대 황제. 한경제(漢景帝)의 둘째 아들로, 이름은 유철(劉徹). 재위 54년간 국내외의 정치·군사·문화면에 큰 힘을 떨쳤고, 유학을 숭상하였다.

12) 한무제의 즉위시에 쓴 연호. 제왕이 연호를 갖게 된 시점이라고도 한다.

13) 먹의 이칭. 양웅(揚雄)의 〈장양부(長楊賦)〉에서 자묵(子墨)은 객경(客卿)이라 하니 먹을 비유했고, 한림(翰林)은 주인이라 하니 붓을 비유했다. '聊因筆墨之成文章 故藉翰林以爲主人 子墨爲客卿以風.'[文選, 揚雄, 長楊賦]

14) 전한(前漢)의 문인으로, 자는 장경(長卿). 부(賦)에 능하여 〈자허부(子虛賦)〉, 〈상림부(上林賦)〉, 〈장문부(長門賦)〉 등의 명작을 남겼다.

15) 한(漢)나라의 문인. 애제(哀帝) 때 광록대부(光祿大夫)로서 의릉후(宜陵侯)에 봉해졌다. 공경(公卿)들을 두루 적발하는 상서를 많이 썼다. 조정을 속이고 저주한다는 누명을 쓰고 죽임을 당하였으니, 〈절명사(絶命辭)〉가 유명하다.

16) 한무제 시대의 학자. 강도(江都)의 재상을 했으나 중대부(中大夫)로 밀려나자 벼슬을

동중서

으로 진출하여 하나같이 총애를 얻었다. 그렇지만 이들 모두가 그 네 사람에 미치지는 못하였으니, 네 사람은 잠시라도 황제의 곁을 떠나는 일이 없었다.

한무제는 성품이 까다로웠던 까닭에 당시의 글하는 사람 치고 죄를 입지 않는 이가 없었다. 사마천은 화(禍)를 당하고, 사마상여와 동중서는 쫓김을 당했으며, 식부궁은 다른 죄에 연루되어 죽임을 당하였다. 그러나 진현은 무제의 시대가 끝나도록 한 번도 도필리(刀筆吏)[18]를 상대한 일이 없었다.

현(玄)의 성품이 묵자의 도를 좋아하여 겸애로 바른 원칙을 삼으니, 위로는 황제, 태자로부터 아래로는 군신(羣臣), 유생(儒生)에 이르기까지 누구의 지시든 듣고 따랐다.

황제가 보니, 진현은 발꿈치가 닳고 이마가 해져도 천하를 이롭게 하는 사람이었으매, 드디어는 그를 봉해 송자후(松滋侯)로, 모원예를 관성후(管城侯)로, 저지백을 백주후(白州侯)로, 석허중을 즉묵후(卽墨侯)로[19] 삼았다.

이 네 사람이 서로 교유하였으되, 특히 현은 허중(虛中)과 서로 사귐이 지밀(至密)하여 절차(切磋)하는 이로움이 있었다.

무제(武帝)가 붕(崩)하고 소제(昭帝)[20]가 즉위했는데, 소제는 문사(文

접고 저술에 힘썼다. 춘추(春秋)에 밝아 『춘추번로(春秋繁露)』를 지었다.

17) 한무제 때의 사가(史家). 흉노에게 투항한 이릉(李陵)의 입장을 변호하다가 무제의 분노를 사서 궁형(宮刑)을 당함에, 분발하여 『사기(史記)』를 저술하였다.

18) 낮은 벼슬아치. 여기서는 형벌을 집행하는 하급 관리를 일컫는다.

19) 각각 먹, 붓, 종이, 벼루의 별칭.

20) 한무제의 아들. 어려서 즉위하여 곽광(霍光) 등이 보좌하였으나, 연왕(燕王) 단(旦)의

詞)를 좋아하지 않았고 대장군 곽광(霍光)[21] 역시 학문을 좋아하지 않았거니, 그 바람에 진현은 버림을 당하였다.

성제(成帝)[22]가 즉위하면서 진현과 양웅(揚雄)[23]을 교서석실(校書石室)[24]에 명하였더니, 양웅이 밀려나자 마침내 그도 버림당하였다.

찬(贊)하노라.

「진현은 하찮은 천한 선비로서 조정에 천거되었으되, 한 번 뵈면서 객경(客卿)에 제수되었고, 두 번 뵈오매 후(侯)를 봉해 받았다. 사우(四友)의 무리와 더불어 서로 떨치고 일어나니, 문묵(文墨)[25]이 어쩌면 그다지 성할 수 있으랴. 또한 하루아침에 저버림을 당하였으니, 문묵이 어찌 그렇게 쇠할 수 있단 말인가. 이는 다름 아니라 현이 그 시대에 취용되지 못했기 때문이런가.

현은 겸애를 하는 묵가의 인물이었으나 그가 유학(儒學)에 이로움을 끼친 것이 적지 않았으니, 그야말로 묵가의 이름으로 유가를 행한 사람이로구나!」

모반에 결국 폐위되고 말았다.

21) 무제의 신임을 받다가, 무제 죽은 뒤에 어린 소제(昭帝)를 보좌하며 대사마(大司馬)를 제수받고 대장군(大將軍)이 되니, 그 족당(族黨)이 조정에 그득했다.

22) 한(漢) 원제(元帝)의 장자. 외척 왕씨(王氏)의 전정(專政)을 유향(劉向)이 극간하였으나 막지 못하였다. 허황후를 쫓고, 조비연(趙飛燕)을 황후로 삼았다.

23) 한(漢) 시대의 문인, 학자. 자는 자운(子雲). 성제(成帝) 때에 승명정(承明庭)에 불리어 응대(應對)하였고, 〈장양부(長楊賦)〉·〈감천부(甘泉賦)〉·〈하동부(河東賦)〉 등을 지어 바쳤는데, 사마상여와 굴원(屈原)의 풍(風)을 많이 본받았다.

24) 교서(校書)는 서적 교정의 일을 맡은 벼슬. 석실(石室)은 도서를 비장(秘藏)한 방.

25) 시문을 짓거나 서화를 그리는 일.

陳玄傳 十四歲作

陳玄者絳州人也其先曰松佐神農氏以木德王學
神僊之道能全其氣其後有焰者當老子時師其道
能學玄墨之法自號曰衆妙子玄爲人方正好學墨
者之道與毛元銳楮砥白石虛中三人爲友當漢景
帝崩武帝即位武帝好文學建元元年詔貢文學方
正之士於是太守聞玄之名乃貢玄及毛元銳楮砥
白石虛中等三人上召見之乃即拜玄爲子墨客卿
三人者亦皆除官上甚親幸之當是時司馬相如息
夫躬皆以詞賦進董仲舒司馬遷皆以文學進皆有
寵幸然皆不及於四人者四人者雖暫時未嘗去帝
側武帝性嚴以是當時騷人無不被罪者司馬遷被
禍司馬相如董仲舒見棄息夫躬坐誅然而玄終武
帝之世未嘗對刀筆之吏玄性喜墨子之道好兼愛
以是上自皇帝太子下至羣臣儒生玄無不聽命帝
目玄以磨頂放踵而利天下者遂封玄爲松滋侯毛

『인암집』 소재의 〈진현전〉

조선 후기의 선비 인암(忍庵) 조재도(趙載道, 1725~1749)의 자는 문지(文之)이다. 호를 인암(忍庵)·인재(忍齋)라고 한 데 대해 조재도가 12살 때 지었다고 하는 〈인암서(忍庵序)〉(『인암유고(忍庵遺稿)』 권2 소재)에 보면 자신이 잘 참는다는 뜻이 아니라, "자신의 성품이 소견이 얕고 성질이 급한 까닭에 참을 '忍' 자로 다스리려 했다[余性褊急. 故余因號忍字以徵焉]"고 밝힌 것이 있다.

다만 남달리 박명하여 만 24세의 나이로 요서(夭逝)하였다. 그럼에도 그의 유작을 한 자리에 취합해 놓은 『인암유고(忍庵遺稿)』를 살피면 세상에 끼쳐놓고 간 바가 적지 않은 데 놀라게 된다. 그보다 약 천 년 전 저 중국 당나라에 이하(李賀, 791~817)라는 천재 시인이 있어 놀라운

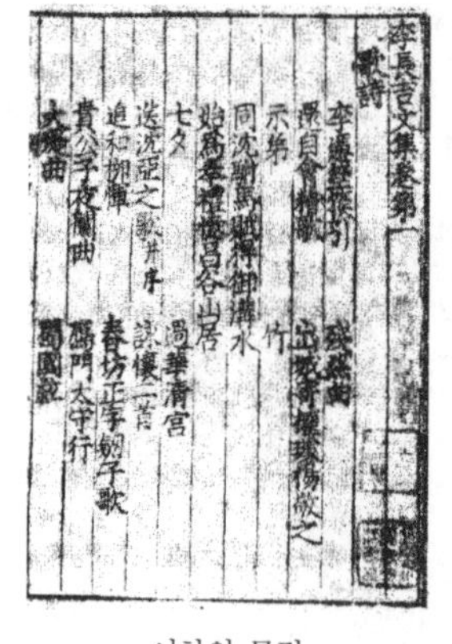
李長吉文集卷第一
歌詩
李憑箜篌引 殘絲曲
還自會稽歌 出城寄權璩楊敬之
示弟 竹
同沈駙馬賦得御溝水
始爲奉禮憶昌谷山居
七夕 過華淸宮
送沈亞之歌并序 詠懷二首
追和柳惲 春坊正字劍子歌
貴公子夜闌曲 雁門太守行
大堤曲 蜀國絃

이하의 문집

기재를 발휘하다가 26세 이른 나이에 요절한 일이 알려져 있는데, 이 땅에 조재도가 있어 그와 필적함인가? 게다가 두 사람이 병약(病弱)했다는 점도 그렇고, 또한 시의 서정적인 부분에 들어서면 그 우수(憂愁) 감개(感慨)의 심사가 은근 통하는 분위기도 없지 않다. 이를테면 이하의 〈개수가(開愁歌)〉 중에,

我當二十不得意	내 스무 살에조차 뜻을 얻지 못하여
一心愁謝如枯蘭	우수에 휩싸임이 시들은 난초만 같아.

와, 조재도 오언율시 〈우야독좌(雨夜獨坐)〉 중의 3·4연을 본다.

病以臨暄減	병든 몸 햇볕 잘 쐬지 못하고
愁因歎世多	세상 탄식의 근심만 늘어간다.
不眠憂黔首	백성들 시름에 잠 못 이룰 제
殘燭向人斜	가물가물 촛불 내게로 기우네.

전자의 침륜(沈淪)과 후자의 연민(憐民) 사이에 비록 대상은 같지 않으나 그 울민(鬱悶)과 우사(憂思)에서 어딘가 엇비슷한 기류가 느껴진다.

각별히 이하의 〈막종수(莫種樹)〉라는 시,

園中莫種樹	뜨락에 나무 심지 말지니
種樹四時愁	심거드면 사계절에 근심이리라.
獨睡南窓月	홀로 자는 남쪽 창 베개 맡의 달

今秋似去秋　올 가을 작년 가을이 다를 게 없어.

는 흡사 조재도의 〈월야감회(月夜感懷)〉를 연상토록 하는 바가 있다.

霽後空高闊　비 갠 뒤의 하늘 광활도 한데
蟾光冉冉奇　부드러운 저 달빛 신비로워라.
如何看月意　어쩌면 같은 그 달 쳐다보는데
不似向季時　그때적 그 마음은 아닌 것일까.

양자에 공히 영구불변의 자연과 수시로 흔들리는 인간 사이의 대조가 있다. 시간의식에 입각한 인간의 고독과 비애를 토로하고 있다.

왕서경의 〈李長吉踏青圖〉. 長吉은 이하의 字.

이하가 〈증진상(贈陳商)〉이라는 작품 안에다 "臣妾氣態間 唯欲承箕帚(첩은 거친 세사에 쓰레질이나 하오리다)"와 같이 단절된 자기의 심사를 여정(女情)에 가탁시킨 것처럼, 조재도 역시 〈원가행(怨歌行)〉 한 작품 안에서 "君若北山雨 妾若南山草(당신은 북산의 비와 같고 첩은 남산의 풀 같아요)"로 여심을 빌린 일 또한 서로 야릇한 일치를 보인다.

다만 두 사람 사이에 차이라

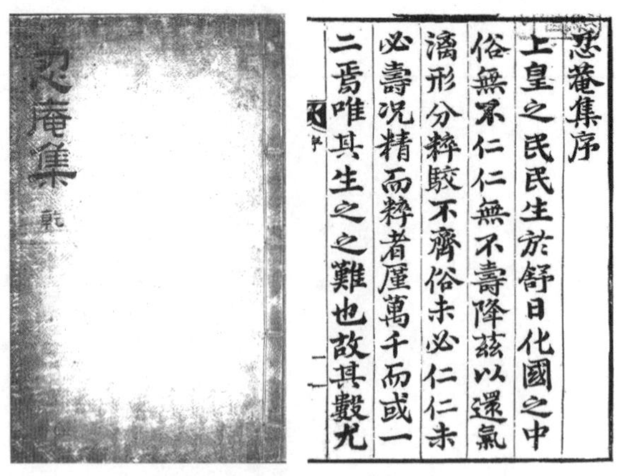

忍菴集 乾

忍菴集序
上皇之民民生於舒日化國之中
俗無不仁仁無不壽降玆以還氣
漓形分粹駁不齊俗未必仁仁未
必壽况精而粹者屢萬千而或一
二焉唯其生之之難也故其數尤

『인암집』의 표지와, 신대우의 서문

하면, 이하가 시 분야에 전적으로 기특한 재주를 발휘했던 데 비해 조재도는 문의 방면에서 더욱 공능(功能)을 나타냈다는 점이 그럴 것이다.

그의 유작들을 한 자리에 묶은 『인암유고(忍庵遺稿)』, 일명 『인암집(忍庵集)』의 체재를 살펴보면 책의 크기 32×20cm의 후기 활자본이고, 전체 5권과 부록까지 모두 2책으로 구성되어 있다. 간행년도는 정조(正祖) 5년(1781)이고, 문집은 표제지(表題紙)와 내제지(內題紙)가 갖춰져 있다. 권수(卷首)에는 책을 간행했던 해에 신대우(申大羽)가 쓴 서문이 있다. 서문의 필자에게 조재도는 종조자서(從祖姊壻)가 된다고 하였다. 할아버지 남자형제의 매형 되는 이의 서문을 쓴 것이다. 자신이 아이적에 자기보다 열 살 위인 조재도가 사위로 들어올 때부터 줄곧 보아왔다고 하였다. 또한 조재도는 "5, 6세에 이미 시비를 분별하려는 의욕이 있었고, 인문(人文)에 탐닉하여 앉으나 누우나 시를 외고 짓고 하며 책을 떠나지 않았다[五六歲 已欲分辨是非 愛樂人文 坐臥吟諷 不離篇簡]"고 했다. 9살에 벌써 〈채미론(採薇論)〉이라는 글을 지었더니 동계(東谿) 조구명(趙龜命, 1693~1737)이 보고는 곡량체(穀梁體)라며 상탄(賞

嘆)하였다는 증언도 남기고 있다. 동계는 다름 아닌 최초의 고양이 의인열전인 〈오원자전(烏圓子傳)〉의 작가이기도 하다. 아울러 조재도가 13세에는 경전에 통하였고, 23세에 사마진사(司馬進士)가 되었다고 하였다. 『인암집』 권5에는 큰형이 쓴 장문의 〈인암가장(忍庵家狀)〉 및 그의 종숙부(從叔父)로 영의정과 풍원부원군(豊原府院君)을 지낸 조현명(趙顯命)의 〈인암묘지명(忍庵墓誌銘)〉이 있고, 권말(卷末)에는 작은아버지 조상진(趙尙鎭)이 조카인 조재도를 추모한 발문(跋文)이 있다.

문집 개권의 첫머리에는 조재도가 유의천(柳宜天)이라는 지인에게 부친 〈기유수재의천(寄柳秀才宜天)〉 세 편이 있는데, 제목 바로 아래 옥계(玉溪)에 있을 때의 을묘년 그의 11세 작임을 첨기(添記)하였다. 그 두 번째 것이 보다 여운 있어 옮겨 보인다.

悠悠我思 于彼洛陽　아득하다 내 마음은 저 낙양에 있네
洛陽云遠 千里于隔　낙양은 머나먼 땅 천리 멀리 떨어져
瞻望不及 佇立山河　먼먼 치에 뵐 리 없이 산하에 우두커니.

전체로서 일람할 때 운문 분야는 시(詩)와 부(賦)가 권1 안에 모아져 있고, 나머지 권2부터 권5까지는 모두 산문 분야의 다양한 양식들이 빠른 템포의 간명(簡明)한 필치로 펼쳐져 있다. 과연 그의 나이 마련하여 그 재기는 비상한 데가 있었던 듯싶으니, 종숙부인 조현명도 묘지명에서 그 천재성을 기리되 아름다운 옥과 난초, 그리고 공자의 일등 제자인 안회(顔回)에다 비유하였다. 춘추시대의 큰 도적인 도척(盜跖)이 장수하는데 그가 요절하는 하늘의 운명이 알 길 없이 의심스럽다는 말로 그를 애석해 하였다.

이제 조재도가 먹을 인격화하여 그려낸 〈진현전(陳玄傳)〉 한 작품에 이르면 산문 창작의 분야에서 그의 기민(機敏)·혜힐(慧黠)이 한 차례 더 강조된다. 곧 이것이 문득 그의 '十四歲作(14세작)'이라 하니 과연 이 경우 일반적 평범의 수준으로 놓고 평할 수 없는 천부의 재능을 타고났다고 보아야 하는가.

물론 이런 조성(早成)의 자취는 비단 조재도만 아니라 다른 인사들 간에도 간간히 드러나는 바가 있다. 습재(習齋) 권벽(權擘, 1520~1593)이 붓을 의인화하여 쓴 전기인 〈관성후전(管城侯傳)〉은 22세작임을 첨록하여 있고, 문곡(文谷) 김수항(金壽恒, 1629~1689)이 쓴 모란의 전기 〈화왕전(花王傳)〉은 16세의 소작임을 병기해 두었다. 근세에 역당(亦堂) 구영회(具永會, 1911~1984)의 문방사우 전기(傳奇)인 〈문방사우전(文房四友傳)〉은 17세 때의 소산이요, 연민(淵民) 이가원(李家源, 1917~2000)의 모란 이야기인 〈화왕전(花王傳)〉 또한 17세작임이 특필할 만하였다. 그렇거니와 지금 조재도는 14세에 벌써 먹 인격화 열전 한 작품을 수행하였다 하니, 단연 이 방면에 신기록을 냈다고 볼 만하다.

돌아보면 옛사람이 지금 시대 사람에 비해 전체적으로 조숙한 측면이 없지 않았다. 이를테면 20세기 중후반까지 이른바 국어 과목에는 '바둑아 나하고 놀자'거나, '머리카락 보인다, 꼭꼭 숨어라' 정도의 수준에서 교육되었음에 반해, 전통 시대 '인생팔세입소학(人生八歲入小學)'의 『소학』 같은 곳에서는 '쇄소응대(灑掃應對) 진퇴지절(進退之節)'을 가르치고, 역시 10세 미만의 교과서였던 『천자문』에 문득 '천지현황(天地玄黃) 우주홍황(宇宙洪荒)'으로 세계관을 열어주었던 사실과 대조하면 금석지감(今昔之感)을 한눈에 실감해 볼 나위가 있다. 이렇게 옛 시대가 비록 지금에 비해 정신면에서 조숙하다고는 하나, 설령 그 시대 기준 안에서조차 대관절 10대에 벌써 짤막한 한시 내지는 산문 창작을 너끈히 수행했다고 하는 지점에 이르면 경아(驚訝)를 금하기 어렵다.

〈진현전〉은 한(漢)나라 7대 황제인 무제(武帝, B.C.140~87)의 시대 안에서 이야기를 전개시키고 있다. 일찍이 소동파가 〈만석군나문전(萬石君羅文傳)〉에서 한무제(漢武帝)를 이야기의 대종으로 삼았더니, 이 마당에 조재도의 열전에서 같은 현상을 구경하게 된다.

덕분에 일반의 의인 열전이 한 작품 속에 이런저런 다양한 시대 및 여러 군왕들을 펼쳐 서술하는 방식과는 일정한 차별성을 나타낸다. 동시에 이처럼 그 구심점을 한무제로 삼았음은 그의 한무제에 대한 각별한 관심의 크기를 말하는 듯싶다.

전한 7대 황제인 한무제 유철(劉徹)은 경제(景帝)의 뒤를 이어 기원전 141년 16세 나이에 황제로 즉위하여 71살로 생을 마감하는 순간까지 정치·군사·경제·사회·문화 등 갖가지 방면으로 굉부(宏富)한 업적을 성취해낸 인물이다. 대외적으로 군사 외교의 강국으로 발돋움하니 북으로 흉노를 진압하고, 서쪽으로 실크로드를 개척하여 서역 여러 나라들과 문물을 교환하였으며, 동으로는 우리 한반도에 한사군(漢四郡)을 설치하는 등, 막강한 제국주의 한나라의 위상을 확립시킨 철혈 군주였다.

그같은 철석심장의 강인한 이면에는 문화와 문학, 예술을 좋아하는 감성적인 면모도 갖추었던 것으로 보인다. 나중엔 한시의 한 장르가 되었지만, 본래는 중국 전역의 민간가요를 채집하거나 연회·제례 등의 궁정 음악 및 국가행사에 제공할 악곡 창작의 일을 관장하는 악부(樂府)를 설치하였다. 뿐만 아니라 민간에 유행하는 도청도설(道聽途說)들을 수습 정리하여 민심의 동향을 파악하기 위한 패관(稗官)의 설치 또한 그의 시대 안에 이루어졌다. 작게는 여름의 납량(納凉) 금구(衾具)인 죽

한무제의 〈추풍사〉를 기념한 石碑

부인과, 겨울 이부자리 속에서의 온신구(溫身具)인 탕파(湯婆) 같은 일상의 사물에 이르기까지 모든 문물 고안이 다 이 시절의 것이었다는 사실 또한 마냥 기이하기만 하다. 이렇듯 크고 작은 발명이 대부분 이 시대의 공효(功效)로 돌아간 현상을 한갓 우연으로만 생각하기 어렵다. 대개 한무제가 비상히 의욕이 넘치고 진취적인 성향인지라 제반 세밀한 분야까지 일일이 신경 쓰고 관여했던 필연적인 소치에 다름 아니었다. 하물며 그의 창작으로 알려진 유명한 〈추풍사(秋風辭)〉 한 작품이 진정 온전히 그의 창작이라고 하였을 때, 한무제는 또 한 사람의 시인으로서도 손색이 없는 특별한 군주였다.

조재도는 주인공으로 책정시킨 진현을 포함하여 모원예·저지백·석허중의 넷을 한무제가 가까이하는 행신(幸臣)으로 설정시켜 놓았다. 이는 물론 문방사우를 실재의 사람처럼 형상화한 것이다.

그런 한편 작가는 한무제 시절 실제로 활약했던 지식인 사대부들을 작품 중앙에 세워 놓았다. 다름 아닌 사마상여(司馬相如, B.C.179?~117),

식부궁(息夫躬, B.C.100경~25경), 동중서(董仲舒, B.C.176?~104), 사마천(司馬遷, B.C.145?~86?)의 네 사람이 그들이다. 진현의 무리도 네 사람인데, 실재 역사 속 인물도 네 사람이다. 허구와 실재 사이에 '4'라고 하는 숫자에 맞춘 것 같은 형평과 균제(均齊)가 감지된다.

그러나 기실은 한무제 시절 각 분야에서 이름을 떨쳤던 인재 및 저명인사들은 반드시 학자 문인들만이 아니요, 그 숫자도 반드시 이 넷에 한정될 리 없다. 이를테면 정치 분야에서 청렴하고 직간을 잘하여 무제로부터 '사직(社稷)의 신하'라는 말까지 들었던 급암(汲黯, ?~B.C.112)을 비롯하여, 태중대부(太中大夫)까지 지내면서 익살스런 언변과 거침없는 행동으로 유명했던 동방삭(東方朔, B.C.154~93)을 비롯하여 뒤늦은 공부로 출세한 승상 공손홍(公孫弘, B.C.200~121), 무제의 경제 정책을 주도하여 국가재정을 넉넉케 만든 공로의 반면에 후대에는 사마광·소동파 등에 의해 가렴주구의 원흉으로 혹평을 당한 상홍양(桑弘羊, B.C.152?~80), 정위(廷尉) 벼슬하면서 냉정한 행정 처리로 이름난 장탕(張湯) 등 유수한 인물들이 있다. 군사 분야에서는 위청(衛青)과 곽거병(郭去病)이 단연 최고의 명장으로 이름을 날렸고, 무제를 섬기다가 무제의 임종 조서를 받들어 실권을 장악한 곽광(霍光, ?~B.C.68)이 저명하다. 외교 분야에서 한무제의 칙명을 받아 실크로드를 개척한 장건(張騫), 음악 분야에서는 협률도위(協律都尉)로 〈북방유가인(北方有佳人)〉이란 노래로써 자신의 누이를 한무제의 애첩 이부인(李夫人)으로 만듦과 동시에, '경국지색(傾國之色)' 및 '경성지색(傾城之色)'이란 말을 남게 한 이연년(李延年, ?~B.C.87) 등이 다 이 시대의 인물들이다.

곽광

하지만 이러한 기라성 같은 인물들이 생략되

고 작품에 위의 네 사람만을 세운 이유가 혹 진현 등 문방사우와 관계된 문인 학사만을 등장시키기 위한 의도였나 했지만, 거의 유세객의 삶을 살았던 식부궁 같은 이도 그 안에 포함시킨 사실로 보아 반드시 그런 것만도 아닌 듯싶다. 아마 한무제 고사 중에서도 14살 조재도에게 특별히 인상 깊었던 인물들이었던 모양이다.

작품에선 건원(建元) 1년 한무제가 학문하는 선비를 추천하라는 조서를 내렸고, 이에 태수의 추천에 따라 진현 등이 벼슬을 제수 받고 임금의 사랑을 받는 것으로 그려졌다.

실제로 무제는 즉위 후 얼마 안 되어 신분이나 지역의 구별 없이 널리 인재를 선발하여 그들의 고견(高見) 탁론(卓論)을 광범위하게 수렴하였다. 황제 앞에 과감히 간언할 수 있는 고명한 인사들을 불러들여 직접 면담을 진행했거니, 이를 통해 인재를 다수 등용했다. 이 무렵 동중서가 자기 사상의 핵심이라 할 '천인감응론(天人感應論)'을 기축으로 몇 가지 대책(對策)을 건의하였다. 일체의 다른 사상을 다 물리치고 오직 유학만을 높인다는 '파출백가(罷黜百家) 독존유술(獨尊儒術)'은 가장 괄목할 만한 것이었다.

조재도의 의인열전에서는 진현의 동아리가 추천을 입고 벼슬에 나아간 그때가 건원(建元) 1년이라고 설정했다. 건원 1년은 기원전 140년이다. 한무제가 동중서의 제안에 따라 기존에 황로학(黃老學)이라고 하던 도가나 법가 대신 유가만을 관학(官學)으로 수용하고 정치 이념을 삼은 때가 건원 5년(B.C. 136)이다. 그런데 그보다 4년 앞에 이미 진현 등이 한무제의 정치에 참여한 셈이니, 가공의 인물들이 현실의 인물들보다 정치적으로 앞서 간 셈이다.

동중서는 한무제 앞에 상주(上奏)한 뒤로 강도왕(江都王)과 교서왕(膠西王)의 국상(國相)으로 활약했으나 미구(未久)에 병을 이유로 사직하고 저술과 교수만 오로지하였다. 그러나 조정에서는 풀기 어려운 정치 문제에 직면할 때마다 사법 장관 격인 정위(廷尉) 벼슬의 장탕(張湯)으로 하여금 직접 그의 집에 찾아가 해결책을 자문했다고 한다.

사마상여

사마상여는 한무제 당시 부(賦) 문학의 일인자로 벌써 그 명성을 얻고 있었다. 마침 무제의 원비(元妃)였던 아교(阿嬌)가 무제의 사랑을 잃자 무고(巫蠱)의 비술로 다시 사랑을 얻고자 했지만 곧 발각되고 말았다. 이에 분노한 무제는 황후 아교를 폐위하고 장안 동북쪽의 장문궁(長門宮)에 유폐시켜 버렸다. 이후 진아교는 황제의 마음을 돌려보고자 당시 최고로 부(賦) 잘 짓는 사마상여(司馬相如)에게 천금의 폐백을 보내 자신의 고독한 처지와 기다림의 정을 황제에게 호소하는 노래를 짓게 하니, 유명한 〈장문부(長門賦)〉이다. 이 부(賦)의 대가는 이 밖에도 〈자허부(子虛賦)〉, 〈상림부(上林賦)〉, 〈대인부(大人賦)〉 등의 명문을 남겼다.

다음, 식부궁으로 말하면 우선 한자 성어와 관련 있는 인물이기도 하다. 대개 직접 경험하기 전에 미리 마음속에 형성된 고정적인 관념을 일컬어 '선입관(先入觀)' 또는 '선입견(先入見)'이라 한다. 이 말들이 원래는 '선입주(先入主)'에서 나온 것이고, 선입주는 '선입지어위주(先入之語爲主)'란 말이 줄어서 된 것이다. 바로 이 선입주라는 말을 처음 생겨나게 한 당사자가 다름 아닌 식부궁이다. 그는 7대 한무제 뿐만 아니라 11대 애제(哀帝) 때까지 의연히 정계에 몸담아 있었다. 그 무렵 애제는 정치에는 충실함이 없이, 아예 외척에게 정사를 맡겨놓다시피 하였다. 식부궁은 바로 애제의 장인과 동향 친구의 유세객이었는데, 어느 때 그는 애제에게 북방 흉노의 침략을 예견하면서 국경지대에 군대의 집결을 진언하였다. 이에 설득을 당한 애제는 승상인 왕가(王嘉, ?~B.C.2)를 불러 군사의 배치 등 대책을 강구하려 했다. 그러자 왕가는 식부궁의 주장이 허황됨을 조목조목 지적한 뒤 이렇게 덧붙였다. "폐하께서는 터무니없는 변설에 귀 기울이시면 아니 됩니다. 진나라 목공(穆公)도 어질고 현명한 신하인 건숙(蹇叔)과 백리해(百里奚)의 주장을 따르지 않고 정나라를 쳤다가 크게 낭패했지요. 그러나 목공은 뒤에 관록 있는 원로의 말을 귀담아 들었기에 훌륭한 군주가 될 수 있었나이다. 부디 옛 교훈을 귀감으로 거듭 생각하시기 바랍니다. 먼저 들어온 말이 옳은 것인 양 구애되지 마소서[無以先入之語爲主]." 왕가의 말은 수용되지 않았으나 이윽고 식부궁의 말이 허황된 것으로 판명되었고, 결국 감옥에서 최후를 맞이했다는 이 이야기가 반고의 『한서(漢書)』 열전 〈식부궁전(息夫躬傳)〉에 나와 있다.

사마천

사마천의 경우는 그의 저명한 역사서인 『사기(史記)』와 함께 너무도 잘 알려져 있는 터라 여기서 상세히 소개할 필요를 느끼지 않는다. 다만 작품에서도 잠깐 언급되고 있지만 성격이 아주 까다로웠던 한무제에게 희생당한 인사들이 허다히 많았거니와, 그 역시 괴벽한 지배자의 성정을 거스른 결과 되어 결국은 희생의 반열에 끼게 된 한 사람이었다. 흉노 토벌 중에 항복한 이릉(李陵) 장군을 비호한 일이 무제의 노여움을 사 궁형(宮刑)을 당한 일이 그것이다. 하지만 마침내 기원전 97년 불후의 역사서인 『사기』 130권을 완성한 바, 후대에 '동양 역사의 아버지'란 영예를 얻게 되었다. 그는 젊은 시절 전국 각처를 돌며 전국시대 제후의 사적을 수집 정리하였고, 기원전 104년엔 공손경(公孫卿)과 함께 후세 역법의 기틀이 된 태초력(太初曆)을 제정한 당사자이기도 했다.

조재도가 정치의 득실에 관심을 많이 두었던 인물임은, 권3 중의 '논(論)' 양식 안에서 수긍되는 터전이 크다. 진시황 진나라가 빨리 망한 이유를 따진 〈진론(秦論)〉, 한 나라의 군주가 정치를 어떻게 운용해야 하는지를 논술한 〈제치론(制治論)〉, 제나라 환공이 공자규(公子糾)를 죽이자 규의 신하였던 두 사람 중 소홀(召忽)은 죽고 관중(管仲)은 살아남아 제환공(齊桓公)을 섬긴 일에 대해 관중의 식견이 고원(高遠)하고, 소홀이 얕은 선택이었다는 논변을 펼친 〈논관중소홀(論管仲召忽)〉, 전국시대 위나라 출신으로 진시황을 암살해달라는 연(燕)나라 태자 희단(姬丹)의 부탁을 받고 진시황의 암살에 나섰다가 실패한 형가(荊軻, ?~B.C. 227)의 일을 결코 현명하지 못한 방법이라고 비판한 〈형가론(荊軻論)〉 등이 그것이다. 그리고 역사 속 군신 관계의 득실에 대한 이 같은 진지한 관심들이 〈진현전〉에서 한무제를 둘러싼 군신간의 담화들과 서로 무관해 보이지 않는다. 작자의 산문학에 대한 열의는 그 여력이 '전(傳)' 장르에조차 미쳤으니, 이 의인 전기 외에도 실제 사람 주인공을 선양하는 글인 〈문사박전(文思博傳)〉·〈열녀계월전(烈女桂月傳)〉 등을 더 남기고 있다.

다만 문방 사물에 대한 관심사가 나타나는 부분은 권4에 수록된 〈백씨고연명(伯氏古硯銘)〉 정도를 볼 수 있을 뿐이다. 큰형님 소유의 옛 벼루에 대한 글이니, 자신한테 지시하여 썼다고 했다. 예전 임병양란 때 사람들이 피난처로 숨어 있던 동굴에서 경황없는 난리통에 떨어뜨리고 간 것으로 보이는 자색 빛깔의 미끄러운 벼루인데, 암만해도 옛 중국인의 각법(刻法)으로 만들어낸 듯하다고 하였다. 이 벼루를 큰형님이 원래 갖고 있던 남전(藍田) 산의 청연(靑硯)과 바꿔 입수하게 된 내력을 적고 끝에다가 명(銘)을 덧붙였다.

그밖에 따로 지필묵에 대해 다룬 글은 보이지 않지만, 바로 여기 〈진현전〉이라 제(題)한 의인화 결구 안에 조재도의 소회(素懷)가 느긋이 펼쳐져 있다.

• 陳玄傳 •

陳玄者 絳州人也 其先曰松 佐神農氏 以木德王 學神僊之道 能全其氣 其後有焰者 當老子時 師其道 能學玄黙之法 自號曰衆妙子玄爲人方正 好學墨子之道 與毛元銳楮砥白石虛中三人爲友 當漢景帝崩 武帝卽位 武帝好文學 建元元年 詔貢文學方正之士 於是太守聞玄之名 乃貢玄及毛元銳楮砥白石虛中等三人 上召見之 乃卽拜玄爲子墨客卿 三人者亦皆除官 上甚親幸之 當是時 司馬相如息夫躬 皆以詞賦進 董仲舒司馬遷 皆以文學進 皆有寵幸 然皆不及於四人者 四人者雖暫時未嘗去帝側 武帝性嚴 以是 當時騷人無不被罪者 司馬遷被禍 司馬相如董仲舒見棄 息夫躬坐誅 然而玄終武帝之世 未嘗對刀筆之吏 玄性喜墨子之道 好兼愛 以是 上自皇帝太子 下至羣臣儒生 玄無不聽令 帝目玄以磨頂放踵而利天下者 遂封玄爲松滋侯 毛元銳爲管城侯 楮砥白爲白州侯 石虛中爲卽墨侯 四人者相與交遊 而惟玄與虛中相爲膠漆之交 有切磋之益 及武帝崩 昭帝卽位 昭帝不喜文詞 大將軍光亦不好學 以是 玄見棄 及成帝卽位 命玄與揚雄校書石室 及揚雄廢 遂見棄焉

贊曰 陳玄以草芥賤儒 見擧於朝 一見而拜客卿 再見而封侯 與四友輩 相與興起 文墨何其盛也 又一朝見棄 何其衰也 豈玄不能取容於當時歟 玄兼愛墨者 然其利於儒學不少 豈其墨名而儒行者歟. 『忍庵集』

임면호의 진현전

林沔浩・陳玄傳

진현(陳玄)의 자는 처회(處晦)[1]로, 강주(絳州) 사람이다. 그 겨레의 근원은 알 수 없으나 당나라 때에 그곳의 사람이 되었다. 그의 선조 유미(隃糜)[2]는 한나라 문제(文帝)[3] 시절 방정과(方正科)로 천거되었다. 그때 황제는 바야흐로 현묵(玄默)[4]의 법도를 닦고 있던 중으로, 유미만이 임금의 마음에 들 수 있었으니 상서성(尙書省) 벼슬로 임금을 섬기매, 황제가 몹시 총애하여 썼다.

한나라 말기에 유미의 현손(玄孫)[5]인 광(光)은 위중장(韋仲將)[6]의 칭

---

1) 어두운 곳에 있음. 검은 빛깔 먹의 속성을 살린 말이다.

2) 먹의 한 가지 이름. 하나라 때에는 상서령, 복승(僕丞), 낭(郎)의 직책에 있는 이들에게 매달 유미묵 큰 것 하나와 작은 것 하나를 주었다고 한다.

3) 전한의 제5대 황제 유항(劉恒, B.C.202~157). 한고조 유방의 넷째 아들. 혜제의 이복동생. 대(代)나라 왕을 하다가 여태후가 죽자 형제들에 의해 황제로 추대되었다. 아들 경제(景帝)와 함께 유교를 통치이념으로 확립하고 대외원정을 삼가는 등, 문제와 경제 시절을 태평성대로 일컫는 이른바 '문경지치(文景之治)'를 이룩하였다.

4) 조용히 침묵함. 점잖아 함부로 말하지 않음.

5) 손자의 손자. 고손(高孫). 내손(來孫).

송을 받았다. 중장이 그와 꽤 친밀히 교유하는 중에 광은 절로 절차탁마의 재능을 갖추게 되었다. 중장은 당대의 명사(名士)였기에 역시 이로 인해 광의 명성이 당시에 성하였다.

당나라에 이르러 용향(龍香)[7]이라는 이가 현종(玄宗)에게 발탁 임용되어 늘 임금의 좌우에서 부림을 받았으나, 그 뒤엔 정기(精氣)를 단련하여 도사가 되었다. 황제께서 호를 내리고 그의 기이한 사적(事蹟)을 선양해주니, 다름 아닌 현의 선조 되는 이였다.

현의 됨됨이가 비록 키가 작고 몸도 작았지만, 성품이 사치하니 금은 따위로 곱게 단장하기를 좋아하고 향내 나는 옷을 입어 남들과 화목하게 어울리기를 바랐다. 하지만 몸소 침묵을 실천하는 데다 은근한 문채마저 띠고 있었던 까닭에 사람들이 근사하게 봐 주었다.

명대의 龍香御墨

6) 삼국시대 위나라 위탄(韋誕). 자가 중장이다. 글재주뿐 아니라, 먹을 잘 제조하여 세상에서 '중장묵(仲將墨)'이라 칭했고, 붓 관련의 『필경(筆經)』이란 저서도 있다.

7) 용향제(龍香劑)라는 먹을 이른다. 용향(龍香)이 난다 하여 붙여진 이름. 당현종이 책상에 놓인 먹 위에 작은 도사가 파리처럼 다니는 것을 보고 꾸짖자 만세를 외치며 자신이 '묵의 정령[墨之精]', '묵송사자(墨松使者)'라 했다고 한다.

헌종(憲宗)[8)]이 원화(元和) 연간에 그를 불러 석향령(石鄕令)[9)]이라는 벼슬로 정치를 맡겨 시험해 보았다. 그는 제일 먼저 백성의 어려움을 무마해주고 민간의 소송을 제대로 판결하여 이내 흑백을 판가름하는가 하면, 백성들로 하여금 자신의 말을 분명히 알아듣게끔 하자 석향 고을이 그의 은택을 흠뻑 입게 되었다. 이에 천자는 현에게 석향 고을을 식읍으로 내리고 자손 대에까지 연장시켜 누리게 하니, 현이 더욱 맡은 일에 오로지하였다.

현은 중산(中山) 땅의 모영(毛穎), 홍농(弘農) 땅의 도홍(陶泓), 회계(會稽) 땅의 저지백(楮知白)들과 잘 사귀면서 서로 도와주었다. 나라에 정령(政令)이나 문자(文字)의 일이 있을 적마다 네 사람이 마음을 함께하여 계획하였거니, 모영이 초안을 만들면 도홍이 수식하고, 진현이 윤색시키면 지백이 한 자리에 거두어서 널리 펼쳐 시행하였다. 이 모습을 보는 이들이 훌륭타 칭찬하지 않은 이가 없었으며, 그들을 문방사우(文房四友)로 일컬었다.

진현이 언젠가는 세 사람 앞에 이렇게 말하였다.

"우리들이 사는 동안 서로 헤어지지 말고 죽어서도 반드시 이름이 함께 전해졌으면 한다네!"

창려(昌黎) 선생 한유(韓愈)[10)]가 모영을 위해 전(傳)을 쓸 당시에도 진현과 도홍, 저지백이 모두 참여하였다.

---

8) 당헌종(唐憲宗). 당나라 제11대 황제. 본명은 이순(李純, 778~820). 재위 805~820. 성격이 곧고 과단성이 있어 안록산의 난 후 절도사의 횡포를 누르고 물가를 안정시키고 백성들의 세금을 내려주었다. 이 시절에 한유(韓愈)·유종원(柳宗元)·백거이(白居易) 등이 활약하였다. 원화는 당헌종이 806~819년까지 사용하던 연호.

9) '벼루'에 대한 별칭. 석향후(石鄕侯). 원래 설직(薛稷)이 벼루를 석향후로 봉했다는 데서 유래되었다 한다.

10) 당나라의 문장가면서 사상가, 당송 8대가의 한 사람이다. 768~824. 토끼털 붓을 의인화하여 최초의 의인 전기인 〈모영전(毛穎傳)〉을 지었다.

진현은 묵자(墨子)를 흠모한바 오로지 묵자의 가르침만 배워 익히었다. 그리하여 남과 사귐에 있어 신분이 귀하거나 천하거나 잘나거나 못나거나 따지지 않고 손 붙잡아 은혜로 적셔주며 아껴주기를 자신한테보다 더하였으니, 비록 정수리로부터 발꿈치까지 닳아 없어진다 해도 당사자만 이롭게 할 수 있다면 실천에 옮겼다.

어떤 사람이 진현더러 말하였다.

"공자께서 '갈아도 닳지 않고 물들여도 검어지지 않는다'고 말씀하지 않으셨던가?[11] 그런데 그대의 도(道)란 것이 이와는 반대이니, 내 어쩐지 미심쩍구려!"

그러자 진현이 탄식하며 말하였다.

"나더러 단단해지라는 것인가? 단단하면 부러지기 쉽다네. 나더러 희어지라 하는 것인가? 희면 더럽혀지기 쉽다네. 상종(常樅)은 강성한 것을 경계했고,[12] 양웅(揚雄)은 현묘(玄妙)를 지키라 했거늘,[13] 내가 달리 어떻게 하면 될까?

노자가 스승인 상종을 문병하는 과정에 혀의 부드러움과 치아의 단단함에 대해 문답했다는 도가의 고사가 있다.

11) 『논어』「양화(陽貨)」 편의 출전이다. 중모(中牟)를 배반한 필힐(佛肸)이라는 이의 초청에 응하는 공자를 제자 자로(子路)가 의아해 하자 이에 답한 말로, 비록 정치 일선에 나간다 해도 외부에 좌우되지 않는 자신의 굳건한 본바탕과 의지를 나타낸 뜻이다.

12) 한나라 유향(劉向)의 『설원(說苑)』「경신(敬愼)」 편에 상종과 노자(老子)의 대화가 실려 있다. 상종은 문병 온 노자에게 입을 벌려 보여주며 자기의 혀가 그대로 있는지 묻자 그렇다고 했다. 상종이 다시 치아가 그대로 있느냐는 물음에 노자는 없다고 대답했다. 상종이 거듭 이게 무얼 말하려는지 알고 있느냐고 함에 노자가 대답했다. "혀가 여즉 붙어 있음은 그것이 부드럽기 때문이라고 생각합니다. 그러나 치아가 빠지고 없는 것은 그것이 지나치게 단단하기 때문입니다." 상종은 노자의 대답에 웃으며 말하기를, "그렇다. 이 세상의 모든 일이 바로 이와 같나니라" 했다던 이야기에서 취했다.

13) 양웅은 우주 만물의 근원을 『노자(老子)』와 『역(易)』에 의거하여 논하였다. 『태현경

揚雄

내 기질을 고치고 변화시켜 나의 참 본성을 잃게끔 하라는 것이로군. 또 저 천하 만물 중 그 어느 것이 마멸되지 않고 길이 갈 수 있을까? 절로 닳아 없어지기를 기다리느니 차라리 사람한테 은혜롭게 할 것이네."

애초에 용향(龍香)은 키 큰 소나무의 기를 흡수하는 법을 배웠고, 진현이 그 술법을 전수받아 늙는 것을 물리칠 수 있었으니, 늙어서도 쇠약하거나 머리가 희어지지 않았다. 그러나 직무에 쓰인 지 오래되자 자못 몸이 풀려 똑바로 가눌 수 없게 되었으며, 이따금 지나친 욕심 때문에 자연 형편없이 더러워져 손가락을 오염시킨다는 비난을 사게 되었다. 그로 인해 진현은 자리에서 밀려나고 말았다. 진현이 그렇게 밀려났지만 그의 오랜 노고에 따라 그의 자손들을 기록하고 임용함이 지금까지도 끊어지지 않는다고 한다.

사씨(史氏)는 이르노라.

「주나라 무왕(武王)이 순(舜) 임금의 후손을 등용함에 호공(胡公) 만(滿)[14]을 진(陳) 땅에 봉하였거니 진(陳)이라는 성씨는 여기서 비롯된 것이고, 진현은 바로 그 후손이었더라! 순 임금이 숨어 나타나지 않는 덕행을 일으켜 천자의 자리에 나아갔는데, 진현이 그 여운을 이어 자신의 몸을 윤택케 하였으니 가히 선인의 유지를 제대로 서술하여 밝힌 이라고 이를 수 있겠다. 그러나 진나라의 후예인 경중(敬仲)[15]이 제나라로

(太玄經)』을 지었는데, 현(玄)은 눈에 보이지 않는 우주의 본체이고, 태(太)는 그 공덕을 높인 미칭(美稱)이라고 한다.

14) 주(周) 무왕(武王)을 섬기며 도정(陶正)을 지낸 알부(閼父)의 아들로서 성은 규(嬀), 이름은 만(滿). B.C.1111년 진(陳)나라의 시조가 되었다. 호공(胡公)은 시호(諡號).

15) 공자(孔子)가 죽던 해(B.C.479)에 진(陳)나라가 초나라에 의해 망하자, 진나라 14대

달아난 이후로는 강주(絳州)의 겨레 중에 이름이 들리지 않았으니, 기록의 마당에 혹 전(傳)을 놓쳤던가 보다.

진현은 세상에 섞여 너저분히 타합하며 사람들의 기쁨을 샀으매 올바른 덕에 폐해를 끼쳤다. 비록 그렇기는 하나, 인류에 글자 표현이 생겨난 이래로 고금의 잘 다스려졌거나 어지러웠던 세상에 대한 자취가 일반의 일들과 나란히 전해져 길이 잊지 않게끔 하였다. 그러매 진현이 아니었다면 암만 대단한 기억력의 사람이라도 어디에 기대어 볼 길 있었겠는가?

아아! 죽척(竹尺)[16]이 쓰였으면 모영(毛穎)은 버려졌을 테고, 순비(盾鼻)[17]가 나섰다면 도홍(陶泓)이 밀려났을 것이며, 죽간을 엮어 쓰는 세상이었다면 지백(知白)은 둘둘 말린 채 묻히고 말았으리라. 진현이 진정 기용되지 않았다면 천하는 도탄에 빠지고 인류 문화는 밝아질 수 없었을 테니 진현의 공적이 네 벗 위에 더하다 하겠다. 노자(老子)가 이르기를, "그윽하고 그윽하니, 묘한 것들의 근원이로다!"라고 했는데, 바로 진현을 두고 하는 말이겠구나!」

새로운 문방 열전 작품들과의 만남은 지금도 현재 진행형이다. 신라의 노래 향가는 나라가 쇠락해 가던 진성여왕 때에 그것을 하나로 묶어 낸 『삼대목(三代目)』(888년)이라는 향가집 안에 보전되었지만, 애석하게

군주 여공(厲公)의 왕자 완(完)이 제나라로 건너가 처음 전씨(田氏) 성을 사용했고(B.C.672) 후손들이 대대로 권력을 이어받았다. 완이 제나라에 정착한 뒤로 진씨(陳氏) 성과 전씨(田氏) 성을 함께 썼다. 경중(敬仲)은 시호.

16) 대나무 자, 대막대기.

17) 방패의 손잡이.

도 중도 일실(逸失)되는 바람에 그 고스란한 실체를 대할 수 없게 되었다. 불행 중 요행으로 고려 말에 이르러 일연 법사가 『삼국유사』에 이런 저런 편린들을 실어 놓은 덕분으로 오늘날 금쪽보다 더 귀한 14편을 건져 접해 볼 수 있게 되었다. 통일신라 후기 환상적 이야기들만을 모은 책으로, 최치원 혹은 박인량 편저로 알려진 『수이전(殊異傳)』 역시 같은 운명을 겪었다. 한문 설화집으로서 훨씬 방대한 부피였겠지만 오늘날엔 〈최치원(崔致遠)〉·〈수삽석남(首揷石枏)〉·〈심화요탑(心火繞塔)〉·〈죽통미녀(竹筒美女)〉 등을 포함한 고작 14편 정도의, 역시 빙산일각도 못되는 면모만 접해 볼 길 있다.

거기 비하면 이른바 가전(假傳)이라고 하는 의인 열전 작품들은 간혹가다 옛 문집들 갈피 속에서 심심치 않을 만큼 발견되어진다. 필자의 1985년 박사학위 논문인 『한중가전문학의 연구』 당시엔 자료로 수합한 의인 열전 작품이 한중 합하여 59작품이었던 것이 현재는 한국 약 60여 편, 중국은 대략 40편 정도 되어 총 100편을 상회하는 가전을 접할 수 있게 되었다. 총 40편 정도를 더 얻은 셈이지만, 앞으로도 이와 같은 발굴은 의연히 지속될 전망이다.

지금 임면호(林沔浩)가 먹을 의인화한 〈진현전(陳玄傳)〉 역시 그러한 발굴 과정의 한 단면이랄 수 있다. 본 작품의 처음 소개는 대전대학교 중국언어문화학과 강현경 교수의 〈임면호의 진현전에 대하여〉(2009년 6월)라는 글을 통해서였다. 2004년 작고한 국문학자 낙은(樂隱) 강전섭(姜銓燮) 선생의 '낙은문고(樂隱文庫)' 중에 포함된 고서인데, 그 영애인 강현경 교수가 『어문연구』 60집 안에 작가 및 작품에 대해 처음 천명하였다. 여기서 임면호가 영조 26년인 1750년에 출생하여 순조 31년인 1831년에 몰하였다고 밝혔다. 이어 인정(人定) 기술부·행적부·논평부로 나누어 설명하고 나아가 가전 작품으로서의 가치에 관한 서술, 그리고 원문 소개 및 번역과 주석을 부록으로 첨부하였다. 파트별 설명한 부분은 그렇게 첨부한 역주에 대한 친절한 부연이라 할 수 있다.

임면호의 간력 및 문집에 대해서는 강현경 교수의 논고 중 각주 부분에다 소개해 밝힌 글을 편의상 그대로 전재(轉載)하기로 한다.

> 임면호는 영조 갑오년(1774)에 생원이 되고 나중에 현감을 지냈다고 하는데, 을묘년(1795)에는 정릉랑(貞陵郎)이 되었으며, 70세 무렵 순조(純祖) 때에 세자를 보위하는 벼슬 익위사(翊衛司) 위솔(衛率)을 맡았었다. 그런데 작자는 40살쯤 되던 무렵에 홍천(洪川) 땅으로 귀양살이를 갔었던 것으로 보이는바, 〈차운김성령견증시(次韻金城令見贈詩)〉·〈매서아(賣暑兒)〉·〈귀자홍천왕후백씨적소문화종인성진래여상방출운(歸自洪川往候伯氏謫所文化宗人星鎭來與相訪出韻)〉 등의 시문에서 홍천(현재 강원도 홍천 지역)에서의 귀양살이를 언급하고 있어도 그 죄목과 귀양의 기간에 대해서는 추론할 수 없다.
>
> 임면호의 문집으로는 초고본 형태의 한문 필사본 3책이 남아있는데, 그 중에서 1책에만 '遺稿'라고 펜으로 기재되어 있고, 나머지 2책은 표지 부분이 낙장이 된 채 전해져 소장되어 있다. 아마도 본 문집을 열람한 이가 임의적으로 『유고』라고 정한 것으로 보인다. 3책 모두에는 겉표지나 속표지에 찬자(撰者)의 인적사항과 관련된 책명이 제대로 명시되지 않아 동일인에 의한 저술임을 확연히 알 수 없었으나, 3책 중에 각기 수록된 〈제망실한산이씨문(祭亡室韓山李氏文)〉·〈망처이씨초기제문(亡妻李氏初期祭文)〉·〈제매서이숙겸면충문(祭妹婿李叔謙勉冲文)〉 등에 근거하여 3책 모두가 임면호라는 인물에 의해 찬술된 문집임을 확인할 수 있었다.

이제의 관심사인 〈진현전〉은 제2책에 실려 있다. 다행히 표제 바로 아래 창작의 간지를 적은 것이 있어 그 연대를 알 수는 있으나, 창작의 동기만은 수록된 작품 안에서 알아내기가 모호하였다.

작품명 밑에 첨기된 '壬子'라는 간지에 의거하면, 1792년에 찬술된 작품으로 파악할 수 있겠다. 그리고 그의 『유고(遺稿)』 3책에는 정치적인 발언이나 정론(政論)을 담은 주소류(奏疏類)의 문장 혹은 의논문(議論文) 따위는 수록되지 않은 대신, 주변 친족과 지인을 위한 제문(祭文)·행장(行狀)·묘지명(墓誌銘)이라든지 차운시(次韻詩)·화답시(和答詩)·영물시문(詠物詩文)·유람시문(遊覽詩文) 따위가 비교적 다수 수록된 특징을 보여주고 있을 뿐이다. 따라서 본 작품의 창작 동기를 정치적 관점이나 개인적인 특별한 상황과 관련지어 분석하기는 어려워 보인다.

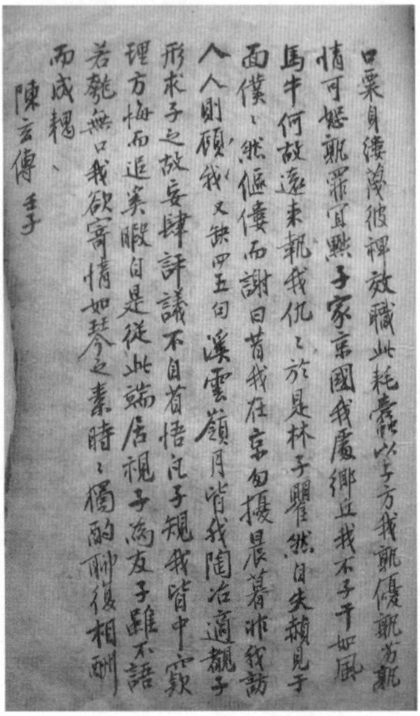

작품 제목 바로 아래
'任子'의 간지가 보인다.

창작의 동기 문제는 대체로는 작가가 특별히 해당 작품을 지은 사연이나 이유 등에 관해 언급하는 경우가 아니라면 따로 그것을 명백화하기 쉽지 않다. 다만 일반적으로 가전, 즉 의인 열전을 지었던 옛 선비 작가들이 대개 어떠한 심리적 계기로 창작에 임했는지 정도를 몇 가지에 나누어 설명할 수 있을 뿐이다.

첫째는 자기 시대의 정치와 사회에 대한 '울분'과 '풍자'가 중요한 이유를 차지하는바, 고려시대 임춘 지은 〈국순전(麴醇傳)〉·〈공방전(孔方傳)〉과 조선조 권필의 〈곽삭전(郭索傳)〉이 여기 해당된다.

둘째로 '교훈성'의 목적도 이에 가세를 하니, 고려 선승인 혜심(慧諶)

이 지은 〈죽존자전(竹尊者傳)〉·〈빙도자전(氷道者傳)〉 등은 불교적 이상을 형상화시켜 보기 위한 작품이라 하겠고, 조선조 김우옹(金宇顒)의 〈천군전(天君傳)〉 같은 것은 성리학에 입각한 유교적 경의(敬義) 사상을 투영한 경우라고 하겠다.

셋째로 자기 신세를 의인법으로 형상화한 경우도 생각할 수 있다. 조선초에 정수강(丁壽崗)이 대나무를 인격화한 〈포절군전(抱節君傳)〉은 유교적 절의의 의미에 대한 자기적 사색 및 사상이 반영된 것이라 하겠고, 앞서 든 권필의 〈곽삭전〉은 '게'를 통한 정치 풍자와 동시에 작가적 삶의 고스란한 투영이 아닐 수 없었다.

창작동기의 마지막은 지극히 단순한 데에 있다. 곧 자기적 취미거나 기호에 대한 표현의 묘미를 살려 보기 위한 것이니, 의인 열전을 짓는 가장 일차적인 이유이기도 하다. 조선조 송세림(宋世琳)의 〈주장군전(朱將軍傳)〉과 성여학(成汝學)의 〈관부인전(灌夫人傳)〉은 희학(戱謔)과 골계(滑稽) 목적의 대표격이니, 다름 아닌 각각 남자와 여자의 성기(性器)를 주인공 삼은 성희(性戲)를 그린 것이다. 고려 이규보가 자기 좋아하는 술을 인격화하여 그린 〈국선생전(麴先生傳)〉이나 조선조 이옥(李鈺)이 기호하던 담배를 의인 형상한 〈남령전(南靈傳)〉 같은 것도 다 개인적 표현의 욕구를 의인 전기의 양식에 옮겨 보인 일례가 된다.

그러면 임면호 역시 자신이 일상 가까이 하며 애호하는 문방사우 중에서 가장 의미 있게 와 닿은 사물을 선택하여 의인 열전 제작의 생심을 냈음이 분명하다. 이때 가장 다양한 사색을 자아내는 사물이 먹이라 간주하고, 이에 그것을 열전 형식으로 구현하고 싶은 표현의 욕구에 따라 〈진현전〉을 창작해 간 과정이 눈앞에 선연하다.

먹 외에도 사물에 대한 관심을 문학화한 사례들이 문집 안에서 포착된다. 《차당인영물운(次唐人詠物韻)》 안에는 〈안(雁)〉·〈학(鶴)〉·〈작(鵲)〉

·〈연(燕)〉·〈선(蟬)〉이 있는데, 각각 기러기, 학, 까치, 제비, 매미 등을 읊은 것이다. 이밖에도 〈이(梨)〉·〈율(栗)〉·〈분매시(盆梅詩)〉·〈지주망(蜘蛛網)〉·〈문(蚊)〉·〈문죽피침(文竹皮枕)〉·〈전국새명병서(傳國璽銘并序)〉·〈죽부인명병서(竹夫人銘并序)〉 등은 각각 배·밤·화분에 심은 매화·거미줄·모기·잎과 줄기가 가는 대의 껍질로 만든 베개를 음영한 것이다.

이 중 〈죽부인명병서〉는 옛 중국과 한국에서 여름의 납량 금구(衾具)인 죽부인을 의인화한 열전인 〈죽부인전(竹夫人傳)〉이 여러 작품 있다는 사실과 관련하여 반가운 발견이다. 앞부분은 서(序)인데, 그 선두 부분은 이러하다.

> 竹夫人未詳其始 張文潛爲之傳 斷自漢武起 亦未知其何據也 蓋窮陰巖冱之時 坐有氈 罽 衣有綿純 密其室而深其居 固足以折寒威 而避皸瘃矣 至於朱明行火 赫曦流金 則絺繒不能疎其鬱 江河不足潤其渴….
>
> 죽부인은 그 시작이 분명치가 않다. 송대의 장뢰(張耒)가 그것을 전(傳)으로 지었는데, 단정적으로 한무제(漢武帝) 때 기원했다고 했지만 역시 그 근거가 무언지 모르겠다. 대개 음기가 성한 엄동에 바위조차 얼어붙을 때 터럭뵈나 담요를 자리삼고 순면 옷을 입고서 방안을 꽁꽁 잠그고 깊숙이 들어앉아 있으면 어지간히 혹한을 이길 수 있고 손이 트고 발이 어는 것을 피할 길 있다. 염천에 불같이 뜨겁고 벌겋게 쇠를 녹일 정도면 갈포(葛布)와 명주옷이 그 울증을 삭히지 못하고 강물이 그 갈증을 적시지 못할 때….

자못 길게 쓴 서(序)의 뒤에는 명(銘)을 지었다. 여기에 그대로 옮겨 보인다.

> 婦德尙柔　　여자의 덕은 부드러움을 높이나니
> 爾取眞耶　　그대 그 진수를 얻었어라.

婦容貴婉　여자 얼굴은 소곳함을 귀히 여기니
爾用肅耶　그대 똑바름을 보이도다.
不言如桃　복사 오얏처럼 말없는 매력에
息姬節耶　말 않던 식부인다운 절개여라.
冷潔如梅　차고 깨끗하기 매화 같으니
謝女疋耶　설경 읊던 사녀와 짝할만해.
來非色授　미색으로 기쁨주지 않아도
寵焉固耶　그 총애야 든든하기만 해.
退非妬祛　밀려나도 투기하는 본 없으니
愆何數耶　그르칠 일 얼마나 되리.
不求不尤　바라는 것 없고 허물 저지레 없으니
德之貞耶　덕의 바름이어라.
德以論爵　벼슬을 덕으로써 한다면
稱其名耶　죽부인 그 이름을 일컬을지다.

요행 문방사우 쪽으로도 한 단위를 건질 수 있었으니, '벼루'에 대한 음영인 〈영연(詠硯)〉이 그것이다. 40자의 오언율시인데, 하필 여섯 글자가 손상된 바람에 전체 의미 대신 애오라지 그 개의(槪意)만을 가늠할 수 있을 따름이다.

片石矩從墨　석판 위 붙좇는 먹의 어연번듯한 품은
玄圭滑□□　검은빛 미끈한 옥홀의 모양인양 하구나.
□□周作郭　언저리 잘라내 에둘러 외곽 이루고
鐫首凹爲池　윗부분 파내어 오목한 연못 되었네.
愧以磷緇質　까만 피부 닳아짐이 부끄럽다지만
偏蒙四友知　사우 중에 받는 편애 각별나긴 해.
□人唾面□　어쩌다 얼굴에 침 뱉는 모욕당해도
惟待自軋時　식식 일하는 때만을 기다리네.

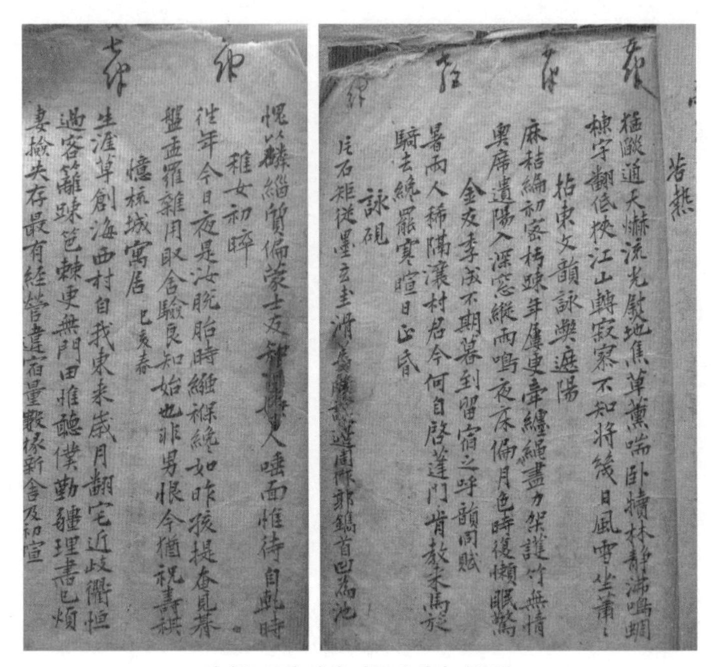

임면호 문집 안의 벼루 음영인 〈詠硯〉

□ 표시의 글자가 없는 것은 대략 전후 간의 맥락을 감안하여 전석(詮釋)을 시도하였다. 함연(頷聯)의 세 번째 구에 있는 빈 칸은 네 번째 구의 '鐫首(앞부분을 새겨내다)'의 동사+목적어 구조에 호응하여 필경 술목형(述目形)으로 조합되는바 '訣邊'쯤으로 추정된다.

기연(起聯) 두 번째 구의 빈 칸은 '매끄러운 모양'의 의미망 안에서 소통이 가능한 듯싶고, 미연(尾聯)의 7번째 구의 두 번째 □는 암만해도 '如' 자인 양한데, 그럴 경우에 '만약'·'가령'과 같은 가정(假定)의 접속사로서 의미가 소통된다.

기연(起聯)은 먹과 벼루 사이의 밀착성을 나타낸 것이다. 그런데 이 밀접함이 바로 〈진현전〉 가운데 '석향 고을이 그의 은택을 흠뻑 입게 되었고 이에 천자가 현에게 석향 고을을 식읍으로 내렸다'의 말로 거듭 형상되고 있음이 흥미롭다.

이밖에도 강 교수는 서론에서 이 작품이 이전에 출현했던 '陳玄'[먹]으로 소재를 삼은 가전 작품과는 다소 차이가 있는 개성적인 내용을 표현하고 있다고 전제하였다. 결론부에서도 이 작품이 여타의 〈진현전〉 계통의 작품과는 다소 구별되는 짜임새 있고 풍부한 내용으로써 생동감 있게 표현하였다는 점에서 그 문학적인 형상미를 인정받을 수 있다고 했다. 또한 비록 작자가 독창적인 필법을 운용하여 이전의 작품이 지닌 체재나 표현 방식에서 파격적으로 벗어나지는 않았지만, 사물에 대한 깊은 통찰력과 작자 의식을 일상적 사물인 먹에 빗댄 조선시대의 빼어난 가전 작품인지라 한국 가전문학 발전상에서의 중요한 의미가 된다고 하였다.

〈진현전〉 계통에서 가장 빈도가 높은 공통점은 묵자(墨子)의 이념인 '겸애'를 정칙으로 삼아 발꿈치가 닳고 이마가 해져도 천하를 위해 희생한다는 것, 노자의 법인 현(玄)의 교의를 따른다는 것, 신선의 정기를 온전히 받아들인다는 것, 문방의 세 벗과 서로 협력한다는 것 등이다.

임면호의 작품 평결부에서, 주인공 성인 진씨(陳氏) 성의 유래에 대한 소재는 참으로 참신한 듯 보였지만, 남유용(南有容, 1698~1773)이 그보다 우선하여 〈모영전보(毛穎傳補)〉의 진현 이야기에서 이미 세웠던 발안(發案)이다. 기실은 동일 문방 소재를 다루는 와중에서는 어느 한 작품이 나머지 작품들과의 차별성을 확보하기가 여간하여 쉽지는 않은 일이다. 작중에 나오는 '유미(隃麋)'·'위중장(韋仲將)'·'용향(龍香)'·'양웅(揚雄)' 등의 화두 또한 먹을 인격화하는 작가들 사이에서 교차 호용(互用)이 용이한 내용들이다. 오히려 먹 관련의 명사어휘거나 인물고사 등은 신홍원(申弘遠, 1787~1865)의 먹 의인화에서 가장 풍성하게 나타나 있다. 그럼에도 '단신에 몸의 빛깔이 검다'는 이야기 소재는 박윤묵(朴允默, 1771~1849)의 〈진현전(陳玄傳)〉에서 다시 재현되어 있다. 벼루[石鄕]와의 밀접성을 형상화한 모티브 또한 신홍원의 〈사우열전(四友列傳)〉 등에도 나오는 소재이나, 임면호가 이들보다는 각각 21년·37년 연장인 점을 인정해 볼 길은 있다. 특별히 '성품이 사치하니 금은 따위로 곱게 단장하기를 좋아하고 향내 나는 옷을 입어 남들과 화목하게 어울리기를 바랐다' 같은 대목은 다른 데서는 여간 포착이 어려운 자별한 특색으로 볼 만하다.

해석을 해 놓고 선행의 번역과 대조해 보니 다소 의취를 달리한 부분들도 눈에 띈다. 그 과정에 당연히 원문의 띄어쓰기도 약간 달라질 수밖에 없었다. 이 글은 문집의 내용 자료를 일일이 촬영하여 보내준 강현경 교수의 배려에 힘입었음을 밝힌다.

• 陳玄傳 •

陳玄 字處晦 絳州人也 不知其氏族所本 在唐爲絳州人 其先隃糜 漢文帝時 擧方正 時上方躬修玄默 而隃糜獨能稱上意 給事向書省甚寵用之 漢末 隃糜玄孫光 見賞於韋仲將 仲將與之交 膠漆有切磨工 仲將名士也 光亦以此 名重當時 及唐 有名龍香 爲玄宗所擢用 常任使上左右後鍊精爲道士 帝賜號旋異之 蓋玄所祖也 玄爲人短小 性侈靡 喜以金銀藻采 自飾服薰香 以求和合於人 然沈默而躬行 闇然有章 人以是多玄 憲宗元和中 召試石鄕令爲政 先撫摩 決民訟 立辨其黑白 使民曉然知其說 石鄕洽然被其澤 於是天子命玄食采石鄕 俾延于世秉用 玄益專玄與中山毛穎弘農陶泓會稽楮知白友善 好相推致 每國家有政令文字事四人者同心摸劃 穎草創之 泓修飾之 玄潤色之 知白翕受而敷施之 觀者莫不稱善 號爲文房四友 玄嘗謂三子者 日 吾曹生欲不相離 死心同傳 及昌黎韓愈爲穎立傳 玄與陶楮皆與焉 玄慕墨子 專治墨子言 與人交 無貴賤賢不肖 執手相煦濡 愛之踰於己 雖磨頂放踵 利其人則爲之人或謂玄日 孔子不云乎 磨而不磷 涅而不緇 子之道反是 吾竊惑焉 玄歎日 使吾堅乎 堅則易挫 使吾白乎 白則易涴 常樅戒剛 揚雄守玄 吾獨奈何 矯變吾質 以喪吾眞哉 且凡天下物 孰有不磨滅而長存者乎 等磨滅耳 毋寧惠於人乎 初 龍香習爲喬松引氣之法 玄傳其述 能却老 老亦不衰白 然任用旣久 頗解體不能持正 往往貪穢 自卑汚有染指之譏 玄由是廢 以玄舊勞 錄用玄子孫 至今不絕云

史氏日 武王擧舜世 封胡公滿於陳 陳之氏自此始 玄豈亦其苗裔與舜升玄德 以陟帝位 玄承末光 以潤其身 可謂能祖述者與 然陳之後敬仲奔齊 而絳之族無聞 史或失其傳也 玄同流合汙 求悅於每人 雖賊於德 書契以來 古今天下治亂之跡 與夫日用事爲傳 久而勿忘者 非玄强

記 人何賴焉 嗚呼 竹尺用而穎可舍矣 盾鼻進而泓可退矣 編簡之世 知白可卷而德矣 玄苟不起 天下塗炭 人文未明 玄功尙四友矣 老子曰 玄之又玄 衆妙之門 其陳玄之謂與.

『遺稿』

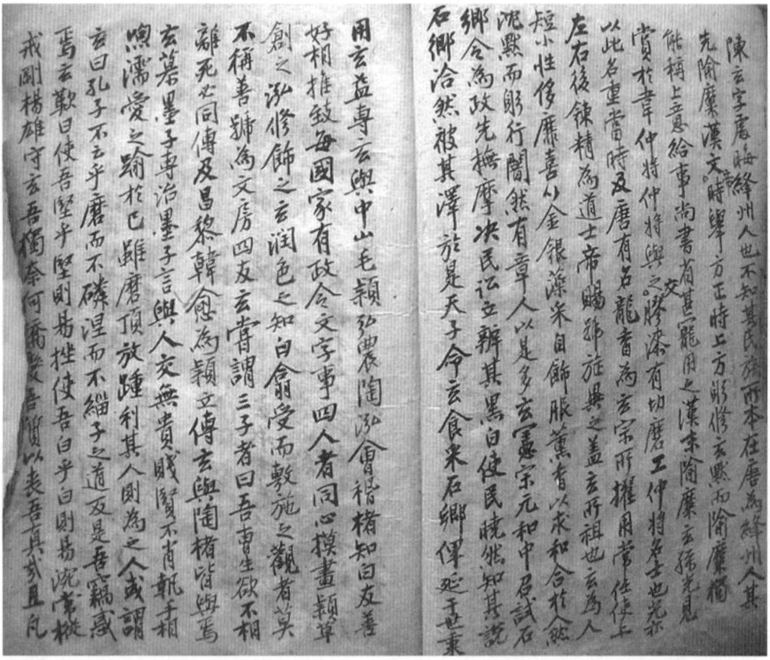

임면호의 〈진현전〉. 『낙은문고』의 소장자인 강현경 교수 제공

박윤묵의 저백전

朴允默 · 楮白傳

저백(楮白)[1]의 자는 소절(素切)[2]이다. 그 선조는 회계(會稽)[3] 사람으로 섬계(剡溪)[4]에서 은거한바, 그로 말미암아 가문을 이루었다. 중상시(中常侍)[5] 채륜(蔡倫)[6]이 여기저기 탐문으로 찾아 그를 얻게 되었고, 황제께 아뢰어 천거하매 황제가 불러보고는 크게 기뻐하며 지제고(知制誥)[7]의 벼슬을 내리니, 중서성(中書省)[8]에서 대조(待詔)[9]하였다.

이때 황제는 바야흐로 문학에 빠져 있었다. 저백은 살결이 곱고 매

1) 종이의 별칭. 닥나무[楮]로 만들며, 희다[白]는 데서 따온 것임.
2) 역시 종이의 별칭. 희고[素] 자를[切] 수 있음에서 연유한 것인 듯.
3) 중국 절강성(浙江省) 소흥현(紹興縣) 동남쪽에 있는 산 이름.
4) 절강성 승현(嵊縣) 남쪽의 물 이름. 대계(戴溪)라고도 하는데, 이 물로 종이를 만들면 상당히 아름답다고 한다. 등지(藤紙)로 더욱 유명하다.
5) 진나라 때 설치한바, 궁중의 내사(內事)와 고문(顧問)·응대(應對) 등을 맡았다.
6) 후한(後漢) 시대 종이의 개량자로, 그가 만든 종이를 채후지(蔡後紙)라고 한다.
7) 당나라 때 설치한 벼슬로, 내명(內命)과 조고(詔誥)를 맡았다.
8) 위진(魏晋) 시대에 세운바, 기무(機務)와 조명(詔命), 비기(秘記) 등을 관장하던 부서.
9) 문장을 취급하고 천자의 하문에 응대함.

끄러운데다 몸을 말았다 폈다 뜻대로 할 수 있었기에 늘이고 줄이고 넓히고 좁히고를 모두 황제의 재량에 응해 따랐다.

이로부터 황제의 마음에 들어 그 은혜가 두텁고 융성하였다. 하지만 그는 몸을 바르고 깨끗이 하여 법도를 갖추었기에 자신이 귀하게 되었다 하여 상대에게 함부로 하지 않았다.

누군가 때로 그를 더럽히거나 깎아내어도 원망의 기색이 없이 묵묵히 말 아니하매 사대부들이 이를 훌륭히 여기고 다투듯 그와 즐겨 사귀었다.

그는 일찍이 이렇게 말하였다.

"나의 집이 대대로 미천하여 종이로 생업을 삼았으니 비록 지체 높아졌다 해도 그 근본을 꺼릴 일이 없다!"

그리하여 저(楮)로써 성씨를 삼았던 것이다.

저백은 중산(中山)[10]의 모원봉(毛元鋒)[11], 흡주(歙州)[12]의 석탄중(石坦中)[13], 강주(絳州)[14]의 진현(陳玄)[15]과 친한 벗이 되어 서로 밀어주고 끌어주었다. 임금이 무슨 일을 시켜 하라는 바가 있을 적마다 어느새 나머지 세 사람과 함께 움직였다. 그러나 임금 역시 그것을 마음에 두지는 않았다.

임금이 일찍이 기밀(機密)한 사안이 있어서 저백으로 하여금 조서를 받들게 하였는데, 완성된 글이 곱고도 부드러웠으므로 흡족하게 웃으

10) 안휘성(安徽省) 선성(宣城)의 북쪽, 강소성(江蘇省) 율수현(溧水縣) 남쪽에 있는 산으로, 붓 만드는 토끼털[兎毛]의 명산지이다.

11) 붓의 의인화 명칭.

12) 흡주연(歙州硯)의 명산지. 안휘성 소재. 송대 이후 휘주(徽州)로 개칭되었다.

13) 벼루[硯]의 의인화 명칭. 원문에서 '陳玄'과 '石坦中'이 서로 바뀌었다.

14) 산서성(山西省) 소재의 고을 이름으로, 역사적으로는 임분현(臨汾縣) 등으로 불리기도 했다. 『당서(唐書)』의 지리지(地理志)에 먹[墨]을 공물로 하였던 기록이 보인다.

15) 먹[墨]의 의인화 명칭.

며 말하였다.

"경은 가히 이른바 용중교교(庸中佼佼)[16]한 이로다."

즉시 백주자사(白州刺史)[17]의 벼슬을 주고 만자군(萬字軍)[18]을 거느리게 하였으며, 저국공(楮國公)[19]의 작위를 내렸다. 이로부터 조서(詔書) 책문(策文)이며 문장은 저백이 아니면 행할 수 없었으며, 항상 그를 일러 선생이라 하였지 이름을 부르지 아니하였다.

저백은 그 성품이 소박하고 후덕하였던지라 그러한 작위를 받고 난 다음에도 스스로 더욱 유화롭게 일을 처리하였고, 교유할 때는 항상 소탈한 마음을 간직했다.

누군가 다섯 가지 색채로 그의 얼굴을 뭉개 바르는 통에 우스운 꼴이 되었지만, 그는 묵묵한 태도로 싫다거나 괴로운 내색을 하지 않았다.

그러자 어떤 이가 저백이 지체 높은 신하로서의 체통과 면모를 더럽히고 있다고 하였다. 이에 임금이 저백에게 따져 물었더니, 그가 이렇게 대답하였다.

"저 백(白)에게 소중한 바는 쓸 만한 일에 가려지는 데에 있나이다. 가령 신에게 가히 쓸 만한 바탕이 없어 명백히 하지 못했다면 폐하께서도 절 어찌 기용하셨겠나이까?"

그러자 임금이 옳게 여기었다. 이로부터 저백은 선비 계층과의 교유가 천하에 두루 미치었지만, 임금이 아무 때든 부르면 금세 이르렀던 까닭에 그 총애가 시들지 않았다고 한다.

---

16) 평범한 사람들 가운데 나은 사람을 말함. 『후한서(後漢書)』〈유분자전(劉盆子傳)〉에 '光武帝日 卿所謂鐵中錚錚 庸中佼佼者也'라 한 데서 끊어 쓴 것.

17) 흰빛 고을 감찰관. 백주(白洲)는 본래 현 광서성(廣西省) 소재의 고을 이름이나, 여기선 종이의 흰[白] 속성을 따서 이렇게 활용한 것임.

18) 만자(萬字)는 글자수의 많음을 나타낸 말. 만자군은 이것의 군사적 의인화.

19) 종이의 별명. '簒異記 薛稷爲紙 封九錫 拜楮國公白州刺史.' **【事物異名錄, 文具, 紙】**

찬(贊)하노라.

「그 새하얀 빛깔은 흰 눈과 같고, 그 평평함은 숫돌과 같아라. 자신을 접고 감출 수 있다면 아름다운 것, 누구라 이 같은 미덕을 행할 건가. 선생의 가르침이여, 가히 우러를 만하고나!」

동방의 선비 문화가 그 온전한 형태적 정립을 보았던 이래 문방에서 가장 종요로운 지필묵연(紙筆墨硯) 네 가지 자구(資具)를 일컬어 '문방사우(文房四友)' 혹은 '문방사보(文房四寶)'·'문방사귀(文房四貴)'라 하였고, 그들 문방에 종사하는 선비들 중에는 이 네 가지 사물 가운데 각별히 어느 대상에 주안(注眼)하여 의인화를 시도하였던 사례가 문학사의 한 언저리에 존재했었다.

이것을 '문방사우계(文房四友系) 가전(假傳)'이라 명명하여도 무방할 듯싶으나, 실제로 이 계통에 속하는 것으로 당나라 한유(韓愈)의 붓 의인화인 〈모영전(毛穎傳)〉이 단연 남상과 원조가 된다. 그리고 뒤를 이어 청대 신함광(申涵光)의 〈모영후전(毛穎後傳)〉, 벼루 의인화인 송대 소식(蘇軾)의 〈만석군나문전(萬石君羅文傳)〉, 종이 의인화인 명대 민문진(閔文振)의 〈저대제전(楮待制傳)〉과 청대 장조(張潮)의 〈저선생전(楮先生傳)〉, 먹 의인화인 명대 초횡(焦竑)의 〈적도후전(翟道侯傳)〉이 추려진다. 우리나라로 볼 것 같으면 종이 의인화인 고려조 이첨(李詹)의 〈저생전(楮生傳)〉, 지·묵·연 삼자(三者)의 합전(合傳)인 조선조 남유용(南有容)의 〈모영전보(毛穎傳補)〉, 붓 의인화인 조선말 한성리(韓星履)의 〈관성자전(管城子傳)〉 등이 우선 알려진 것들이었다.[20]

그러나 어느 한 작자가 한꺼번에 두 작품 이상에 유의한 경우는 여간하여 만나보기 어려울 따름이었다. 나아가, 한 사람이 지·필·묵·연의 네 가지에 대해 일일이 각각의 편제(篇題)로 잡고 입전화시킨 경우 역시 거의 그 사례를 찾기 지난하였다.

다만 저 중국의 송대에 소이간(蘇易簡)이 지(1권)·필(2권)·묵(1권)·연(1권)에 관련한 기사를 모아 엮은 『문방사보(文房四譜)』[21] 가운데는, 해당 문예물 채수(採搜)의 한 양상으로 문숭(文嵩, ?)이란 이에 의해 네 가지 모두에 대한 창작의 구색이 판비되어 있음을 보게 된다. 다름 아닌 붓 의인화인 〈관성후전(管城侯傳)〉, 벼루 의인화인 〈즉묵후석허중전(卽墨侯石虛中傳)〉, 먹 의인화인 〈송자후역현광전(松滋侯易玄光傳)〉, 종이 의인화인 〈호치후저지백전(好時侯楮知白傳)〉 등이 그것이다. 하지만 역시 이후에는 찾기 힘든 사례였다.

이쪽에서 역시 일찍이 문방사우 각각에 대한 전면적인 시도가 별반 눈에 띄는 것 같지 않더니, 조선 후기에 존재 박윤묵이란 인물의 수적(手跡) 가운데 골고루 한 안배가 이뤄져 있음을 보게 된다. 다름 아닌 그의 유고 『존재집』 권25 잡저(雜著)의 안에 들어 있는 종이의 〈저백전〉, 붓의 〈모원봉전〉, 먹의 〈진현전〉, 벼루의 〈석탄중전〉이 그것이다. 이 땅에도 한 사람 작가 손에 네 편의 문방열전이 만들어진, 이를테면 일가사품(一家四品)의 경계가 마련된 것이다.

이제 무엇보다 의인 열전 다수의 작가인 박윤묵의 프로필을 다소

20) 김창룡, 『한중가전문학의 연구』, 개문사, 1985, pp.36~60 참조.
이후에 만가재(晩可齋) 김석행(金奭行, 1688~1762)과 인재(忍齋) 조재도(趙載道, 1725~1749)의 먹 의인화인 동명 〈진현전(陳玄傳)〉 같은 작품도 김균태 편의 『문집소재전자료집(文集所在傳資料集)』(계명문화사, 1986)에 소개되었다.

21) 전체 5권으로 편성된 이 저술은 『사고전서(四庫全書)』·子 보록류(譜錄類) 학해류편(學海類編) 193·194책에 수용되어 있다.

살펴둘 필요에 당한다. 하지만 그의 인간과 문학에 관해 상고할 만한 자료는 역시 드물 따름이다. 다만 박윤묵의 유저(遺著)인 『존재집』 맨 권두에는 그의 만년 지기(知己)로 자허하던 남주(南洲) 최면(崔沔)의 〈존재집서(存齋集序)〉가 실려 있고, 책말의 권25에는 서로 알아온 세월 40년을 얘기하는 반남(潘南) 박기수(朴綺壽)의 〈발(跋)〉이 있다. 특히 권26에는 그의 79세 생애 전반을 보다 찬찬히 다룬 청풍(淸風) 김주교(金周敎)의 〈행장(行狀)〉이 갖추어져 있으며, 더하여 윤정현(尹定鉉)의 〈묘갈(墓碣)〉과 서준보(徐俊輔)의 〈묘지명(墓誌銘)〉 등이 있으니, 이 자료들 안에서 그에 관련한 정보 대강을 요량해 볼 나위는 있을 것이다.

박윤묵은 밀양 본관에 자는 사집(士執), 호가 존재(存齋)이다. 그의 집안은 7대조 박충건(朴忠健)이 선조 조에 호성훈(扈聖勳)에 들었고, 6대조 박양신(朴良臣)은 효종 조에 심양(瀋陽)까지 호종(扈從)한 공훈이 있다. 증조부 박태성(朴泰星)은 세 살에 아버지를 잃고 어머니를 섬긴 효도로서 이름 있다. 또한 부친이 돌아간 해와 같은 간지(干支)가 다시 돌아온 해에 여묘(廬墓)에서 끊임없이 애읍(哀泣)하였더니 숲의 새마저도 조석으로 함께 울었다던 일화가 전한다. 이로써 임금이 정려문(旌閭門)을 세워 주었고, 당시 공경대부들도 시를 지으면서 효성의 감화라며 칭송했다 한다. 조부인 박수천(朴受天) 역시 부친상을 당해 애통한 나머지 득병하여 돌아가니, 조정에서 그 효에 대한 표창의 의미로 조세를 면제해 주었다는 등 내력 있는 충효의 가문이었다고 한다. 아버지인 홍재(弘梓) 또한 선조의 훈교를 따라 몸가짐이 반듯했으니, 집안에 음악을 베풀지 않고 명주·모시를 입지 않는 등 가범(家範)을 준수하였다고 한다.

박윤묵은 4남 중의 셋째로, 밝고 영민하여 일곱 살 때 벌써 시를 지었으되,

三角何矗矗　삼각산은 어쩜 저리 우뚝할까
白雲生其上　흰 구름 그 너머에서 피어나네.

이 시구에 모두 기이하게 여겼다고 한다.

어려서 숙사(塾舍)에서 공부할 때 다른 아이들이 이웃집에서 들리는 음악소리를 따라갔지만, 그만은 홀로 의연히 독서했다고 한다. 또 어산(漁山) 정이조(丁彝祚) 선생에게 수학하였을 때, 선생이 전염병에 걸리자 그 곁을 지키며 지성으로 간호하였다 한다. 홀로 있는 어머니에 대한 도리는 물론이고, 두 형에 대한 공경심과 아우를 위하는 우애심 등 효제(孝悌)가 비상했다고 하며, '성(誠)'을 제일로 여겨 늘 반듯하게 처신했다고 한다.

또한 그는 감개(感慨)의 정서가 남달랐던가 보았다. 중형(仲兄)과 계제(季弟)의 죽음 앞에서의 애통과, 선영에 대한 추도와, 병자호란을 당한 강개와, 정조(正祖)의 기일을 맞았을 때의 비회(悲懷) 등, 그때마다 남긴 통곡과 눈물의 기록들이 그러한 사실을 입증하고 있다.

순조 을묘년(1819) 그의 나이 49세 때엔 왕을 배종하여 곡산(谷山) 치마대(馳馬台)에서 어제(御製)를 비문으로 만드는 감독을 했던 공로가 인정되어 통정대부(通政大夫)로 승진하였다. 순조 정해년(1827), 그의 나이 57세 때에는 어제(御製)를 글씨로 헌정하여 가선대부(嘉善大夫)에 올랐다. 특히 〈행장〉에는 헌종 을미년(1835) 그의 나이 65세, 평신진첨(平薪鎭僉)에 부임했을 당시, 마침 닥쳐 온 흉년에 미곡 수백 여 가마의 사재를 기울여 백성을 궤휼했다고 하였다. 아울러 경내에서 늦도록 혼인 못한 이를 혼인케 하고, 6, 70세 노인에게 음식 공궤를 하는 등 선행을 쌓았는데 임기가 만료되매 백성들이 관찰사에게 그의 유임을 간청하였고, 그것이 여의치 않자 송덕비를 세웠다고 한다.

그의 처음 재산은 누만금을 헤아렸지만 이처럼 평생 남에게 베풀기를 좋아한 덕에 만년에는 궁핍을 면치 못했다고도 한다. 또 친구인 이의수(李宜秀)가 후사 없이 죽자 자신이 몸소 빈렴(殯殮)을 하고 땅을 가려서 장례 지내 준 일도 있노라고 〈행장〉은 기록하고 있다. 각원루(閣院樓)에 10년간 있으면서 공경들의 애중(愛重)을 받았고, 당시 이름 높은 재상이던 조인영(趙寅永)으로부터는 '근신군자(謹身君子)'라는 칭찬을 들었으며, 또한 글씨에도 능해서 필법이 영매(英邁)·호일(豪逸)하다는 인정을 얻었다. 죽파(竹坡) 서준보(徐俊輔)는 그를 평하되 당시대의 정직하여 사(邪)가 없는 이는 오직 존재뿐이라 하였고, 근실함이 한결같은 외우(畏友)라 일렀다.

우봉(又峰) 조희룡(趙熙龍, 1797~1859)은 42명 중인들의 전기집인 『호산외기(壺山外記)』(일명, 壺山外史)라는 책을 냈다. 책 안에 자신의 호인 호산거사란 이름으로 소개한 인물들에 대한 찬(贊)을 썼는데, 이때의 찬은 칭찬의 뜻이 아니라 논찬(論贊)의 뜻이다. 역사의 기술 뒤에 따르는 저자의 논평이란 의미이다. 여기서 서리 박윤묵에 대해서는 '처음부터 그에게 인욕(人欲)이 없다고 단호히 말할 수는 없지만, 마침내 천리(天理)로써 극복한 군자'라고 칭도했다. 이렇듯 박윤묵을 이야기하는 이들마다 그의 도덕군자다운 면모에 대해 언필칭한다는 공통점이 있고, 동시에 그것은 실례로 뒷받침되어 있어 그 신뢰도를 높이고 있다.

박윤묵의 음주 성향에 관한 것이 또한 관심사로 언급되어 있다. 〈서문〉에서는 자신이 술은 잘하지 못하였으나 좋아하여 흥을 얻었다고 했고, 〈행장〉과 〈묘지명〉에서는 그가 술을 사랑해서 마시지 않는 날이 없었거니와 아침에 한 잔, 낮에 한 잔, 저녁에 역시 그렇게 마시되 60년을 하루같이 했다고 전했다. 그의 문집 안에서 〈녹주중(漉酒中)〉(권1)·

〈월야음송석원(月夜飮松石園)〉(권2)·〈음주(飮酒)〉(권2) 등은 그의 술 풍정을 엿볼 수 있는 좋은 단서들이 된다. 〈취석(醉石)〉(권1) 또한 그의 생애관 및 모처럼의 호일(豪逸)이 잘 나타난 대목이 아닐 수 없거니와, 특히 권5의 가운데 꽤 긴 사설조의 제목[22] 하에 지은 다음의 한 편은 박윤묵의 음주 취향 및 그가 평생의 낙백을 술로 자위하였던 태도의 좋은 본보기라 할 만하다.

西隣酒熟飮而甘	서편 이웃집의 익은 술맛 감미로워
一日無壺意不堪	하루도 술 없이는 견딜 수 없는 마음.
每遂微官懷斗五	박봉의 하급 관리 못 면하는 몸이지만
縱知大道在杯三	대도(大道)가 석 잔 술에 있음을 알겠네.
歐蘇壚上猶能說	구양수와 소동파의 목로주점 나설 만해도
稽阮樽前莫敢參	혜강·완적의 술판 앞엔 끼어볼 자신 없어.
取適可欣非取醉	적당히 즐길 따름 취할 나위까진 없는 것
筒錢未必數相探	대통 술잔, 돈 없어도 자주나 찾아를 보네.

역시 박윤묵이 술을 제재로 한 의인 가전 한 작품으로서의 〈국청전(麴淸傳)〉은 그의 이 같은 기주(嗜酒) 취향과는 맥락과 출원을 달리할 수 없는 우연 너머의 필연적인 산물이었다.

박윤묵의 문집인 『존재집』은 그의 생전에 상재되었던 것으로 사료된다. 일말의 단서로서 『존재집』에 필요한 서문을 남주거사(南洲居士) 최면이 썼는데, 권25에는 박윤묵이 최면의 작고 뒤에 쓴 〈남주선생최공면치제문(南洲先生崔公沔致祭文)〉이 있는 까닭이다. 이 제문을 지은 날짜

22) "余酒量甚少 亦能好酒而已 老兄亦如我 用前韻 作此詩以示之." (내 주량이 아주 적긴 하지만 그래도 능히 술을 좋아한다고는 할 수 있소. 노형께서도 나와 같으니, 앞의 운을 써서 이 시를 지어서 보입니다.)

가 '경자년 4월 신유삭(辛酉朔) 15일 을해(乙亥)'로 되었으니, 박윤묵 생애에서의 경자년은 1840년, 그의 70세 때의 제술인 것이었다.

『존재집』은 전체 13책이고, 1책 2권이니 전체 26권으로 편성되었으며 규장각 도서목록에 포함되어 있다.

〈저백전(楮白傳)〉의 '저백(楮白)'은 일찍이 고려조에 이첨이 쓴 〈저생전〉의 주인공 저생의 이름이 '저백(楮白)'이었던 사실과 일치하였다. 문방계 가전 전체에게 있어 전범(典範)과 귀감이랄 수 있는 한유 〈모영전〉에는 그냥 '저선생(楮先生)'이라 했고, 문숭이 쓴 〈호치후저지백전〉에서는 제목에서 보는 것과 같이 '저지백(楮知白)'으로 했을 따름이다. 오히려 명대 초횡(焦竑)의 먹 의인화인 〈적도후전〉에 종이를 '저백(楮白)'으로 명칭했음을 본다.

주인공 저백과 중상시(中常侍) 채륜(蔡倫)과의 관계는 하필 특정한 어디를 따로이 지목할 것도 없이 종이와 관련된 의인 조어(造語)들에서 공통한 양상이었다. 이는 어떤 분야이건 예외 없이 정보의 집산지 기능을 하는 『사문유취』라는 유서 공간 안에서 역시 당연한 수록을 나타낸다.

임금이 그에게 백주자사(白州刺史) 벼슬에 만자군(萬字軍)을 통령케 하였으며 저국공(楮國公)의 작위를 내렸다는 다음의 말

> 旣拜爲白州刺史 領萬字軍 賜爵楮國公.

은 박윤묵의 순연한 창작이 아니라, 그 원용의 터전이 『사문유취』 별집 권14 문방사우부(文房四友部) '지(紙)' 門 안에 고유해 있던 문자이다.

또한 다음의 대목,

薛稷爲紙封九錫 拜楮國公白州刺史 統領萬字軍. (纂異記)

은 박윤묵에 앞서 이첨이 〈저생전〉 작문의 자료로 활용하였던 부분이기도 했다.

於是褒拜楮國公白州刺史 統萬字軍.

그 밖에 주인공이 회계(會稽) 사람이라는 것도 진작 〈모영전〉·〈저생전〉 등에 약정어처럼 나타나 있던 것이어니와, 역시 『사문유취』 '지(紙)' 門 첫부분에 "會稽楮先生"〈韓毛穎傳〉의 명백한 게시가 있고, 은거지로서의 섬계(剡溪) 역시 같은 책 '지(紙)' 門 '시구(詩句)' 란의 "剡溪開玉板"이라든지, '고금문집(古今文集)' 란에 서원여(舒元輿)의 작으로 소개된 〈비섬계고등문(悲剡溪古藤文)〉이란 글제 내지 그 안의 내용을 통해서 쉽게 목격되는 바 된다.

저백이 "捲舒惟意"(몸을 말고 펴는 것을 뜻대로 했다)는 것은 부함(傅咸)이 쓴 〈지부(紙賦)〉 가운데,

覽之則舒 舍之則卷.

의 말을 『사문유취』가 '군서요어(群書要語)' 란에다 수용한 것이며, 이 가전의 평결부 찬(贊) 가운데 "其平如砥"(그 평평함은 숫돌과 같으며) 역시 필경은 같은 '군서요어' 란의 맨 처음에 『석명(釋名)』 출전으로 되어 있는,

紙砥也 平滑如砥也.

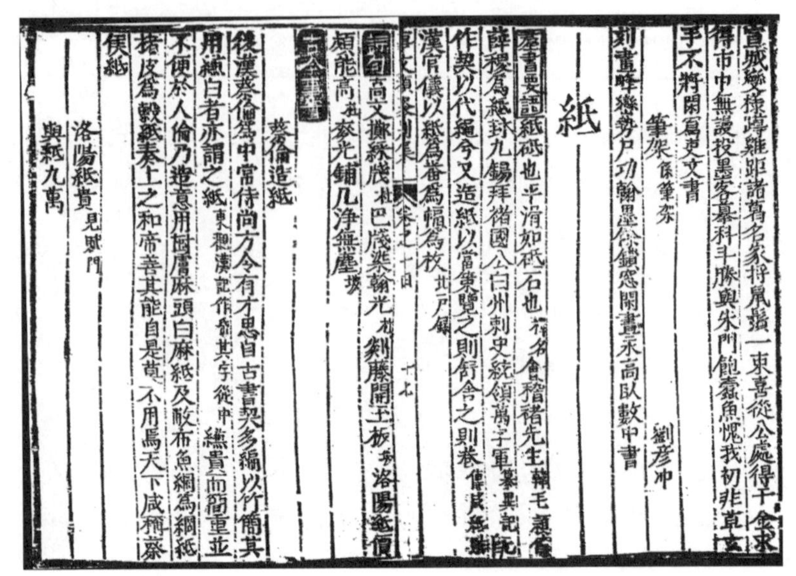
宣城變文㯹踌雜距諸葛名家捋鼠鬚一束喜從公處得千金求
得市中無護投墨客摹科斗勝與朱門飽蠹魚愧我初非草玄
手不將閑寫吏文書
筆架 係筆夯
刻畫峰巒勢尸功翰墨侔鎭窓閑畫永高臥數中書
劉彥冲
紙
羣書要語 紙砥也平滑如砥石也 釋名 會稽褚先生 韓毛穎傳
薛稷爲紙封九錫拜褚國公白州刺史統領萬字軍 纂異記
作契以代繩今又造紙以當策覽之則舒舍之則卷 傳咸紙賦
漢官儀以紙爲幡爲幅爲枚 北戶錄
事文類聚別集 卷之十四 十七
詩句 高文撆綵牋 杜 巴牋染翰光 杜 剡藤開玉板 李 洛陽遂價
頗能高 杜 麥光鋪几淨無塵 坡
蔡倫造紙
後漢蔡倫爲中常侍尚方令有才思自古書契多編以竹簡其
用縑帛者亦謂之紙 東觀漢記作帋其字從巾 縑貴而簡重並
不便於人倫乃造意用樹膚麻頭白麻紙及敝布魚網爲網紙
楮皮爲穀紙奏上之和帝善其能自是莫不用焉天下咸稱蔡
侯紙
洛陽紙貴 見賦門
與紙九萬

『사문유취』 소재 '紙' 門

와 연맥(緣脈)됨이 분명하였다. 이로써 『사문유취』가 박윤묵 가전에 끼쳐 놓은 영향의 막중함을 가히 실감하고도 남음이 있다 하겠다.

그러한 한편, 박윤묵 작문의 내력을 밝히는 일과 관련해서 마저 상고하지 않아선 안 되는 어떤 사항이 하나 더 있을 법하였다.

이제 『사문유취』와 같은 유서 종류이로되 상대적으로 가장 늦은 시대까지의 백과적 내용을 수록할 수 있던 청대의 백과 유서인 『연감유함(淵鑑類函)』이 있다. 이 책의 권204 문학부13 '필(筆)' 門과 권205 문학부14의 '지(紙)' 門, '묵(墨)' 門을 차례로 열람하여 보는 과정에는 특별히 문방사우 계통의 정보 사항과 연관하여 각별 주목을 끄는 자료가 있다. 다름 아니라 송대에 소이간(蘇易簡)이 찬한 『문방사보(文房四譜)』란 책이 그것이다. 이 책은 필보(筆譜) 2권과 지·묵·연보 각각 1권으로 되어 있는데, 사우(四友)에 대한 각각의 시말(始末)을 기술하였고, 그 고실(故實)·사부(詞賦)·시문(詩文)을 채수(採搜)해 놓았다.

다만 이 책이 그것 단독으로 전파되었던 자취는 나타남이 없다. 대신 청 건륭제(乾隆帝)의 명(命)으로 1781년 처음 문연각 수장본(文淵閣收藏本)으로서 완성을 본 중국 역대 도서의 최대적 집성인 『사고전서(四庫全書)』 중, 자부(子部) 보록류(譜錄類)1 기물지속(器物之屬) 필(筆) 843책 자자(子)149의 첫 마당에 그 수용의 모습이 보인다.

그리고 또한 『조선왕조실록』을 열람해 보면 이 『사고전서』가 이 땅에 처음 반입된 시기에 대해 거의 고증이 가능하다. 바로 정조 7년(1783) 3월 을묘일의 기사에는 동지사(冬至使) 겸 사은정사(謝恩正使)인 정존겸(鄭存謙)과 부사(副使) 홍양호(洪良浩)가 왕께 전하는 치계(馳啓)가 있다. 거기에 보면 그들은 2월 6일 연경(燕京)을 출발한 것으로 되어 있다. 뒤이어 심양(瀋陽)에서 배로 보낸 36,000권 한 질을 24일 거류하(巨流河)라는 데에 도착해서 수령한 사실을 말하고 있다.[23)]

이렇게 하여 이 책 입하의 연대가 잡히는 것이다. 그리고 2년 후인 정조 9년(1785) 4월에 사은사로 갔던 서장관(書狀官) 이정운(李鼎運)이 별단(別單)을 통해 중국에서 『사고전서』를 시찰한 데 대한 보고를 하여 있다.[24)] 별단이란 임금에게 올리는 주된 문서 이외에 별개로 붙여서 보고하던 문서이다.

그로부터 7년 후인 정조 16년(1792)에 또 다시 서장관인 심능익(沈能翼)이 중국에서의 『사고전서』를 다루는 현장을 보고한 기사가 보이니,[25)] 이 거질(鉅帙)에 대한 꾸준한 관심의 정도를 알 만하다.

---

23) 『정조실록』 7년 3월 을묘일 조.
24) 『정조실록』 9년 4월 무술일 조.
25) 『정조실록』 16년 3월 임진일 조.

이 책이 수입된 해는 박윤묵의 13세 때였다. 또한 앞에서 밝힌 대로 그는 정조·순조 때 어제(御製)를 봉행했던 일로 궁성의 출입이 얼마든 가능하였으므로 궁내의 서각에서 중국 천하의 서책들을 총집시켜 놓은 『사고전서』에 접하고 참고하는 데 하등의 어려움이 없었을 터이다. 보다 구체적으로는 박윤묵의 문방사보 관계 조품을 『사고전서』 허다한 종류 가운데도 반드시 이와 관련성이 있는 편술, 곧 바로 앞에 든 소이간의 『문방사보』와의 낱낱한 대교(對校)를 통해서 그 독서의 실상 또한 명료해질 수 있다.

그 결과 이 문헌이 『사문유취』와 더불어서 동일하거나 유사한 내용의 중복을 보이는 정보 사항은 중상시(中常侍) 채륜(蔡倫) 및 섬계(剡溪) 고사, 말았다 폈다를 뜻대로 한다는 "攬之則舒 捨之則卷", 평평함은 숫돌 같다는 "紙者砥也 謂平滑如砥石" 등이다.

반면 『사문유취』에선 소재 공급의 소임을 하였으나 『사고전서』에 수용된 『문방사보』에는 들어 있지 않은 정보 내용을 찾으면 관향(貫鄕)으로서의 '회계(會稽)', 주인공이 받은 벼슬로서의 '백주자사(白州刺史)', 작위로서의 '저국공(楮國公)', 역할로서의 '만자군통령(萬字軍統領)' 등이 확인된다.

그러나 이제 역으로 『사문유취』에선 못내 증빙해 볼 도리가 없는 대신, 『문방사보』 안의 기사가 자료 제공의 역할을 충당했던 부분에 대해서도 덮어둔 채 지나쳐 갈 수는 없다.

우선은 황제가 맞이해 보고는 중서성(中書省) 쪽의 벼슬을 내렸다는 〈저백전〉의 말과, 거듭 벼슬이 올라 '중서사인(中書舍人)'이 되었다는 〈호치후저지백전〉 안의 내용 사이에 관계성 여부를 굳이 들어 보일 수 있다. '중서(中書)'라는 관명은 초창기 한유의 〈모영전〉 이래 붓의 별칭으로 전용되다시피한 말이다. 그리하여 붓을 들어서 '중서군(中書君)' 운

文嵩好時侯楮知白傳
楮知白字守玄華陰人也其先隱居商山入百花谷因
谷氏焉幼知文多爲高士之首冠自以材散不仕殷太
戊失德於時與其友桑同生入朝直諫拱於庭七日太
戊納其諫而修德以致聖敬日躋因賜邑於楮其後遂
欽定四庫全書 文房四譜 卷四
爲楮氏二十二代祖文因後漢和帝元興中下詔徵岩
穴隱逸舉賢良方正之士中常侍蔡倫搜訪得之於耒
陽貢於天子天子以其明白方正舒卷平直詩所謂周
道如砥其直如矢者也用進史官以代簡冊尋拜治書
侍御史奉職勤恪功業昭著帝用嘉之封好時侯其子
孫世修厥職累代襲爵不絕博好藏書尤能徧繕自有
文籍以來經誥典策及釋道百氏之書無不載之素幅

『문방사보』 권4에 수록된 〈호치후저지백전〉

운해 온 관습이 있거니와, 종이를 들어 이렇게 하는 경우란 쉽지 않았기 때문에 『문방사보』의 존재가 괄목된다. 그리고 〈호치후저지백전〉은 『문방사보』 지보(紙譜)의 맨 뒤에 실려 소개되어 있는 열전임이다.

심증을 더 보태자면, 주인공 저백(楮白)의 자(字)로 소개된 '소절(素切)'이란 어휘 역시 바로 그 〈호치후저지백전〉의 전개 중에 있는,

> 素幅遇其人 則舒而示之 不遇其人 則卷而懷之.

'소폭(素幅)'과는 전혀 무관한지 의심해 볼 여지가 없지는 않다. 대신에 한 단계 더 접근을 보이는 것은 다음과 같은 대목에서이다.

> 知白 …與宣城毛元銳燕人易元光南越石虛中爲相須之友 每所歷任 未嘗不同.
> 〈호치후저지백전〉

『존재집』 권25에 실린 〈저백전〉

지백은 … 선성(宣城)의 모원예(毛元銳), 연인(燕人) 역원광(易元光), 남월(南越)의 석허중(石虛中)과 서로 따르는 벗을 하였으니, 임명을 거칠 때마다 한 번도 함께 하지 않은 적이 없었다.

白與中山毛元鋒歙州陳玄絳州石坦中友善 互相推引 上每有所使 輒與三人者俱. 〈저백전〉

저백은 중산(中山)의 모원봉(毛元鋒), 흡주(歙州)의 진현(陳玄), 강주(絳州)의 석탄중(石坦中)과 친한 벗이 되어 서로 밀어주고 끌어주고 하였으니, 임금이 무슨 일을 시켜 하라는 바가 있을 적마다 문득 그 나머지 세 사람과 함께 하였던 것이지만….

문방 전기 일반에서는 종이 주인공이 중심이 되어 그 나머지 셋을 인솔해 나가는 경우란 쉽지 않은 것인데, 위 두 작품 안에서 남다른 제휴가 이루어져 있는 사실 또한 심상해 뵈지 않는다.

그러나 무엇보다 『문방사보』로부터의 도출이란 입장에서 가장 확실성을 기약할 만한 것 한 가지가 보인다. 곧 "贊曰"로 시작되는 박윤묵 평결부 첫머리의 다음과 같은 표현이다.

其白如雪 其平如砥
그 새하얀 빛깔은 눈과 같고, 그 평평함은 숫돌과 같으며

'평평함은 숫돌과 같음[其平如砥]'이야 그 내원(來源)을 앞서 추적하였으되, 이제 그 '새하얀 빛깔이 눈과 같다[其白如雪]' 함은, 『문방사보』 지보(紙譜) '사지사부(四之辭賦)'의 항목에 후량(後梁)의 선제(宣帝)가 지었다는 〈영지(詠紙)〉 시와 긴밀한 연관을 보인다.

皎白猶霜雪	새하얀 빛깔은 눈서리와 같고
方正若布碁	반듯함은 바둑판과 같아라.
宣情且記事	마음 드러내며 사실을 기록하는 일은
寧同魚網時	그물을 쓰던 시절과로 한가지인 것을.

첫 구의 '새하얀 빛깔은 눈서리와 같고[皎白猶霜雪]'라 한 것과 비교하여 결코 끊기 어려운 연상을 불러일으키는 사실을 지적하지 아니할 수 없는 것이다.

이리하여 『사문유취』에 부수하여 『문방사보』가 박윤묵의 문방 가전을 위한 소재 공급원 역할에 일익을 담당했을 수 있는 개연성의 터전이 처음 마련된다.

• 楮白傳 •

楮白字素切 其先會稽人也 隱于剡溪 因家焉 中常侍蔡倫採訪得之奏薦之 帝召見大悅 拜爲知制誥 待詔中書省 方是時 天子方向文學 白肌體鮮滑 捲舒惟意 長短濶狹 咸待上裁 由是稱旨 恩渥隆洽 而方潔有軌度 不以貴凌物也 或時點削 亦無怨懟之色 黙黙不言語 士大夫以此多之 爭與交歡 嘗日 吾家世微賤 以楮爲生 雖貴無忌本也 故以爲氏 白與中山毛元鋒歙州陳玄絳州石坦中友善 互相推引 上每有所使 輒與三人者俱 而上亦不之偏住也 上嘗有機密事 使白受詔 書成而鮮潤 上喜笑日 卿可謂庸中佼佼者矣 卽拜爲白州刺史 領萬字軍 賜爵楮國公 自是詔策文章 非白不爲也 常呼爲先生 而不名 白性素厚 爵位既除 愈自柔克 其所與交遊 常寄以布素之意 或以五采塗其面爲戱 黙如也 不以爲厭苦 或告白汚貴臣體貌 上詰之 對日 所貴於白者 以其材可采也 假令臣無可采之材不審 陛下亦焉用之乎 上以爲然 由是 白交結士類 周遍天下 而上每召輒至 故其寵不衰云 贊日 其白如雪 其平如砥 可卷則卷 孰行藏是 先師之訓 其可尙也已.

『存齋集』

박윤묵의 모원봉전

朴允默・毛元鋒傳

태사공(太史公)은 이르노라.

「모씨(毛氏)의 선조는 명시(明眎)[1]로부터 나왔으나, 그 앞의 일에 관해서는 얻어들은 바가 없다. 세상에 전하기는 은(殷)나라 때 신통한 누(䨲)[2]가 신선의 술법을 터득해서 능히 빛을 감추고 물(物)을 부리었더니, 항아(姮娥)[3]를 변신시킨 두꺼비를 타고 달에 들어갔다고 한다. 옛날 한유(韓愈)[4]는 누가 명시의 팔대 손(孫)이라 했거니와, 원봉(元鋒)은 바로 그 후예일지라!」

1) 토끼의 별칭. '明視'로도 쓴다.

2) 어린 토끼.

3) 남편인 예(羿)가 서왕모로부터 얻은 불사약을 훔쳐 달로 달아났다는 전설상의 여인. 그리하여 달[月]의 이칭으로도 쓰인다.

4) 당나라 중기의 대문장가. A.D.768~824. 당송팔대가의 대표적 한 사람. 붓을 의인화한 〈모영전(毛穎傳)〉을 지었다.

모원봉(毛元鋒)[5]의 자는 문예(文銳)[6]로 중산(中山)[7] 사람이다. 기억력이 비상하여 고금(古今)의 일에 통하였고, 그림 글씨와 책에 관해서는 더욱 솜씨가 있었다. 그 선조가 공자께서 춘추(春秋)[8] 수찬하시던 일을 섬겼던 일로 말미암아 모씨가 대대로 천관(天官)을 맡게 되었다. 이 무렵 임금은 돈독히 유가의 진리에 마음을 기울이니 문물(文物)이 크게 갖추어졌다.

원봉은 각별히 그 재능으로 인해 임금의 사랑을 받고 중서령(中書令)[9]을 제수 받았다. 거듭 호주자사(毫州刺史)[10]로 자리를 옮겨 사신(使臣)의 일을 봉행하매 임금의 마음에 들어서 욕묵지(浴墨池)[11]를 하사 받았고, 관성(管城)[12]에 봉해지면서 흑두공(黑頭公)[13]으로 불리었다.

원봉의 태세는 비록 준엄하고 강직하였지만, 천성이 기민했기에 그를 부리는 사람이 능숙하든 서툴든 지시대로 따라주지 않는 일이 없었다. 남의 뜻에 거스르지 아니하여 공을 이루었으나 더욱 총애를 뽐내는 일 없이 자중하였다. 까닭에 당시의 선비들은 신분의 귀천을 막론하고 넉넉히 그를 쓸 수 있었다.

그는 일찍이 반초(班超)[14]와 친하였다. 점을 치는 이가 반초를 두고

---

5) 붓의 의인화 명칭.

6) 문장의 날카로움. 역시 붓의 활인화 명칭.

7) 안휘성(安徽省) 선성(宣城)의 북쪽, 강소성(江蘇省) 율수현(溧水縣) 남쪽에 있는 산으로, 붓 만드는 토끼털의 명산지이다.

8) 공자가 저술한바 노(魯)나라 242년간의 편년체 역사서.

9) 중서성의 우두머리. 중서성은 일반 행정을 심의하던 중앙 관청.

10) 호(毫)는 길고 섬예(纖銳)한 털. 붓털[筆毫]을 이름이니, 역시 붓의 의인화 명칭.

11) 묵지(墨池)를 담그는 곳. 묵지는 붓털의 중심부.

12) 붓대로 된 성(城)이란 뜻이니, 역시 붓의 이칭.

13) 붓털[筆毫]이 먹물을 머금은 의인적 형상화. 본래 흑두공은 흑발 장년(壯年)의 나이에 공의 지위에 오른 사람.

14) 후한의 명장(名將). A.D.32~102. 학자 반표(班彪)의 아들이며 반고(班固)의 아우. 처

말하기를,

"공은 마땅히 만 리 밖의 봉후(封侯)가 되리이다!"

했더니, 반초가 드디어는 원봉과 단절하고 오로지 군대 일에만 종사하였다. 하지만 반초가 서역(西域)[15]에 있을 때 아무래도 일의 필요상 원봉을 불렀는데, 이에 원봉 역시 이전에 끊어졌던 일로 데면데면한 태도를 취하지는 않았다. 이 시기에 원봉은 안으로는 기밀을 총괄하고 밖으로는 군사 관련의 일에 참예(參預)하였는데, 대개 계책(計策)하는 모든 것이 그의 손안에 있었다.

위로는 공경(公卿)으로부터 아래로는 노예와 서리(胥吏)에 이르기까지 받들어 섬기지 않음이 없었으며 조회(朝會) 때마다 사관(史官)들과 더불어 서로 협조하매, 이로부터 권세는 더욱 중하여졌다.

무인들 가운데는 그를 좋아하지 않는 이가 많았거니, 어떤 이가 상소를 하였다.

"신은 듣자오되 옛적에 성군(聖君)이 천하를 다스리실 때는 손을 거둬 애쓰시지 않고도 자연스럽게 신하를 대하셨고, 결승(結繩)의 정치[16]를 하셨지만 만백성이 화락하고 사방의 오랑캐들이 왕께 의탁했다 하옵니다. 그런데 문구(文具)가 갖추어진 이래 관청 문서는 책상머리 서가를 채우고, 법령은 자잘한 부분까지 채워 그득하게 되었나이다. 입담은 수작이나 더 보태고, 논객들의 주장은 시비를 번갈아 들게 하는 등 세상이 시끄러워지고 논쟁의 실마리가 흥하게 된 것이지요. 소신이 삼가

음엔 학문에 뜻이 있었으나 무인(武人)으로 전향, 41세에 두고(竇固)를 따라 흉노(匈奴) 토벌의 별장(別將)으로 31년간 서역에 머물면서 자국을 등진 서역의 오아시스 제(諸) 국가를 토평하여 서역도호(西域都護) 및 정원후(定遠侯)에 봉해졌다.

15) 중국 서쪽 중앙아시아의 여러 나라 및 인도 지역 등을 중국인이 부르던 범칭.

16) 결승지정(結繩之政)을 말한다. 태고시대에 문자의 복잡함이 없이 노끈의 매듭만으로 정령(政令)의 부호를 삼던 소박하고 간이한 정치.

원봉 등을 살펴보건대, 그 하는 일이 글자 획의 모양새를 본 따는 따위나 맡아 있고 해묵은 인습이나 고수하면서, 오늘 겨우 한 가지 기록하고 다음날 한 마디 주워 엮느라 혀가 해지고 머리가 벗겨지니 어찌 다스림에 보탬이 되겠나이까? 이런 까닭에 『춘추(春秋)』가 완성되면서 공자께서 절필(絕筆)[17]하셨던 것이지요. 정녕 가느다란 털끝의 힘으로 비근한 내용이나 기록하고 원대한 일은 버려두는바 되니, 전적으로 맡겨 다스리게 할 수는 없나이다. 바라옵건대 폐하께옵서 큰 기틀을 힘써 총괄하시고 번거로운 문(文)은 척결하시와, 온 천하로 하여금 취할 바와 버릴 바를 알도록 하옵소서. 그런 연후에야 태평(太平)도 그 성취를 기대할 수 있을 것이옵니다."

아뢰었던 일이 비록 잦아들었으나, 임금은 이로부터 원봉에게 전체를 오로지 하여 맡기지는 않게 되었다.

그 후에 청공(青公)[18]과 황공(黃公)[19]이란 이가 있었는데, 다름 아닌 모원봉의 다른 갈래이었다.

찬(贊)하노라.

「예리하고 곧은 그의 덕을 내 관조하도다. 민첩하고 통달한 그의 풍도를 내 흠모하도다. 오직 그를 잘 어거(馭車)한다면 영예로운 터전이 있을진저!」

17) 획린절필(獲麟絕筆)을 말한다. 공자(B.C.551~479)가 쓴 『춘추』는 노(魯)나라 은공(隱公)으로부터 애공(哀公)까지의 242년간(B.C.722~481)의 역사를 기술한 글이다. 말년에 공자가 노나라 서쪽 들에서 기린이 잡혔다는 소식을 듣고 탄식하며 '서수획린(西狩獲麟)'이라는 글귀로 『춘추』를 마친 일을 말한다. '춘추절필(春秋絕筆)' 또는 '춘추린필(春秋麟筆)'이라고도 하니, 절필(絕筆)이란 말의 근원이다.

18) 청양모(青羊毛), 곧 양털 붓. 광동(廣東) 번우현(番禺縣)의 것이 유명하다.

19) 황모필(黃毛筆). 족제비의 꼬리털로 만든 붓.

박윤묵은 시문(詩文)에 뛰어남이 있었으니, 서울 인왕산 옥류동(玉流洞)을 근거지로 한 송석원시사(松石園詩社) 및, 이를 승계한 서원시사(西園詩社)에서 활동하기도 했다. 시사(詩社)란 시인들이 정기적으로 모여 시를 창작하는 장소, 또는 시회(詩會)를 일컫는 말이다.

그는 송석원시사의 맨 끝 주자로서 〈월야음송석원(月夜飮松石園)〉, 〈증송석원연창제현(贈松石園聯唱諸賢)〉 등을 포함한 여러 편의 송석원 소재의 시를 남겼다. 또한 73세가 되는 헌종 9년(1843)에는 서원시사가 주최한 일섭원(日涉園)의 시연(詩宴)에서 모임의 정경을 그려내기도 하였다.

단원 김홍도의 〈松石園詩社夜宴圖〉

박윤묵 시의 경지에 대해 『존재집』 서문의 작자는 그가 60년 동안에 변치 않는 시벽(詩癖)을 지닌 바, 자신의 판단으로 그 시는 "당(唐)도 아니고 송(宋)도 아닌[不唐不宋]" 자성일가(自成一家)의 경계를 확립하였다고 말하고 있다. 영탄을 끌어낸 것과 사실을 펼쳐낸 것, 그리고 이것과 저것 사이를 빗대어 비유한 것 등, 모든 시가 정풍(正風)과 정아(正雅)를 조술하였으면서 역시 변풍(變風)·변아(變雅)로 뒷받침되어 있다고 했다. 시가 높낮이 없이 평평하면서도 건성에 흐르지 않았고, 온아(溫雅)하면서도 느긋함에서 벗어나지 않아 자연의 음향과 절주(節奏)라고 칭찬해 마지않았다.

〈발(跋)〉의 작자는 그의 시가 간결·정밀하여 당 시인의 풍격에 점차로 배어들었다 하였고, 〈행장〉의 작자는 시문의 충담(沖澹)과 전아(典雅)를 말했다. 〈묘갈〉의 작자는 그가 당인(唐人)을 따라 향했다 했고, 〈묘지명〉의 작자는 역시 시문이 충담(沖澹)·청신(淸新)한 것이 거의 수만 작품에 이른다고 했다.

그와의 40년 지기를 말하는 〈발(跋)〉의 작자 박기수는 그에게서 볼 만한 것이 시의 빼어남만이 아니라고 했다. 시의 공교로움뿐만이 아닌 그의 능문(能文)을 강조한 것인 바, 〈사생설(死生說)〉을 일례로 들되 견식이 초매(超邁)하고 문체가 순아(馴雅)하여 옛 작가들 누구에게도 뒤지지 않는다는 평이었다. 또한 글씨를 잘 써 능필(能筆)이라 했으니, 궁극에 시(詩)·문(文)·서(書) 삼능(三能)을 갖춘 인물로서 칭도하였던 것이다.

특히 박윤묵의 글씨는 당대에 일류였던가 보았다. 그에 관해 말하는 누구든 언필칭 그의 글씨에 대한 출우(出尤)를 극력 강조하지 않는 이는 없던 까닭이다. 하물며 박윤묵 특장(特長)으로서의 능필 부분은 각별히

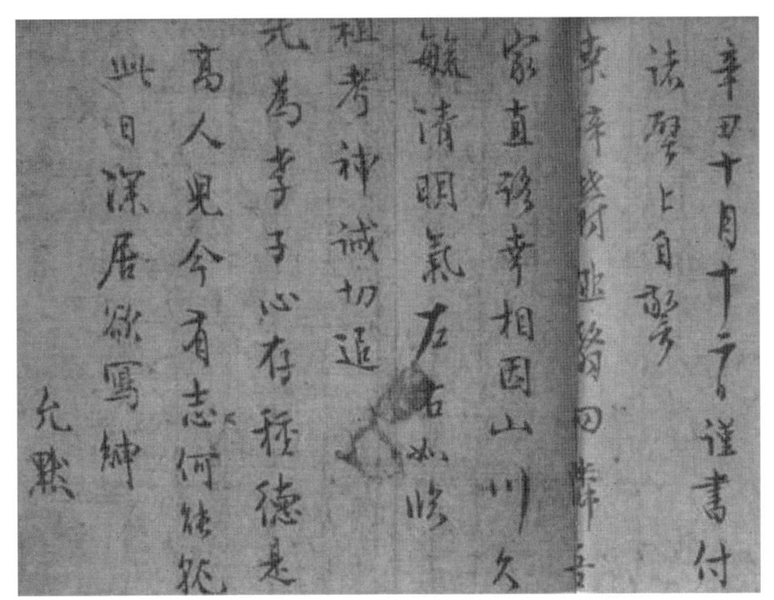

박윤묵의 필적. 헌종 7년 신축 1841년 10월 12일
벽 위에 붙여 놓고 스스로 경계하고자 쓴 律詩 형태의 自警詩이다.

그의 문방사전(文房四傳) 창작과 자못 관계적 맥락이 적지 않은 부분이기도 하여 주목을 끄는 바 있다.

그렇거니와, 박윤묵 자신의 서(書)에 대한 태도가 일반 시인 문사의 여기(餘技) 차원쯤으로 그것을 가까이 한 것 같지는 않다. 〈행장〉에 보면 그가 고첩(古帖)에 대해 일백 번의 임서(臨書)를 기본 준칙으로 삼았다고 하였다. 그야말로 〈서문〉의 표현대로 "積年勤功", 즉 오랜 세월에 걸친 근실의 노력을 쏟았던 것이고, 그 때문에 나름대로는 서법에 일가(一家)를 이루고자 하는데 따른 고민 또한 감추지를 못했던 것이다.[20)]

20) 권1 중의 〈필법(筆法)〉에서는 종요(鍾繇)·왕희지(王羲之) 등 역대 중국 서가(書家)에 대한 스스로의 초라함을 탄하고 있으며, 권2 중의 〈한묵청완첩(翰墨淸玩帖)〉에서는 김생(金生)을 주맹(主盟)으로 하여 안평대군·석봉(石峯) 등 한국 서예 대가에 대한 자

더군다나 그렇게 연마한 글씨의 효험이 대강 이름이나 얻은 정도에 그쳤을 뿐이 아니었다. 그것은 이를테면 최면이 〈서문(序文)〉에서 밝힌바,

> 且臨池之學 積年勤工 深得王衛遺規 至蒙我正廟獎詡 誠稀世之筆家.
>
> 또한 글씨 공부에 여러 해 부지런히 공을 들여 왕희지와 위관(衛瓘)이 남긴 서법을 깊이 체득하였던 바, 우리 정조 임금의 추허(推許)를 입기에 이르렀던 것이니, 참으로 세상에 드문 서가라 할 것이다.

같은 생동감 넘치는 증언이라든가, 또는 조희룡의 『호산외사(壺山外史)』에 실린 다음의 기록 등으로 충분 짐작할만한 일이다.

> 朴允默傳曰 孝子泰星之曾孫也 好讀書 長於詩 兼以字墨名家 正廟內閣設 與刀筆之選 寵渥隆摯….
>
> 〈박윤묵전〉에 이르기를 효자 박태성의 증손이니, 독서를 좋아하고 시를 잘하는데다 겸하여 글씨로 이름을 드러냈다. 정조가 각원(閣院)을 설치하면서 글자 새기는 일에 선발되었는데 임금의 총애가 융성하였다.

정조가 박윤묵의 글씨를 높이 샀다는 실제의 증좌는 당사자 박윤묵의 필치에 따른 〈봉독정묘지장근서감(奉讀正廟誌狀謹書感)〉[21]과 〈정묘어제필인일근서감(正廟御製畢印日謹書感)〉[22] 등의 글 자취가 여실히 뒷받침한다.

또한 앞에 언급했듯이 순조 때엔 어제(御製)를 비문으로 만든 공(功)과, 익종(翼宗) 무렵엔 어제를 글씨로 받들어 쓴 노(勞)로 통정(通政) 및

신의 왜소(矮小)와 박기(薄技)를 달래고 있다.

21) 박윤묵, 『존재집』, 권1, 24頁.

22) 박윤묵, 『존재집』, 권2, 35頁.

가선(嘉善) 같은 직함을 하사 받기도 했으니, 이 모두 그의 필재(筆才)에 기인하였음이다.

그런데 서풍(書風)에 관한한 사람들 사이에 그 주장하는 바가 일정하지 않다. 〈서문〉의 작가는 왕희지와 위관의 서법을 체득했다 했지만, 〈발〉의 작가는 '미불(米芾)(號: 南宮)의 풍이 있다[有米南宮之風]'고 했다. 〈묘갈〉의 작가는 오히려 '가는 획에조차 힘 있음이 안진경(顏眞卿)과 유공권(柳公權)의 법을 얻었다[瘦勁得顔柳家法]'고 한 반면, 〈행장〉과 〈묘지명〉의 작가는 왕희지와 조맹부가 끼쳐 놓은 법을 깊이 체득했다[深得王趙遺法]고 하였다.

중국에서 지필묵연 문방의 사우를 각각의 독립적인 개체로 놓고 일가사품(一家四品)의 경계를 처음 마련한 계기는 9~10세기경 문숭(文嵩)의 《사후전(四侯傳)》이었다. 우리나라의 경우는 현재까지 알려진 바에 18~19세기 박윤묵이 처음이자 유일한 사례가 된다.

박윤묵 문방사전(文房四傳)의 순서상 두 번째를 장식하는 것은 〈모원봉전〉이다. 이는 최초의 붓의 전기인 한유(韓愈) 〈모영전〉을 조종(祖宗)과 기반으로 하여 붓을 주인공으로 인격화시킨 작품이었다.

동시에 한유 지은 〈모영전〉을 모본(母本)으로 하였음이 완연하였다. 우선 모씨 선조의 유래가 명시(明眎)에 있다 함은 〈모영전〉에 중산 출신 모영의 선조가 명시(明眎)라 한 데서 가져왔다. 항아(姮娥)를 변형시킨 두꺼비를 타고 달에 들어갔다는 것 역시 한유의 전에 항아를 변형시킨 두꺼비를 타고 들어가 버렸다고 한 데서 유래한 것이다. 그리고 누(䨲)가 명시의 8대 손(孫)이라 한 이것은 아예 한유의 소견임을 밝히는 가운데 주인공 원봉이 바로 그들 후예임을 책정하였다.

『존재집』 所収의 〈모원봉전〉

원봉이 기억하는 힘이 강하여 고금의 일에 통하였다고 한 대목은, 모영의 됨됨이가 기억력이 강하고 기민하여 저 상고시대부터 진(秦)에 이르기까지 찬록(纂錄)치 않음이 없다고 한 〈모영전〉의 말을 축약한 표현으로 볼만하다.

임금의 총행을 받아 '중서령'을 제수 받았다 함은 〈모영전〉 후반부에 거듭하여 '중서령'을 제수 받았다는 데서 따온 것이요, 임금의 마음에 들어서 '관성(管城)'에 봉해졌다는 말 역시도 〈모영전〉 전반부에 황제가 모영을 '관성(管城)'에 봉하면서 '관성자(管城子)'라 불렀다는 내용 그대로를 살려낸 말이다.

'무인들 가운데는 원봉을 좋아하지 않는 이가 많았다[武人多不喜者]'는 취지 또한, 한유의 전(傳)에 '다만 그가 무사를 좋아하진 않았지만[惟不喜

武士]' 운운한 곳에 유의했던 국면이 보인다.

무인의 상소 내용 가운데 '결승으로 정치했다[結繩爲政]'라는 언급도 마찬가지, 한유 작품에 '결승의 시대로부터[自結繩之代]' 운운하던 문장의 본보기가 있은 뒤의 작문 방식이었을 따름이다.

'사람들이 부려 쓰는 바에 교(巧)와 졸(拙)의 차이가 있어도 일찍이 그 지시를 따라주지 않은 일이 없었다'고 한 구상 역시 필경 '사람의 생각을 잘 따르되 정(正)과 곡(曲), 교(巧)와 졸(拙)을 가리지 않은 채 한결같이 그 사람만을 따르니' 운운한 〈모영전〉의 의상(意想)을 조절하여 쓴 것임에 틀림이 없다.

그런데 이처럼 막대한 영향력을 차지하고 있는 〈모영전〉은 하필 한유의 문집인 『한창려집』을 따로 입수하여서만이 참계(參稽) 가능한 그러한 자료가 아니었다. 이는 조선시대 선비들이 늘 궤안(机案) 가까이에 상비해두고 참고하던 백과유서인 『사문유취』의 '文房四友部'(別集 권14) 붓 관계 글 취합처인 '筆' 門의 안에서 그 고스란한 면모를 거듭 접해볼 나위가 있는 것이다.

모원봉이 봉해 받았다는 '管城' 역시 앞의 한유 〈모영전〉에 드러나 있는 표현 말고도 『사문유취』 해당 부문 '群書要語' 란의 말미에 문숭의 〈관성후전〉 첫머리를 도입한 "宣城毛元銳字文鋒 封管城侯"에서 쉽게 포착된다. '古今文集' 란의 후반에 황산곡(黃山谷) 시로 소개된 〈희영성성모필이수(戲詠猩猩毛筆二首)〉 중 其1 결구의 "故應來作管城公" 등에서도 확인이 가능하다.

주인공의 '黑頭公'이란 일컬음 또한 마찬가지. 바로 위에 든 황산곡의 시 其2의 결구인 "束縛歸來儻無辱 逢時猶作黑頭公"에서 그 소종래 원천을 짚어볼 수 있겠다.

'毫州刺史'로 옮겨졌다 함은 바로 뒤의 '墨' 門 '群書要語' 란 『찬이록

(纂異錄)』 중 인용구절 한 부분인 "亳州楮郡平章事"에서 끊어왔을 가능성을 인지케 한다.

일찍이 반초(班超)와 친하였지만 그가 원봉과 교제를 끊고 군사 일에만 전념하였다는 구성이 있으되, 이야말로 '筆' 門 '古今事實' 란의 〈투필(投筆)〉 조에 담긴 다음의 기사에서 강한 시사를 얻었을 것으로 판정된다.

後漢班超嘗投筆 歎曰 大丈夫當立功 異域取封侯 安能又事筆硯乎.

후한의 반초가 일찍이 붓을 던지면서 탄식해 가로되, 대장부란 마땅히 공로를 세워 이역에서 봉후를 해야지 어찌 안일하게 붓 벼루 따위나 섬길 건가.

『사문유취』 소재 '筆' 門

본 유취서 '群書要語' 란의 맨 말미에는 문숭이 지은 붓 전기의 첫머리인 "毛元銳字文鋒 封管城侯"를 옮겨다 놓았다. 그리하여 사실은 박윤묵의 작품이 표제로 잡은 '毛元鋒'이란 명칭도 어쩌면 여기의 '元' 자와 '鋒' 자의 합성 위에서 설정되었을 것으로 사유된다.

저 『문방사보(文房四譜)』의 맨 선두에 위치한 〈필보(筆譜)〉는 상하 두 권으로 되어 있고, 그 수록의 양에서도 한 권으로 된 〈연보(硯譜)〉·〈지보(紙譜)〉·〈묵보(墨譜)〉에 비해 두 배 이상을 상회하는 부피이다. 그럼에도 정작 〈모원봉전〉과의 관계는 그 결실이 생각만 같지 못하다. 역시 이 안에 한유의 〈모영전〉 이외에도 문숭의 〈관성후전〉이 실려 있다는 점이 살 만하였지만, 앞서 『사문유취』가 옮겨 온 "毛元銳字文鋒" 이상을 기대하기는 어렵다.

〈필보〉가 반드시 붓에 관계된 것뿐 아니라 명인(名人)들의 일화 및 필법에 연관된 것까지를 최대한 수록하여 놓은 마당이지만, 〈모원봉전〉과의 대조에서는 그 밀접성에서 『사문유취』를 넘어서진 못한다. 고작 반초가 결연히 투필하였다는 고사가 이곳에도 보이는 정도이다. 결정적으로는 『사문유취』가 보여준 '黑頭公'이거나 '毫州刺史' 등의 특수적 표현 일례를 〈필보〉에서는 못내 찾아볼 길 없다.

그러나 〈필보〉가 〈모원봉전〉에 주는 기댓값이 아주 전무한 것은 아니었다. 예컨대 모원봉의 선조가 공자께서 『춘추(春秋)』 수찬하던 일을 섬김 운운과 관련해서, 『문방사보』 권1 〈필보〉·上 '一之叙事' 대열 가운데 들어 있는 다음과 같은 내용이 암만해도 예사롭지만은 않다.

孔子世家云 … 至於脩春秋 筆則筆 削則削 子夏之徒 不能贊一辭.
『공자세가』에 이르기를 … 『춘추』를 수찬하는데 이르러 기록할 것은 기

欽定四庫全書
文房四譜卷一　　宋　蘇易簡　撰
筆譜上 附筆格
一之敘事　　二之造
三之筆勢　　四之雜說
一之敘事
上古結繩而治後世聖人易之以書契蓋依類象形始
謂之文形聲相益故謂之字孔子曰誰能出不由戶揚
欽定四庫全書　文房四譜 卷一　一
雄曰孰有書不由筆苟非書則天地之心形聲之發又
何由而出哉是故知筆有大功於世也
釋名曰筆述也謂述事而言之又成公綏曰筆者畢也
謂能畢舉萬物之形而序自然之情也又墨藪云筆者
意也意到即筆到焉又吳謂之不律燕謂之弗秦謂之
筆也又許慎說文云楚謂之聿聿字從聿一又聿音支
涉反聿手手之捷巧也故從又從巾秦謂之筆從聿竹
郭璞云蜀人謂筆為不律雖曰蒙恬製筆而周公作爾

『문방사보』의 첫머리를 장식하는 筆譜

록하고 삭제할 것은 삭제하였으니, 제자인 자하(子夏)들 무리가 한 구절도 논평할 수 없었다.

나아가, 임금이 마음에 들어 내렸다는 '욕묵지(浴墨池)'의 표현이 『사문유취』에는 보이지 않거니와, 오히려 『문방사보』의 〈필보〉·上 '二之造' 첫 항목 가운데 '墨池'라는 어휘를 명백히 볼 수 있다.

韋仲將筆墨方 先以鐵梳梳兎毫及青羊毛 去其穢毛訖 … 極固痛頡訖 以所正青羊毫中 截用衣筆 中心名爲筆柱 或日墨池.

위중장의 필묵방에는 우선 쇠 빗으로 토끼털과 양털을 잘 빗기고 더러운 것을 제거한 다음에 … 아주 단단히 고정시킨 다음 양털 가운데 고르게 된 것을 끊어다가 붓에 입힌다. 그 중심을 필주(筆柱)라 하는데, 묵지(墨池)라고도 한다.

마침내 관계적 연상을 물리치기 어려운 것이다.

더하여, 작품 결말 부분에 모원봉의 다른 갈래로서 내세웠던 바의 '靑公'의 말 또한 위 인용글 중 '靑羊毛·靑羊毫'를 도출하여 형상화시킨 조어(造語)로서 이해된다.

작품의 시작은 역시 문방열전의 원조인 〈모영전〉을 염두에 두었다. 그런데 똑같이 붓이라는 대상을 앞에 놓고 응시하였으나 그 생각하는 바는 서로 같은 데에 있지 않다. 대개 이런 종류의 글을 쓰는 작자들이 주인공에 대한 소감은 작품의 맨 끝 평결부에 집약되어 나타난다. 〈모영전〉의 작자는 주인공 붓의 최후가 결국은 버려짐이라는 것과, 동시에 진(秦)나라의 인정머리 없음을 언급했다. 반면 〈모원봉전〉의 작가는 주인공 붓의 덕을 찬양하면서 그 장점을 본받고자 하는 교훈적 의미를 강조하고 있다. 그 논의의 초점이 전자에서는 한 생명의 비극적 실존과 특정 역사에 대한 비판에 있었다면, 후자에서는 예리하고 곧은 덕에 대한 관조 및 민첩하고 통달한 풍도를 흠모함에 있었다. 전자가 폄(貶)의 태세를 취한 데 반하여 후자는 포(褒)의 입장을 취하였다. 전자가 사회적이고 역사적인 관점인 데 견주어 후자는 개인적·도덕적 관점이다. 이렇듯 동일한 사물을 두고 얼마든지 서로 다른 사유가 가능하다는 것을 깨닫게 만든다.

이런 현상은 하필 이 〈모영전〉과 〈모원봉전〉 두 편의 붓 열전 안에서만 그런 것은 아닐 터이다. 일찍이 『주역(周易)』(繫辭·上)에 이르기를,

仁者見之謂之仁　어진 이는 이를 보고 어질다 하고
知者見之謂之知　지혜론 이는 이를 보고 지혜롭다 한다.

하였는데, 여기서 본다고 함은 음양(陰陽)으로 생성하는 천지자연의 운행, 즉 도(道)이다. 그 도를 바라보는 관점이 각자의 처지에 따라 다양한 가치와 의미로 분화함을 나타낸 뜻이겠다.

그렇거니와 이는 반드시 대우주를 바라보는 소우주 인간의 이성적 사유 안에서만 한정될 진리는 아니겠다. 이를테면 저 밤의 천공(天空)에 휘영청 높이 뜬 달을 상대하는 인간의 감성 안에서도 적용이 불가능하지 않으리라. 일찍이 신라 향가 〈원왕생가(願往生歌)〉에서의 달은 인간 사바세계와 서방정토 사이를 내왕하는 초월적 메신저로 나타났고, 백제 가요 〈정읍사(井邑詞)〉에 등장하는 달 역시도 남편의 안위를 걱정하는 한 여인 앞에 간절한 기원의 대상으로 숭앙되었다.

하지만 저 중국 당나라의 시선(詩仙) 이태백에게 있어서의 달이란 암만해야 주붕(酒朋)의 경계 이상 넘어서진 않을 것이다. 〈월하독작(月下獨酌)〉 시 중의 한 부분이다.

擧盃邀明月	잔 들어 밝은 달 맞이하고
對影成三人	그림자 대하니 세 사람 되었도다.
月旣不解飮	달은 어차피 술 마실 줄 모르고
影徒隨我身	그림자는 괜스레 나만 따라하네.
暫伴月將影	잠시 달과 그리매 벗을 삼나니
行樂須及春	행락은 모름지기 봄이렷다.
我歌月排徊	내 노래하자 달 어정거리고
我舞影凌亂	내 춤추매 그림자 어지럽구나.

그뿐이 아니다. 조선의 명기 황진이의 한시 〈영반월(詠半月)〉을 음미해 본다.

誰斲崑山玉　누구가 곤륜산 옥을 깎아
裁成織女梳　직녀의 빗 만들어 주었나.
牽牛離別後　견우와 이별하고 난 뒤에
愁擲壁空虛　시름겨워 허공에 던져버렸네.

이쯤 와서 달은 그만 직녀가 지니고 있던 한 개의 빗으로 물화(物化)되어 있다. 그러나 이제 다시 천문을 보는 이에게는 달이란 것이 표면에 분화구 많은 지구의 한 위성일 따름이요, 급기야 가장 굶주린 이에게 있어 달은 그저 먹음직스런 빵이거나 떡 이상으로 보이기 어려울 터이다.

관인으로서의 한유는 진퇴가 빈번한 가운데 정치적 환해풍파를 면치 못하던 인물이다. 25세에 진사 급제하고 35세에 사문박사(四門博士) 등 벼슬을 하다가 정원 19년 감찰어사(監察御使)로 있을 때 한재(旱災)가 든 관중 지방 백성들의 부역과 부세 면제를 상주했다가 양산령으로 강직되었다. 39세에는 배도를 따라 회서의 오원제를 평정하는 일에 공로가 인정되어 형부시랑(刑部侍郎)으로 승직되었다. 2년 뒤 부처 사리를 맞아들이지 말 것을 간하다가 헌종의 노여움을 사 목숨이 위태로웠으나, 배도의 주선으로 구원되어 조주자사로 강직되었다. 목종의 즉위와 함께 다시 내직으로 옮겨져 병부시랑, 이부시랑으로 있다가 57세에 운명하였다. 이렇듯 수용(受容)과 출척(黜陟)의 반복에 울분이 일었을 테고, 그 체험이 〈모영전〉 안에 "늙었다고 버림받으니[以老見疎] 진나라 황실이 참으로 박정하구나[秦眞少恩哉]" 같은 우회적인 표현 방식으로 고스란히 반영된 양하다.

그러나 박윤묵의 경우는 차라리 평생 위항문인(委巷文人)이라는 굴레 안에서 울적했을지언정 역대 임금들로부터 특별한 은우(恩遇)를 입는

玄堂 金漢永의 〈茶爐經卷圖〉

속에 필재를 발휘하며 별 풍파 없이 살았으니, 한유 식의 승강부침(昇降浮沈)하는 정치적 횡액은 겪지 않아도 되었다. 남에게 쓰였다가 버려지는 문제 등에 별반 심각할 이유는 없었을 수 있다. 대신 박윤묵에게 있어서 지고(至高)·지상(至上)의 관심사는 도덕군자다운 덕성 함양과 관계된 문제였던 듯싶다. 그 특유의 수신(修身) 지향적인 글짓기 태도 역시 당시대의 지인들이 그에게 주던 도덕적인 칭찬과도 무관하지 않을 것이다.

문학이란 의식적이든 무의식적이든 글 쓰는 이가 자신의 앞에 부여된 운명, 혹은 자기가 소신하고 추구하는 가치를 어떠한 형태로든 투사해내는 작자 내면의 초상이다. 문방 관련의 문학 또한 여기서 예외는 아니다.

• 毛元鋒傳 •

太史公曰 毛氏之先 出自明視 其先莫得而聞也 世傳 殷時有靈毚 得神仙之術 能匿光使物 竊姮娥騎蟾蜍入月 昔韓愈以毚爲明視八世孫 元鋒豈其苗裔耶

毛元鋒字文銳 中山人也 强力善記 通於古今之事 尤長於圖書 而其先事孔子修春秋 故毛氏世掌天官也 當此時 上敦向儒術 文物大備 而元鋒特以才力得幸 拜中書令 累遷毫州刺史 奉使稱旨 賜浴墨池 封諸管城號爲黑頭公 元鋒姿雖峭直 然性便敏 人有所使 巧拙未嘗不隨其指 俯仰善就功 又不以尊寵自重也 故當時之士 無貴賤 皆得其用 嘗與班超善術者謂超曰 公當封侯萬里之外 超遂絕元鋒 專意從戎 然其在西域 亦以事見招 而元鋒亦不以已絕有間也 當是時 元鋒內總機密 外參戎務 凡所規畫 悉在掌握 上自公卿 下至隷胥 無不奉事 每朝 輒與史官周旋 由是權重 武人多不喜者 或上疏曰 臣聞古昔聖王之治天下也 拱己南面 結繩而爲政 萬民雍熙 四夷來王 自有文具以來 簿書盈於几閣 法令衆於毫毛辨口駕說 談士立論 互相是非 而天下多事 爭辨之端興矣 伏見元鋒等職典摹畫 膠守故常 今日記一事 明日纂一言 舌敝頭禿 何益於爲治乎是以春秋既成 孔子絕之 誠以毫末之力 記近遺遠 不可專任以爲治也 願陛下 務摠大機 滌去繁文 使天下知所取捨 然後太平庶幾可致也 奏雖寢然上由是 不專任也 其後有靑公黃公 亦其別支也

贊曰 銳而直 我觀其德 敏而通 我慕其風 惟其善御 是以有譽處.

『存齋集』

박윤묵의 진현전

朴允默・陳玄傳

무릇 선비는 몸가짐을 깨끗이 하고 행동을 반듯하게 함으로써 스스로를 당대에 드러내는 것이다. 당대에 그 깨끗함을 제대로 펴지 못하면 뒷시대가 그 도를 지킬 방도가 없게 된다. 불운 속에 고생하며 종신토록 버려진 채 쓰이지 못하리니, 어찌할 건가! 지극히 맑으면 티끌 세상에 동화되지 못하고 지나치게 결백하면 흠을 덮어 감추지 못하는 법, 그러기에 백이(伯夷)[1]의 청백함에 대해서도 맹자는 오히려 막힌 것으로 생각하였거니, 그 의미가 여기에 있다.

태사공은 이르노라.

「이르기를, '깨끗하고 결백한 이는 더럽혀지기 쉽다'고 했는데, 미더운 말인가 한다. 옛적에 굴원(屈原)[2]이 청백(淸白)한 처신만을 생각하다

1) 은(殷)나라 고죽군(孤竹君)의 아들로, 주(周) 무왕(武王)의 혁명에 반대하여 수양산(首陽山)에서 굶어죽었다.

2) 전국시대 초(楚)의 시인, 대부(大夫). 회왕(懷王)을 섬겨 벼슬하다가 참소를 당하고 방랑 중에 멱라수(汨羅水)에 투신하였다.

가 귀양으로 쫓겨나고 깊이 갇히고 하다가 결국은 스스로 멱라수(汨羅水)[3]에 잦아들었으니, 어찌 애달프지 않으랴! 노자(老子)는 이르기를, '유현(幽玄)하고 유현하니 온갖 현묘함을 일으키는 문(門)이라[玄之又玄衆妙之門]'[4] 했고, 또한 '현빈(玄牝)의 문은 일러 천지의 근본이라고 한다[玄牝之門 是謂天地根]'[5]고 했다. 진실로 능히 빛을 간직해 있으면서 자취를 감추고, 스스로 탁한 세상에 섞이되 흠결 나고 더러워지는 실책은 없게끔 하는 이것은 어찌 어진이의 힘쓰는 바가 아니겠는가? 이런 까닭에 묵자(墨子)는 흰빛을 슬퍼했고, 양자(楊子)는 검은 빛을 높였던 것이다. 이 같은 이치로 미뤄 볼진대 진현은 가히 어질다 할 만하니, 비록 양(楊)·묵(墨) 두 사람과 나란히 놓고 생각해도 무방할지라.」

진현의 자는 용회(用晦)[6]로, 노룡(盧龍)[7]사람이다. 처음 이름은 용향(龍香)[8]이었다.

자라서는 오유지향(烏有之鄕)[9]에 노닐었더니, 현묵(玄黙)[10]의 풍도를 흠모한 나머지 이름을 현(玄)으로 고쳤다.

현은 단신(短身)에 검었거니와, 드러나는 처신은 하지 않았다. 흩어

3) 굴원이 투신한 곳. 호남성(湖南省) 소재의 멱수(汨水)와 나수(羅水)가 합류된 강이다.
4) 『도덕경(道德經)』 제1장에 있는 말이다. 중묘(衆妙)란 온갖 오묘하고 현묘한 변화.
5) 『도덕경』 제6장의 말. 현빈(玄牝)은 오묘의 여성적인 속성. 현묘한 모성(母性).
6) 공들인 보람이나 효과[功用]를 감춘다는 뜻.
7) 검은 용. 소이간(蘇易簡) 지은 「묵보(墨譜)」에, "必盧山之松烟"라고 한 것으로 보아 노산(盧山)에 있는 소나무를 그을려 만든 송연묵(松烟墨)을 말하는 듯.
8) 용향(龍香)은 본시 향(香)의 일종이나, 여기선 먹의 표면에 새겨진 이름을 나타낸 것. 당의 현종(玄宗)과 송의 희풍(熙豊)이 쓰던 먹으로 용향제(龍香劑)란 것도 있다.
9) 허무(虛無)의 땅. 오유(烏有)는 '어찌 이런 일이 있으랴', 또는 '어찌 존재하랴'·'허무(虛無)'라는 뜻인바, 먹이 궁극에 다 마모되어 사라짐을 은유한 표현이다.
10) 침정(沈靜). 과묵(寡黙).

지면 힘을 얻을 수가 없다고 생각했기에 단단히 교착(膠着)하여 흐트러뜨림이 없었고, 이지러져 흠이 있으면 모양이 될 수 없다고 생각했기에 방정(方正)히 올곧은 태도를 지켰다. 나만을 위하는 마음은 극진한 시행일 수 없다고 생각했기에 정수리로부터 발꿈치까지 분골쇄신(粉骨碎身) 마멸되어도 후회하지 않았다. 현묘한 덕을 몸에 쌓아 그것을 이행하느라 드러나는 처신을 하지 않았어도 세상에서 낮춰 보지 않았다. 그윽함을 지키고 침묵으로 처신하며 홀로 문서 갈피에 섞여 있었으되 세상의 버림을 받지 않았던 것은 역시 스스로 어둡지 않아서였으니, 오직 현자(賢者)만이 해낼 수 있는 일이었다. 옛 속담에 이르되, '복사나무 오얏나무는 말 아니해도 그 아래 절로 길이 난다'[11]고 하였거니와, 바로 진현을 두고 하는 말이었다.

덕망을 품고도 자신의 종적을 흐리게 하였으니, 벼슬길이 어둡다고 할 수는 없을 것이다. 남을 위하면서 종신토록 배척을 받지 않았으니, 가히 달(達)하지 못했다고 할 수는 없을 것이다. 덕을 한결같이 하여 바꾸지 아니했고, 필요한 자리에 베풀었으되 변하지 않았던 일 또한 순수를 잘 지켰다 할 것이다.

현(玄)이 이미 벼슬에 나가서는 저백(楮白)[12] · 모원봉(毛元鋒)[13]들과 더불어 석탄중(石坦中)[14]을 천거하였으니, 그 말이 석탄중 본인의 전기(傳記) 가운데 있다.

이로 말미암아 세상에선 그들을 일컬어 사우(四友)라 하였으되, 이

11) 원전의 '桃李不言 下自成蹊'는 중국의 속언(俗諺)이다. 고운 꽃과 맛좋은 열매를 찾아다니는 많은 사람들로 인해 길이 절로 생긴다는 말이니, 어진 이는 스스로를 나타내지 않아도 사람들이 따른다는 비유적 표현이다.

12) 종이의 의인화 명칭.

13) 붓의 의인화 명칭.

14) 벼루의 의인화 명칭.

네 사람이 높이 여기는 바는 각기 같지 아니하였다. 저백은 숙부드러운 정결을 높이었고, 원봉은 자획(字劃)의 첨삭을 존중하였으며, 탄중은 헤아려 정량(定量)함에 힘썼다. 이 세 사람이 각기 잘하는 바가 있는 가운데, 현은 그의 재광(才光)을 감추고 그 사이에 오유(傲遊)[15]했음에도 사대부들이 똑같이 중히 대접하였다. 저백은 매양 이렇게 탄식하였다.

"나의 몸은 희고, 고운 무늬 머금어 깨끗하기 빙설(氷雪)과 같으나 진군(陳君)과 접하면 흠칫 안색이 바뀌는구나!"

처음에 현향태수(玄香太守)[16]의 벼슬을 제수 받았다가 차츰 옮겨 석읍저군평장사(石邑楮郡平章事)[17]에 이르렀고, 송자후(松滋侯)[18]의 직위를 하사 받았다.

그 자손들 역시 부조(父祖)의 풍도가 있어 문채(文采)를 발휘함에 대대로 지체 높고 현달하였다.

이제 진현은 그의 유민(遺民)들이 다 사그라진 지 이미 오래였음에도 능히 고요히 침묵을 지켜 스스로를 당시 세상에 드러낼 수 있었다. 당시 선비들로서 사귀며 즐거워하지 않음이 없었으니, 몸소 명사(名士)들과 교유하면서 작위가 통후(通侯)에 이르렀다.

무릇 세간의 선비들은 자신의 수양에 힘써 행실을 바르게 해야 하니, 시대의 쓰임에 스스로 일으켜 나아가고자 하는 사람은 이 도를 버리고서야 어찌 널리 시행하여 변치 않도록 할 줄 있으랴.

찬(贊)하노라.

15) 즐겁게 놀거나 놀며 지낸다는 뜻. 또는 여기저기 돌아다님.

16) 먹의 별명. 『본초강목(本草綱目)』의 '墨' 門에, "釋名 烏金 陳玄 玄香 烏玉玦"

17) 석읍(石邑)·저군(楮君)은 각각 벼루와 종이를 공간화 시킨 명칭인 듯. 평장(平章)은 공평하고 밝게 다스린다는 뜻. 평장사(平章事)는 당송(唐宋)시대 재상의 직책.

18) 먹의 별칭. 문숭(文嵩)의 〈송자후역현광전(松滋侯易玄光傳)〉에, "易玄光 字處晦 燕人也 其先號靑松子…天子重儒…封松滋侯."

「검고 정채롭지 않았다면 어찌 우러러 문방(文房)에 갖춰질 수 있었으랴. 갈고 닦아 연마하지 않았다면 어찌 우러러 서책(書册) 안에 적셔 배일 길 있었으랴. 저 사물의 근본을 바로 두어 현묘한 이 덕을 안정되게 할진저!」

먹을 의인적 새김으로서 '진현(陳玄)'이라 한 것은 일찍이 〈모영전〉에 '강주(絳州) 출신 진현[絳人陳玄]'으로 설정되었던 이래, 청대 17세기 중반경 신함광(申涵光)의 〈모영후전(毛穎後傳)〉이라든가, 조선시대 남유용(南有容, 1698~1773)의 〈모영전보(毛穎傳補)〉 등에서 동일한 명칭으로 습용된 내력이 보인다. 박윤묵이 다시 주인공 이름으로 쓴 것이지만, 이 작품 말고도 김석행(金奭行, 1688~1762)과 조재도(趙載道, 1725~1749)의 동명 〈진현전(陳玄傳)〉이 있다고 함은 앞에서도 밝힌 바 있다.

주인공의 처음 이름이 '용향(龍香)'이었다고 한 것은 당명황의 먹에 대한 유명한 고사로서 꽤 알려졌을 일을 감안하면 굳이 특정 문건에 부합시킬 바 아니겠으나, 이는 역시 『사문유취』에조차 소상히 마련돼 있던 터였다. 다름 아닌 '墨' 門 '고금사실' 란의 〈사명용향제(賜名龍香劑)〉에 당명황이 파리로 화(化)한 먹의 정령에게 용향제(龍香劑)라는 이름을 내렸다는 『당록(唐錄)』 출전의 이야기가 그것이다.

> 唐明皇 一日于御樓上 見一道士 大如蠅 隱隱而行 帝叱之 卽呼萬歲日 臣陛下御墨之精也 帝因賜名龍香劑.

당명황이 하루는 누각 위에 납시었다가, 파리만한 크기로 살금살금 다니는 한 도사를 발견하였다. 황제가 꾸짖자 도사는 금세 만세를 외치면서 말하기를, "신은 폐하가 쓰시는 먹의 정령이나이다!" 하자 황제는 용향제라는 이름을 내려주었다.

주인공이 처음에 봉해 받았다는 '현향태수(玄香太守)'는 『사문유취』 '墨' 門 중 '군서요어'가 거두어 실은 『찬이록(纂異錄)』 서책 가운데

薛稷爲墨封九錫 拜玄香太守.

에서 반가운 얼굴일 수가 있고, 다시 옮겨 받았다고 하는 '석읍저군평장사(石邑楮郡平章事)'의 직책명 또한 '墨' 門 위와 같은 자리에 있는,

毫州楮郡平章事.

에서 서로간 왕래한 자취를 엿보기에 부족됨이 없다.

그때 임금이 내렸다는 작위로서의 '송자후(松滋侯)'도 『사문유취』가 '군서요어' 란에다 담아 적은,

燕人易玄光 字處晦 封松滋侯.

에서 그 고유한 이름의 동일성이 획득 가능한 바 있다.

한편, 앞에서 주인공의 처음 이름으로서 구사되었던 '용향(龍香)'의 말은 전술한 『사문유취』 외에도 명대 초횡이 쓴 가전 〈적도후전〉 안에서 역시 발견이 가능하다. 곧 당명황이 주인공 적도후를 보고서 환희하되, '어떻게 이토록 빼어난 인물을 얻었을고' 말하고는 손수 '용향(龍香)' 두 글자를 써서 주었다는 구상이 그것이다.

手浦竊聞其言偶得屑屑以詩贈泊云
十樣蠻箋出益州寄來新自浣溪頭老兄得此全無用助汝添
脩五鳳樓

墨

羣書要語 墨晦黑也 釋名 墨染紙三年字不昏暗者爲上 拙墨
經 凡墨日日用之一歲終減半寸 舊萬金下換 同上 梁朝以墨
爲螺爲量爲丸爲枚 北戶錄 絳人 [illegible] 韓毛穎傳 子墨客卿 揚
如賦 薛稷爲墨封九錫拜玄香太守兼亳州楮郡平章事 纂異
錄 燕人易玄光字處晦封松滋侯 纂異志
詩句 墨出青松 [illegible] 遠致魯王玦

古今事實
月給隃糜
漢尚書令月給隃糜墨大小二枚 西京雜記
贈墨一丸
漢王朗爲會稽太守子肅隨在郡住東齋夜有女從地出稱越
王女與肅語曉別贈一丸墨肅方注周易因此便覺文思開悟
顧野王輿地志
仲將墨法
韋仲將合墨法以好純煙擣訖以細絹簁於缸中墨一斤以好
膠五兩浸梣皮汁中梣江南樊雞木皮也其皮入水綠色解膠
又益黑色可下雞子白去黃五枚亦以眞朱一兩麝香一兩皆

『사문유취』 소재 '墨' 門

사실은 박씨의 가전 〈진현전〉이 초횡의 〈적도후전〉과는 연상되는 터전이 한두 군데 더 짚어진다. 전자의 내용 가운데 '나만을 위하는 마음은 극진한 행함일 수 없다고 생각한 까닭에 정수리부터 발꿈치까지 마멸되어 분골쇄신하면서도 후회하지 않았다'는 것은 후자의 다음 내용과 더불어서 그 유래가 각기 다른 곳에 있지 아니하다.

> 體爲皴裂 上撫之曰 卿以摩頂放踵爲學 今果然矣.
> 피부가 다 갈라질 정도였다. 그러자 임금이 어루만지며 말하는 것이었다. "경이 이마가 닳고 발꿈치가 해지도록 공부하더니 이제야 그 효험이 있구료!"

이마가 닳고 발꿈치가 해져도[摩頂放踵] 나는 하겠노라는 말은 묵자(墨子)의 박애 사상을 단적으로 나타낸 말이고,[19] 이는 또한 식자층 문사 간에는 전혀 생경한 말일 수 없다. 그렇거니와, 수없이 갈리면서 결국은 닳아 형체가 없어지고 마는 먹의 속성을 모티브 삼아 쓴 표현을 각별히 위의 두 작품 안에서 나란히 보게 되는 것이다. 아울러 이는 박윤묵 단독으로 발안했을 수도 있었겠으나, 그의 이전에 초씨의 작품에 먼저 나타나 있던 사실이 부담으로 남는다.[20]

또한 박씨 작에는 다음과 같이 종이[楮白]가 먹[陳玄]에 대해 갖는 불만의 탄식이 있다.

> 吾體素 含章皎然若氷雪 而一遇陳君 洒然而易色也.
>
> 나의 몸은 희고 문장을 머금어 깨끗하기 빙설과 같으나, 진군(陳君)이 한 차례 나를 스치면 흠칫 안색이 바뀌는도다.

그런데 이는 초횡의 작에 벼루[金星]가 먹[隃麋]에 대한 증오 끝에 참언한다는 다음과 같은 맥락,

> 獨星負固 而惡黝之加己上也 讒曰….
>
> 다만 금성(金星)은 자신의 견고함을 믿었으며, 유(隃)가 자신의 웃길에서 누름을 미워하였다. 그래서 참언하기를….

과 견주어 한갓 무심하게 보이지만은 않는다. 문방우(文房友) 사이에 조화와 상응의 모습이 아닌, 불화와 갈등의 형국으로 그려지는 일이 그다지 흔한 현상은 아닌 까닭이다.

덧붙여 전자에서 주인공에게 송자후의 작위를 내렸다는 것과, 후자에서 주인공에게 후작의 지위 세습을 명했다는 것 사이에 또한 유사함이 없지 않았다.

---

19) 『맹자』 진심장구(盡心章句)·上에 '마정방종(摩頂放踵)'의 표현이 나온다.

20) 다만 박윤묵은 착각이었던지 이를 "摩踵放頂"으로 표기했다.

그러나 실제로 박윤묵이 〈진현전〉 지을 때에 정녕 〈적도후전〉을 참작하였을 가능성을 인정한다는 전제에서조차, 초횡의 이 전기를 입수하여 보기까지의 경위가 지금으로선 막연할 따름이다. 왜냐하면 초횡의 문집인 『담연집(澹然集)』의 개인적 입수 과정에 따른 추적이 난감한 까닭이다.

그렇거니와, 암만 헤아려 보아도 본전은 그 참작과 계고(稽古)의 바탕을 『사문유취』 안에서만 오로지 해결하려 든 것 같지는 않은 여지가 있다. 이를테면 그것 바깥의 또 다른 전고 출원의 소지를 남기고 있다. 예컨대 본전 가운데서 진현의 자가 '용회(用晦)'이며 '노룡(盧龍)' 출신이라는 것 등에 관한 한 앞서의 『사문유취』 및 〈적도후전〉 같은 데서는 그 출원의 근거를 포착해 볼 길이 막연한 바 있다. 대신, 역시 『사고전서』와의 연계 안에서 오히려 그 가능성을 확보할 수 있게 된다.

그리하여 박윤묵이 문방사우 가전을 쓰고자 마음먹은 마당에서 과연 위의 서적을 참험(參驗)하였다고 한다면, 다른 것은 별반의 소용됨이 없이 오직 '보록류(譜錄類)' 가운데 자리하고 있는 『문방사보』에 눈길이 집중될 수밖에는 다른 도리가 없었을 터이다. 그리고 그 안을 훑어 읽어가는 중도에는 앞서 『사문유취』를 탐색하던 과정에선 마침내 대교(對校)가 어려웠던 표현의 회심처를 만나 볼 수 있게 되는 것이다. 다름 아니라 권5 《묵보(墨譜)》의 '사지사부(四之辭賦)' 모음글 가운데는 장중소(張仲素)가 지었다는 〈묵지부(墨池賦)〉란 작품이 있다. 이 안에,

> 其外莫測 其中莫見 同君子之用晦 比至人之不炫….

운운한데서 진현의 자로써 대두되어진 '용회(用晦)' 두 글자의 내밀(內密)을 알아낸 듯한 득의가 따르게 된다.

文嵩松滋侯易玄光傳

易玄光字處晦燕人也其先號青松子頗有材幹雅淡清貞深隱山谷不仕以吟嘯烟月自娛常謂門生邴炎曰余青山白雲之士去榮華絕嗜欲修真得道久不為寒暑所侵壽且千歲然猶未離五行之數終拘有限予漸覺形神枯槁是知老之將至矣今他日必為風雨所

欽定四庫全書 文房四譜 卷五 二十

蹟後因子熾盛余當神化為雲氣之狀升霄漢矣其留者號玄塵生徙居黔突之上必槩膠水之契隃麋處士煎鹿角和丹砂麝香數味遺而餌之其後果然門生皆以青松子前知定數矣玄塵生餌藥得道自黃帝時蒼頡比鳥跡為文以代結繩之政玄塵便與有功焉其後子孫皆傳其術以成道易水之上遂為易氏焉玄光即玄塵曾孫也家世通玄處素其壽皆永嘗與南越石虛中為研究雲水之交與宣城毛元銳華陰楮知白為文

『문방사보』 권5에 수록된 〈송자후역현광전〉

특히 진현의 고향으로서의 '노룡(盧龍)'이야말로 가장 막연한 감이 없지 않지만, 같은 책 《묵보》의 '일지서사(一之敍事)'를 짚어 읽어 가는 과정에 비로소 이해의 실마리를 엿볼 수 있다.

> 墨藪云 凡書先取墨 必廬山之松烟 代郡之鹿角….

'먹은 노산(廬山)에 있는 소나무를 땐 그을음으로 한다'는 여기의 내용이, 앞서 든 바 '용향(龍香)' 앞 글자인 '용(龍)'과의 결합으로 의아로움에 값할 수 있는 결과가 되리라 한다.

그리고 이 《묵보》의 맨 마지막에서는 이 글 앞마당에서도 잠시 언거하였거니와, 문숭이 문방의 네 가지 필수품에 대해 입전하였던 것 가운데에 먹에 관한 의인화인 〈송자후역현광전〉도 목도할 수 있게 된다. 그러면 박윤묵의 〈진현전〉에 주인공이 받았다는 작위로서의 '송자후(松滋侯)'란 용어 또한 이 안에서 그 연결의 방편이 찾아진다. 나아가, 박윤묵이 작품 주인공의 벗으로서 세운 명칭인 '저백(楮白)·모원봉(毛元鋒)·석탄중(石坦中)'들도 문숭이 작품 주인공의 벗으로 세운 명칭인 '저백(楮白)·모원봉(毛元鋒)·석허중(石虛中)'과 아주 동떨어진 감을 주지는 않는다. 그 결과 아무래도 문씨 작에 대한 박씨 나름의 응용적 지취(旨趣)가 가미되었을 것이란 인상을 남긴다. 이는 한유의 붓 의인전기에서 먹 인격화의 '진현(陳玄)'을 중심하여 보았을 때, 나머지 세 존재를 인격화한 이름인 저선생(楮先生)·모영(毛穎)·도홍(陶泓) 등에 비해 훨씬 접근되어 있는 호칭이다.

그가 '현묵(玄默)의 풍도를 흠모(慕玄默之風)' 운운도, 문씨의 작중에 '집안 대대로 현묘(玄妙)의 도에 통하고 소(素)에 처하였다[家世通玄處素]' 내지는, '그의 가문이 현도(玄道)에 들어가 도를 얻었다[參玄得道]'와 같은 발상으로부터의 응용이 불가능하지 않았다.

사마천의 사기 열전을 비롯하여 후한 반고의 한서 열전에서는 서술의 말미에 '太史公曰', 또는 '贊曰'로 시작하는 평결부를 확보해 두고 있었다. 간략하나마 작가가 자신이 다룬 주인공에 대한 개인적 견해거나 소감을 피력하는 부분인 것이다. 이후 사마천의 열전을 정경대원으로 삼고 그 형식을 답습한 뒷시대의 의인열전들은 바로 사마천의 법칙인 평결부를 최대한 준수하여 따르고자 하였다. 그리하여 주인공의 이야기가 끝나는 지점에서는 필경 글쓴이 자신이 주인공 행적에 빌미한 자신의 인생관이거나 소감을 그대로 노정하는 대목이 원칙으로 계승되었다. 그 부분들만을 따로 분리하여 보면 흡사 '인생이나 자연 또는 일상생활에서의 느낌이나 체험을 생각나는 대로 쓴 산문 형식의 글'인 수필을 방불케도 했다. 혹은 '그때그때 떠오르는 느낌이나 생각'을 뜻하는 수상(隨想)과도 같은 바로 그 같은 속성 때문에 논자들 사이에는 의인열전인 가전을 수필 장르로 간주하려는 경우마저 없지 않았다.

그런 가운데, 문방열전을 전체 단위에서 개관했을 때 이제 박윤묵의 네 편 가전은 이 분야 다른 어느 작품들보다도 작가의 내면적 사색이 단연 돋보인다고 해도 과언이 아니다.

더욱이 지금 〈진현전〉을 보매 각별히 그의 문방전기 네 작품 중에서도 작가의 수상록(隨想錄)다운 내적 사유가 가장 두드러지게 가미된 작품으로 특징지을 만하였다. 곧, 분명 기본 틀로서의 의인적 허구를 펼쳐가면서도, 현묵의 진리를 모색하려는 작가의 열성으로 인해 이야기 중간 중간에 평결부다운 분위기, 에세이로 통하는 가교들이 형성되어 있었다.

〈진현전〉은 의인문학과 수필, 두 장르 사이에 왕래 자재함으로써 문방열전 분야의 새로운 지평을 마련한 특색 있는 일작이라 하겠다.

是以有譽處。

陳玄傳

夫士潔身砥行。以自見於當時。而當時不能
信其廉。後世無以守其道。阨窮遺佚。終身而
不見用何哉。至清不同塵。太白不掩瑕。故伯
夷之清。孟子猶以爲隘者。意在斯乎。
太史公曰語云皎皎者易汚。信矣哉。皆陽原
懷清白之行。而竄逐幽囚。卒自沈於汨羅。豈
不哀哉。老子曰玄之又玄。衆妙之門。又曰玄
牝之門。是謂天地根。爲能含光晦迹。以自混
於濁世。而無玷汙之失。則雖非賢者之所務
耶。是以墨子悲素。楊子尙玄。非是道也。陳玄
可謂賢矣。雖與二子同揆可也。
陳玄字用晦。黑龍人也。初名龍香。及長。從烏有之鄕。
慕玄默之風。改名玄。玄身材短黑。不爲明白之行。以
爲殺潡不可以詳力也。故膠固而不離。皆露不可以
爲形也。故方正以中度。爲哉。不可以盡用也。故磨錬
放頂而不悔也。重玄之德。積之身而施之用。無明白
之行。而世不以爲汙。守玄處默。以自混於詩書之間。
不爲世棄。然不自貶。然賢者能之。故諺曰桃李不言。

『존재집』 권26에 수록된 〈진현전〉

• 陳玄傳 •

夫士潔身砥行 以自見於當時 而當時不能信其廉 後世無以守其道 阨窮遺佚終身 而不見用 何哉 至淸不同塵 太白不掩瑕 故伯夷之淸 孟子猶以爲隘者 意在斯乎

太史公曰 語云 皎皎者易汚 信矣哉 昔屈原懷淸白之行 而竄逐幽囚 卒自沈於汨羅 豈不哀哉 老子曰 玄之又玄 衆妙之門 又曰 玄牝之門 是謂天地根 苟能含光晦迹 以自混於濁世 而無玷汙之失 則豈非賢者之所務耶 是以墨子悲素 楊子尙玄 推是道也 陳玄可謂賢矣 雖與二子同揆 可也

陳玄字用晦 盧龍人也 初名龍香 及長遊烏有之鄕 慕玄默之風 改名玄 玄身材短黑 不爲明白之行 以爲散渙不可以得力也 故膠固而不離 苦窳不可以爲形也 故方正以中度 爲我不可以盡用也 故磨踵放頂 而不悔也 重玄之德 積之身 而施之用 無明白之行 而世不以爲汙 守玄處默 以自混於簿書之間 不爲世棄 亦不自眩 惟賢者能之 故諺曰 桃李不言 下自成蹊 陳玄之謂矣 含光而混跡 可不謂晦乎委質 爲人終身而不見斥 不可謂不達也 德一而不貳 施諸用而不渝 亦可謂善守白矣 玄旣仕 與楮白毛元鋒 共薦石坦中 語在本傳 由是天下號爲四友 而所尙各不同 楮白尙柔潔 元鋒主畫削 坦中務商摧 三人者各有所長 而玄晦其光 滶遊其間 士大夫俱重之 楮白每歎曰 吾體素 含章皎然若氷雪 而一遇陳君 洒然而易色也 初拜玄香太守 稍遷至石邑楮郡平章事 賜爵松滋侯 其子孫亦有父祖之風 而潤色之 世世貴顯也 夫陳玄以燼餘之人 死灰已久 而能修玄默以自見於當世 當世之士 莫不交歡 身交名士 爵至通侯 夫委巷之士 厲己飭行 欲自趨於當世之用者 捨是道也 惡能博施而不渝也哉

贊曰 不黑不光 胡瞻爾備文房 不磨不研 胡瞻爾染簡編 置彼太素 安此重玄.

『存齋集』

박윤묵의 석탄중전
朴允默 • 石坦中傳

석탄중(石坦中)의 자는 순수(順受)[1]로, 강주(絳州)[2] 사람이다.

성품이 질박하여 천박 경솔한 행동을 좋아하지 않았다. 부가산(斧柯山)[3]에 숨어 땅에다 움을 만들고 살면서 스스로 흙이며 나무와 함께 하였다. 산천(山川)의 기운으로 단련하면서 견고해졌고, 그 기운을 마시면서 윤택해진 까닭에 그 몸이 굳세어 든든하고 반짝반짝 매끄러웠다.

그렇게 산수 간에 혼자 즐기면서 벼슬살이를 구하지 않고 있었다.

이 무렵 저백(楮白)과 모원봉(毛元鋒), 진현(陳玄)은[4] 기왓장으로 자신들을 연마하고 있었는데, 그것은 자주 물기가 마르고 껄끄러워져서 그들의 소용을 감당하지 못하였다. 그러자 임금이 걱정스러워서 은근히 말을 내었다.

---

1) 순응하여 받아들임. '莫非命也 順受其正.'[孟子, 盡心·上]
2) 산서성(山西省) 소재의 고을 이름. 임분현(臨汾縣)으로 불리기도 했다.
3) 광동성(廣東省) 고요현(高要縣)의 산 이름. 단계석(端溪石)의 산지이다.
4) 각각 종이, 붓, 먹의 별칭.

"어디 그 자질이 견고하고 부드러워서 가히 문방(文房)에 갖출 만한 이가 있겠는가?"

이에 세 사람은 같은 말로 대답을 드렸다.

"석탄중은 천하의 큰 선비이나이다. 중후하고 해맑으며 옥같은 덕은 그대로 비단결이니, 그야말로 가히 탁마(琢磨)[5]의 효용을 맡길 만하고, 천자의 가까운 신하가 될 만하나이다."

임금이 말하기를,

"짐(朕)이 그 이름을 들은 지 오래로다!"

하였다. 이에 공수(公輸)[6]를 사신으로 하고 장석(匠石)[7]으로 보좌케 하는 가운데, 자귀와 도끼로 예물을 삼고, 망치와 끌로써 예물에 더 보태었다. 단계(端溪)[8]의 풀로 수레바퀴를 두르고, 네 마리의 말이 끄는 편한 수레로 예의를 갖추어 불러들이었다.

公輸子

그가 도착하자 이내 즉묵후(卽墨侯)[9]의 벼슬을 내리면서 저백 등과 함께 중서성(中書省)[10]에서 하명을 받도록 함에, 출처(出處)[11]와 진퇴를 반드시 함께하였다.

탄중의 기국(器局)[12]은 각진 듯 둥근 듯하면서 중심은 평탄(平坦)하였

5) 옥석(玉石) 등을 쪼며 가는 일. 전(轉)하여 학문과 도덕의 수양.

6) 춘추시대 노나라의 재주 높던 장인. 이름은 반(班). 노반(魯班, 魯般), 공수반(公輸班).

7) 중국의 명공(名工)으로 자는 백(伯). '匠石之齊 至乎曲轅 見櫟社樹.'[莊子, 人間世]

8) 광동성 고요현 동남쪽, 난가산(爛枷山) 서편 기슭에 있는 시내 이름. 벼룻돌의 산지로서, 이 돌로 만든 벼루를 단연(端硯), 또는 단계연(端溪硯)이라 일컫는다.

9) 벼루의 별칭.

10) 당나라 때 설치한 벼슬로, 내명(內命)과 조고(詔誥)를 맡았다.

11) 일에 나아가고 자리에 머무름. 진퇴(進退).

12) 기량(器量). 사람의 도량과 재간. 여기선 벼루의 생긴 모양을 비유한 표현이다.

다. 그러나 성품이 진중하고 후덕하여 낮이나 밤이나 임금의 좌우에 모시되 물러나라 하면 감히 나아가지 아니하고, 나오라 하더면 감히 물러나지 않았다. 쓰임을 받을 때는 살이 문질리고 뼈가 눌린다 해도 함부로 싫증내는 일이 없었고, 물리침을 당할 때는 티끌이 방안 그득해도 감히 원망하지 않았으니, 그의 천성에 이와 같은 면이 있었다.

몸이 무겁기는 하지만 들어올리기에 어렵지는 아니했고, 살결이 만질만질하나 연마에 방해가 되지 않았으니, 그의 그릇 쓰임새에 또한 이 같은 면이 있었다. 이 때문에 임금은 탄중을 그릇감이라 여기니, 그 총애가 세 사람과 동등하였다.

그는 매양 임금의 명을 받드는 중에 임금이 쉴 때 되서야 일을 파하였다. 임금이 언젠가는 농담하여 말하기를,

"경은 그릇감은 그릇감인데, 그 생김새에 있어 여기저기 갈아 보이지 않는 데가 많으니 어이된 셈인고?"

하자, 그가 대답하였다.

"신의 이마가 오목하여 물을 담아둠은 하늘 연못을 닮은 것이옵고, 배가 평탄한 것은 땅의 네모진 모양을 닮은 것이옵고, 검은 얼굴에 구름이 가득 피어오르는 듯한 것은 일월(日月)이 돌아 비춤을 닮은 것이나이다. 저 휘어 바르지 못한 형상이라든지 변변치 못한 재량 따위는 제 소관이 아니옵니다."

조선시대 雲龍文 단계연 –성균관대 소장

이에 임금은 그럴 것이라고 여기었다.

탄중은 저백과 모원봉, 진현 등과 더불어 작위의 영달(榮達)과 명망의 드러남이 한 시대에 극진하였다. 나아가 가장 오래도록 장수하였으

石坦中傳

石坦中字順受峰州人也性質樸不喜浮薄之行德
於斧柯山穴土而居自同土木而山川之氣鍾之而
堅啖之而潤故其體堅確而光潤也以山水自娛不
求仕宦當是時楮白毛元鋒陳玄以風騷自鳴噪海
不堪用上患之從容謂曰寧有姿質堅潤可以備於
文房者乎三人者同辭而對曰石坦中天下之碩儒
也其厚□明玉德而縝理斯可以任琢磨之務為天
子之所臣矣上曰朕聞其名久矣於是以公輸為使
而石為副斤斧為玉帛粗鑿為加璧瑞謙之幣為蒲
輪安車駟馬修禮徵之至則拜為郎墨侯與白華侍
詔中書者出處進退必與之偕坦中器局方圓中心
坦然性鎮厚日夜侍上左右斥之則不敢進進之則
不敢退其用也磨肌骨而不敢倦其斥也塵埃滿
室而不敢怨其性度有如此者重不廁舉滑不妨磨
其器用又有如此者由是上器之寵待三人無有所
使上休息罷上嘗戲之曰卿器則器矣像多不類何
也對曰臣頭四時水象天圓也腹坦而平象地方也
黑面靈霄象貌回也若夫離奇之形斗筲之器臣所
不為也上以為然坦中與楮白毛元鋒陳玄爵位榮
顯并極一時而壽最久益其堅靜而能養生也其子
孫亦世與楮氏毛氏陳氏友善同就舍云
贊曰物成於樸而毀於飾展矣君子不以聲以色琢
磨成之良玉其德

『존재집』의 〈석탄중전〉

니, 이는 대개 그가 굳세고 고요하여 양생(養生)에 능하였음이다.

그의 자손 역시 대대로 저씨(楮氏), 모씨(毛氏), 진씨(陳氏)와로 친하게 벗 삼으며, 나아가고 물러남을 함께 하였다.

찬(贊)하노라.

「물(物)은 질박(質樸)함에서 이루어지고, 꾸며 치장하는 데서 허물어지는 법이다. 군자는 말과 안색으로 하지 아니하고 탁마(琢磨)로써 이루는 것이니, 진실로 그 덕을 보배로이 할지어다!」

박윤묵은 남달리 사물에 대한 관심이 비상하였으니, 그의 문집 전반을 통해 상당한 군데에서 발견이 용이하다. 이를테면 권1 중의 〈이조부(異鳥賦)〉·〈춘조부(春鳥賦)〉·〈이조가(異鳥歌)〉·〈석류(石榴)〉라든

가, 권2 중의 〈영문(詠蚊)〉·〈방어(放魚)〉, 〈대매이수(對梅二首)〉·〈부패도(賦佩刀)〉·〈국침(菊枕)〉, 〈사금(四禽)〉·〈투계(鬪鷄)〉 및, 권5 가운데 부채와 죽부인을 읊은 〈선(扇)〉·〈죽부인(竹夫人)〉과, 권6 가운데 〈계(鷄)〉·〈선(蟬)〉·〈와(蛙)〉·〈묵죽(墨竹)〉·〈하화(荷花)〉·〈분어(盆魚)〉·〈동유묵(桐油墨)〉 등 그 관심의 폭이 동물, 식물, 사물에 걸쳐 두루 다양하였다. 그는 심지어 깨진 밥그릇에 명(銘)을 짓기도 할 만큼 사물에 대한 주의(注意)가 남달랐다. 다름 아니라 자신의 밥공기[飯盂]를 여종이 실수로 깨뜨린 것을 부인이 다른 좋은 그릇으로 바꾸려 하자, 조상께서도 유기 밥그릇[鍮鉢]을 써보지 못했거늘 내가 온전한 그것을 쓰면 과람(過濫)한 일이라 하면서 자경문(自警文) 식의 〈파우명(破盂銘)〉(권24)을 쓰기도 했다.

각별히 글씨 및 문방사우 가전과 관련해서는 〈필법(筆法)〉(권1), 〈연지(硯池)〉(권1)·〈수적(水滴)〉(권2)·〈필론(筆論)〉(권24) 등이 눈에 띈다. 이 가운데 〈수적〉 한 작품은 연적을 찬미한 것이었다.

硯田通水利　벼루의 밭은 수리(水利)에 통하고
墨壘售農兵　먹의 보루는 농병(農兵)의 품을 사네.
怒獸林中出　살진 짐승이 숲 가운데서 뛰쳐나온 듯
寒蟾月裏迎　두꺼비 차가운 달 속에서 마중을 나온 양.
盈虛眞造化　채움과 비워냄은 진정한 조화요.
呼噏小經營　내놓고 들이킴은 조그마한 기획이라.
四友當爲五　문방의 사우(四友)는 마땅히 오우(五友)되어서
嘉名竝世鳴　갸륵한 이름 나란히 누리에 울려야만.

특히 권24에는 사물 관심에 따른 제술이 찬(贊), 명(銘), 설(說), 론(論)의 형식을 빌려 집중적으로 나타나 있음을 보게 되는데, 이제 그 대열

에 끼어있는 〈문방사우명(文房四友銘)〉은 이 방면에 대한 박윤묵의 취상(趣尙)을 알기에 부족함이 없다. 이 명(銘)은 맨 첫머리에 서문격의 하나와, 이어 지(紙)·연(硯)·필(筆)·묵(墨) 각각의 넷을 합해 모두 다섯 문장으로 되어 있다. 아울러 이제 그의 문방사우전과 관련하여 가장 긴밀하다 하겠기에 전체를 옮겨 보이기로 한다.

文房四友余所朝夕者也 多年相與善 知之詳 於紙取其潔 於硯取其壽 筆以取其正 墨以取其色 推之於己 亦足有警發勅勵者 作四友銘以左右焉.

문방사우는 내가 아침저녁으로 문안드리는 존재이다. 여러 해 친하여 자세히 알겠거니와, 종이에 있어서는 그 깨끗함을 취하고 벼루에 있어서는 그 오랜 삶을 취한다. 붓에 있어서는 그것의 바름을 취하며 먹에 있어서는 그것의 빛깔을 취한다. 이를 나 자신에게 적용할 것 같으면 또한 족히 경계하여 분발하고 신칙하여 힘쓰는 바 있겠기에 이 사우명(四友銘)을 지어 좌우에 두고자 한다.

• 紙

輕淸者稟一氣之精 皎潔者保正色之眞 有其性而自明於己 運其用而順受於人 彼繪之汨且亂焉 吁 亦不仁也夫.

맑고 가벼움은 한 기운의 정수를 받음이요, 희고 깨끗함은 바른 빛깔의 진수를 간직함이다. 이러한 체성(體性)을 갖추어 자신에게 떳떳하고, 운용을 함에는 남의 뜻에 순응한다. 그런데도 저 그림을 어지럽혀 혼란케 함은 아하, 어질지 못한 일인저!

• 硯

剛而充塞 彰厥德之有常 確而溫潤 與外物而無爭 俱兩美而竝稱 吾以是占年壽之長.

굳세고 꽉 찼으니 한결같은 덕을 드러냄이요, 단단한 듯 보드라움에 외물과 다툼이 없음이라. 두 가지 미덕 갖추어 함께 칭송되니, 내 이로써 오랜 장수를 알 수 있노라.

• 筆

子之心實兮 正其德 子之鋒銳兮 運其力 外有運 故壽以日 內有正 故一以書 蓄銳而懋實 斯可以兩得.

그대 마음의 건실함이여, 덕을 바르게 하도다. 그대의 예봉이여, 힘을 옮기도다. 바깥의 활동으로 세월을 늘리며, 내면이 바르기에 글 쓰는 일 한결 같다. 예봉을 기르고 건실에 힘쓰니, 이야말로 두 가지를 얻었다 할 것이다.

• 墨

其性也黑 不黑非性 變質而渝 惟物之病 所貴乎純然一色 猶勝於綠紫之輝映 者哉.

그 바탕이 검정이니 검정 아니면 바탕이 아니어라. 변질되어 달라짐이야 모든 사물의 흠결인 것. 귀한 바는 순수의 한 빛깔, 외려 저 알록달록 휘황한 모양보다 낫구나!

문방사우를 위시하여 관련 있는 모든 제구에 대한 박윤묵의 관심과 열정은 급기야 문방사우 하나하나를 각각의 주인공으로 삼아 전(傳)으로 남기기에 이르렀다. 전(傳)이로되 형식상 사마천의 전기(傳記)인 열전(列傳)을 본받았으니 '열전체(列傳體)'요, 또한 비인간의 전기로서 인간의 전기를 가차(假借)해 왔기에 '가전(假傳)' 장르에 들어간다. 바로 이 네 개의 문방 전기(傳記)는 문집인 『존재집』 권25의 '잡저(雜著)' 중에 들어 있다.

서술의 순차는 〈저백전〉, 〈모원봉전〉, 〈진현전〉, 〈석탄중전〉으로 되어 있으니, 우리가 아는 상식과 구습(口習)을 따라 '지·필·묵·연'으로 갔다.

돌이켜 보면 문방열전의 내력 안에서 벼루를 부르는 이름은 제법

다채로움을 띠고 있었다.

중국의 경우 당대 한유의 〈모영전〉에서는 '도홍(陶泓)', 송대 문숭의 〈즉묵후석허중전(卽墨侯石虛中傳)〉에서는 '석허중(石虛中)', 소동파의 〈만석군나문전(萬石君羅文傳)〉에서는 '나문(羅文)', 명대 초횡의 〈적도후전〉에서는 '금성(金星)', 민문진의 〈저대제전〉에서는 '만석군(萬石君)', 청대 장조의 〈저선생전〉에서는 '나문(羅文)', 신함광의 〈모영후전〉에서는 '도홍(陶泓)'이었다.

한국의 경우 이첨 〈저생전〉과 김석행의 〈진현전〉에서는 언급이 없고, 조선조에 남유용의 〈모영전보〉에서는 '도홍(陶泓)', 조재도의 〈진현전〉에서는 '석허중(石虛中)', 박윤묵의 문방 사전(四傳) 안에서는 '석탄중(石坦中)', 한성리의 〈관성자전〉에서는 '석향후(石鄕侯) 연(硯)', 최현달의 〈연적전〉에서는 '석홍(石泓)'과 '즉묵대부(卽墨大夫)', 안엽의 〈문방사우전〉에서는 '석허중(石虛中)'이었다.

전체적으로 볼 때 재질 면에서 도연(陶硯)과 석연(石硯)이 차례로 나타나고, 석연의 산지 면에서는 단계(丹溪)와 흡주(歙州)가 빠짐없이 등장하는 현상을 나타내고 있다.

인격화 명칭 면에서 중국에서는 소동파가 흡주연 의인화 과정에서 책정한 호칭 쪽으로 기우는 경향을 보였다. 한국에서는 도연을 제재로 한 한유나 흡주연을 화두로 삼은 소동파와는 별 상관없이 진행되었다. 단연 석씨(石氏) 성이 압권을 이루는 가운데 개별성이 도드라진 추세를 나타냈다. 이 성씨를 구사한

단계의 채석광에서 채취된 硯石

첫 발판은 문숭이 단계석을 주인공 삼은 '석허중'에게서 찾을 수 있겠는데, 이는 한국 문인들의 단계연 선호와도 관련 있어 보인다. 지금 박윤묵의 벼루 전기에서도 예외가 아니다.

벼루의 전기에 관하여는 일찍이 소동파의 〈만석군나문전〉이 선행 작품으로서 이름이 있었으나, 여기의 〈석탄중전(石坦中傳)〉과 관련하여 별로 공통점을 찾기 어렵다.

우선 소동파 작품의 주인공이 은거했다는 용미산(龍尾山) 대신, 박윤묵 작품의 주인공 은거지는 부가산(斧柯山)이라 했다. 이에 〈만석군나문전〉이 흡주연(歙州硯)을 다뤘음에 반해, 이 경우는 단계연(端溪硯)을 다루었음을 알겠다. 용미산이 흡주연석의 명산지임에 비하여, 부가산은 단계연석의 명산지인 까닭이다.

또한 전자에서는 붓 인격화인 모순(毛純)의 천거로 벼루 인격화인 나문(羅文)이 등용되었다고 한데 비해, 후자에서는 지·필·묵 3인이 왕 앞에 공동 천거한 것으로 형용된다.

전자에서 그 네 사람이 한마음으로 서로 어울리는 즐거움이 대단하였다고 한 대신, 후자에서는 총애가 세 사람한테 똑같았다고 그려 놓았다.

최후 설정도 판연히 다르다. 소동파 〈만석군나문전〉에서의 나문은 김일제의 흉수(兇手)에 의해 엎어져 죽는다고 되었지만, 여기 〈석탄중전〉에서는 장수의 이미지가 주요 개념으로 자리 잡고 있다. 주인공이 굳세고 고요하여 양생을 잘 했기에 가장 오래도록 장수했노라 밝히고 있다.

그리고 전자가 역사의 구체적 시간성 위에 전개되어 있는 반면에, 후자는 시대를 별도 지정해 놓지 않았다는 점 등에서 양자 사이에 일정한 거리가 나타났다. 그리하여 같은 벼루를 소재로 했다지만 이 둘은 시작부터 작의(作意)를 달리 했음을 인지할 수 있다.

소재 면에서 박윤묵이 작품을 만드는 과정에서 제일 요긴하게 활용하였던 전고는 역시 가장 보편적인 데 있었다. 즉 이 작품이 또한 『사문유취』(別集 卷14, 文房四友部 '硯' 門)에 의존하는 정도가 거의 압도적인 양상으로 나타났다는 것이다.

주인공 출신지로서의 '강주(絳州)'는 본시 소이간(蘇易簡)의 『문방사보(文房四譜)』 중 「연보(硯譜)」 '이지조(二之造)' 첫머리에 보이는 말이다.

> 柳公權常論硯 言青州石爲第一 絳州者次之.
>
> 유공권은 항시 벼루에 대해 따지곤 했는데, 청주석(靑州石)이 으뜸이고, 강주(絳州)의 것은 버금간다고 말했다.

그렇지만 역시 『사문유취』 '硯' 門이 빼놓지 않던 부분이었다. 다만 별건 아니지만 유취에서는 '언(言)' 대신 '이(以)'로 하였다.

임금이 주인공을 초빙하는 대목에서, '단계(端溪)의 풀로써 수레바퀴를 두르며[端溪之草爲蒲輪]'라는 설정 역시, 위에 든 소이간의 글 조금 뒤에 나오는 다음의 내용으로 인해 이해의 터전이 마련된다.

> 世傳端州有溪 因曰端溪 其石爲硯 至妙益墨而至潔 其溪水出一草 芊芊可愛 匠琢訖 乃用其草裹之 故自嶺表訖中夏 而無損也.
>
> 세상에 전하기는 단주(端州)에 시냇물이 있기에 단계라 했다. 거기의 돌로 벼루를 만들면 지극히 묘해서 먹에 좋으면서 상당히 깨끗하다. 그 시냇물에 풀 하나가 나는데 푸릇푸릇 예쁘다. 장인이 거기 돌을 쪼아내고 그 풀로 감싸기에 영표(嶺表)에서 중앙까지 이르도록 아무런 손상이 없다.

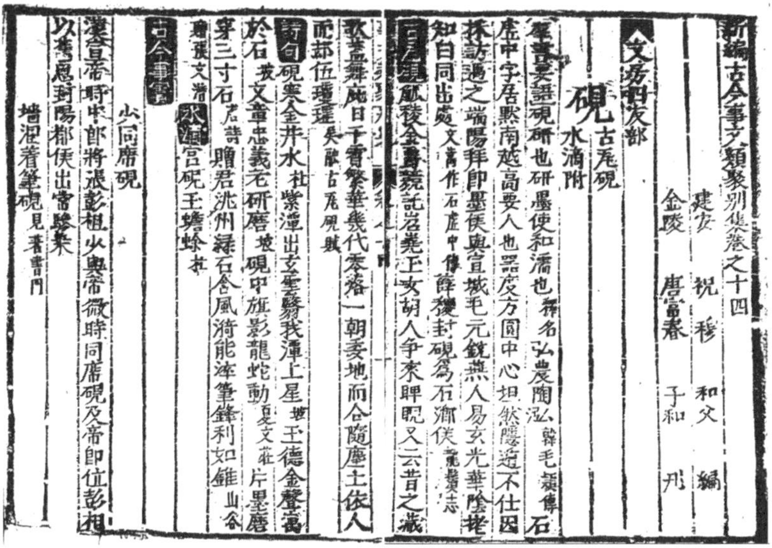
新編古今事文類聚別集卷之十四
建安 祝穆 和父 編
金陵 唐富春 子和 刊
文房四友部
硯 古瓦硯 水滴附
羣書要語 硯研也研墨使和濡也 釋名 弘農陶泓 韓毛穎傳 石虛中字居默南越高要人也器度方圓中心坦然隱遁不仕因採訪過之端陽拜即墨侯與宣城毛元銳燕人易玄光華陰褚知白同出處 文嵩作石虛中傳 薛稷封硯爲石鄉侯 龍鬚志
古瓦硯 魏稜金壽巍託岩巍王女胡人爭來睥睨又云昔之藏歌臺舞廊日干霄繁華幾代零落一朝委地而合隨塵土依人而卽伍瓊瑤 吳融古瓦硯賦
詩句 硯寒金井水 杜 紫潭出玄雲翳我潭上星 坡 玉德金聲寓於石 坡 文章忠義老研磨 坡 硯中旗影龍蛇動 夏文莊 片墨磨穿三寸石 君詩 贈君洮州綠石含風漪能淬筆鋒利如錐 山谷 贈張文潜
水滴 宮硯玉蟾蜍 杜
古今事實
同席硯 上
漢章帝時中郎將張彭祖少與帝微時同席硯及帝卽位彭祖以舊恩封陽都侯出當驂乘
增泥着筆硯 見書門

『사문유취』 소재 '硯' 門

그리고 당연히 『사문유취』가 수록의 사명을 놓치지 않은 부분으로 남아 있다. 단지 경위야 알 길이 없지만 두 자료 사이에 몇 글자 정도의 차이가 보이기는 한다.

주인공이 움을 파고 숨어 살았다는 '부가산(斧柯山)'의 설정 배경도 조금 더 읽어 내려가면 절로 수긍된다. 즉 그 곳 돌의 빛깔하며 모양은 놓여 있는 처소에 따라 각기 변화의 아름다움이 있다고 말한 끝에,

其山號斧柯.

한 데서 석연한 해명이 이루어진다.

그가 왕 앞에 도착한 즉시 받았다는 '즉묵후(卽墨侯)' 또한 『사문유취』가 『문방사보』 중의 〈석허중전(石虛中傳)〉에서 뽑아 왔다고 하는,

然隱遁不仕 因採訪遇之端陽 拜卽墨侯.

와 비교하였을 때 원전 대비 약간의 탈자(脫字)[13]와 무방하게 연고처임을 알 수 있다.

'저백 등으로 더불어 출처와 진퇴를 반드시 함께 하였다'는 말이 나왔다. 출처란 일에 나아가고 자리에 머무른다는 말이다. 이는 본 유취서가 끌어온바 당자서(唐子西)의 〈가장고연명(家藏古硯銘)〉 가운데 다음의 내용을 의미상 재현했다면 틀림이 없었을 내용이었다.

硯與筆墨書氣類也 出處相近也 任用寵遇相近也.

벼루는 붓·먹과 더불어 동일 부류이다. 나아가고 물러남이 비슷하고 임용되어 총애와 대우를 받음도 비슷하였다.

열전의 주인공이 사우 가운데도 '가장 오래 장수하였으니' 라고 한 부분 역시 〈가장고연명〉 안의 다음과 같은 문맥에서 이해의 순조로움을 얻으리라 한다.

獨壽夭不相近也 筆之壽以日計 墨之壽以月計 硯之壽以世計.

다만 수명의 장단은 서로 비슷하지 아니하니, 붓의 수명은 날짜로 헤이고, 먹의 수명은 달수로 헤이고, 벼루의 수명은 세대(世代)로 헤인다.

무엇보다 '연(硯)'의 가전 〈석탄중전〉의 어느 구절은 『사문유취』 '연(硯)' 門에 있는 어떤 구절을 보지 않고서야 차마 독자적 발상으로 몰아갔던 글인지 의문이 가는 대목이 보인다. 곧 작중에 '탄중의 기국(器局)

13) 제목도 엄밀히는 〈즉묵후석허중전(卽墨侯石虛中傳)〉인데 앞부분 생략하였다. 또한 『문방사보』 안에서는 "好山水隱遁不仕 因採訪使遇之於端溪"라 하고, 한참 뒤에 "因累勛積封之卽墨侯"라고 나온다.

이 모나기도 둥근 듯한 가운데 중심은 평탄했다'는 표현인,

坦中器局方圓 中心坦然.

은 유취서가 문숭의 〈석허중전〉을 그대로 옮겨 적은,

石虛中 … 器度方圓 中心坦然.

과 비교하여 그 주고받은 태가 너무도 분명했음을 확인할 수 있다.

사실은 문숭이 주인공 이름으로 정한 '石虛中'과는 다르게 나갔다 싶었던 박윤묵 식의 제목인 '石坦中'의 '坦'도 바로 이 '중심탄연(中心坦然)'에서 시사 받음이 있었을는지 모른다는 생각이다.

이제 가장 결정적인 처소는 세 사람이 석탄중을 추천할 때 '옥같은 덕은 그대로 비단결'이라고 한 이른바 '玉德而縠理'의 대목이다. 이는 본래 소동파의 〈공의보용연명(孔毅父龍硯銘)〉 가운데,

澁不留筆 滑不拒墨 爪膚而縠理 金聲而玉德.

껄끄러워도 붓이 멈칫하지 않고, 매끄러우나 먹이 겉돌지 않는다. 피부를 손대보면 비단결이고, 고운 소리는 곧 아름다운 덕이다.

에서 지침을 받은 표식이 완연하다. 그와 동시에 바로 이 소동파의 용미연명(龍尾硯銘)을 소개하고 있는 역할 소임은 소이간의 「묵보」가 아닌, 『사문유취』 '墨' 門이 보여주는 자료들의 나열 안에서 수행되었음에 유의하고자 한다.

같은 송대 안에서도 축목은 소이간보다 뒤에 나온 사람이니, 소이간의 『문방사보』를 무난히 자료로 수용할 수 있었다. 기실은 『문방사보』뿐만 아니라 이보다 더 나중에 나온 자료까지도 너끈히 흡수하여 수록

할 수 있던 막강한 입지가 축목의 『사문유취』에게는 있었다. 그러니 소동파의 해당 작품을 수용하는 일이야 처음부터 문제될 나위가 없었음이 물론이다.

이렇듯 최고의 자료 창고인 『사문유취』로부터의 자용(資用)이 결코 적지 않았던 것이나, 그러한 일면 『문방사보』로부터의 이점을 마저 활용했으리라 간주되는 부분도 목도된다.

임금이 처음 주인공을 초빙할 때 "공수(公輸)를 사신으로 하고, 장석(匠石)으로 보좌케 하였다[以公輸爲使 匠石爲副]"는 대목의 착안이다. 공수는 공수반(公輸班)[14]을 가리킨다. 박윤묵이 벼루 전기에다 춘추시대의 이름난 장인이었던 공수와 장석을 끌어다 쓴 것은 벼루 주인공의 탁월성을 지시하는 뜻이면서, 참신하고 흥미로운 착상이라 하겠다.

欽定四庫全書
文房四譜卷三　宋 蘇易簡 撰
硯譜 水滴器附
一之敘事　二之造
三之雜說　四之辭賦
一之敘事
昔黃帝得玉一紐治為墨海云其上篆文曰帝鴻氏之
研 又太公金匱硯之書曰石墨相著而黑邪心讒言得
欽定四庫全書 文房四譜 卷三
無汙白是知硯其來尚矣
釋名云硯者研也可研墨使和濡也
伍緝之從征記云魯國孔子廟中有石硯一枚製甚古
朴蓋夫子平生時物也 及顏路所請之車亦存
王子年拾遺云張華造博物志成晉武帝賜青鐵硯此
鐵于闐國所貢鑄為硯也
又吳都有硯山石
魏武上雜物疏云御物有純銀參帶臺研一枚純銀參

『문방사보(文房四譜)』 중의 硯譜

14) 공수반(公輸般)으로 표기하기도 하고, 혹은 노반(魯班)으로도 칭한다.

그렇거니와 『사문유취』 안에서는 명연(名硯)의 제조와 연상하여 이들을 문예상에 끌어 부친 그 어떤 내용의 발견도 난감하기만 하다.

반면 『문방사보』 안에서는 박윤묵 구상의 지남(指南)이 될 만한 정보사항을 확보하여 있기에 그것을 특필하려는 뜻이 있다. 곧 「연보」의 '四之辭賦'에는 위번(魏繁)이란 이가 지은 〈흠연송(欽硯頌)〉 한 작품이 실려 있는데, 그 첫머리는 이러하다.

> 有般倕之妙匠兮 倪詭異於遐都 .
> 반수의 교묘한 솜씨여, 그 괴이하고 야릇함이 저 변두리 푼수와는 다름을 분별하겠네!

여기서 '반수(般倕)'란 춘추시대 노나라의 뛰어난 장인인 공수반(公輸班)과 요임금 때의 공교한 장인으로 알려진 공수(公倕)를 한꺼번에 아우른 이름이다.

한편 '장석(匠石)'이란 인물은 또한 자를 백(伯)이라 하는 중국의 명공(名工)이라고 하는데, 『사문유취』에서는 연결의 가닥을 찾기 어렵다. 반면 『문방사보』의 「연보」가 장소박(張少博)의 〈석연부(石硯賦)〉를 수록한 내용 중 다음의 대목에 닿으면 상황은 달라진다.

> 或外圓而若規 或中平而如砥 原夫匠石流盻 藻熒生輝 象龜之負圖乍伏如鵲之緘印將飛 .
> 바깥쪽이 둥근 것은 그림쇠 같고 가운데가 평탄하긴 숫돌과 같다. 원조 장석의 눈매 한 번에 미려한 빛 발하니, 거북이 기이한 그림을 등에 지고 잠깐 엎드린 듯, 까치가 봉인한 채 날아가려 하는 형상이었다.

명백한 '장석(匠石)'의 이름이 드러나 있다. 이렇듯 『문방사보』 안에는 〈석탄중전〉 입전의 과정상에 긴밀하다고 하지 않을 수 없는 핵심어를 내유하고 있던 것이다.

〈석탄중전〉은 상당 부분 벼루의 외모에 큰 비중이 실려 있음이 특징적이다. 사실은 박윤묵의 네 작품 문방 전기는 하나같이 지·필·묵·연 각각에게 고유한 속성을 포착하여 인격적인 내면화를 꾀하였다는 공통점이 있다. 그리고 이것이 전체 글의 골격과 대종을 이루고 있다고 해도 과언이 아니다.

그런 일면, 지·필·묵·연 각자에 대한 주인공의 외적 생김새에 관계된 표현도 포착해 볼 수 있다. 하지만 내면 서술에 비해 외양 묘사는 상대적으로 짤막하다

저백[종이]은 피부가 곱고 매끄러우며 몸의 굴신을 뜻대로 할 수 있다고 했다. 모원봉[붓]의 경우 외모에 관한 직접적인 언급 대신, 무인의 상소를 통해서 '혀가 해지고 머리가 벗겨진' 형상이 간접적으로 틈입되어 있다. 진현[먹]의 생김새는 몸이 짧고 검다고 했다. 모두 짤막한 메시지로 남았지만 지금 석탄중의 경우는 보다 상세하다.

작중에는 아예 임금이 석탄중의 생김새에 대해 농담을 건네고 답하는 대목까지 그려 놓았으니 더욱 그럴 수밖에 없이 되었다. 그 모두를 한자리에 모아 보면 생긴 모양이 각진 듯 둥글고, 몸은 무거우며, 살결은 만질만질, 이마는 오목하고, 배는 평탄하고, 검은 얼굴에 구름이 피어오르는 듯한 모습이다.

벼루의 형태는 기본이 되는 장방형(長方形)을 비롯하여 갖가지 능각(稜角)의 것, 원형, 타원형이 있다. 또 금연(琴硯)이나 풍자연(風字硯)처럼 사물의 형태를 본떠 만든 것도 있는 등 다양하고 다채롭기 그지없다. 주인공 석탄중을 각진 듯 둥글다고 형용했으니 작자는 원형과 장방형의 절충형 벼루를 염두에 넣었겠다 싶다. 벼루의 오목하게 패인 부분 곧 묵지(墨池)-연지(硯池)-를 사람 인체 중의 이마에 비유하고, 평탄하여

먹을 가는 부분인 연홍(硯泓)－연당(硯堂)－을 인체 중의 배로 형상화시킨 발상도 흥미롭다.

이렇듯 단연 벼루의 전기에 외모에 관한 서술이 두드러져 나타남은 우연한 현상만은 아니니, 벼루가 그 모양 자체로 관상 대상이 된다는 뜻이다. 실제로 벼루에 관상 가치를 높이기 위한 시도가 일찍부터 있어 왔다. 이를테면 용, 학, 거북, 봉황, 거북, 포도, 매화, 난초, 국화, 대나무, 소나무, 천도(天桃), 하엽(荷葉), 불로초, 감, 물고기, 팔괘(八卦), 십장생(十長生), 소상팔경(瀟湘八景) 같은 산수의 조각 문양을 새기거나 양각이나 음각으로 마음 심(心) 자 같은 문자를 넣기도 한다. 이렇게 한갓 실용성의 차원에만 머물지 않고 어느새 한 개 장식품으로도 훌륭한 가치가 있는 벼루야말로 가히 오래 두고 즐거이 구경한다는 완상(玩賞)의 측면에서 사우(四友) 중에 으뜸간다고 할 만하다.

소모성의 측면에서도 벼루는 붓이나 먹, 종이에 비해 지구력이 막강하다. 낡지도, 바래지도, 찢어지지도, 닳지도 않아 제일 나중까지 간다는 지속성의 측면에서 단연 벼루가 으뜸이 아닐 수 없다. 가장 오랜 시간 함께 할 수 있기에 벼루 이야기 중 든든한 공감대를 형성하고 있는 것 중 하나가 그것의 장수(長壽) 이미지이기도 하다.

문숭의 벼루 열전 〈즉묵후석허중전〉에서도 주인공이 "천지와 더불어 영구히 존재하는 이[與天地常存者]"라고 했고, 신홍원의 〈사우열전〉 가운데서도 벼루 주인공이 '네 군자 중 둔한 이가 유독 가장 오래 살았구나[四君之中 惟鈍者最壽乎]'라고 하였다. 지금 〈석탄중전〉에서도 주인공이 '굳세고 고요하여 양생(養生)에 능하였기에 가장 오래도록 장수하였다'고 강조하였다.

그리하여 〈석탄중전〉은 박윤묵의 다른 전들과 다름이 없는 '덕(德)'의 심상 위에 금상첨화, '완(玩)'과 '수(壽)'의 이미지로 생광(生光)한 작품

박윤묵의 유필-홍천 공작산 수타사 편액

이라 하여 지나치지 않아 보인다.

적어도 글 짓는 선비가 가전 창작에 관심을 기울인 바 있다면 이는 사물에 대한 주의가 남다르다고 보아 크게 어긋나지 않을 것이다. 그런데 그것이 한 작품에 한정되지 않고 여러 조품(藻品)에 걸쳐 나타났다고 한다면 사정은 더욱 달라진다. 그런 경우 일반적으로는 그의 문집 안에 사물에 대한 음영(吟詠)이 보다 현저하게 드러남을 일단은 기대해 볼 길 있으니, 지금 박윤묵의 경우도 이에서 예외는 아니었다.

박윤묵은 특히 당시대의 명필로서도 이름을 드러냈던 인물이다. 그러기에 본인이 직접 〈문방사우명〉의 첫머리에 밝힌 것처럼, 늘 조석 문안드리듯 하는 지·필·묵·연에 대한 느낌이 돈독했을 테고, 이 각별한 애정이 특히 문방사우 가전 쪽에 의욕을 쏟게끔 하는 원천적 추동력이 되었다고 본다.

더욱이 대부분의 문방사우계 가전이 그 중 어느 한 가지, 혹은 두세 가지 선에서 취택되었던 것과는 대조적으로, 그의 경우 네 가지 모두에 골고루 용심하는 면밀한 배려가 따랐던 점이 또한 주목할 만하였다.

위에서 가전 소재의 원천에 대해 모색해 본 결과, 가전 작가 대부분이 『사문유취』와 『태평어람』의 해당 부문 안에서 자원을 구해 오는 보편성의 기준에서 박윤묵 문방 사전(四傳) 역시 크게 일탈됨이 없이 기본적으로는 『사문유취』와의 기본적 맥락이 잘 형성되어 나타났다.

동시에 다른 이면에는 그 무렵 수입된 지 얼마 되지 않은 『사고전서』라는 대규모 서적에 포함된 소이간의 『문방사보』 같은 자료도 일정한 몫을 담당하였다. 이 자료로부터의 독서 체험이 소재 보완의 역할을 유감없이 수행해 보임으로써 소재 취용의 특수한 국면을 가늠토록 해주는 계기가 되었다. 이러한 특수상은 비단 지금 박윤묵의 경우에만 국한된 일은 아니었다. 이를테면 일찍이 조선 현종(顯宗) 조에 하산(何山) 최효건(崔孝騫, 1608~1671)의 〈산군전(山君傳)〉이 전혀 유취서 종류들과는 무관하고, 오히려 그 구성과 문체를 『후한서(後漢書)』 중의 〈광무제기(光武帝紀)〉(제1 上·下)에서 대거 원용해 온 현상 또한 각별한 경우가 아닐 수 없었다.

가전의 소재적 원천이 거반 유취서에 있다고 하는 그 일반성의 이면에, 어떤 가전 작품에 한정해서는 지금처럼 각기 다른 특수적 출원을 가지고 있다는 사실을 포착할 수 있다. 이때 그것을 찾아내는 작업 또한 그 일이 비록 간단하지는 않겠으나 힘든 발견 뒤의 기쁨이 또한 만만치는 않은 것이다.

• 石坦中傳 •

石坦中字順受 絳州人也 性質樸 不喜浮薄之行 隱於斧柯山 穴士而居 自同土木 而山川之氣 鍊之而堅 吸之而潤 故其體堅確而光潤也 以山水自娛 不求仕宦 當是時 楮白毛元鋒陳玄以瓦磚自磨 燥澁不堪用 上患之 從容謂日 寧有姿質堅潤 可以備於文房者乎 三人者同辭而對日 石坦中 天下之碩儒也 重厚瑩明 玉德而穀里 斯可以任琢磨之效 爲天子之近臣矣 上日 朕聞其名久矣 於是 以公輸爲使 匠石爲副 斤斧爲玉帛 椎鑿爲加璧 端溪之草爲蒲輪 安車駟馬 修禮徵之 至則拜爲卽墨侯與白等 待詔中書省 出處進退 必與之偕 坦中器局方圓 中心坦然 性鎭厚 日夜侍上左右 斥之則不敢進 進之則不敢退 其用也 磨肌戞骨 而不敢倦 其斥也 塵埃滿室 而不敢怨 其性度有如此者 重不難擧 滑不妨磨 其器用又有如此者 由是上器之 寵埒三人 每有所使 上休方罷 上嘗戲之日 卿器則器矣 像多不類 何也 對日 臣額凹貯水 象天淵也 腹坦而平 象地方也 黑面黸黳 象昭回也 若夫離奇之形 斗宵之器 臣所不爲也 上以爲然 坦中與楮白毛元鋒陳玄 爵位榮顯 并極一時 而壽最久 盖其堅靜而能養生也 其子孫亦世與楮氏毛氏陳氏友善 同就舍云

贊日 物成於樸 而毁於飾展矣 君子不以聲以色 琢磨成之 良玉其德.

『存齋集』

신홍원의 사우열전

申弘遠 · 四友列傳

소서(小序)

우언(寓言)이다. 궁극엔 앞 시대의 전철(前轍)을 뒤밟아간 것이니, 보는 이는 가려낼지어다.

옛날 대동(大同)[1]의 시대에는 풍속이 단순하고 질박하여 백성들이 늙어 죽도록 서로 왕래하지 않았다. 따라서 서계(書契)[2]를 이용해서 자기의 진실이나 거짓을 말하는 일도 없었고, 문장(文章)을 구실로 친구와 만나는 일도 없었다. 가깝고 멀다거나, 천하고 귀하다거나, 후(厚)하고 박(薄)하다는 것도, 끼워준다거니 제낀다커니로 자기편을 구별하는 일도 없었다.

1) 요순(堯舜)을 포함하여 오제(五帝)의 시대와 같은 크나큰 화평(和平). 사사로움과 소집단주의가 없는 만인 공평의 태평성대. 공자는 사해(四海)가 가족이고 도적이 없어 대문조차 닫지 않는 세상의 뜻으로 설명했다.

2) 나무에 새겨 약속의 표시로 삼던 문자. 중국 태곳적의 글자.

결승(結繩)[3] 시대 이후로는 날로 인정이 심하게 야박해져 갔고, 모든 직책은 갈수록 끼리끼리 차지하게 되었다. 이 마당에 사실과 언어와 사물을 기록하는 벼슬을 두게 되었고, 이른바 사우(四友)라는 존재가 나타나 그 일을 좌우하게 되었으니 저지백(楮知白)·관성자(管城子)·석학사(石學士)·묵현옹(墨玄翁)의 네 사람[4]이 그들인 것이다.

그 세대의 앞과 뒤는 자세히 살펴볼 길이 없다. 그러나 이 네 사람은 독단으로 하는 일이 없고, 일이 생겼다 하면 금세 서로들 찾으면서 글하는 사람 뒷전에 모여 의논을 하곤 했다. 비록 상대가 노예나 천한 사람일지라도 의미를 아는 이상 예외 없이 따라서 노닐었다. 하지만 글하는 사람이 아니면 이 네 사람과 벗을 하지 않았거니와, 네 사람 역시도 그들과 벗 삼지 않았으니, 그들의 편향된 성품이 이러했다.

석군(石君)은 다른 재주는 없이 그저 중후한 체격을 지니었고, 묵씨(墨氏)는 비록 힘차게 연마하였지만 매번 부질없이 자기 힘을 소모하곤 했다. 관씨(管氏)는 늘 자신의 기예를 믿고 두 사람 사이에서 탐욕스런 심사로 요란한 태도를 보였다. 저공(楮公)은 애쓰지 않고도 윤색함을 얻었기에 사람들이 은근 정(鄭)나라의 비심(裨諶)[5]에다 비유하였다.

아래는 바로 그 네 사람에 대한 기록이다.

저공(楮公)의 이름은 지백(知白)이고 자(字)는 후소(厚素)[6]이다.

그 선대의 성씨는 알 수 없었으나, 중간 느지막이 저씨(楮氏)라는 먼

3) 정식 문자 이전, 노끈으로 매듭을 지어 그 모양과 숫자로 의사를 소통하던 일. 또는 그것으로 정령(政令)의 부호를 삼던 일. 결승지정(結繩之政).
4) 각각 '종이'·'붓'·'먹'·'벼루'의 의인화 명칭.
5) 춘추시대 정나라의 대부. 자산(子産)이 제후 관련의 일이 있을 때마다 들판으로 데리고 나가 의논하면 지모(智謀)를 잘 발휘하여 거의 실패하지 않았다 한다.
6) 중후한 바탕. 또는 희고 두터움. 닥종이의 속성을 살린 표현이다.

조상이 공로가 있어 저국공(楮國公)[7]에 봉해졌고, 자손이 그 호칭을 이어받았다고 하매, 그로써 성(姓)이 되었다. 창씨(倉氏)·고씨(庫氏)·사마씨(司馬氏)·사공씨(司空氏) 같은 부류에 대해 어떤 이는 본래 경상자(庚桑子)[8]의 후예인데 그 성인 상(桑)이 상(喪)과 같은 발음인 것이 싫어서 과감히 저(楮)를 성씨로 삼았다고 하지만, 그릇된 것이다.

닥나무 껍질을 삶고 불려 벗겨낸 모양

진(晉)나라 때에 상씨(桑氏)라는 이가 진사(進士) 시험을 보았는데, 과거를 관장하던 시험관이 그의 성인 '상(桑)'자가 '상(喪)'과 발음이 같은 것을 꺼려서 그더러 진사에 나아가지 말도록 권유했다는 말도 있다. 오늘날 우리나라 관습에 소(疏)와 주(奏)와 전(箋)과 차(箚)를 담당하는 관아에 상씨(桑氏)를 기용하지 않는 것도 이에서 연유하였다.

상고시대에 저씨의 겨레는 번성을 보지 못했다. 그런데 이부(吏府)에서 언어를 기록하는 관직을 설치하려는데 맡길 만한 이가 마땅치 않았다. 마침 화려한 문신을 하고, 청의(靑衣)[9]를 입고, 죽피관(竹皮冠)[10]을 쓰고 스스로를 간곡장인(澗谷丈人)이라 하는 이가 있기에 시험 삼아 써보았다. 군자는 그가 단출해 보이기는 해도 가상한 절조가 있음에 택하여 벼슬을 주고 간옹(簡翁)[11]이라 불렀다.

7) 닥종이의 별명. "纂異記 薛稷爲紙 封九錫拜楮國公白州刺史."【事物異名錄, 文具, 紙】
8) 경상(庚桑)은 복성(複姓). 노자(老子)의 제자라고 하는 경상초(庚桑楚) 자손의 성씨.
9) 본래 신분이 천한 사람의 옷. 대나무 껍질에 대한 형상화.
10) 대껍질로 만든 관(冠). 한고조가 처음 만들었다.
11) 죽간(竹簡). 대나무 책.

간옹은 성품이 성급하고 고집스러우며 몹시 강경하였다. 일에 부딪히면 막힘없이 통하고 기민하기는 했지만 점잖고 너그러운 면이 부족한 듯하였다. 그런데 시간이 오래 누적되면서 얼굴에 군데군데 좀이 슬기 시작했다.

소강(小康)[12]의 시대가 되면서 정사(政事)가 나날이 복잡해지니, 힘을 다해 일일이 기록해내려 했지만 그 직책을 이겨내지 못해 실정에 맞지 않게 되었고, 간씨는 이로부터 침체하고 말았다.

얼마 후 이번에는 몸이 붓고 갈래가 많은 자칭 부상국(扶桑國) 출신이라 하는 이가 나타나 간옹의 일을 대신해서[13] 벼슬하기를 청하였다. 그때 쓰이긴 했지만, 성품이 얕고 경솔한 데다 지나치게 유연하였다. 게다가 그의 겨레붙이들이 서로 간에 화목하지 못해 조금만 서로 부딪혀도 몸이 찢어지고 얼굴이 갈라지는 등 가벼운 게 흠이었다. 그러나 일을 맡아 하는 품은 간옹보다 훨씬 나았다. 말미암아 중국이나 우리 조선의 생활 속에 지금까지도 종종 불러다가 그의 재주에 탐탁한 이들은 아예 누에치기를 버려두는 바람에 비단치레 관습과 상례에 지장을 초래하기도 했다. 이 일로 누에치는 관서(官署)에 죄를 얻어 폐출을 면치 못하기도 했지만 한 번도 완전히 버려지지는 않았으니, 이렇게 보면 부상국 사람은 저씨 겨레가 아님이 분명한 것이다.

당(唐)나라 때 이르러 저씨(楮氏)[14]에게 고시(告示)하여 임명장을 내리면서 비로소 그 존재가 드러났다. 그러다 얼마 못 가 도로 침체되고

---

12) 정치적 교화가 밝게 이루어지고 백성이 안락하나 오제(五帝)시대와 같은 대동(大同)에는 못 미치는 상태. 우(禹)·탕(湯)·문왕(文王)·무왕(武王)·성왕(成王)·주공(周公)의 다스림 같은 양상. 대동과 소강은 『예기(禮記)』 「예운(禮運)」에 나타난 표현이다.

13) 죽간을 대신하여 비단에 글씨를 쓰던 시대의 일을 말한다. 부상국은 중국 동쪽의 부상목(扶桑木)이라는 신목(神木)이 나는 땅. 뽕나무의 '桑' 자를 취한 뜻이다.

14) 닥나무. 종이의 재료가 되는 나무.

말았다.

정원(貞元)[15] 이후에 그 겨레가 다시 버젓이 번성하였으니, 오늘날까지 온 세상에 퍼져 있다. 대개 그 성품이 경사진 땅에 뿌리내려 살기를 좋아한 바, 봄가을을 한 세대로 성쇠(盛衰) 및 생사(生死)를 거듭했다. 승려들의 환술(幻術)을 흠모하였기에 그의 몸을 훼손시켜도 이내 검정 승복 입고 머리 깎은 사람의 손에서 다시 원래 형상을 되찾았다.

아들이 셋 있었는데, 모두가 흰 얼굴에 하얀 빛깔 옷을 입었다. 가볍고 민첩해서 일상의 쓰임에 편리하고, 침착 소탈한 성품으로 문호를 세워 일으킨 것, 크고 아름다워서 문묵(文墨)의 세계에 나아가 노닒 등 세 가지 교묘함이 저씨 모두에게 나타났다. 천성이 나무의 성향이었으되, 일찍이 금선씨(金僊氏)[16] 가문에서 모습을 바꾸었다. 하지만 금(金)이 목(木)을 치는 형상을 싫어한 나머지 실 사(絲) 자를 써서 지(紙)로 이름 삼기도 했다. 이는 대개 그가 처음 태어났을 때 실을 펼쳐 채반을 삼고 눕혔기에 자신의 그 같은 정체성을 돌아본 데서 그랬을 따름이다.

또 한 부류의 천한 출신들이 있었는데, 얼굴이 너저분한데다 대부분이 사리에 어두운 백치들이었다. 부인네의 주방 살림에 끼어들기를 좋아한 바, 그릇에 덧입힌다든지 병 덮개 역할이나 하였기에 세상으로부터 천덕꾸러기 대접을 받았다.

그런가 하면 거짓으로 성남(城南)의 묘(墓)가 저희들과 관계 있는 양하면서 스스로를 분양왕(汾陽王)[17]의 계보라며 함부로 칭하던

분양왕 곽자의

15) 당(唐)나라 덕종(德宗) 이적(李適)의 연호. 785~805.

16) 원래 신선 또는 부처의 뜻이나, 여기서는 닥나무 껍질을 벗기는 데 쓰는 칼이나 도끼 따위 금속품을 의인화한 말.

두 부류가 있었다.

하나는 남월(南越) 출신의 측리(側理)[18]라고 했는데, 습한 것을 좋아하여 바닷가에 사노라니 몸에 이끼가 끼곤 하였다. 살결이 얼룩얼룩 눈에 거슬리고 미천해 보여 그렇게 이름 붙여진 것이니, 교초(鮫綃)[19]같은 이가 그 부류에 속했다.

다른 하나는 섬계(剡溪)[20] 출신으로, 상고시대 나무 위에 집 짓고 살던 풍속을 흠모하여 나무 위에 붙어살기를 좋아했다. 종족은 얼마 되지 않았지만 견줄 상대가 없었으며, 저씨를 찾아가 몸을 의탁한 후로 점차 시인 세계의 흐름을 이해하게 되었다. 소동파가 그를 만나보고는 아주 가까이한바, 섬계옹(剡溪翁)이라 부르며 시를 읊었으니, 다름 아닌 대안도(戴安道)[21]의 뜻을 취하였음이다.

戴安道

저씨의 세 아들이 비록 꾸민 데 없이 수수해서 이렇다 할 재능은 없었으나, 성장한 뒤로는 시정(市井) 일반인들의 선도를 받으

17) 당나라의 곽자의(郭子儀). 그가 분양군(汾陽郡)에 책봉되었기에 붙여진 별칭으로, 큰 명예와 덕업을 상징한다. 〈배도전(裴度傳)〉에 "其威譽德業比郭汾陽."

18) 측리지(側理紙). 종이의 한 종류. 태전(苔箋)이라고도 한다. "側理紙萬番 此南越所獻 後人言陟里 與側理相亂 南人以海苔爲紙 其理縱橫邪側 因以爲名." 【拾遺記】

19) 바닷속 괴인이 짜 만든다는 생사의 의인화. 이것으로 옷을 만들어 입으면 물속에서도 젖지 않는다 한다. 용사(龍紗)라고도 한다.

20) 절강성 승현(嵊縣) 남쪽의 시내. 왕휘지(王徽之)가 눈 오는 밤에 대규(戴逵)를 만난 곳이라 하여 대계(戴溪)라고도 한다. 이 물로 최상의 종이가 만들어진다고 한다.

21) 대규(戴逵). 진나라 초국(譙國) 사람으로, 안도(安道)는 자이다. 학식이 있는데다 서화와 거문고를 잘했고, 성품이 호결(豪潔)하여 무릉왕(武陵王)이 그의 거문고를 듣고자 불렀으나 거문고를 부수고 가지 않은 일로 유명하다.

면서 쓸모를 갖추었다. 그 가운데 이름을 새로 얻고 지위며 명망이 높아진 이는 귀인(貴人)과 공후(公侯)의 집에 들어갔다. 금은빛 종이와 청황색 수를 놓은 예복을 차려 입은 채 황실 저택의 벽에 공신(功臣)의 직함을 올리기도 하고, 음주 더불어 시를 지어 섬세한 고운 종이로 주고받으며 사귀는 마당에 뒷받침이 되기도 했다.

그 다음으로는 한미한 선비의 집안에 들어가 일상 사용하는 글 쓰는 역할이거나 혁제지(赫蹏紙)[22]에 물고기나 새를 그리는 책임을 맡았거니, 바로 후소(後素) 같은 경우였다.

소지 올리기

또 그 다음으로는 잘못하여 하인 노예의 집에 들어가 신발을 두들겨 다루는 자의 능멸을 받기도 하고, 심한 경우엔 무당 부류가 칼로 마름질해 건다든지 북 치면서 불태우거나 하는 데까지 갔지만, 이런 일이 후소의 원래 의도일 수는 없었다.

동경(東京)[23]의 토목 공사 중 백성들이 회흘(回紇)[24]의 난리통에 일을 못하게 되고 얼어 죽을 뻔하였다. 그때 후소의 먼 조상이 최선을 다해 추위를 막고 보호하려 몸으로 따뜻이 덮어 준 덕분에 군대 전체가 살아날 수 있었다. 천자가 그 일을 가상히 여기고 죽은 후에 '의개(衣蓋)'[25]라는 시호를 내렸다.

22) 얇고 작은 종이.

23) 미상. 혹 발해 5경(京) 중 하나로, 8세기 후반에 발해의 문왕이 옮긴 네 번째의 수도 동경용원부(東京龍原府)인 듯.

24) 위구르 종족. 몽고 및 감숙성(甘肅省) 일대에서 한 세기가량 세력을 잡았던 터키 계통의 부족. 회골(回鶻).

25) 입히고 덮어 준다는 뜻.

『사우열전』 서두부와 '저지백' 부분

그 겨레가 비록 귀천과 빈궁, 영달이 같지는 않았지만 각자가 쓰임새에 맞춰 세상에 적응해 나갔고 그로 인해 사람들로 하여금 즐거움을 누리게 한 이가 사방에 많았거니와, 그 중에도 단연 후소가 으뜸이었다.

관성자(管城子)라는 이는 본래 모자사(毛刺史) 모영(毛穎)의 후예이다. 이름은 미생(尾生), 자는 영부(穎夫)이다. 관성(管城)은 그가 처음에 봉해 받은 호였다. 선조의 성씨가 모(毛)라고 하여 같은 모(毛) 자를 써야 한다는 것은 오랑캐의 풍속다운 것이었다.

관씨(管氏)는 대대로 유학을 했다. 태고에 글자가 생겨난 때부터 이미 그 이름이 드러났으니, 창제(蒼帝)[26]를 따라 새 발자국을 형상 짓고 복희씨(伏羲氏)를 도와 용(龍) 그림을 그렸다. 노(魯)나라 소왕(素王)[27]

26) 본래 창제(蒼帝)는 봄을 맡았다는 동방의 제왕이나, 이는 창힐(蒼詰)의 오(誤)인 듯. 창힐은 새의 발자국을 보고 처음 글자를 만들었다는 사람. 황제의 사관이라고 한다.
27) 왕다운 도와 덕이 있으나 왕의 지위가 없는 인물로, 공자를 일컬은 표현.

원년에 대대적으로 문서를 다듬어 기술[28]한 공로가 있었고, 얼마 후 서수(西狩)[29]에서 탁월함을 드러낸바, 이 모두 관씨의 가장 나타난 일들이었다.

그 뒤에는 점점 침체되어 자손이 여러 갈래로 나뉘어 번어갔거니와, 가다금 탐묵(貪墨)[30]하여 행실을 바로하지 못하기도 했다. 대부분 공인(工人)이거나 상인들 무리와 연관을 맺었는데, 상대가 어질거나 어리석거나 귀하거나 천하거나를 따지지 않고 그저 어떤 일이든 맡으며 마다하지 않았기에 사람들이 업신여겨 첨두노(尖頭奴)[31]라 했다. 원위(元魏) 때에 고필(古弼)[32]이란 이의 머리가 뾰족하여 태무(太武)가 필두노(筆頭奴)로 지목하였더니, 그 시대 사람들이 똑같이 필공(筆公)이라 불렀다. 그 천함이 이와 같았다.

진(秦)나라 초기에는 몽장군(蒙將軍) 부사(府史)[33]의 사랑을 받았다. 장군이 급기야 사슴털로 감싸고 양의 가죽을 두텁게 입혀 시황제(始皇帝)에게 추천한 일을 계기로 권한이 생겨났고 관성(管城)에 봉해졌다.

그렇지만 이 사람이 처음 관성을 봉해 받은 원조는 아니었다. 다름 아니라 모(毛)의 또 다른 종족이었을 따름으로, 세상에서 관씨가 몽념

28) 이른바 '소왕지업(素王之業)'을 말한다. 곧 공자가 『춘추(春秋)』를 다듬어 찬술한 사업. "孔子不王 素王之業 在於春秋."【論衡, 定賢】

29) 서수획린(西狩獲麟)의 일을 지칭한다. 노나라 애공(哀公) 14년에 서쪽에서 사냥하다가 기린을 얻었다는 고사가 있는데, 공자가 『춘추』를 쓰다가 이 부분에 이르러 절필(絕筆)했다고 한다. 기린의 출현은 성군을 기약하는 상서로운 기회이나, 당시 그에 상응할 만한 밝은 임금이 없기에 애달파 했다는 것.

30) 탐욕하여 깨끗하지 못함. 붓이 먹을 그득 흡수하여 검어지기에 이렇게 표현했다.

31) '붓'의 별칭. 본래 뾰족 머리(사내)라는 뜻. 붓끝 형상이 머리가 뾰족한 사내의 모습을 연상시킨다는 데서 나온 말이다.

32) 후위(後魏) 사람으로 영수후(靈壽侯)에 이부상서를 지냈다. 머리의 뾰족함이 붓 모양과 같다 해서 태무가 필두(筆頭)라 명명했고, 당시 사람들도 필공(筆公)이라 불렀다.

33) 몽념(蒙恬). 진(秦)의 명장으로 진시황 시절에 붓을 발명한 인물로 전설되기도 한다.

(蒙恬)에 의해 드러났다고 일컬음은 사실이 아닌 것이다. 어떤 이는 말하기를, 영부가 본래는 모수(毛遂)[34]의 후예인데 일찍 자기 선조의 '영탈(穎脫)'[35]이란 말을 동경하여 자를 '영착(穎鑿)'이라 했다고도 한다. 그러나 모수는 실상 조(趙)나라 사람이고, 영부는 그 계통이 중산(中山)에서 나왔으니 본시 그의 겨레붙이가 아님이 분명하다. 어찌 선조의 훈교를 본받아서 자(字)로 삼은 뜻이겠는가. 얘깃거리 만들어내기 좋아하는 호사가들의 말일 뿐이다.

顏梅華의 〈蒙恬圖〉

이사(李斯)[36]를 따라 노닐면서 전서(篆書)에 교묘했었기에 노생(盧生)의 화[37]를 면할 수 있었지만, 얼마 지나지 않아 화염(火焰)을 겪는 액운을 만나매[38] 관씨는 더욱 밀려나 떨치지 못하였다. 아무데도 갈 데가 없더니, 차츰 의약과 복서(卜筮), 박사관(博士官)의 문에 들어감에 완전 박탈되는 것만큼은 간신히 면하였다. 그러나 대개는 그들 모두 세상 사람들로부터 기피를 당하였으니, 관씨는 거의 존재가 사라져 갔다.

그 후 관도(管刀)[39]란 이가 벼슬을 잃고 진나라 법의 가혹함을 통탄

34) 전국시대 조(趙)나라 평원군(平原君)의 식객. 조나라를 치는 진나라에 대응하기 위해 초나라를 끌어들인 지략가.

35) 송곳처럼 뾰족한 것이 바깥으로 솟아나옴. 재능이 남달리 나타남을 비유한다.

36) 진시황을 섬겨 승상을 하던 인물로 소전(小篆)의 창시자라 한다.

37) 진시황 대의 연(燕)나라 출신 방사(方士). 바다에 들어가 불사약을 구해오라는 진시황의 요구를 들어줄 수 없게 되어 후생(侯生)과 함께 숨어버리자 시황제가 여러 사람을 핍박해 함양에다 묻어버린 일을 말한다.

38) 진시황 시대에 있었던 분서갱유(焚書坑儒) 사건을 말하는 듯.

하였다. 그 선조 관성후의 덕을 거듭 생각하고 벗인 간옹(簡翁)에게 자문하여 유학을 다시 일으키고자 성명을 바꿔 상조가(尙曺家)[40]에 은거하였다. 하지만 그 사람들 역시 관도의 생각을 알 리 없이 칼로 깎아내는 역할이나 맡게 하매, 관도는 결국 그렇게 버림받은 채 늙어죽고 말았다.

한(漢)나라가 흥성하게 되면서부터 그 집안의 천함은 더욱 심해졌다. 육가(陸賈)나 장자방(張子房) 같은 무리가 유자(儒者)임을 자처했지만 한 번도 그를 올려 내각에 들이지는 않았다.

사마(司馬)씨 천(遷)의 등장과 함께 관도(管刀)의 6세 운손(雲孫)인 관연(管椽)[41]이란 이가 천관(天官)의 직임을 맡았다. 하지만 7년 만에 이릉(李陵)의 화난(禍難)[42]을 만나자 몸을 숨기고 재주를 감추었다. 그러다가 반초(班超)[43]가 문사(文辭)를 좋아한다는 말을 듣고 바야흐로 자신의 재주를 팔겠노라 찾아가서 그에게 종유(從遊)하였다.

그 무렵은 사방 천지가 어지럽고 병장기가 난무하던 때였다. 반초 또한 벼슬에 봉해지기 위한 공로 세우기에 급급했던 터라 관씨를 대함에 있어 예의를 차리지 않았기에 벗인 석군(石君)과 함께 상 아래로 내쳐졌다. 반초는 곧 반고(班固)의 아우이다. 이렇듯 옛 문물을 좋아하는

---

39) 도필(刀筆)을 뜻하는 듯. 도필은 죽간(竹簡)에 잘못 새겨진 글자를 긁어 고치는 칼 또는 대쪽에다 글씨를 쓰는 붓의 총칭이다.

40) 여기서의 상(尙)은 임금에게 물건을 진상하는 일을 맡은 벼슬의 뜻으로 보인다. '曺'는 '曹'[무리]인 듯. 임금에게 진상하는 일을 맡은 벼슬아치들의 집.

41) 연대지필(椽大之筆). 서까래처럼 큰 붓.

42) 한무제 때에 이릉이 흉노와 고군분투하다 부득이 항복하자 그의 일족을 멸하려는 무제 앞에 당시 사가(史家)이던 사마천이 이릉을 변호하다가 궁형(宮刑)을 당했던 일.

43) 후한의 명장. 처음엔 학문에 뜻이 있었으나, 자국을 등진 서역의 오아시스 여러 국가를 토평(討平)하여 서역도호(西域都護) 및 정원후(定遠侯)에 봉해졌다. 학자 반표(班彪)의 아들이자 반고(班固)의 아우이기도 하다.

형제들조차 관씨를 대우함에 있어 그 은정(恩情)이 두텁지 못하였거늘, 한나라의 유생 일반이야 더 이를 나위도 없었던 것이다.

그 뒤에 양웅(揚雄)[44]이 어느새 스스로 한실(漢室)의 명분을 팽개쳐 버리고 문을 닫아건 채 그를 불러다가 태현경(太玄經)[45]을 초(草)함에, 이로부터 관씨가 드디어 총애를 받게 되었다. 하지만 자기 주인이 한나라를 버리고 왕망(王莽)에게 헌신한 사실로부터 벗어나 망대부(莽大夫)[46]의 이름을 면하도록 하지는 못했으니, 이 곧 관씨 가문의 누가 아닐 수 없겠다.

후대에 금과 옥을 쌓아둔다거나 또는 아교(阿嬌)[47]와 살면서 상아를 노리개 삼았던 일 등은 사치함이 지나쳤던 사례들이니, 이는 관씨로서 예도를 알지 못한 경우에 들어간다.

위진씨(魏晋氏)가 등장할 즈음에 관연(管椽)의 후예가 처음으로 삼가(三家)를 이루었으니, 관도(管圖)·관성(管聖)·관각(管閣)이 그들이다.

관도(管圖)는 왕우군(王右軍)[48]의 막하에 들어가 용사팔진(龍蛇八陣)의 비법을 익히니, 그가 나아가는 곳마다 예봉(銳鋒)을 당할 자가 없었다. 영화(永和) 9년 3월에 유상곡수(流觴曲水)[49]의 모임이 있었는데, 갑자(甲子)[50] 태생에 작달막한 생김새의 고운 수염을 지닌 이가 관씨와

44) 전한 말기 성제(成帝) 때 사부(辭賦)의 대가. 자는 자운(子雲). B.C.53~A.D.18.

45) 양웅이 주역을 본 따 지은 책. 10권으로 되어있다.

46) 한나라의 신하 양웅이 절의를 바꿔 왕망을 찬미하는 글을 짓고 벼슬하였으므로, 사가(史家)에서 그를 풍자하여 쓴 표현.

47) 아교는 한무제가 사랑했던 미인. 무제가 화려한 집을 지어 그 안에 두고서 사랑했던 '금옥장교(金屋藏嬌)'의 고사를 응용시킨 표현이다.

48) 진(晉)나라의 서성(書聖)인 왕희지(王羲之). 그에게 우군장군(右軍將軍) 경력이 있기에 붙여진 이름이다.

49) 흐르는 물에 잔을 띄운다는 말. 그 잔이 자기 앞에 오기 전에 시를 지어야 한다는 것인데, 왕희지가 난정(蘭亭)의 모임 때 처음 시작한 것이다.

50) 서수필(鼠鬚筆). 쥐 수염으로 만든 붓. 자(子)는 십이지 중 쥐에 해당한다.

같은 부류라 자칭하고 왕희지의 곁에 가까이 수행하면서 자신의 재주를 나타냄에, 관도 또한 시기하지 않은 채 그렇게 노닐 것을 권하였다.

이윽고 왕우군이 잠사지(蠶絲紙) 한 폭을 주면서 삼백스물세 글자를 베껴내라 하였는데, 글자가 더할 나위 없이 힘이 있어서 가히 그 뜻을 감당할 만하였다. 하지만 그의 품성이 재주는 뛰어났으나 행실은 온전하지 못하였다. 매양 낮에는 엎드려 있다가 밤에 활동하되 여기저기 구멍을 뚫어대며 인가의 곡식을 훔치다가 결국은 절도법에 연좌되어 밀려나고 말았으니, 오늘날까지도 그를 쓰는 이가 드문 형편이다.

관각(管閣)은 종요(鐘繇)[51]의 집안에 들어가 그 인연으로 벼슬을 하였으나, 위(魏)나라 왕찬(王粲)[52]의 재주가 도저함을 두려워하여 항상 문을 닫아걸고 외출하지 않았다. 때문에 그때 사람들이 각을 보고 한물갔다 했거니와, 겁 많고 남이 안 되기나 바라는 병통이 이러하였다.

관성(管聖)은 장지(張芝)[53]의 문중에 들어갔다. 초서(草書)를 잘 썼으니 마치 사나운 새가 바람을 타는 것과 같았다. 번번이 연못에서 목욕하는 바람에 연못물이 온통 검푸른 색으로 되곤 했다. 사람들이 그를 초성(草聖)이라 했고, 왕우군은 이렇게 말하였다.

"관도를 관각에 견준다면 서로 팽팽하겠지만, 관성에다 대면 조금 쳐진다 하겠지."

대개 관씨가 생겨난 이래로 가장 출중한 사람이라 하여 삼가(三家)라 했다. 그러나 이 세 사람의 후예가 하나같이 세상에 떨치지 못하였던 것은 그들이 당시의 사정에 맞지 않은데다 세상의 물정에 어두웠던 때

51) 삼국시대 위나라의 서가로서 유덕승(劉德昇)에게 글씨를 배웠다. 조조를 따라 공로를 세운 바, 위나라 초기에 태위(太尉) 태부(太傅) 벼슬을 하였다. 151~230.

52) 삼국시대 위나라의 문인. 177~217. 건안칠자(建安七子)의 한 사람으로, 채옹(蔡邕, 133~192)이 그의 재능을 높이 평가했다.

53) 후한의 서예가로 특히 장초(章草)에 뛰어나 초성(草聖)으로 불리었다.

문인가 한다.

그 뒤에 관씨의 먼 후예로 관상(管牀)[54]이란 이가 양(梁) 간문제(簡文帝)의 객경(客卿)이 되었다. 간문제는 특별히 평상 하나를 차려주고 서유자(徐孺子)[55]와 똑같이 공경해 주었다. 또한 상동왕(湘東王)[56]을 모시며 책을 썼는데, 위에서 관씨를 세 등급에 나누어 벼슬을 내리니, 충효를 북돋우고자 하면 금어대(金魚袋)를 부르고, 덕행을 북돋우고자 하면 은어대(銀魚袋)를 부르며[57], 문장을 북돋우고자 하면 죽부(竹符)[58]를 불렀는데, 맡은 일의 처리에서 재주를 감당해내지 못함이 없었다.

이로부터 관씨 겨레는 날로 성해졌다. 관도(管刀)의 후예 중 관직이 알려지지 않은 어떤 이는 당나라 윤사정(尹思貞)[59]이 관할하는 부(府)의 객경으로 있은 적이 있다. 그가 일을 따질 때에 작은 부분에조차 세세하고 고지식하였으므로 관리들이,

"윤경(尹卿)이 내리는 곤장 형이 두려운 게 아니라 그 사람의 문객이 두려워!"

하였다. 또한 유공권(柳公權)[60]을 수행하면서 직간(直諫)으로 명성을 날렸으니, 대개 관씨가 세상으로부터 꺼림을 받음이 하루 이틀 사이에 생겨난 일이 아니었다.

---

54) 대나무로 만든 평상(平床).

55) 남조 양(梁)·진(陳) 시대의 문인·정치가. 유신(庾信)과 문명(文名)을 나란히 하였다.

56) 양 원제(元帝). 양문제(梁文帝)의 일곱째 아들. 서적을 사랑하고 독서와 시문을 좋아하였으니 서위(西魏)의 군대가 들어왔을 때도 오히려 군신들과 노자를 강론하였다. 성이 함락되매 14만권의 도서를 불사르며 만권 독서의 허망함을 탄식했다 한다.

57) 황제의 근친은 옥어(玉魚)를 차고, 1품에서 4품까지는 금어(金魚), 그 이하는 은어(銀魚)를 찬다고 했다. "親王佩玉魚 一品至四品佩金魚 以下佩銀魚." 【金史, 輿服志】

58) 한(漢)대에 군사를 징발할 때 소용되던 병부(兵符). 대나무로 만들어서 반쪽은 경사(京師)에 보관하고 반쪽을 주었다.

59) 공부상서(工部尙書) 및 13군의 자사(刺史)를 역임하였는데, 청렴한 것으로 알려졌다.

60) 당나라의 서가(書家). 경학(經學)에도 밝았고 태자태사(太子太師)의 벼슬을 지냈다.

전국시대에 어떤 관씨는 행실이 단아하고 강직하여 남의 과실을 숨겨주지 못하였다. 순경(荀卿)[61]이 삼단(三端)[62]을 지목했거니와, 그는 바로 첫 번째에 해당하였다. 그 뒤의 자손들은 사람들로 하여금 공경하여 어려워하도록 만들었으니, 이는 일종의 가법(家法)이라 할 것이다. 나중에는 오색필(五色筆)[63]을 바쳐서 강엄(江淹)[64]에게 상서로운 일을 끼쳤다든지 중서(中書)[65]를 증거로 보임으로써 역사가의 후예들에게 역사의 기록을 잇기도 하였다. 왕순(王珣)[66] 같은 무리는 관씨가 있었기에 거두(巨頭)가 될 수 있었지만 그들 모두 종요나 왕희지 가문에 붙어가는 존재에 불과했다.

다시 모화(毛華)[67]라는 이가 있어, 이백(李白)과 오래도록 정신적 사귐을 나누매 어떤 내색을 해도 서로 꺼리는 일이 없었다. 하루는 석학사(石學士)와 함께 이백을 따라 편전에서 왕명을 대기하고 있었는데, 마침 날씨가 추워 얼음이 꽁꽁 맺히었다. 현종(玄宗)이 궁의 빈(嬪) 열 사람을 불러다가 그의 입을 호호 불도록 시켰을 만큼 임금의 총애가 넓고 두텁기 비할 데 없었다.

61) 전국시대 조나라의 사상가 순자. 맹자의 성선설에 맞서 성악설을 주장하였다.

62) 군자가 피해야 할 세 가지 사단. 곧 문사의 붓끝, 무사의 칼끝, 변사(辯士)의 혀끝. 『한시외전(漢詩外傳)』에, "君子避三端 避文士之筆端 避武士之鋒端 避辯士之舌端."

63) 다섯 가지 채색이 나는 미려한 붓. 글재주에 대한 비유적 표현.

64) 남조시대 양 출신의 문인으로, 송·제·양에서 벼슬했다. 젊어서부터 문명을 날렸는데, 야정(冶亭)에서 꿈에 곽박(郭樸)임을 자처하는 사내에게 오색필을 되돌려주기 전까지 그의 시가 빛을 발했다고 한다.

65) 천자(天子)가 소장하고 있는 책.

66) 진(晉)나라 사람. 환온(桓溫)이 글씨와 문장의 대성을 예언하였고, 재학과 문장으로 무제의 사랑을 받았다. 어떤 이로부터 서까래만한 큰 붓을 받는 꿈을 꾸고 큰 문장을 지을 일이 생길 것, 곧 황제의 서거를 예지했다고 한다.

67) 당 이백(李白)과 관련한 붓의 의인 명칭. 이백은 붓[毛筆]에서 꽃[花]이 피어나는 꿈을 꾸고나서 재사(才思)가 날로 진보되었다 한다.

또 한때는 왕발(王勃)[68]과 나란히 밭을 갈았는데, 부탁 받은 대로 일한 덕에 황금과 비단을 엄청나게 받아 죽을 때까지 다 쓰지 못했다. 그러나 왕발이 요절하면서 버려지는 신세가 되자 결국은 영주학사(瀛州學士) 우세남(虞世南)[69]을 찾아가 가까이 따랐다.

〈등왕각서〉로 이름난 왕발

우세남이 대궐에 들어가 임금 앞에 알현하면서 익숙한 솜씨로 과법(戈法)을 구사함에 그 채워야 할 자리를 메웠으니, 이는 대개 우세남의 기량이 크고 넓었던 까닭이다. 세남은 민첩하든 둔하든 가릴 것 없이 관씨라면 누구든 가까이 했으니, 배행검(裵行儉)의 하는 말이 있었다.

"저수량(褚遂良)[70]은 뛰어나게 정교한 이가 아니면 가까이 하지 않거니와, 상대방 수준의 고하를 가리지 않는 것은 다만 나하고 세남(世南)뿐이야!"

그는 또 사마공(司馬公)[71]을 따라 『자치통감(資治通鑑)』을 편찬한 공로에 더하여, 범태사(范太史)[72]를 도와 『당감(唐鑑)』을 지었으니, 사마공

68) 당의 시인. 초당(初唐) 사걸(四傑)의 한 사람으로, 〈등왕각서(滕王閣書)〉의 작자로 유명하다. 바닷물에 빠져 요절하였다. 649~676.

69) 당 초기의 서가로 승려 지영(智永)에게 수학하였다. 당태종 때 홍문관학사(弘文館學士)를 하였는데, 태종이 덕행·충직·박학·문사(文詞)·서한(書翰)의 오절(五絕)이라며 칭찬하였다. 영주(瀛州)는 당태종 때 재주 있는 이들을 거두어 모아들였던 문학관(文學館)의 이름이니, 그가 여기에 선발되었던 데에 따른 호칭일 것이다.

70) 당 초엽의 서가로 해서와 예서를 잘 썼다. 당태종의 총애를 받아 중서령(中書令)을 지냈으나, 고종 때는 상서좌복야(尚書左僕射)와 애주자사(愛州刺史) 등을 지냈다.

71) 사마광(司馬光). 송나라의 명신(名臣). 사마온공(司馬溫公)으로도 불린다. 왕안석(王安石)의 신법을 반대하여 실각했으나, 철종(哲宗) 때 회복하여 신법을 폐지시켰다.

72) 범조우(范祖禹). 송나라 학자. 사마광의 자치통감 편수의 일환으로 당나라 300년간의 역사를 깊이 있게 다룬 당감(唐鑑)을 편수하였으니, 당감공(唐鑑公)으로 불리었다. 저

사마광

이 더욱 높여 신임하였다.

황색 저고리를 입고도 비감해 하지 않았으니 그가 만대에 어리석음을 개화시킨 업적이 노사(魯史)에도[73] 부끄럽지 않았던 까닭이었다. 최후에는 조자앙(趙子昻[74])을 만나 한 시대에 저명해졌다.

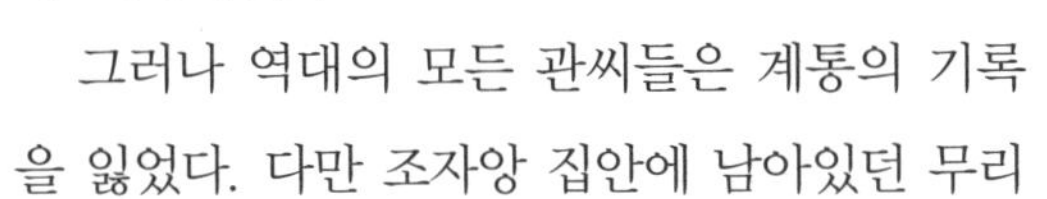

그러나 역대의 모든 관씨들은 계통의 기록을 잃었다. 다만 조자앙 집안에 남아있던 무리들이 압록강을 건너 동쪽으로 오자 그 땅의 범류(凡類)들로 배워 본받으려는 자가 많았다. 대개 그들은 한 종족이 아니었다. 처음 태어나서는 견융(犬戎)[75] 같았는데, 대부분이 번우(蕃禺)[76]의 가시덤불 속에서 나와 어지러이 중국 땅을 돌아다니면서 그 자취를 더럽혔다. 더하여 그들 모두가 제멋대로 관씨를 칭하고 다녔지만 위정자들은 태생을 따지지 아니하고 기용했다. 하지만 역시 귀하고 천함, 그리고 수명의 길고 짧은 차이는 없을 수가 없었다.

몸에 황색의 의관을 두른 자는 나무를 잘 탔다. 그 중 힘세고 민첩해서 쓸 만한 이는 우리나라 사람들이 황관자(黃冠子[77])라 하고 이름을 부르지 않았다. 그가 중앙인 흙의 빛깔을 타고났기에 귀하게 생각했던 까닭이다.

서에 『태사집(太史集)』이 있다.

73) 노나라의 역사. 공자가 쓴 춘추(春秋)를 일컬음.

74) 조맹부(趙孟頫). 자앙(子昻)은 자. 호는 송설도인(松雪道人). 원나라의 서가로 송설체(松雪體)를 창안하였다. 전서·예서·행초(行草) 등 모든 서체 및 그림에 능했으며 벼슬은 한림학사에 이르렀다. 부인 관씨(管氏)도 서화로 이름이 있었다.

75) 섬서성 봉상현(鳳翔縣) 지역에 있었던 오랑캐.

76) 광동성 광주부(廣州府)에 있는 땅 이름.

77) 도사(道士). 여기서는 황모필(黃毛筆) 곧 족제비 털로 만든 붓을 암시한다.

묘생(卯生)[78]이란 이는 뜀박질을 잘하고 눈이 밝았다. 음력 12월에 중산(中山)[79]에서 나왔는데, 잰걸음으로 선진했다 되도는 등 재빠른 품이 쓸 만하였다. 그러나 단명함이 흠이었다.

그 나머지 고구족(羔裘族)[80]은 오미생(午未生)[81]과 같은 부류였는데, 묘생보다는 좀 더 오래 살았다. 하지만 그 부류들은 세속의 태를 벗지 못하여 늘 연기 피우는 데에 찾아가 음식을 먹으니, 사람들이 사뭇 천하게 보았고 빈번히 더벅머리 아이들에게 수모와 조롱을 받았다.

또 해생(亥生)[82]은 몸이 사다리만큼 큰데다가 세찬 갈기와 긴 주둥이를 가졌다. 고상하고 원대한 말이 일상의 용도에는 맞지가 않았으니, 이 때문에 세상에서 같이 할 이가 없었다. 그는 신라시대에 관씨를 따라 요동(遼東)에 들어갔거니, 요동은 그의 관향이었다. 신동(神童) 박눌(朴訥)[83]을 따라 놀았는데, 그 자손이 비록 대대로 높이 벼슬한 가문은 못 되었으나, 서울 바깥에 흩어져 사는 이들 중에는 혹간 향시(鄕試)에 급제한 이도 있었고, 선행으로 칭찬을 받는 이도 있었다.

대저 관씨의 온 겨레는 하나같이 무인을 좋아하지 않았고, 그 때문에 무인들 역시 관씨와 벗하지 않았다. 늘 청한(淸寒)한 선비들을 찾아 함께 지냈으니, 시 짓고 술 마시며 깊이 따지지 않는 자리라든지 과두서(科斗書)와 전주서(篆籒書)[84] 등의 고풍스런 일에 이르기까지 자신의

78) 토끼. 묘(卯)는 십이 간지 중의 토끼에 해당한다.

79) 안휘성(安徽省) 선성(宣城)의 북쪽과 강소성(江蘇省) 율수현(溧水縣) 남쪽에 있는 산 이름. 토끼털 붓의 산지이다. 한유, 〈모영전〉에 "毛穎者 中山人也."

80) 고구(羔裘)는 어린 양의 가죽으로 만든 옷. 새끼 양의 털로 만든 붓을 나타낸 뜻이다.

81) 말[馬]과 양(羊). 오(午)는 십이지 중 말에 해당하고, 미(未)는 양에 해당한다.

82) 돼지. 해(亥)는 십이지 가운데 돼지에 해당한다. 돼지털 붓.

83) 박경(朴耕)의 아들. 서자 출신이었으나, 강혼(姜渾, 1464~1519)이 서체의 웅장 활달함을 품평했고, 김일손(金馹孫, 1464~1498)이 애석해 했던 중종조의 서가(書家).

84) 과두서는 과두문자(科斗文字). 곧, 전문(篆文) 이전에 사용된 가장 오랜 글자. 그 획이

충정을 쏟지 않음이 없었다. 사방 오는 편지에 혁혁지(赫赫紙[85])에 답장하는 일 같은 번거로운 경우마다 우선 의미를 파악한 연후 붓놀림이 흐르는 물과 같아 막히는 일이 없었다.

도옹(陶翁)의 문하에 결국 머물러 있는 선비가 없게 되자, 그 즉시 영부도 따라 결별하게 되었다. 영부에게는 천한 신분의 친족이 하나 있었는데, 서리(胥吏) 집안에 고용되어 일하면서 세금 거둬들이기와 문질러 지우는 일을 잘했다. 하지만 그런 일에 종사하게 된 후로는 한 번도 사사로이 챙기는 따위 없이 재빨리 주인에게 바치면서 아쉬워하지 않았다. 내가 이로써 암만 관씨 가운데 천한 신분의 사람일망정 이익에 치밀하되 탐욕하진 않음을 알았다.

영부는 내 서실에 들어와 나의 글 짓는 일에 호응하면서 항시 느긋하게 머물러 지냈거니, 내 평상이거나 그 위에 깔아놓은 대자리에서 잠자기도 하고 앉아있기도 하였다. 천성이 물을 좋아하여 유사시에는 어느새 관을 벗고 머리 숙여 목욕하면서 할 일을 요청하였다. 공자께서, '지혜로운 이는 물을 좋아한다[智者樂水]'고 하였는데, 영부 같은 이가 거기 가깝다고 하겠다. 항상 친구인 양묵공(襄墨公[86])과 한 방에서 어우러져 지냈던 탓에 욕심이 동할 때마다 수명이 줄어들곤 하였다. 그런 일이 오래 지속되자 몸이 더럽혀진 정도가 심하여 윗수염과 머리카락이 성성해졌고, 그제야 양묵공을 물리치지 않은 일을 후회하였다.

내가 이 일을 두고 말하노라. 관씨는 비록 물보다 지혜로웠으나 거처를 선택하는 일에는 어두웠으니, 마침내 참다운 지(知)라고 할 수는

올챙이 모양 같다고 하여 '蝌蚪文字'라고도 한다. 전주서는 전문자(篆文字)와 주문자(籒文字). 곧 전서(篆書)의 두 형태인 소전(小篆)과 대전(大篆). 전자는 진의 승상 이사(李斯)가 후자는 주선왕(周宣王) 때의 태사 사주(史籒)가 만들었다 한다.

85) 혁제지(赫蹏紙)를 이름인 듯.

86) '먹'의 의인화.

而燒燼之非後素素志也東京之役士民罷於回紇之亂
幾於凍死後素遠祖遂極亦捍衛以身溫被全軍賴而得
活天子嘉之死謚曰衣蓋其族類雖賤貴窮達之不侔至
其各適其用而人得以悅之者三三者之中惟後素最也
與
管城子者本毛刺史毛穎後也名尾生字穎夫管城其始
封之號也以其祖姓毛故從毛爲名民俗然也管氏世隶
斯文自書契時已顯從蒼帝造僞跡佐伏羲畫龍圖至魯
素王元年大有删述之功未幾見絶於西狩皆管之最著
者也其後漸漬浸微其子姓派分縣延者往往僨墨失行

石洲文集卷之八　十五

多係於工商之世不計人賢愚貴賤惟其任不辭人以是
侮之呼爲尖頭奴元魏時有古弼者頭尖太武目之以筆
頭奴時人亦謂之筆公其賤如是在秦初爲蒙將軍府史
所嬖幸遂裹以鹿毛厚衣之以羊裘薦始皇用事受封管
城然此非始封之祖乃毛之别族也世稱管氏因蒙顯非
也或者以爲穎夫本毛遂裔嘗慕其祖穎脫之語字以穎
鑿也遂實趙人而穎夫系出中山則本非其族類明矣安
有承襲祖訓取而字之義乎好事者之言也從李斯工篆
得脫盧生之禍未幾而遭經焰之厄管氏尤廢而不振無
可徵稍稍入醫藥卜筮博士官之門僅免刼灰然大抵皆

신홍원 『사우열전』 중의 '관성자' 부분

없으리라.

묵자(墨子)의 이름은 진광(眞光)이요, 자는 현수(玄叟)이다. 본시 송자후(松滋侯) 진현(陳玄)의 후예이거니, 자손이 선조의 이름을 승계하여 자(字)로 삼는 것은 아무래도 오랑캐 습속 같은 것이었다.

묵씨 또한 저 상고에 글자 있던 때부터 이름이 드러났긴 했지만 전(傳)으로 기록되지는 못했다. 그의 부조(父祖) 이상은 가히 치켜 올릴만한 덕이 없었던 까닭에 현(玄)을 높여 세워 요란하게 비조(鼻祖)로 세웠더니, 설상가상 참람하게도 스스로 신명(神明)의 후예라면서 정도를 벗어나고 말았다.

또한 그는 자신을 내세울만한 징험이 없다는 게 마음에 꺼렸다. 그래서 춘추시대 송나라의 사성자한(司城子罕)[87]을 집안을 다시 일으킨

87) 춘추시대 송나라의 정경(正卿)인 낙희(樂喜). 청렴하고 일의 처리가 공정한 인물로

중시조로 선택하였다. 그 시기의 노래에 '택문(澤門)[88] 사는 검은 사내'라 함은 사성자한의 얼굴이 검으면서 택문에 살았던 데 연유한 것이었다.

公輸子 魯班

주(周)나라 말엽에 진현의 후손 진승(陳繩)[89]이란 이는 자못 법률 및 제도(製圖)에 관한 학술을 알았다. 그리하여 여씨(呂氏)[90]를 따라 형법의 조문(條文)에 착수하였고, 공수(公輸)[91]를 따라 줄 쓰는 법을 익히니, 그 공으로 묵씨(墨氏) 성을 받았다. 이로부터는 그 일가친척들이 소나무 연기를 그을리는 일에 정착했는데, 그들 모두 원래 성씨에 관해 의견이 분분타가 묵(墨)을 성으로 삼았다. 모두가 묵태씨(墨胎氏)[92]의 후예라고 했지만, 아무래도 갖다 붙인 말인 것이다.

묵씨의 후손에 부묵(副墨)[93]이란 이가 있었다. 첨명(瞻明)[94]과 섭허(聶許)[95]의 무리로부터 낙송(雒誦)[96]의 가르침을 듣고, 여우(女偊)[97]와

알려졌다. 『예기(禮記)』, '단궁(檀弓)'·下에, "司城子罕入而哭之哀."

88) 춘추시대 송나라 동성(同城)의 남문. 하남성 상구현(商丘縣) 남쪽의 소재. 질택문(垤澤門)이라고도 한다.

89) 승(繩). 곧 목수들이 직선을 그리는 데 쓰는 '먹줄'에 대한 의인화.

90) 주나라 목왕(穆王) 때의 신하로, 사구(司寇) 곧 법률 담당관을 임명받은 인물. 『서경(書經)』, 「주서(周書)」 '여형(呂刑)' 참조.

91) 춘추시대 노나라의 일등 장인. 이름은 노반(魯盤). "離婁之明 公輸子之巧 不以規矩不能成方員."【孟子, 離婁·上】

92) 고죽국(孤竹國) 군주의 복성(複姓) 성씨이다. 『성씨심원(姓氏尋源)』에 "風俗通云 孤竹國君 姓墨胎氏 路史云 伯夷叔齊姓."

93) '도를 전하기 위한 수단으로서의 문자'를 인격화하였다.

94) '실제의 일을 눈으로 보고 밝힘'을 인격화한 명칭.

95) '귀로 듣는 것'을 의인화한 명칭.

수련하는 법을 논했음에 누구보다 칠원씨(漆園氏) 장자(莊子)로부터 격려를 받았다. 하지만 그 격례는 대체로 한미하여 제대로 떨치지 못하였다.

그러다 한(漢)나라가 흥성할 차에 묵씨의 먼 후예가 소하(蕭何)[98]와 어느 정도 친분이 생기면서 서로 시사를 논의하였다. 아울러 상서령(尙書令) 벼슬에 더하여 다달이 광채나는 옥을 지급받는 은전(恩典)을 누리게 되었다. 얼마 안 있어 현향태수(玄香太守)[99] 직임으로 옮겨 받으니, 단연 청렴하고 간결한 것으로 이름이 났다.

성제(成帝)[100] 때 자묵(子墨)이란 이는 양자운(揚子雲)[101]의 객경(客卿)[102]이 되어 그를 따라 임금을 뵙고 사웅관(射熊館)에서 〈장양부(長楊賦)〉를 올려 풍간(諷諫)하였다. 그 일로 말미암아 자묵을 한림주인(翰林主人)으로 치켜 주었으니, 이것이 가장 알려진 일이었다.

조조(曹操)의 위나라가 한나라를 찬탈하자 묵씨는 관직을 잃고 하루아침에 멸족(滅族)의 화가 따를까 두려웠다. 스스로 성명을 바꿔 석씨(石氏)라 하고는 동작대(銅雀臺)에 몸을 감추었다. 사람들마다 대수롭지 않게 보아 넘겼지만 나중 육사형(陸士衡)[103]에 의해 드러난바 되었으니,

96) '문구의 암송'을 의인화한 명칭. 雒은 絡, 연속의 뜻.

97) 남백자규(南伯子葵)에게 도를 강설한 도인. 본문 안의 글은 『장자』, 〈대종사(大宗師)〉 편의 "聞諸副墨之子 副墨之子聞諸洛誦之孫 洛誦之孫聞之瞻明 瞻明聞之聶許"에서 따왔으니, 다름 아닌 '墨' 자 들어간 말을 활용한 것임.

98) 한고조의 공신(功臣). 회계 및 율령으로 크게 이바지했다.

99) 먹의 별칭.

100) 한나라 11대 황제. 재위 B.C.32~7. 학문을 좋아했으나 외척과 환관들의 횡포 속에 주색에 빠지는 등 기강이 어지럽더니, 왕망(王莽)의 출현을 초래하였다.

101) 양웅(揚雄). 자운(子雲)은 자.

102) 타국 출신의 공경(公卿).

103) 육기(陸機). 260~303. 진(晉)나라 문인으로 자는 사형(士衡). 아우인 육운(陸雲)과 함께 이륙(二陸)으로 칭송된다. 형제가 묵환(墨丸)의 일종인 나자(螺子) 석묵(石墨)을

장욱의 초서 〈心經〉 중에서

세상의 도는 이 마당에 이르러 거의 인륜 부재가 되고 말았다 할 것이다.

뒤에 당현종(唐玄宗)이 그의 죄를 풀어주고 기용하였는데, 하루는 자칭 흑송사자(黑松使者)라고 하면서 용향제(龍香劑)[104] 한 봉을 바치고 만세(萬歲)를 외치는 이가 있기에 임금이 기이하게 여겨 그에게 여화(黎火)[105]의 직임을 맡도록 하였다.

이 무렵에 묵씨가 비로소 커졌고, 그 족속들이 마침내 각기 맡은 바를 관장하게 되었다. 왕발(王勃)을 따라 문장을 올렸고, 위술(韋述)[106]을 좇아서 경서와 역사를 교열하였다. 또한 장욱(張旭)[107]과 아주 친하였으니, 묵씨가 올 때면 장씨는 취한 기운을 타서 미친 듯이 이마를 맞대 소리쳤다. 이렇듯 스스로 다시 얻을 수 없는 기막힌 사귐으로 여겼기에, 세상에서 장전(張顚)[108]이라 불렀다.

원우(元佑)[109] 연간에 왕진경(王晉卿)[110]이 십여 명 묵씨를 맞아들여

처음 사용하였다. 문장이 조식(曹植) 이후의 제1인자로 꼽히며, 『육사형집(陸士衡集)』 등이 있다.

104) 먹[墨]을 이름. 이 부분은 『사문유취』가 수록한 『운산잡기(雲山雜記)』 안의 다음 설화와 관련 있다. "玄宗御案上墨曰龍香劑 一日墨上有小道士 如蠅而行 上叱之 呼萬歲奏曰 臣墨之精 墨松使者 世人有文章者 皆有寵寶十二 上神之 乃以墨分賜掌文官."

105) 여광(藜光)의 오기인 듯. 반짝반짝 광택이 나는 먹을 여광이라 한다.

106) 당나라의 학자. 집현학사(集賢學士)·공부시랑(工部侍郎) 등을 역임하고 도서를 관장하는 일 40년과 사관 20년을 지내면서 2만권의 저서에 일일이 교정을 가하였다.

107) 당나라 사람으로 자는 백고(伯高). 초서를 잘 썼고 술을 좋아했다.

108) 장욱이 대취하면 소리 지르고 달리다가 붓을 드는데 머리에다 먹을 적시며 쓰고, 술이 깨면 스스로 자신의 글씨를 신통하다 하였던 일을 두고 세상에서 일컫던 말.

109) 송나라 7대 황제인 철종 때의 연호(1086~1094). 황제의 나이 어렸던 까닭에 할머니

그 고하(高下)를 품평하며 한 자리에 두니, 소동파가 설당(雪堂)[111]을 세웠던 일과 동일한 취지였다.

오계(五季)[112] 시대에는 역대 임금이며 신하들이 하나같이 베푸는 바가 야박하고 사랑도 얄팍했다. 이를테면 진사 시험을 쳐서 일정 기준에 들지 않으면 묵씨를 불러다 벌주(罰酒)를 마시게 했으니, 동파(東坡)가 기롱하고 풍자한 바 '환고아(紈袴兒)[113]가 말술을 들이킨다'는 말이 바로 이런 따위였다.

그 뒤 송나라의 등달도(滕達道)·소호연(蘇浩然)·여행보(呂行甫) 등 여러 사람이 즐겨 음미하다가 드디어 밀접한 교제를 이루었다. 일찍이 위야(魏野)[114]가 물가에 임해 시를 지을 적에 석군(石君)과 어울려 붙들고 물로 닦고 하는 품이 큰 물고기가 물 삼키듯 하였으니, 그 천성이 마냥 생기 있고 힘차며 시원스러움이 꼭 이와 같았다.

나중에 범희문(范希文)[115]이 그와 만났을 때도 흠모하며 가까이 하였다. 문하의 여러 점잖은 이들과 함께 묵씨를 방으로 맞아들였는데, 그가 올 때마다 특별히 장막 하나를 차려 놓고 등불을 지피며 강론과

고태후(高太后)가 대신 섭정하면서, 사마광(司馬光)·문언박(文彦博) 등을 재상으로 임명하고 신종 때의 신법 정책을 배척했다.

110) 송나라의 무인으로 흥주자사(興州刺史)·막주자사(莫州刺史) 등을 지냈다. 군율(軍律)과 방략(方略)으로 변경을 잘 다스리니, 태조가 아껴서 그의 뇌물에 대한 혐의도 불문에 붙였다 한다. 황주(黃州)에 있을 때는 인근 다섯 현에서 보낸 술을 그릇 하나에 다 한꺼번에 섞고는 그것을 '설당의주(雪堂義酒)'라 했다는 고사가 있다.

111) 호북성 황주(黃州) 황강현(黃岡縣)에 소동파가 독서하기 위해 세운 초당(草堂) 이름.

112) 당나라와 송나라와의 사이 53년 동안에 흥망한 다섯 왕조(王朝). 곧, 후당(後唐)·후주(後周)·후진(後晋)·후한(後漢) 등 왕조가 자주 갈린 계세(季世)라는 뜻.

113) 흰 깁의 바지. 귀족의 자제. 환고자제(紈袴子弟).

114) 송나라 시인. 평생 시 읊기를 좋아하고 영달을 구하지 않았다. 섬주(陝州)의 동쪽 교외에 초당을 복축하여 거문고 두드리고 시 지으면서 초당거사(草堂居士)라 하였다.

115) 송대의 명신(名臣)인 범중엄(范仲淹). 989~1052. 희문(希文)은 자. 〈악양루(岳陽樓)〉의 작자이기도 하며, 벼슬은 참지정사(參知政事)에 이르렀다.

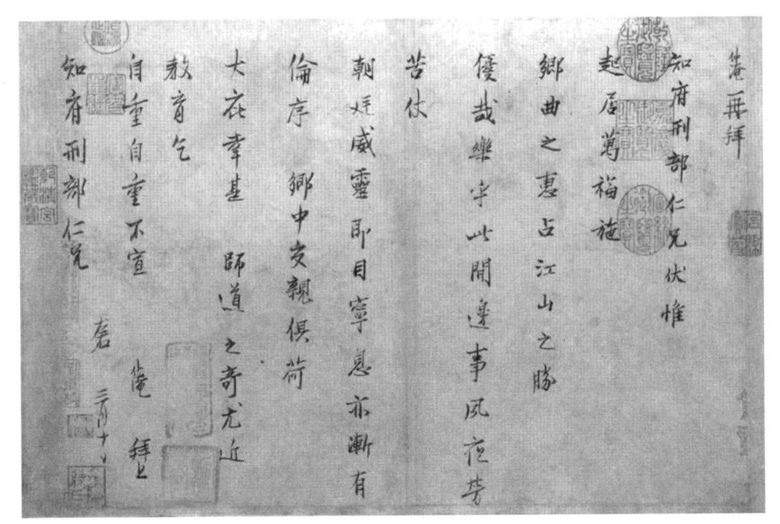
淹再拜
知府刑部仁兄伏惟
起居萬福旌旆
鄉曲之惠占江山之勝
優哉樂乎此間遂事夙夜勞
苦伏
朝廷威靈耳目寧息亦漸有
倫序 鄉中交親俱荷
大庇孝基 師道之奇尤近
教育乞
自重自重不宣
知府刑部仁兄 淹拜上

범중엄의 필적

수련을 쉬지 않았다. 묵씨의 몸에서 퍼져 나온 광채가 장막에 배어들면 장막이 온통 검은색으로 되었기에, 사람들이 '묵장(墨帳)'이라 불렀다.

전국(戰國)시대, 양주(楊朱)와 묵적(墨翟)의 논의[116]가 세상천지를 가득 메울 당시 맹씨(孟氏)[117]가 거부하여 물리치기를 엄중히 하였다. 묵씨도 같은 입장에서 자신의 성이 묵적(墨翟)[118]과 혼동되는 것이 싫고, 무차별로 물리침을 당할 일이 우려되었다. 그리하여 묵적의 화근을 피해 동방으로 옮겨 양주(楊州) 땅에 머물렀는데, 그의 친구 석경(石卿)이 놀려 말하였다.

"그대는 묵(墨)을 피한다면서 또다시 양(楊)으로 돌아가 버렸으니 어

116) 전국시대 사상가들인바 양주는 내 작은 것이 온 천하보다 중하다는 이기주의, 묵적은 박애 겸애설(兼愛說)을 주장하였다.

117) 맹자(孟子).

118) 묵자(墨子)의 본명.

찌된 일인가? 고을 이름이 조가(朝歌)란 이유로 그대와 성씨가 같은 일가붙이 어떤 사람도 오히려 수레를 돌렸잖은가.[119] 꺼림칙한 행방에 대하여는 옛 사람도 오히려 피하였거늘, 그대는 어찌 어진 고을을 따져 자리를 잡지 않는가?"

이에 묵씨가 옳게 여기고 그날로 황해도 해주(海州)로 옮겼다. 지금까지도 그의 겨레가 나라 곳곳에 퍼져 있어 문벌을 이야기할 때는 필경 해주를 들먹거린다. 하지만 그 중엔 역시나 제멋대로 본관을 삼은 자들도 있었다.

지난 해 가을에 그의 무리 예닐곱 명이 곤궁하여 스스로 살아갈 궁책이 없어지자 공인과 상인들을 따라 공원(貢院)[120]에 들어가 저잣거리에서 장사를 했다. 나는 그들이 곤궁에 빠진 것과 그들 집안의 명성이 떨어진 사실이 가슴 아파 주머니에 든 돈을 다 털어 그 몸값을 치른 다음 수레에 태워 함께 돌아왔다. 그리고는 중수(重受) · 영부(穎夫)[121]와 함께 한방에 기거토록 했으니, 그가 바로 현수(玄叟)[122]인 것이다.

현수는 지나치게 강한 성품이었던지라, 세상에서 산 햇수가 고작 몇 달뿐이었다. 겨우 해를 넘긴 나머지 모든 부류들도 사리에 어둡고 실성하여 탁해지지 않는 경우가 드물었으니, 결국은 늙어도 의욕과 기력이 좋아지는 관씨만 못하였다. 평생에 물을 좋아하여 못가에 임할 때마다 깨끗이 몸을 씻었는데, 그때는 머리가 나타났다 사라졌다 하였다. 지기(知己)를 만나면 어느 결에 자기 살이 닳도록 온힘을 다 쏟으며 힘이 소진돼도 아까운 줄 몰랐다. 비록 이마가 닳고 발꿈치가 해지는 한

119) 은나라의 주(紂) 임금이 이곳의 북쪽에 도읍했다는 땅으로, 그 때문에 묵자(墨子)가 그 이름을 듣고서 수레를 돌렸다 한다. "邑號朝歌 而墨子廻."【史記, 魯仲連鄒陽列傳】

120) 당나라 이후 과거 시험을 보던 곳으로, 예부(禮部)에 속했다.

121) 각각 '벼루' · '붓'의 별칭.

122) '먹'의 별칭.

묵적

이 있어도 자기를 알아주는 당사자한테 이로운 일이라면 순응하여 따랐다. 그랬기 때문에 비록 묵적과 연상되는 일이 싫어 암만 피한다고 해도 결국엔 어쩔 수 없는 같은 통속이라고 사람들이 말하면 현수는 발끈 화를 내며 말하였다.

"당신들이 어찌 날 묵적에다 견준단 말인가? 저 양묵(楊墨)이 세상에 내린 화근이야말로 애비도 없고 임금도 없는 그런 지경까지 간 것이다. 그런데도 한 손으로 삼강오륜을 떠받친다 하고 산에 올라가 고사리를 캐며 자기가 묵태씨(墨胎氏)의 높은 절개라고 한다. 의리가 천륜만큼 중하다고 하면서 나라를 바로 세움 없이 저버려둔 채 자기가 고죽씨(孤竹氏)의 자손이라고만 하니, 가히 애비도 없고 임금도 없다고 할 것이다. 하물며 묵적의 도란 것이 암만 대중을 상대로 만나는 일이라곤 해도 궁극엔 겸애(兼愛)해야 한다는 것 아니던가. 하지만 나야 날 알아주는 이를 만났을 때 내 안의 애정을 다 쏟을 따름인데 애당초 어찌 나를 묵적에다 비교한단 말인가?"

한자(韓子)[123]는 이르기를,

"사람들 중엔 겉으론 언뜻 묵자의 도를 따르는 양 보이지만 유자(儒者)의 선비다운 행실을 하는 이가 필경은 있으니, 내 일찍이 묵씨의 이 말을 확실한 논거로 삼는다"

고 하였다.

석학사(石學士)란 이는 흑수(黑水) 서하(西河)[124] 사람이다. 이름은 허

123) 당나라의 문장가인 한유(韓愈).

124) 서하국(西夏國) 안의 방형(方形) 요새인 흑수성(黑水城)을 가리킨다. 서하국은 1032년 티베트계 탕구트족이 중국 북서부 감숙성과 섬서성에 세웠던 나라. 불교 융성 및 서하 문자 제작 등의 독자 문화를 이루었으나, 1227년에 몽골에 망하였다.

중(虛中)이고 자는 중수(重受)이다. 석씨는 계통이 단계(端溪)[125]에서 나왔다. 형제가 셋이었는데, 얼굴색이 짙은 녹색을 한 이, 머리가 둥글고 작아 구욕(鴝鵒)[126]새의 눈과 같은 이, 돼지 간 빛깔의 자갈색 모양을 한 이가 있었다. 특히 이 세 가지가 교묘히 어우러지고 자색을 띤 이가 가장 지체 높았다.

전(篆)[127]은 이렇게 말한다.

"제홍씨(帝鴻氏)의 벼루[128]는 그 계통이 단석(端石)에서 나온 까닭에 석(石)자를 성씨로 삼고 이름만 따로 썼다. 제홍씨 이후 수천 년을 지나 한무제(漢武帝) 시대에 이르렀을 무렵 질지(郅支)[129]가 홀로 제홍씨의 비법을 체득하고 석군의 풍도를 흠모하였다. 질지가 마침 근교의 초야 경계 안에서 생김새가 마간(馬肝)[130] 같은 갈석씨의 한 종족을 만나니, 그를 비다듬어 세상 밖으로 내보내 문방의 사귐을 하게 되었다."

뒤에 다시 손지한(孫之翰)[131]이란 이가 있었는데, 어떤 이가 그에게

---

125) 고요현(高要縣) 동남쪽 난가산(爛柯山) 서쪽 기슭에 있는 시내. 이곳 돌로 만든 벼루를 단연(端硯) 또는 단계연(端溪硯)이라 한다.

126) 때까치 비슷한 모양을 지닌 새.

127) 원문에 '海篆日'로 되었으나 이는 '篆日'의 오류이다. 곧 『문방사보(文房四譜)』 안의, "黃帝得玉一紐 治爲墨海 篆日 帝鴻氏之硯…"라고 한 내용에 대한 구두법상 착오로 본다. 여기서의 묵해는 곧 벼루이다.

128) 황제(黃帝)가 옥을 합쳐서 만든 벼루라 한다. 제홍씨는 창힐(倉頡).

129) 흉노의 선우족(單于族). 원문의 '到支'는 '郅支'의 오철이다. 그리고 본문의 내용은 『동명기(洞冥記)』 안의 다음 내용과 관계 있다. "元鼎五年 郅支國貢馬肝石 半青半白 如今之馬肝者 春碎以和九轉之丹 服之 彌年不饑渴 以之拂髮 白者皆黑."

130) 마간석(馬肝石). 벼루를 만드는 재료가 된다. 소식의 〈손신노기묵시(孫莘老寄墨詩)〉에, "谿石琢馬肝 剡藤開玉版." 주(注)에, "馬肝石 可以拭髮 亦可作硯."

131) 손보(孫甫). 자가 지한(之翰)이다. 하북고전운사(河北都轉運使)를 여러 번 지냈다. 누군가 그에게 삼만 전짜리 벼루를 선사하자, 그 비싼 이유를 물었다. 벼루 돌에 입김을 불면 곧장 물방울이 되기에 그렇다고 하자, 고작 3전이면 물 한 통 사는데 그런 벼루가 왜 필요하냐며 결국 받지 않았다는 일화에서 가져온 것이다.

석씨를 지목하면서 벗 삼으라고 권하였다.

"이 사람이 입김을 불 때 흘러나오는 방울은 그 값어치가 이만 전(錢)이나 한다오."

그러자 손지한이 웃으면서 말하였다.

"입김을 불어 하루 안에 물 한 통 얻는다고 해봤자 고작 석 전어치밖에 안 되겠구려."

실상은 지한이 그를 아꼈음이니, 이는 그저 농담으로 한 말이었다.

夢溪筆談序 沈括存中述
予退處林下深居絶過從思平日與客言者時
紀一事于筆則若有所晤言蕭然移日所與談
者惟筆硯而已謂之筆談 聖謨國政及事近
宮省皆不敢私紀至於繫當日士大夫毁譽者
雖善亦不欲書非止不言人惡而已所録唯山
間木蔭率意談噱不繫人之利害者下至閭巷
之言靡所不有亦有得於傳聞者其間不能無
缺謬以之爲言則甚卑以予爲無意於言可也
卷第一
故事一

북송의 沈括이 평생 견문을 수필 형식으로 쓴 『夢溪筆談』에 손지한의 벼루 이야기가 나온다.

중엽에 이르러 중수의 먼 조상이 즉묵후(卽墨侯)를 봉해 받았기에 당시 사람들이 석향후(石鄉侯)로 부르기도 했는데, 그는 석만경(石曼卿)[132]의 풍도를 사랑하여 스스로를 만경(曼卿)으로 둘러대기도 했다. 뒤에 그의 자손들은 여러 나라에 흩어져 살면서 각자의 주인을 돌보았거니와, 주인이 아니면 함께 있지 아니하였다.

당(唐) 시절에는 이백과 의기 상통하여 사귀었다. 하루는 이백의 돈독히 권함에 따라 나란히 임금의 앞에 이르렀는데, 이백이 임금의 수건으로 그가 취해 토한 것을 닦아 주었지만 드러누워 끄떡없이 아무런 반응도 하지 않았다. 천자는 엄광(嚴光)[133]의 옛일을 본떠 총희(寵姬)와

132) 석연년(石延年). 송나라 사람으로, 만경(曼卿)은 자이다. 기개가 호방하여 전혀 출세에 힘쓰지 않았다. 강건한 문장에 시가 더욱 공교로웠고 담론을 좋아했다. 음주도 잘하니 세상에서 주선(酒仙)이라 칭하였다.

133) 후한 사람으로 자는 자릉(子陵). 어려서 함께 공부했던 광무(光武)가 황제가 되자 성명을 바꾸고 숨어버렸다. 황제가 불러 간의대부(諫議大夫)를 제수하려 하였으나 나

호음가인 석만경은
'10월 木芙蓉의 花神'이란 이름도 얻었다.

귀비로 하여금 부축하여 일으켰으니, 이렇게 석씨는 이백을 만난 일로 하여 더욱 이름이 알려졌다. 나아가 역대 군신들로서 그 넘치는 총애가 석씨에 비할 바가 없었다.

후세에 포도나 구름무늬, 매향(梅香), 죽향(竹香) 등으로 사치하는 이도 있었고, 혹은 용미(龍尾)[134]로 불리면서 발걸음을 돌릴 때 문밖까지 따라나서는 전송을 받는 이도 있었다. 하지만 그 올라선 누각의 높이에 있어서만큼 당 현종이 석군을 대우한 정도까지는 못 미쳤다.

그 뒤에 석씨는 성씨의 계보를 잃게 되었다. 혹 죽산군(竹山君)을 빙자하여 계보로 삼기도 했으나 제 길을 찾지 못하였고, 임시로 철면(鐵面)을 호로 삼을까도 했지만 상유한(桑維翰)[135]에게 선수를 내주고 말았으니, 궁극 석씨의 확고한 지조로 흔들림이 없느니만 못하였다.

송나라 때 목가씨(木假氏)[136]가 나타나니 그제야 석씨의 재능을 높여 신임하게 되었다. 그는 상대방이 비록 가난하여 관리 수입 정도의 밑천조차 없어도 궁상맞은 사귐이라며 멀리하는 일 없이 이렇게 말하였다.

아가지 않고 부춘산(富春山)에 은거하여 밭 갈고 낚시하며 생을 마쳤다.

134) 용미연(龍尾硯). 흡주연(歙州硯) 중의 상품(上品). 안휘성 무원현(婺源縣) 용미산에서 나는데, 석질이 아주 단단하고 촘촘하다.

135) 후진(後晉) 사람으로, 쇠로 된 벼루를 주조하여 뚫어지면 성공하리라 기약하였더니 마침내 진사를 성취하였다. 벼슬이 중서령 겸 추밀사(樞密使)에 이르렀다.

136) 목가산(木假山)에 대한 의인화인 듯. 나무의 뿌리나 그루터기가 기묘히 서로 얽히고 중첩해서 산의 형상을 이룬 것. 송대 소순(蘇洵)이 지은 〈목가산기(木假山記)〉가 유명하다. 돌장식의 석가산(石假山)과 함께 당시에 큰 관상거리가 되었음을 뜻한다.

定遠侯 반초

"내 본시 지닌 밭뙈기는 없네만 내 몸의 이지러진 자리로나 먹고 살게!"

대개 그의 남 생각하는 정이 두터워서 사람들이 가난하고 구차하다는 이유로 마음을 바꾸지 않았던 것이다.

안타깝게도 한나라의 반초(班超)[137]와 수나라의 내호아(來護兒)[138]는 하나같이 그를 박하게 대접하였다. 석씨를 잘 섬겨야 한다는 말이 있음에도 그 두 사람이 그만 고루한 나머지 도리를 저버린 셈인데, 이런 일이 석군에게 누(陋)를 끼칠 나위는 없이 외려 그들이 뒷사람들의 웃음거리가 되었던 것이다.

대개 중수에게 다른 재능은 없었지만 평소에 침묵과 고요를 즐김이 있었다. 네모 반듯 방정(方正)함을 본연으로 하고 둥글둥글 원만함을 지향하여 군자의 바른 덕에 잘 들어맞았다. 바깥 세상에 응해 접촉하지 않았으니 항시 벗인 영부(穎夫)・현수(玄叟)와 문을 닫아건 채 한 방을 지켰다. 다만 후소 만큼은 함께 하지 않았는데, 이는 후소의 지나칠 만큼 결백한 점이 꺼림칙했던 까닭에 멀리했던 것인가 한다.

중수는 평생에 소갈(痟渴)의 증상이 있었는데, 그 정도가 장경(長卿)[139]보다도 심하였다. 그래서 늘 수부(水府)에 있는 백옥진군(白玉眞

137) 한서(漢書)의 저자인 반고(班固)의 동생. 그는 황실의 도서관에 근무하는 학식이 풍부한 문필가였는데 서기 73년 흉노족의 침범으로 실크로드 입구인 가곡관(嘉谷關)의 성문이 폐쇄되었다는 말을 듣고 군인이 되어 흉노 지배하의 서역 국가들을 정복, 정원후(定遠侯)가 되었다.

138) 수나라의 장수. 자는 숭선(崇善). 양소(楊素)를 도와 절강에서 고지혜(高智慧)를 쳤고, 군대를 통수하여 고구려를 이기기도 했다. 벼슬이 좌익위대장군(左翊衛大將軍)에 이르렀고, 영국공(榮國公)을 봉해 받았다.

139) 사마상여(司馬相如). 전한의 문인으로 사부(辭賦)로 이름을 떨쳤다. 장경은 자이다.

君)[140]에게 물을 대달라고 요청하였다. 진군이 그에게 물을 주면 그는 입을 벌리고 받아 마시었으나, 혼자서 다 삼켜 들이킬 생각은 없었다. 매양 그가 물살을 일으킬 때마다 벗인 현수와 영부가 암만 그 물을 있는 대로 다 가져다 써도 아까워하는 내색 하나 비치지 않았거니, 그의 넓은 아량이 이러하였다.

석씨의 겨레는 천하에 널리 퍼져 있었거니와, 막바지에 가서는 어쩔 수없이 공업과 상업 위주의 세상에조차 연관되기도 했다. 하지만 그들 역시 인류 문화가 낳은 전적(典籍)과 어진 이를 좋아하였다. 한 세대를 끝마침에 있어서 최상의 수명은 팔구십 년, 중간 정도 수명은 오륙십 년에 이르고 가장 일찍 죽는 이라 하더라도 십 년 아래로 밑돌지는 않았으니, 네 군자 가운데 오로지 둔한 이가 가장 오래도록 살았구나.

목공(木公)[141]의 고향, 담으로 둘러친 방에는 네 벗의 주인이 살았거니, 이름을 혼돈자(混沌子)[142]라 하였다. 바야흐로 혼돈자는 겨울을 대비한 한 벌의 갖옷도 없었고, 여름을 대비할 한 벌의 베옷조차 없었다. 봄이 되어도 밭 갈지 아니했고 가을에도 거두지 않았다. 높이 쌓인 네 벽에는 눈서리가 서렸고 집은 날로 영락(零落)해졌으며 손님으로 오던 사람들은 나날이 드물어졌다. 혼돈자를 아꼈던 친척이며 옛 친구들조차 시끄러이 비난의 소리를 내는 등 시절이 세상과 화합하기 어렵게 되었지만, 유독 사군(四君)들만은 혼돈자를 따라 노닐며 아주 가까이하였다. 상사(喪事)와 화란(禍亂) 같은 우환이 있거나 급작스레 엎어지고

평생 소갈(痟渴)의 병으로 고생하였다.

140) 흰 옥으로 만든 연적의 의인화. 수부(水府)는 수신(水神)이 사는 곳, 또는 물 깊은 곳.

141) 소나무를 인격화한 표현. 곧 '松'의 파자임.

142) 필자의 자칭.

자빠질 경황이 아닌 다음에는 일찍이 하루도 내 곁을 떠나지 않았다. 그러자 어떤 이가 그것을 책잡아 말하였다.

"그대가 사군의 말을 잘못되이 듣는 바람에 오랫동안 곤경에 빠졌는데도 어찌 그들을 물리치지 아니하는가?"

이에 혼돈자는 웃으면서 대답하였다.

"사군이 어찌 나를 저버리겠는가? 내가 차마 그들을 저버리지 못해 결국엔 막역한 사귐이 되었거늘. 그들과는 음식을 함께 먹거나 술을 주고받는 수고를 안 들여도 고까운 기색이 없고, 미소 지어 아첨하며 어깨를 움츠려 보이는 형상이 없어도 원망하는 기색이 없네. 보내고 맞이할 때 정중히 절하지도, 일상 잔치 행사를 치루지 않아도 성내고 원망하는 기색 없이 시종 한 마음으로 밀어주고 끌어주고 하는 가운데 정직을 버리지 않으니 가히 높이 여길 만한 일이지!"

지난번에는 영부가 관을 벗고 내게 이렇게 청하였다.

"제가 오랫동안 그대와 교유하였으니, 당신께선 저를 위해 한 말씀해주시지요. 게다가 지영(智永)은 무덤을 만들어 주기는 하였으나[143] 지(誌)를 쓰지 않았고, 한유(韓愈)는 전(傳)을 지어 주었으되 나머지 모두한테 고루 미치지는 못하였으니,[144] 저 세 사

승려 智永이 쓴 천자문

143) 지영(智永)은 남북조시대 진(陳)나라의 승려. 왕희지의 후예로 초서를 특히 잘 썼다. 그가 사용하다 닳아서 버린 붓이 열 항아리나 되었는데, 그것을 모두 땅에 묻고는 퇴필총(退筆冢)이라 불렀다. 줄여 필총(筆冢)이라고도 한다.

람에게 어찌 서운한 마음이 없겠습니까?”

이에 저공은 자리를 바로 한 채 얼굴을 마주하고, 석학사는 머리를 흔들면서 나오고, 현수는 자신의 살을 문지르면서 응대하여 말하기를,

“우리 모두의 뜻이겠나이다.”

하였다. 내 어느새 사군의 청을 가상하게 여긴 데다 거듭 그들이 추울 때든 더울 때든 고생하면서도 그 마음을 바꾸지 않은 것을 생각하였으며, 또 다행히 내 자신이 후세에 그들의 계통이 사라져 종이쪽처럼 되는 환난을 면치 못하면 어찌하나 우려해 온 뜻이 있어 이에 전(傳)을 쓰는 것이다.

혼돈자는 이르노라.

「관씨의 병폐는 언제든 몸이 짓눌려질까 걱정하는 데 있었고, 묵씨의 병폐는 항시 허리에 걱정이 있었다. 저공의 병폐는 보풀이 이는 데 있었으며, 석공의 병폐는 갈증이 이는 데 있었다. 이들 모두 최후를 맞이하였지만, 그 가운데 가장 수(壽)를 누린 이는 중후한 석공이었네라!」

〈사우열전(四友列傳)〉은 석주(石洲) 신홍원(申弘遠, 1787~1865)의 문집인 『석주문집(石洲文集)』 권8의 안에 있는 지필묵연(紙筆墨硯) 문방사우 네 주인공을 의인화한 장편 가전 작품이다.

신홍원은 조선 말기의 학자로 평산(平山) 본관(本貫)에 자는 치형(穉亨), 호는 석주(石洲)라 하였다. 고려 건국의 공신 신숭겸(申崇謙)과 고려 말의 대학자인 신현(申賢)이 그의 먼 조상이다. 『석주문집(石洲文集)』의

144) 원문의 '諱'는 '韓'의 오자이다. 이것은 한유가 붓을 의인화시킨 〈모영전〉을 지었던 사실과 더불어, 문방사우의 다른 세 가지에 대한 전(傳)은 쓰지 않았음을 말한다.

유저가 있다. 이 문집은 발행지와 발행처가 불명인 상태에서 29.5×19.7cm 형태의 석인본(石印本)으로 내려오던 것을 신홍원의 증손인 상효(相孝)가 1963년 봄에 편집하여 처음 간행한 것이다. 그러나 세간에 잘 보급되지는 못했던지 간행 이후 여러 해가 흐르도록 학계 및 한문 종사자들 사이에 제대로 인지되지 못한 상태로 있다가 최근에 이르러야 관심자의 눈길이 미치게 되었다.

『석주문집(石洲文集)』은 그의 생애의 면면을 엿볼 수가 있는 근거가 된다. 특히 권8에 들어있는 바 1847년(丁未), 환갑의 나이에 자기 일생의 기구한 신세를 하소연하듯 쓴 〈자전(自傳)〉을 통해 그의 삶의 정상(情狀)을 조감해 볼 수 있다.

그리고 권11의 '부록'에 열거되어 있는 〈행장(行狀)〉과 〈묘갈명(墓碣銘)〉, 그리고 〈유사(遺事)〉를 통해서 신홍원 생애의 대체를 정리해 볼 길 있다. 글들은 모두 신홍원 〈자전〉의 내용을 크게 참고하여 기초 자료로 삼은 것으로 보인다. 〈행장〉은 신홍원의 증손인 상효(相孝)의 간절한 촉탁에 따라 진성(眞城) 본관인 이탁(李鐸)이 1963(계묘)년 청화절(淸和節)에 쓴 글이고, 〈묘갈명〉은 문소(聞韶) 김정모(金正模)가 1961(신축)년 입춘절에 쓴 글이다. 〈행장〉의 작가는 신홍원의 신상정보가 수록된 〈묘갈명〉과 신홍원 〈자전〉의 내용을 상당수 참조하여 쓴 것으로 보인다. 〈유사〉는 신홍원의 셋째 아들인 신재호(申在鎬)의 아들 신중락(申中洛)이 자신의 조부를 위해 올린 글이다.

이제 이 모든 기록들을 종합하여 작가의 내력을 개략하여 본다.

신홍원은 아버지 사덕(思德)과 어머니 경주 손씨(孫氏) 증구(增九)의 딸 사이에 정미(丁未)년 음력 6월 3일 경북 청송군 안덕(安德) 현리(縣里)에서 출생하였다. 나면서부터 다병하였기에 조부가 자신의 침소 옆에다 두고 보살폈다고 한다.

그러나 8, 9세 때 이미 『소학(小學)』·『사서(四書)』·『사기(史記)』 등에 통했으며, 깜짝 놀랄 경인구(驚人句)를 낼만큼 작문에도 능했다 한다.

15세에 밀양 박씨와 결혼했고, 바깥으로 문방의 사귐을 하면서 성리학 관련의 서적을 암송하고 다녔다. 그해 겨울에 심한 병에 걸려 총명이 줄었지만 오히려 병석에서도 날 새는 줄 모르고 글을 읽는 통에 할아버지가 말리는 등 근심을 샀다. 그런 와중에도 하음(河陰) 선조 이래 오랫동안 벼슬이 끊긴 가문을 일으키라고 격려하는 조부의 뜻을 받들어 산방(山房)에 혼자 있으면서 경사자집(經史子集) 섭렵하기를 십여 년 동안 계속하였다고 한다.

그러나 1809년(己巳) 그의 나이 23세 때 조부가 돌아가고 그 이듬해에는 아버지가 화변(火變)을 당하는 등, 어버이 잃은 탄식으로 인해 공부를 폐하기에 이른다. 그리고 몇 해 뒤에 이를 애석히 여긴 문중의 부형들이 다수 권하여 과거에 응했는데, 향시(鄕試)에는 붙었으나 시(詩)와 부(賦)로 응시하는 남성시(南省試)에서 좌절을 겪고 말았다. 설상가상으로 전염병까지 돌아 선영조차 지키기 어려워지자, 송대(松臺)와 삼계(三溪), 현북(縣北) 등지로 옮겨 지냈다 한다.

50세가 넘어서는 성리학자인 이야순(李野淳, 1755~1831)의 문하에 들어 실력을 인정받고 서신을 교환하면서 경향 간에 문명이 알려지게 되었다. 이야순의 자는 건지(健之), 호는 광뢰(廣瀨)이다. 퇴계 이황(李滉)의 9대손으로, 일찍 과거공부를 폐하고 성리학(性理學) 연구에 전심한 인물이다. 1808년(순조 8) 경상좌도 암행어사 이우재(李愚在)의 천거로 경기전참봉(慶基殿參奉)·장락원주부(掌樂院主簿) 등에 임명되었지만 모두 사퇴하고 공부에만 전념하였으니, 『광뢰집(廣瀨集)』을 남겼다. 그가 학문적으로 특히 집중한 쪽은 가학(家學) 즉 퇴계문집에 대한 본격적 탐구였으니 문집을 상세히 재검토하면서 강록 등 다른 자료들과 비교·고증하는 작업을 지속하였다. 결과 퇴계문집에 관한 가장 방대한 연구서라 할 수 있는 『요존록(要存錄)』을 저술하는 등 퇴계학 연구에 공헌을 하였다. 이외 『도산연보보유(陶山年譜補遺)』와 『예설유편(禮說類編)』 등이 있는데, 하나같이 그 내용이 성리학의 범주 밖에 있지 않았다.

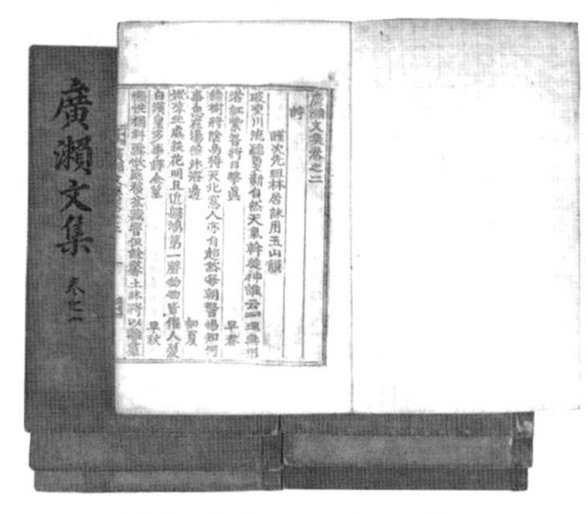
신홍원의 스승인 李野淳의 문집 『광뢰집』

이러한 스승의 영향 때문인지 신홍원 삶의 기본 지표와 이념이 되었던 것도 다름 아닌 성리학이었다. 청송(靑松)에서 벼슬하고 있던 친구 김진화(金鎭華)가 편지를 써서 책의 인포(印布)를 권유하였으나, 두서없는 글이라면서 사양한 『성리집휘(性理輯彙)』는 성리 관련의 사유를 한데 모은 찬집(撰集)이었다. 문집 권5에 들어 있는 〈칠정잠(七情箴)〉 같은 글도 인의예지(仁義禮智)의 사덕(四德)과, 희노애락애오욕(喜怒哀樂愛惡欲)의 칠정(七情)에 대한 성정관(性情觀)을 이해할 수 있는 일례로 꼽을 만하다.

그는 당시 안동 일원의 성리학으로 이름이 난 선비 내지 정치가였던 정재(定齋) 유치명(柳致明, 1777~1861) · 정와(訂窩) 김대진(金岱鎭, 1800~1871) · 신암(信庵) 이병하(李秉夏, 1780~1852) · 제곡(霽谷) 이형수(李亨秀, 1783~1870) · 탄와(坦窩) 김진화(金鎭華, 1793~1850) · 혼문(渾文) 유치구(柳致球, 1793~1854) 등과 퇴계학을 주축으로 한 도의(道義)의 교우를 맺었다. 그러나 끝내 권문 귀족과는 가까이하지 않는 속에 고고한 지조를 지켰다고 한다.

만년에는 산수 간에 정주하였다. 청송군 안덕면 고와리 앞의 시내인 백석탄(白石灘)에 노닐고, 근처에 서석정(誓石亭)이라는 정자를 구축

고와리에서 지소리로 향하는 자리에 세운 誓石亭 유허비

하여 거기 따른 기(記)를 짓기도 했으니, 『석주문집』 권7 안의 〈백석탄기(白石灘記)〉·〈서석정기(誓石亭記)〉가 그것이다. 이밖에도 탁영대(濯纓臺)·세심대(洗心臺)·피세대(避世臺)·맹구대(盟鷗臺)로 이름을 붙이거나, 백석탄을 팔경(八景)에 나누어 영탄한 시구 중에 '금화석실(金華石室)'·'자하동천(紫霞洞天)' 등을 음영하며 그 사이를 소요하였거니, 세상 밖의 신선이란 말도 들었다. 따라서 그의 문집에는 유난히 경물시(景物詩)가 많으니, 〈운수암잡영(雲水庵雜詠)〉(권1)·〈자하산잡영(紫霞山雜詠)〉(권2)·〈자하산구곡근차무이도가십수(紫霞山九曲謹次武夷櫂歌十首)〉(권2)·〈산중잡영십이절(山中雜詠十二絕)〉(권2) 등이 그 증좌이다.

『석주문집』 권2 맨 벽두에 〈자하산잡영(紫霞山雜詠)〉 48절(絕)이 있다. 이 가운데 제26 〈백석탄이절(白石灘二絕)〉의 첫 번째 것을 끌어다 보기로 한다.

白石淸轉滑　흰 바위 깨끗하다 못해 매끄러워
黿鼉不喜窺　자라니 악어 따위가 노릴 덴 못돼.
尙恐流沫瀉　그보단 쏟아져 부딪는 물거품이
淸水又磨之　연거푸 바위 닳게 할까 걱정되네.

그러한 일면 성리학자로서 후학을 가르치면서 사학(邪學)을 배척하고 도의를 세울 것과 양이(攘夷)로 국력을 보존할 것을 주장하였다. 이러한 성향 때문에 그의 시에 낭만적이거나 주정적(主情的)인 내용은 잘

천연의 흰 바위가 절경을 이루는 '백석탄' –경상북도 청송군 안덕면 고와리 계곡 소재

찾아보기 어렵고, 사실적이고 논변적인 내용이 우선되는 현상 역시 당연한 결과였는지 모른다.

1865(을축)년 7월 80세가 가까워진 신홍원은 삶이 얼마 남지 않았음을 예감하고, 본가로 돌아가면서 계산(溪山) 전별의 시를 남겼다.

溪山好哉耶　산이야 시내야 잘들 있으렴
花鳥愁莫爲　꽃과 새들아 근심치 말아라.
魂夢如不斷　혼백이 끊어지지 않는다면야
月夜長相隨　달 밝은 밤마다 같이 하리라.

그리고는 7월 14일에 침상에서 돌아가니 향년 79세였다. 그리하여 이것이 세상과 마지막 영결(永訣)하는 시가 되었다고 한다.

문집은 전체 11권 5책으로 되어 있다. 1권에는 부(賦)와 시(詩), 2권과

3권에는 시(詩), 4권에는 소(疏)·정문(呈文)·서(書), 5권에는 서(書), 6권에는 잡저(雜著)·잠(箴)·찬(贊)·명(銘), 7권에는 서(序)·기(記), 8권에는 지(識)·발(跋)·전(傳)·설(說), 9권에는 고유문(告由文)·애사(哀辭)·뇌문(誄文)·제문(祭文), 10권에는 묘지명(墓誌銘)·묘표(墓表)·광지(壙誌)·행장(行狀)·유사(遺事), 11권에는 부록으로 석주 신홍원에 대해 뒷사람들이 기록해 올린 행장(行狀)·묘갈명(墓碣銘)·유사(遺事)가 실려 있다.

5권 안의 〈칠정잠(七情箴)〉을 보면, 사덕(四德)인 인의예지(仁義禮智)는 본래 성(性)인지라 선(善)하지만, 칠정(七情)인 '희노애락애오욕(喜怒哀樂愛惡欲)'은 사람마다 청탁(淸濁)과 후박(厚薄)이 각기 다른 기질지성(氣質之性)의 발현이다. 따라서 중용의 절도에 들어맞아 선(善)할 때와 맞지 않아 선하지 못할 때의 차이가 있으니 조심해야 함을 강조하였다. 그 취지가 기존 성리학의 개념과 크게 다르지 않지만, 각별히 자신의 경험에 따르면 노(怒)와 욕(欲)을 제거하기가 가장 어렵다고 고백하기도 했다.

6권 잡저 중의 글인 〈고금문평(古今文評)〉은 중국의 고문으로부터 조선 중기까지의 글을 시대 순으로 뽑아서 그 장단점 및 다른 글과의 비교 우열을 논한 것으로, 산문 비평의 참고 자료가 된다.

8권 중의 설(說) 가운데 〈숙흥야매설(夙興夜寐說)〉에서는 천지의 동정(動靜)은 언제나 자축(子丑)에서 시작하여 술해(戌亥)에서 끝나노니 인간도 이를 따라야 한다고 했다. 옛 주문왕과 주공, 공자 및 장횡거, 주자 같은 성현들도 모두 이 흐름을 탔다고 하였다. 따라서 국가든 개인이든, 또 정치인·농공상인·학자 등 어떤 분야의 사람이든, 또 개인 체질의 강약에 관계없이 아침 일찍 일어나 움직이고 밤에 또한 늦게 자지 않아야만 손실이 없고 나태도 면할 수 있음을 강조하였다.

같은 8권 소재의 〈대수장군전(大樹將軍傳)〉에서는 강릉 오대산에서 몇 리 떨어진 곳에 있는 이름 없는 한 나무의 외양과 품성이 거룩하기 그지없지만 세상에 묻혀 알려지지 못하니, 사람의 일과 다르지 않으며 모두 운명임을 개탄하였다. 어딘가 신홍원 자신의 독백이라는 여운을 주는 글이다.

돌이켜, 석주 신홍원의 주변 사물에 대한 관심을 나타낸 글들이 문집의 곳곳에 발견 가능하다.

권1에 있는 단 두 편의 부(賦) 작품 중 하나인 〈고사부(苦楂賦)〉에서부터 부분적으로 의인적 형상화에 대한 시도를 가늠해 볼 수 있다. 그리고 같은 권1의 한시 장르 안에서 〈아마황행(我馬黃行)〉·〈산유목가(山有木歌)〉·〈남산계수가삼장(南山桂樹歌三章)〉, 권2의 〈우음제석(偶吟題石)〉·〈영설(詠雪)〉, 권3의 〈영설(詠雪)〉·〈맥면가(麥麵歌)〉·〈백우선(白羽扇)〉·〈암간소조(巖間小鳥)〉 등에서 나무와 돌·눈·국수·부채·말과 새들에 대한 관심의 면면을 엿볼 수 있다. 산문 장르인 명(銘)에서는 〈구룡목장명(九龍木杖銘)〉·〈선명(扇銘)〉·〈안경명(眼鏡銘)〉 등 사물에 대한 직접성 있는 관심이 눈길을 끌고, 설(說) 장르의 〈화호설(畵虎說)〉·〈격사설(擊蛇說)〉·〈계귀어봉설(鷄貴於鳳說)〉·〈상계아자설(相鷄兒子說)〉 등에서는 인간사에 관한 논평을 호랑이·뱀·닭·봉황 등에 가탁하여 다루었다. 그리고 전(傳) 장르에서는 지금 〈사우열전(四友列傳)〉이 본격적으로 의인 수법을 빌려다 쓴 글에 속한다 하겠다.

〈사우열전〉 작품의 특징은 무엇보다 그 표제에 있다. 안병렬도 "전의 원류인 사마천의 사기에는 모두가 열전이란 이름으로 되어 있고, 또 몇 사람의 전이 하나로 묶여져 있는 것도 많은데, 가전에 이르러서는 이러한 예는 드물게 나타나나, 본 〈사우열전〉은 제목도 열전"이라고 지적한 바 있다. 또한 본 작품은 특히 저지백(楮知白)·관성자(管城子)·석학사(石學士)·묵현옹(墨玄翁) 등 주인공들 본래의 전기에 들어가기 전에 필자의 도입부 사설이 들어감이 특징이다. 그리고 이러한 현상은 비록 드물긴 하나 『사기』 권122 〈혹리열전(酷吏列傳)〉이거나, 권125 〈골계열전(滑稽列傳)〉 등에서 찾아 못 볼 바는 아니었다.

서술의 순차는 문방사우에 대해 우리가 아는 상식을 따라 지·필·묵·연으로 하였다. 이는 어쩌면 당연한 듯 보이지만, 사실은 가전에 있어 문방사우 넷을 통합하여 제재로 삼은 작품들이 똑같이 이 순서를 따른 것은 아니었다. 일찍이 송대 문숭(文嵩)의 〈사후전(四侯傳)〉에서는 필·연·지·묵의 순이었고, 조선조 박윤묵(朴允默)의 〈존재집(存齋集)〉 안에서는 지·필·묵·연의 순서로 되어 있으나, 안엽(安曄)의 문방사우전(文房四友傳)〉에서는 필·지·묵·연으로 각기 그 순차를 달리하였다.

신홍원은 79세 생애 동안 벼슬에 인연이 없이 송대(松臺)·감포(甘圃)·삼계(三溪)·청송(青松) 등 여항간에 전전하고 산수 간에 우거하면서 어느 누구보다도 독서의 시간을 많이 가졌다. 또한 사물에의 관심이 남다른 그로서 일차적으로는 자신이 일상 항용하는 문방제구에 대해 문학적으로 형상화하고 싶은 의욕이 충일하였으리니 의인열전을 짓게 된 계기와 무관하지 않을 것이다.

한편 작가는 특이하게도 표제 바로 밑에 '小序'라고 하여 짤막한 설명을 첨부해 두었다.

寓言也 竟未免塗襲前轍 觀者擇之.

우언이다. 궁극엔 앞 시대의 전철을 뒤밟아간 것이니, 보는 이는 가려낼지어다.

바로 이 작품이 단순한 자기표현의 미학을 넘어선 우의적 언어임을 직접 천명하였으니, 다른 가전들에서 잘 찾아보기 어려운 특색으로 볼 만하다.

무릇 우언(寓言)이란 것의 의미를 『중문대사전(中文大辭典)』에서는 "言文有寄託之意", 곧 다른 일에 기탁하는 의미를 띠고 있는 것이라고 했다. 국어사전에서는 우언이 우화(寓話)라는 말과 통용되고, 인격화한 동식물이나 기타 사물을 주인공으로 하여 그들의 행동 속에 풍자와 교훈의 뜻을 나타내는 이야기로도 정의 가능하다고 했다.

이랬을 때 스스로가 우언의 작품이라고 천명한 신홍원이 별도로 맡겨 보고자 했던 내면적 의도는 무엇이었을까?

그런데 그는 성리학을 평생 삶의 신조로 삼던 선비로서 단지 문학의 효용을 자기적 표현 욕구, 혹은 정(情)의 발현이라는 수준에 머물지 않는 대신, 이른바 글이란 도를 담아야 한다는 재도론(載道論)적인 사유를 신봉하였을 터이다.

그리하여 역시 유학을 삶의 지표와 이념으로 삼고 사는 선비답게 자신처럼 글하는 선비가 세상 살면서 약석(藥石)이 될 만한 교훈, 즉 세교(世教)에 두었다고 봄이 타당하다. 동시에 그 훈의는 각각의 주인공에 대한 서술이 끝나는 부분에 집중되어 있음을 볼 수 있다. 이를테면 종이 부분에서는 자신의 쓰임새에 맞춰 세상에 적응했고 그로 인해 사람들로 하여금 즐거움을 누릴 수 있게 한 덕, 붓 부분에서는 물보다 지혜로웠으나 거처의 선택에 있어 어리석었으니 궁극적인 앎이 아님을 말했다. 먹 부분에서는 겸애 사상가인 묵자 같은 무차별 애(愛)가 아닌, 다만 자기를 알아주는 이를 만나서만이 살이 닳도록 아낌없이 힘을 쏟음, 벼루 부분에서는 네 군자 가운데 유독 둔했기에 가장 오래 살았다는 등의 교훈을 기탁하였다.

평보 서희환의 〈문방도〉

나아가 세교 내용을 성격상 크게 자기 수양 및 학문에 관심한 수기적(修己的) 세교와 정치 및 사회에 관심을 둔 치인적(治人的) 세교의 두 가지로 나눠 생각할 때, 신홍원의 경우는 당연히 전자에 속한다고 하겠다. 우언 전기에 대해 논한 연구자 중에는 중국 가전이 "제재 면에서 사군류(事君類)와 치세류(治世類)가 대종을 이루고 학문을 선양하기 위한 것은 드물다"고 했거니와, 이러한 현상은 한국의 문방 전기에서조차 별 차이가 드러나지 않았다.

이렇듯 이전까지의 한국과 중국의 문방열전들이 그 우의를 대개는 조정을 무대로 하여 군신들을 중심으로 펼쳐가는 정치적 득실 쪽에 집중시킨 측면이 강하였던 현상과의 대비 속에서 신홍원 우언의 개성이 강조될 수 있다.

하지만 문방 열전류의 제재가 사군(事君) 치세(治世)적인 것과 정심(正心) 수양(修養)적인 것의 둘로 확연하게 구분지어 말하기 어려운 경우도 없지는 않다. 예컨대 신홍원보다 16세 연장(年長)으로 같은 시대를 살면서 똑같이 문방사우 전부를 대상하여 쓴 박윤묵(朴允默, 1771~1849)의 문방사우계 열전 〈저백전〉·〈모원봉전〉·〈진현전〉·〈석탄중전〉 등에서 그러한 현상을 찾아볼 만하다. 이 문방 작품들은 서로 간 수미상응

(首尾相應) 격으로 군자의 수신(修身) 주제를 강조하고 있으면서도, 동시에 이야기 진행 중에 주인공들이 조정 내에서 임금 및 다른 조정 관료들과의 사이에 중도적 역할을 한다는 치인(治人)의 능력조차 함께 그리고 있다. 요컨대 수기와 치인의 양면을 균형 있게 아우르는 이중 주제의 존재가 마저 감안되고 검토됨이 타당하다. 동시에 단일한 주제보다는 '주제의 다양성'을 보다 훌륭한 문학의 조건으로 인정하는 보편적 인식의 기준에서 볼 때도 그 가치는 더욱 존중받아야 마땅하다.

그리고 이러한 가치는 신홍원의 작품에도 예외가 아니다. 박윤묵은 정계의 체험이 많았던 작가이고 신홍원은 그렇지 않았던 작가라는 입장의 차이에도 불구하고, 다른 작가들에 비해 똑같이 작가적 체험이 훨씬 문학 위에 생생히 잘 반영되어 나타났다는 장점이 있다. 말하자면 정치를 많이 경험한 이가 사군 치세류를 썼고, 정치엔 아랑곳없이 수신에만 깊이 관심 둔 이가 수신 관련의 글을 썼다는 점이 더욱 문학을 진실되게 만들었다는 뜻이겠다. 결과, 〈사우열전〉이 주제 면에서 수신의 교훈성을 제시한 개체임은 물론, 한 걸음 더 나아가 수신 주제의 몰입성이 어느 가전보다 각별했다는 점을 특징으로 삼을 만하다. 아울러 그렇게 될 수 있었던 것은 다름 아닌 그의 성리학적 가치관 안에서 참된 근원을 모색할 수 있겠다.

그러나 이제 이 작품 창작에 대한 또 하나의 동기를 간과할 수 없다. 위에서 신홍원이 자신의 글을 직접 우언으로 천명하였거니, 그 의도하는 바가 세교에 있다고 하였다. 하지만 그 저의가 시종일관 오로지 이것 한 가지에 머무른 것일까?

신홍원은 기본적으로 정치에 관심을 두지 않았고, 따라서 그의 문집 내용 어디에서도 정치성을 띠거나 거기 관련한 풍자의 기미를 엿볼만한 구석이 없다. 하지만 작가의 마음속에 빈천과 영욕을 따라 변하는 인간성에 대한 회의마저 끝내 떨칠 수는 없었던가 보다. 그것은 네 주인공의 전기를 다 마친 뒤 편말(篇末)에 소회를 직접 적은 다음의 글 안에서 포착해 볼 길 있다.

> 높이 쌓인 네 벽에는 눈서리가 서렸고 집은 날로 영락(零落)해졌으며 손님으로 오던 사람들은 나날이 드물어졌다. 혼돈자를 사랑했던 친척이며 옛 친구들조차 시끄러이 비난의 소리를 내니 세월이 갈수록 세상과 화합하기 어려워졌지만, 다만 사군(四君)이 나를 따라 노닐며 아주 가까이 하였다. 상사(喪事)와 화란(禍亂) 같은 우환이 있거나 급작스레 엎어지고 자빠질 경황이 아닌 다음에는 일찍이 하루도 내 곁을 떠나지 않았거니, 어떤 이가 그것을 헐뜯어 말하였다. "그대가 오랫동안 사군의 말을 잘못 듣는 바람에 곤경에 빠졌는데도 어찌 그들을 물리치지 아니하는가?" 그러자 혼돈자는 웃으면서, "사군이 어찌 나를 저버리겠는가? 내가 차마 그들을 저버리지 못하여 결국엔 막역한 사귐이 되었거늘. 그들과는 음식을 함께 먹거나 술을 주고받는 수고를 안 들여도 고까와 하는 기색이 없고, 아첨하는 미소에 어깨를 움츠려 보이는 형상이 없어도 원망하는 기색이 없네. 보내고 맞이할 때 정중히 절하지도, 일상의 잔치하는 행사를 갖지 않아도, 성내고 원망하는 기색이 없이 시종 한 마음으로 밀어주고 끌어주고 하는 가운데 정직을 버리지 않으니 가상히 여길 만한 일이지!"

오래가도 변함이 없는 문방사우의 한결같음을 칭찬하는 것임과 동시에, 이면에는 문득 조석으로 변하는 세상인심에 대해 풍자하는 저의가 강하게 서려 있다. 이른바 '염량세태(炎凉世態)'를 꼬집었으니, 소위 세태 풍자의 주제가 하나 더 보태지는 순간이다. 동시에 〈사우열전〉이 단일 주제에 머문 단순한 작품이 아님이 확인되는 시점이기도 하다.

구성 면에서는 주인공 위주의 일원적 서술이 아닌, 전고(典故) 위주의 다원적 서술 형태를 취하고 있다. 당연히 전거가 되는 선례 및 고사가 즐비하다. 따라서 주인공 행적을 다룬 부분이 당연 축소되고, 그 결과 주인공 이미지가 상대적으로 미약해짐을 면치 못했다. 광범위한 서술 때문에 주인공의 행적이 위축되는 현상은 앞 시대 한국 가전들 가운데 이곡의 〈죽부인전〉이나 이첨의 〈저생전〉 등에서 선례를 찾을 길 있다.

배경 면에서는 이전의 의인열전이 하나같이 배경의 중국성(中國性)에서 벗어나지 못했고, 이러한 분위기는 박윤묵의 문방열전에까지 지속적으로 유지되었다. 그리고 지금 신홍원의 〈사우열전〉에서도 예외 없이 중국 배경으로 점철하고 있다.

다만 붓의 인격화 단계인 관성자 서술의 후반부에 해생(亥生)이 신라 시대에 관씨를 따라 요동에 들어가 신동 박눌(朴訥)과 교유 운운한 내용이 나온다. 다름 아닌 돼지털로 만든 붓의 이야기를 한 것이고, 이는 전체 규모 안에서 보면 고작 빙산의 일각에도 미치지 못하지만 그래도 드물게 보이는 국내 배경이기에 이 열전 분야에서 참신한 부분이라 할 수 있다.

이러한 현상은 구한말 최현달(崔鉉達)의 〈연적전(硯滴傳)〉이나 안엽(安曄)의 〈문방사우전(文房四友傳)〉, 조규철(曺圭喆)의 〈공방전(孔方傳)〉 등, 조선조 말엽 및 근대의 가전 등에서도 반갑게 확인된다. 이렇듯 배경의 한국성이 조선시대 끝으로 가면서 면모를 새롭게 함은, 흡사 저 고전소설 장르가 그 후반기로 가면서 주제와 배경의 한국성이 정착되어 가는 현상을 방불케 하는 바 있어 흥미롭고 특필할 만한 일이 된다.

덧붙여 신홍원의 열전에서 기이한 점은 먹의 인격화 대목에서 주인공을 묵자(墨子)로 이름 붙인바 실제 춘추전국 시대의 사상가인 묵자를 연상시키는 바 있지만, 외려 묵자가 세운 겸애(兼愛) 사상을 통렬하고 신랄하게 비난하고 있다는 사실이다. 또한, 성리 유학에 종사하는 유자(儒者)의 입장에서, 다 같은 이단임에도 장자(莊子)에 대해서만큼 그와 같은 반감이 보이지 않는 사실과 대조하여 아이러니하며 흥미로운 국면이기도 하였다.

• 四友列傳 •

小序

寓言也 竟未免塗襲前轍觀者擇之.

在昔大同之世 風淳俗樸 民至老死 不相 往來 故無書契以辨其情僞 無文章以會友 無親踈賤貴厚薄等殺以別其黨與 降自代繩以來 澆漓日益甚 無職日益朋與 於是乎 置記事記言記物之官 而所謂四友者出 而左右之 曰楮知白 曰管城子 曰石學士 曰墨玄翁 此四君是也 其世之先後有不可詳 然此四君者無獨斷之事 有事輒呼 與會議於文人後 雖皀隷賤夫 曉意則必從之遊 非文人 不與四君友 而此四君者亦不與之友 其偏性然也 蓋石君無佗技能 只有重厚之體 墨氏雖强決講磨 每徒費己力 管氏常恃其技藝 貪墨撓尾於兩君之間 楮公不勞而得潤色焉 人竊譬之鄭裨諶 以下四人焉.

楮公名知白 字厚素 其先不知何氏 中晩楮氏遠祖 以功封楮國公 子孫襲其官號 因以爲氏 如倉氏庫氏司馬氏司空氏之類 或云本庚桑子之後 而嫌其姓桑與喪音同 冒楮爲氏 非也 晉時有桑氏者 擧晉士主司惡其與喪音同 勸勿擧晉士云 卽今東俗於䟽奏箋箚之官 皆不用桑氏者 疑亦坐此故也 上古楮族不蓄自吏府 欲置記言之官 而難其任 適有文身斐質 衣靑衣 冠竹皮冠 自號淵谷丈人 以試可用 君子愛其簡易 而有節操可尙 取而官之 號曰簡翁 簡翁性狷狹而太剛勁 遇事雖通敏方直 欠於厚重 積累之久 往往蠹齧其面 逮小康之世 政事日繁 簡翁雖竭力殫記不勝其任以迂遞 簡氏遂自此沉焉 尋又有一種擁腫而多枝幹者 自稱扶桑國人 請代簡翁而官之 于斯可用 而性浮薄而太柔軟 又其族黨不相睦少有激觸 則裂體分面 輕躁可欠 然其任事之儼大 善於簡翁 以故中國

人及我東俗 至今多取之者 而便於其術者 廢其蠶職 有害於衣帛之典 以此得罪於蠶室 未免坐廢 然未嘗全然棄之 其非楮族明矣 至唐 誥楮氏 始著旋 卽復沈 貞元後 其族復椒蕃 至今遍天下 蓋其性喜根生斜地 以春秋爲一世 以死生爲成毁 慕沙門幻骨之術 毁則復成於緇髡之手 有子三 皆白面縞衣 有輕捷 而便於日用者 有厚素而扶持門戶者 有壯大美好而出遊翰墨者 此三妙皆楮出 然以其性從木 而嘗脫態於金僊氏之家 故惡金之克木 從絲爲氏 亦曰名紙 蓋於其始生也 展絲爲簿而席之 故反本思義耳 又有一種賤産 面麤鄙 而多黑痴 喜入婦人中饋家 執塗器覆甁之役 爲世賤踏 又有假拜城南墓 而冒托汾陽譜者二種焉 一出自南越 名曰側理 喜濕居海濱 爲苔蘚所侵 其理斑斑 然倒側故名 如鮫綃者類耳 一出自剡溪 慕上世巢居之風 喜蔓生木上 隱其孤種而無類也 造楮氏而托焉 稍解詩家影響 東坡遇之 甚善 呼剡溪翁而咏之 亦取戴安道意也 楮氏三子 雖質素 無技心 及長 爲市人所誘利 其中賦命通顯者 入貴人公侯家 或衣以金銀賤青黃黼黻 庸備皇邸壁上功臣之任 及詩酒錦箋之交 其次入寒士家 執日用數墨之役 及鱗羽赫蹏之任 卽後素也 又其次 誤入皁隷家 多爲徊屨者所凌踏 甚者至使巫祝之流 或剪刀而掛木之 或擊鼓而燒爐之 非後素志也 東京之役 士民罷於回紇之亂 幾於凍死 後素遠祖遂極 亦捍衛以身溫被全軍 賴而得活 天子嘉之 死諡曰衣蓋 其族類 雖賤貴窮達之不侔 至其各適其用 而人得以悅之者 三三者之中 惟後素最也與.

管城子者 本毛刺史毛穎後也 名尾生 字穎夫 管城其始封之號也 以其祖姓毛 故從毛爲名 夷俗然也 管氏世秉斯文 自書契時已顯 從蒼帝造鳥跡 佐伏羲畵龍圖 至魯素王元年 大有刪述之功 未幾 見絕於西狩皆管之最著者也 其後漸漬浸微 其子姓派分絲延者

貪墨失行 多係於工商之世 不計人賢愚貴賤 惟其任不辭 人以是侮之 呼爲尖頭奴 元魏時 有古弼者 頭尖 太武目之以筆頭奴 時人亦謂之筆公 其賤如是 在秦初 爲蒙將軍府史所嬖幸 遂褁以鹿毛 厚衣之以羔裘 薦始皇 用事受封管城 然此非始封之祖 乃毛之別族也 世稱管氏因蒙顯 非也 或者以爲穎夫本毛遂裔 嘗慕其祖穎脫之語 字以穎鑿也 遂實趙人 而穎夫系出中山 則本非其族類 明矣 安有承襲祖訓 取而字之義乎 好事者之言也 從李斯工篆 得脫盧生之禍 未幾而遭經焰之厄 管氏尤廢而不振 無可 稍稍入醫藥卜筮博士官之門 僅免劫灰 然大抵皆爲世所諱 管氏幾乎滅矣 其後有管刀者 失其官守 痛秦法之苛酷 重念其祖管城侯之德 謀於其友簡翁 欲復起斯文 變姓名 隱於尙書家 書亦未解其意 使執刀抹之役 刀遂棄而終老 自漢興以來 其賤尤甚 陸賈張子房之徒 雖自許以儒者 未嘗尊而閣之 至司馬氏出 管刀六世雲管椽者掌天官之任 七年而當李陵之禍 竄身韜光 聞斑超喜文辭 將鬻技而 從之 時四方擾搖 干戈交攘 超亦急於封侯計功 待管氏不爲禮 并與其友石君而投之牀下 超卽固之弟也 以若好古之兄弟 而待管氏如是薄恩 漢儒之陋 無足道也 其後 揚雄自以稍脫漢家之陋 閉門 呼與之草太玄 管氏遂自此見寵 然使其主不能脫投閣之禍 而致莽大夫之名 則此管氏之陋也 在後世至有以金玉貯 又以阿嬌象齒爲佩者 則過於侈矣 而非管氏而知禮也 至魏晋氏 出而管椽之后 始成三家 曰管圖 曰管聖 曰管閣 圖入王右軍幕下 習龍蛇八陣之法 所向無當其鋒者 値永和三月流觴之會 有形體短小 年甲子美鬚髥者 自稱管氏同色 從傍示其巧 圖亦不爲之猜勸之遊 右軍遂給蠶絲紙一幅 使之模出三百二十三字 極勁遒可償 然其爲性 工於技 而不工於行 每晝伏夜動 多穿窬 竊人粟 竟以贓律坐廢 至今取之者 蓋寡矣 閣入鍾繇家 乃因繇顯 然畏魏王粲才高 每閉閣不出 故時人 目之以閣老其憁懶 厭勝之病如此 聖入張芝家 善草書 如鷩鳥

乘風 嘗臨池習沐 池水盡 人名之以草聖 右軍曰 管圖視閣當抗衡 較聖猶雁行 蓋自有管氏以來 言翹楚稱三家焉 然三家之后 皆不得復振於世者 以其不適時義 而濶於世情故與 其後 管氏遠裔 有曰管牀者 爲梁簡文帝客卿 簡文特設一牀 敬同徐孺子 又侍湘東王著書 帷幄三分管氏三等而官之 奬忠孝呼金魚袋 德行呼銀魚袋 文章呼竹符 任事之便 無不當其才 自此管族日益親 管刀後裔 失其官號者 嘗爲唐尹思貞司府少卿客 論事稍戇 吏語曰 不畏尹卿杖 祇畏尹卿客 又隨柳公權 以直諫名 蓋管氏之見憚於世 非一日 戰國時 有一管 行端直 不諱人過失 荀卿目之以三端 卽其一也 後來子孫之使人敬憚 其一種家法乎 後呈五色瑞於江淹 符中書史於馬裔 如王珣之徒 必以管氏爲巨擘焉 然皆不過鍾王家駢拇耳 復有毛華者 與李白神交 久之 縱色無忌 一日 同石學士 從白待詔便殿 値天寒氷凍 玄宗呼宮嬪十人奉 而呵其口 寵渥無比 嘗與王勃耦而耕 所至請托交 得金帛甚豐 卒之不能盡用 短命死棄之遂 與瀛州學士虞世南善隨 世南入侍上前 習揮戈法以塡補去 蓋世南器量弘大故勿論其敏鈍 惟管氏則是親 裴行儉曰 褚遂良非精好者未昵 不擇高下 惟余與世南耳 又從司馬公 撰資治功 佐范太史著唐鑑 馬公尤崇信之着黃袍 不爲僭 以其萬世開蒙之功 無愧魯史故也 最後得趙子昻 著名一世 然歷代諸管 史失其系 惟子昻家餘派 渡鴨而東 東俗多效之者 蓋其族類不一 始生如犬戎 多出於蕃禺叢棘中 紛然跳梁 染跡中土 皆冒管爲氏 君子不計世類而用之 然亦不無貴賤夭壽之異 有身着黃衣冠 善緣木 勁儇可使者 東俗呼爲黃冠子 而不名 以其稟中央色而貴之也 有卯生者 善跳躍明 出自中山於臘月 以前則數數 而復返 儇捷使 然久易夭 其餘羔裘族 午未生之類 稍壽於卯生 然以其黨類 未能脫俗 每就食煙火間 故人多賤之 多爲竪兒所侮弄 又有亥生者 身大如杠 剛 而長啄高談大言 不適恒用 是世無與者 羅代隨管氏入遼東 遼東其貫鄕也 與

神童朴訥從之遊 其子孫 雖不爲簪組世族 然分在京外者 有解額者 又有善爲標榜者 大抵管氏諸族 皆不喜武人 故武人亦不與之友 每索淸寒士與處 至於詩酒數墨之場 科斗篆籒之古 無不傾其腹心 如遠近尺牘應酬赫蹏之煩渠 每先自會心 輸流不滯 陶翁之門 了無停客 卽穎夫祖也 穎夫有賤族一人 爲胥吏家傭賃 善聚斂塗 然已得之 未嘗自私 輒周其主不恡 吾以是 知雖管氏之賤者 亦周于利而不爲貪也 穎夫入吾室 對吾吟恒遊居 寢處我牀笫 性樂水 有事輒免冠 低首沐浴而請 孔子曰 智者樂水 如穎夫者近之 而常與其友襄墨公混處一室 故每有黑心動 輒促壽 久之被汚已甚 髭髮童童 然悔不斥襄墨焉 吾故曰 管氏雖智於水 而愚於擇處 未必謂之知也.

墨子名眞光 字玄叟 本松滋侯陳玄後也 子孫襲祖先名爲字者 亦夷俗然也 墨氏亦自書契時顯 然史失其傳 祖禰以上無德可稱 故推尊玄 嚚爲鼻祖 而自詭爲神明后 甚遙遙乎 己又嫌其無徵也 以宋司城子罕爲中祖 採其時謠頌曰 澤門之黔 以子罕面黑 而居澤門故也 周季有陳玄後孫陳繩者 稍解刑名規矩之學 從呂氏 著刑書 隨公輸 習削繩 以功賜姓墨氏自此 其傍族鼎之 黔松之煙 皆其本姓紛紛 冒墨爲氏 咸曰墨胎氏后 亦誇毗之辭也 墨氏之孫 有曰副墨者 聞雒誦之言於瞻明聶許之徒 與女偊論脩煉之法 最爲漆園氏獎與 然其族大抵微而不振 至漢 與墨氏遠裔與蕭何少相識 與議時事 又受尙書令 得月給瑜磨之典 未幾而出 除玄香太守 最以淸簡聞 至漢成帝時 有子墨者爲揚子雲客卿 隨雄入侍上前 上長楊賦於射熊館 以諷諫之 於是而尊之爲翰林主人 此其最著也 及曺魏氏簒漢 墨氏失其官守 恐一朝有赤族之禍 變名姓 自稱石氏 亡匿隱於銅雀臺 人皆視以尋常 後爲陸士衡所摘 世道至此 人倫幾乎熄矣 其後 唐玄宗敍其罪而用之 一日 有自稱黑松使者 進龍香劑一封 而有乎萬歲者 上

異之 使掌爇火之任 於是而墨氏始大 其族流遂各管其主 從王勃進文章 隨韋述校書史 又與張旭甚善 墨至 張每乘醉 狂顚加額而呼 自以爲神交 不可復得 世稱張顚焉 元佑中 王晉卿迎墨氏十數家 品其高下 置之一席 埒之以雪堂義尊 五季之世 歷代臣主 無不薄恩少愛 如試進士不中程者 呼墨氏而下飮罰觶 東坡所譏 紈袴兒飮斗之說 是也 其後 宋之 達道蘇 浩然呂行甫諸人 喜相與飮啜 遂成膠漆 嘗與魏野 臨流賦詩 并與石君 而擕倒洗浣 俾魚呑之 其天機之自有活潑潑 地如此 後得范希文 慕以狎 之 與門下諸賢 延入室 每至 特設一帳燃燈 講磨不掇 其光熖襲帳 帳爲 之盡黑 人稱墨帳 戰國時 楊墨之言盈天下 孟氏辭而闢之甚嚴 墨氏一種 嫌其姓與翟混 而恐闢之無別 逃墨禍而轉入東方 次于楊州地 其友石卿 嘲之曰 子旣逃墨 而又歸于楊何 里名朝歌 子之宗人 尙回車 踪跡之嫌 古人猶避 子盍胡更圖仁里而宅之 墨氏然之 卽日遷之黃海之海州 至今 其族遍國中 言閥閱 必稱海州 亦有冒貫爲海者 去年秋 其徒六七窮不自 資 隨工商 入貢院 自賣於市 余哀其窮也 而墜厥家聲 傾橐儲贖之 載與 俱歸 并與重受穎夫而寢處一室 卽玄叟也 玄叟性太剛 得年多不過數月 纔過歲 餘皆昏昧失性 鮮不爲濁終 不如管氏之老當益健 平生喜水 每臨 池浣沐 頭出頭沒 遇知己 輒竭力磨肌 不靳費己 雖摩頂放踵 利於主爲 之 人謂雖十分逃墨 終亦不脫其世類云 玄叟艴然不悅曰 爾何曾比余於 翟 彼楊墨之禍天下也 至於無父無君 而隻手扶綱 登山採薇 吾墨胎氏之 高節也 義重天倫 遜國不立 吾孤竹氏玄冑也 可謂曰 無父無君乎 且翟 之道 雖遇衆人 必兼愛 我遇知己 能盡愛爾 何曾比余於翟 韓子曰 人固 有墨名 而儒行者 吾嘗以此爲確論.

石學士者黑水西河人 名虛中 字重受 石氏系出端溪 兄弟三人而有 面色深綠者 有頭圓而小如鴝鵒眼者 有深紫而如猪肝色者 此三妙而紫

者最貴云 簒曰 帝鴻氏之硯 以其先出自端石 故從石爲氏 而別其名號也 帝鴻氏之後 歷數千載 而至漢武時 有曰鄧支者 偏得帝鴻氏之術 而慕石君之風 莽蒼間 適遇石氏一種形如馬肝者 加琢磨而進之 爲文房之交 後又有孫之翰者 人指一石氏而勸之友 曰 此呵之流液可直二十千 孫笑曰 一日呵得一檐水 只直三錢 翰實愛而戱劇之辭也 中葉重受遠祖受封卽墨侯 時人或呼以石鄕侯 嘗愛石曼卿風 自詭爲曼卿 后其子孫分居諸國者 各管其主 非其人不與在 與李白神交 一日爲白敦勸 俱至上前 方龍巾拭吐 乘醉倒臥 頑然不應 天子倣嚴光故事 使幸姬貴妃扶起 蓋石氏得李白益著名 而歷代臣主 其寵渥無此比 後世至有侈之以葡萄雲文梅竹香者 或呼以龍尾 及歸有徒步追送門外者 而其尊閣 無如唐宗之待石君 其後石氏失其姓譜 或冒竹山君爲系 則失之廣南 假鐵面爲號 則失之桑維翰 終不如石氏之介確不磷也 至宋木假氏出 始崇信其術 雖貧乏無代耕之資 不以窮交而踈之 曰我本無田 食此破物 蓋其愛之篤 故不以貧窶貳其心 惜乎 漢之班超隋之來護 皆待之薄 至有安事石氏之語 則其孤陋負義 未必爲石君陋 而反爲後人笑也 蓋重受無佗技 居恆沈默喜靜 體方而志圓 有合乎君子規矩之德 非應事物接之 時與其友穎夫玄叟 閉門相守一室 獨後素不與焉 疑其爲太皎皎 故外之與 重受平生有痟之證 甚於長卿 每請灌于水府白玉眞君 眞君與之水 張口而飮 且無獨呑之心 每罄其有波 其友玄叟穎夫雖盡取之 無恡色 其弘量如此 石氏之族遍天下 末流亦係工商之世 然亦喜人文獻家 終其世 上壽中壽至八九十年 五六十年最殤者 亦不下十年 四君之中 惟鈍者 最壽乎

木公之鄕 環堵之室 有四友 主人居之 曰 混沌子 方是時也 混沌未有對冬一褐夏一絺 春不耕秋不獲 四壁堆然立霜雪 家日益落 賓客來者日益稀 親戚故舊愛混沌者 咻喝之聲 日至爲世寡合 惟四君從之 遊甚昵 非喪亂憂患急遽顚沛之除 未嘗一日離吾側 人或沮之曰 若誤聽四君

語 久困闔 胡去諸 混沌笑曰 四君寧負我 我不忍負 遂成莫逆交 以其人無供饋酬酢之費 而無色慍 無 諂笑 肩之狀 而無怨色 無送迎拜跪起居燕樂之事 而無憤對色 終始一心 推卻而不去 直可尙也已 日穎未免冠而請曰 余久與吾子交 子不爲吾言乎 且智永瘞而不誌 韓愈傳而不咸彼三人者 得無憾乎而已 楮公正席而對石學士 掉頭而出 玄叟磨肌而應曰僉意也 余旣嘉四君之請 重念四君 不以寒暑隱約而貳其心 幸得爲吾有慮後世失其系 未免有丁簽之患 是爲傳

混沌子曰 管氏之病 恆患乎啄 墨氏之病恆患乎腰 楮公病在生毛 石公病在引渴 皆有死 其最得壽者 重厚之石公乎. 『石洲文集』

한성리의 관성자전
韓星履 • 管城子傳

관성자(管城子)란 이는 석향(石鄕)[1] 출신이다. 고죽군(孤竹君)[2] 집안의 여자를 아내로 맞았기에 관성자라 부르게 된 것이지만, 처음 이름은 모영(毛穎)[3]이었다. 이러한 사실이 한창려(韓昌黎)[4] 지은 전(傳) 가운데 실려 있다.

대개 그 생김이가 얼굴은 짧고 몸 가운데가 길었다. 기상이 빼어나고 정신이 총명 민첩해서 왕들의 성공과 실패에 두루 통했고 성인들의 깊은 뜻을 전하였다.

석향후(石鄕侯) 연(硯)과 저선생(楮先生) 지(紙), 즉묵후(卽墨侯) 규(圭)와[5] 더불어 친하게 사귀었는데, 밤낮으로 서로 따르며 근심과 즐거움

1) 벼루의 별칭 중 석향후(石鄕侯)란 말에서 따온 뜻이다. 석향은 본래 한(漢)나라가 세웠던 산동성 소재의 고을 이름이다.
2) 고죽(孤竹)은 대나무의 한 가지 명칭. 은대(殷代)의 작은 나라 이름.
3) '붓'의 인격화 명칭.
4) 당(唐)의 문호였던 한유(韓愈). 붓의 가전 〈모영전(毛穎傳)〉을 지었다.
5) 각각 벼루·종이·먹의 형상화이다.

을 나누는 가운데 단 하루도 서로 떨어지지 않았기에 세상에서 다들 문방사우(文房四友)라 일컬었다.

史皇氏 창힐

관성자는 사황(史皇)[6] 원년에 처음으로 벼슬을 하게 된 이래 내외에 두루 드날려 누려보지 못한 영화가 없었다. 이를테면 미원(薇院)[7] 한림학사(翰林學士), 백부(栢府)[8]의 어사(御史), 목천(木天)[9]의 검교관(檢校官)[10], 난대(蘭臺)[11]의 태사령(太史令)[12] 등이 바로 그가 밟아 온 자취였던 것이다.

『주역』에서는 수시 움직임의 변화를 터득하였고, 『서경』에서는 해득이 쉽지 않은 난삽함을 가려내었으며, 『시경』에서는 시가로 읊고 노래하는 일을 본받았다. 경전에서는 의미의 밑바탕을 얻었고, 사서(史書)에서는 글의 개성과 위엄을 귀감으로 하였다. 사람의 선과 악, 일의 옳고 그름, 인간 세상의 치리(治理)와 혼란에 대해 밝게 조명하여 헤아리지 않음이 없음이 거울에 비치듯 그림자가 따르듯 하였으니, 그야말로 그의 타고난 자질에서 나온 것이었다.

비록 말없이 움직였지만 군주가 그 의론을 두려워하였고, 겸손하고 공손하였으되 용사가 자신의 굳건한 방어력을 잃었으며, 그 자신 눌변

6) 상고시대 황제(黃帝)의 신하인 창힐(蒼頡). 처음으로 글자를 만들었다 한다.
7) 황제의 직속 비서기관인 중서성(中書省)의 이칭. 미원(薇垣). 자미성(紫薇省).
8) 어사대(御史臺)의 별칭. 백관(百官)을 규찰하고 탄핵하는 일을 맡은 관청.
9) 한림원(翰林院). 주로 조서(詔書)의 기초를 맡아보던 관아.
10) 경적(經籍) 또는 공용문서의 교열을 맡던 관리.
11) 한나라 때의 황실 문고.
12) 태사(太史)의 우두머리. 태사는 그 시대의 기록을 맡은 관리.

이었으되 달변인 이가 스스로의 조화로움을 뺏기고 말았다.

관성이 살던 세상에 잘난 자 어리석은 자 할 것 없이 누구든지 그 앞에 나아가 물었으니, 그가 가리킴을 들은 뒤에라야 만사가 그 실체를 얻고 사람은 평정을 얻게 된바, 그의 공적과 재능이 이러했다.

관중

중(仲)[13]이라는 아우는 제환공(齊桓公)의 시대에 처해 천하를 크게 바로잡고 아홉 차례 제후를 통합케 하였다. 그가 비록 공자 문하에 가서는 부끄러운 칭호가 되었으나, 공로를 가지고 논할진대 가히 으뜸이라 할 것이다. 녕(寧)[14]이라 하는 손자는 한나라 선제(宣帝)[15] 시절에 경학(經學)으로 한 시대를 울렸다. 그의 문벌이 이만큼 하였다.

관녕

그렇지만 관성자는 몸의 끝 마디가 몹시 가볍고 뾰족하여 제대로 정수(精髓)를 모아 간직하지를 못했다. 또한 바깥으로 내세우기를 좋아해서 어느 때는 남의 잘못을 드러내기도 하고 세상의 이지러짐을 비꼬기도 하여 곧잘 당시대 임금들의 미움마저 샀다. 이런 것은 아무리 스스로 뉘우치며 고쳐야지 했지만 잘 되지 못하였으니, 암만해도 타고난 그의 천성이 그랬던 것이다. 이런 까닭에 그를 비꼬는 이마저도 없지 않았다.

13) 관중(管仲). 춘추시대 제(齊)나라의 재상으로, 환공(桓公)을 중원의 패자(覇者)가 되게 하였다. 포숙아(鮑叔牙)와의 우정으로 유명하니, 관포지교(管鮑之交)라 한다.

14) 관녕(管寧). 춘추시대 위(魏)나라의 고사(高士). 황건적의 난리를 피해 요동으로 갈 때 따르는 많은 백성들을 덕화(德化)로 이끌었다. 난이 평정되고 위문제(魏文帝)가 불렀으나 나가지 않았다.

15) 한나라 제6대 황제 유순(劉詢)의 시호.

문방의 네 벗이 한 마음 한 정의(情誼) 아님이 없었으나, 사업의 공으로 본다면 관성만 한 이가 없었다. 때문에 관성이 능히 이 굳건한 동아리의 우두머리가 되었다.

매양 천자가 흙을 쌓아 산천에 제사 드릴 때라든지 제후가 동맹을 맺기 위한 모임의 자리, 역사 담당의 관리가 칭찬하여 기리거나 깎아내려야 할 마당에 관성이 아니면 그 맡은 바를 해낼 수가 없었다. 그리하여 사람들이 모두 저마다 '나의 관성'이라고 하거나, '관성은 가히 만고에 으뜸가는 인물이라'고 하였다. 하지만 사실인즉 그가 어떠한 사람인 줄은 누구도 알 수가 없었다.

야사씨(野史氏)는 이르노라.

「내가 〈관성자전〉을 읽어 보매, 그가 남에게 뒤지지 않는 재주와 도량을 갖고 있으면서도 실상 자기 스스로를 위해 얻은 바는 없었다. 그는 어이하여 예봉(銳鋒)을 모으고 정기(精氣)를 길러서 자신의 수명을 보태려 하지 아니하였던가? 게다가 참으로 남이 아쉬워 구하는 바가 있을 때 이마가 닳고 발꿈치가 해짐을 가리지 않고 응했다가 외려 딴 부류의 비웃음마저 초래하였으니, 그 어찌 스스로를 아끼지 않았던가? 애석하고나, 그가 이를 대수롭게 보아 넘겼음이여!」

〈관성자전(管城子傳)〉은 구한말의 문인인 가헌(可軒) 한성리(韓星履, 1850~1927)가 붓을 의인화한 전기(傳記)이다. 이 땅에서 붓을 대상으로 삼은 형상화는 일찍이 조선 선조 무렵에 습재(習齋) 권벽(權擘, 1520~1593)의 〈관성후전(管城侯傳)〉이 있었다. 이후 별반 전승의 자취가 없더니 1900년대를 전후한 이 작품에 이르러 다시금 그 면모가 재현되었다.

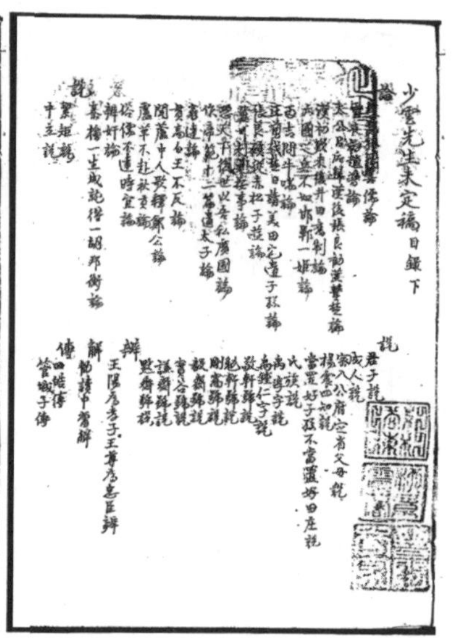

『少雲先生未定稿』의 목록 · 下와 〈관성자전〉

한유의 〈모영전〉 이후 약 1100년, 권벽 이래 약 350년 뒤인 셈이다. 작자인 한성리도 본 작품의 첫머리에서 아예 "初名毛穎也 事載韓昌黎所撰中"[처음 이름은 모영이니, 이 사실이 창려 한유가 지은 작품 안에도 실려 있다]고 하여 송신자(送信者)의 면모를 직접 밝히고 있다.

우선 작자 한성리의 면모를 살펴 볼 필요가 있다. 그는 청주(淸州) 본관으로 문정공(文貞公) 송재(松齋) 충(忠)의 후손이다. 자는 공진(公辰), 호는 가헌(可軒), 또는 소운(少雲)이다. 조선조와 구한말에 걸쳐 활동한 인물로 충청북도 음성군(陰城郡) 출신이다.

아버지는 동원(東源)의 아들인 한용익(韓用翼)으로, 철종 조에 사마시에 합격하였고, 중시(重試)에서는 김병국(金炳國)이 공의 글을 뽑아 말하되, '참으로 아름다운 글'이라 했다 한다. 그런데 한국정신문화연구원에서 편한 『사마방목(司馬榜目)』에 보면 한성리가 한명리(韓明履, 1806~?)의 제(弟)요, 한명리는 통훈대부(通訓大夫)의 품계에 행사간원정언(行司諫院正言)을 지낸 한용간(韓用幹)의 아들이라 했지만 한성리의 부는 한용간이 아닌, 한용익이다. 뿐만 아니라 한명리는 자가 경소(景紹)로, 헌종 9년(1843)에 식년시 생원진사시에 생원으로 합격한 인물로 기록되어 있고, 거주지가 서울로 되어 있는 데다가, 한성리와 형제간이라 하기에는 연령 격차가 얼추 두 세대 정도로 심하게 벌어진다.

다만 한성리 생애의 기간을 기왕의 문헌 자료들 안에서 상고해 보는 일이 난망하다. 행적의 가장 자세한 면면은 문집을 통함이 최선이나 그의 문집은 아직 공간(公刊)된 것이 없다. 다만 유고의 확인 과정에서 한국정신문화연구원에 저자미상이라 하여 집부(集部) · 별집류(別集類) · 시문(詩文)2로 분류된 1책 92장의 필사본이 소장되어 있고, 연세대학교 도서관에는 상 · 하로 구분된 사본(寫本) 2책의 『가헌미정고(可軒未定稿)』, 일명 『소운선생미정고(少雲先生未定稿)』가 있다. 이 경우 책 표지에는 '可軒未定稿'라고 되어 있는데, 정작 그 다음 첫 페이지를 열면 제목이 문득 '少雲先生未定稿'로 달리 표기되어 있음이 특이하다. 또 다른 책 초고본(草稿本) 10권 1책의 『죽창만록(竹傖謾錄)』에는 운문 분야에 관련한 작품이 수록되어 있다. 하지만 책들은 유작들의 나열에 집중되다시피 하여 정작 삶의 노정을 맞춰 보기 쉽지 않다. 그나마 음성군지 편찬위원회가 1963년 · 1979년 · 1996년 · 2008년의 네 차례에 걸쳐 발간한 『음성군지(陰城郡誌)』 및, 충남 공주(公州)의 유학자인 이병연(李秉延, 1894~1977)이 조선시대 『신증동국여지승람』(1530)과 『대동지지(大東地志)』(1864)를 바탕으로 해서 1922년에서 1937년에 걸쳐 완성시킨 지리서인 『조선환여승람(朝鮮寰輿勝覽)』 등을 통해 멱득(覓得)한 바에 그의 생년(生

年)은 대략 1850년 어간쯤으로 일단 가늠해 볼 길 있었다.

그의 몰년(沒年)에 대해서도 진지하게 모색을 시도하였는데, 이번 글을 쓰는 동안 뜻밖에 그의 유저로 국립중앙도서관에 『소운전고(少雲全稿)』가 소장되어 있음을 발견하였다. 모두 2권으로 조성된바, 권1은 '文', 권2는 '詩'로 편성되어 있는 가운데 여기서도 그에 대한 행장이거나 묘지·묘갈 등은 없이 남겨진 작품 소개에만 오로지하고 있다. 작품량도 풍부한 데다 해당 작품에 상당 부분 그의 생애의 간기(刊記)를 표기해 놓은 덕에 대강의 헤아림을 가능케 해준다. 이 고본(稿本)에서는 작품들을 연도별 순차에 따라 나열해 놓고 있는데, 가장 끝으로 확인되는 간기가 정사(丁巳)년 곧 1917년으로 되어 있다. 다름 아닌 〈정사경칩일념청자(丁巳驚蟄日拈青字)〉라는 시가 최종을 장식하고 있음으로 하여 그의 궁년(窮年) 생애가 대략 1850년에서 1920년쯤 되리라는 추정을 시도해 보았다.

그랬는데 결정적으로 한성리 생애의 시종(始終)을 확인할 수 있는 기회를 만나게 되었다. 바로 이 음성 지역 명사(名士)로서 같은 공간에서 활동했던 학자인 역당(亦堂) 구영회(具永會, 1912~1984)의 자(子)이면서 학문적 계승자인 일사(一史) 구자무(具滋武) 화백이 저자에게 베푼 직접 증언에 따라 한성리의 생몰 연대가 1850년에서 1927년까지임을 문득(聞得)하게 되었으니 이만저만한 천행이 아닐 수 없었다.

한성리는 애초에 조선 후기의 문신인 신계(莘憩) 이돈우(李敦宇, 1801~1884)에게 수학하였다. 이돈우는 본관 전주(全州), 시호는 문정(文貞)이다. 1827년(순조 27) 증광문과에 병과 급제한 이래 승지, 대사성, 이조참판을 거쳐 1841년(헌종 7) 전라도관찰사, 1845년(헌종 11) 대사헌, 1849년(헌종 15) 헌종의 사후 공조판서 겸 존호도감도청(尊號都監都廳)이 되었다. 뒤에 예조·병조 등의 판서를 거쳐 1862년(철종 13) 경상도관찰사로 나갔고, 이듬해 의금부판사(義禁府判事)를 거쳐 재차 공조판서가 되었으며, 1865년(고종 2) 영건도감제조(營建都監提調)로 경복궁을 중건할 때 공사를 감독했다. 문집에 『신계집(莘憩集)』이 있다.

이렇게 이돈우 문중에서 공부한 한성리는 또한 화성이서(華省二書)로 일컬어지는 화서(華西) 이항로(李恒老, 1792~1868)와 그 계승자인 성재(省齋) 유중교(柳重教, 1831~1893)의 성리학을 전수(傳受) 강학하였고, 면암(勉庵) 최익현(崔益鉉, 1833~1906)과 의암(毅菴) 유인석(柳麟錫, 1842~1915)의 절행을 배웠음을 『조선환여승람』은 밝히고 있다[早學于李敦宇門 退而講華省性理之學 師勉毅節義之行].

1889년(고종 26)에는 11대 선조로 문정(文貞)의 시호를 받은 송재(松齋) 한충(韓忠, 1486~1521)의 문집인 『송재선생문집(松齋先生文集)』(국립중앙도서관 소장) 활자본 7권 2책을 한장석(韓章錫)의 서문을 받아서 간행한 바 있으니, 오늘날 『한국문집총간23』에 실려 전한다.

1895년은 음성이 충주부 음성군이 된 해이고, 1896년은 처음 충청북도 음성군이 된 해이다. 한성리는 바로 1895년 10월에 척왜 절의로 의병군 자금을 지원한 지와(知窩) 최영승(崔榮昇, 1822~1896)을 도와 운곡서원(雲谷書院)을 환수하는 일에도 큰 역할을 하였다. 지와는 화서(華西) 이항로(李恒老)의 학맥을 계승한 이른바 화서학파(華西學派)의 한 사람인 중암(重菴) 김평묵(金平默)의 문하이다.

이들은 앞서 1892년(고종29)과 1894년(고종31)에 걸쳐서 음성군 삼성면(三成面)에 1871년(고종8) 흥선대원군의 서원철폐령 때 철거되었던 운곡의 주자서원에 설단제향(設壇祭享)을 복설(復設)·신축하는 일면 생극면(笙極面)의 지천서원(知川書院)에 육현단(六賢壇)을 쌓았는가 하면, 1895년에는 정구(鄭逑)의 영정을 가져다 봉안하였다. 그 과정에서 비용 마련을

知窩 崔榮昇과 雲谷書院 전경

위해 논을 팔기도 했던 지와는 서원의 재산이 부당하게 매각된 사실을 밝혀내고 이 해 10월 2일, 16명의 이름으로 충청도 관찰사에게 송사(訟事)를 제기하여 서원의 재산을 되돌리기에 이르렀다. 이때 한성리가 또한 조종학(趙鍾學)·이수봉(李洙鳳)과 나란히 이 일에 적극 가세했던 것이니, 이처럼 그는 가문과 향리를 위해서는 자기 개인의 일처럼 적극 나서서 주선·성사토록 함에 비상한 의욕을 갖추고 있었다.

1905년에는 추탄(楸灘) 오윤겸(吳允謙)이 이구령(李龜齡, ?~1592)의 충절을 포증(褒贈)하는 일을 도왔다. 이구령은 음성 출신으로, 중봉(重峯) 조헌(趙憲)의 문하에서 수업하다가 임진왜란 때 홍천현감(洪川縣監)으로 부임, 조헌과 더불어 창의(倡義)하였다. 창의란, 기의(起義)라고도 하는 바 국난을 당하였을 때 나라를 위하여 의병을 일으킴을 말한다. 그런 그가 충청남도 금산군 수남(樹枏)에 진을 치고 전투하던 중에 낙마하여 1592년(선조 25) 8월 11일 순절하고 말았다. 뒷시대의 오윤겸이 초혼시(招魂詩)로 그의 충절을 위로하고자 했을 때 한성리 등이 청원서와 입안 등을 작성하여 음성군 생극면 차평리에 이구령 충신문을 건립하는 데에 크게 일조하였다. 동시에 포증(褒贈)의 은전(恩典)을 내릴 후손을 찾지 못하였다가 1903년에 충청북도 음성군 생극면 송리에 이구령의 후손이 살고 있음을 확인하고 음성 유생들이 여러 차례 감영(監營)에 고하여 포증해 줄 것을 장계(狀啓)했는데, 2년 뒤인 1905년에 한성리 등이 앞장서서 성사시켰던 것이다.

생극면(笙極面) 생리(笙里)에다 함의정(咸宜亭)을 지어 성리학의 강습 장소로 삼았고, 1909년(순종3) 3월 16일에는 음성군 향교 직원으로 임명되었으나, 이듬해인 1910년 합병의 국치(國恥)가 있던 5월 21일 자원 해직하였다. 그리고 그 해 8월에 이른바 경술옥사(庚戌屋社)라고 한 일제의 강제적 호적 편성에 불응하였다.

단양(丹陽) 우씨(禹氏) 가문과 관련해서도 흔적을 남긴 것이 있다. 다름 아닌 단양 우씨 안정공파(安靖公派)의 큰 인물인 지암(芝巖) 우형도(禹亨道, 1688~1750)의 비명(碑銘)을 지은 일로도 알려져 있다. 우형도는 숙종 대와 영조 대에 걸쳐 살면서 두 차례나 향학장(鄕學長)을 지낸 인물로, 무신 적변(賊變) 즉 무신란이 발발하자 의병장이 되어 많은 공을 세우고 만년에는 천석(泉石)을 즐겼다고 한다. 비명은 『단양우씨안정공파족보(丹陽禹氏安靖公派族譜)』(권1) 및 『소운선생미정고(少雲先生未定稿)』에 수록되어 있다. 비명 가운데, '육송(六松)은 서로 의지하고 오류(五柳)와 함께 있네, 그 모습 바람에 나부끼어 영원하리라'고 했는데, 여기서 육송은 절개, 오류는 문장의 상징어이니, 이는 동시에 평소 한성리의 흉리에 지향하고 있던 바를 그대로 반영한다.

이상에서 추려 볼 수 있는 공통점은 그 스스로가 판단하여 불의라고 생각되는 일에 대해서는 안으로 접어두지 않고 대항하는 기질이라는 사실과 함께, 충의를 몸소 실천한 당사자들에 대한 감발(感發)이 비상했음을 십분 인지할 만하다.

저서로 『주서촬요(朱書撮要)』·『예가집설(禮家輯說)』·『소운전고(少雲全

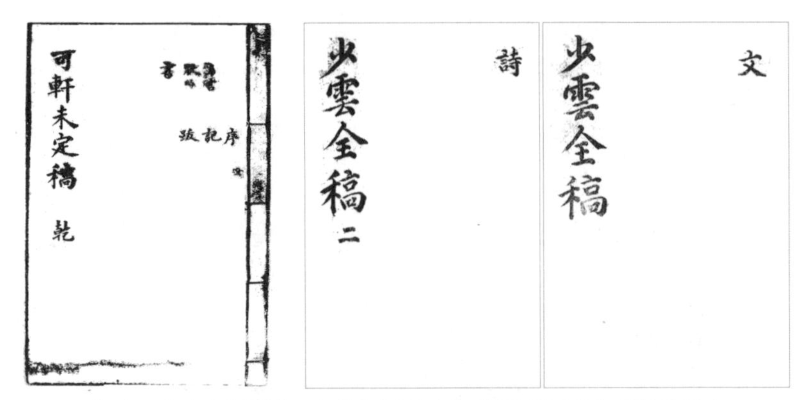

『可軒未定稿』(연세대학교 소장)와 『少雲全稿』(국립중앙도서관 소장)의 표지

稿)』·『가헌미정고(可軒未定稿)』 등 총 50여 권이 있다고 한다. 역시 대체로는 학구적이고 실사(實事)를 다룬 내용이 우선한다.

대의명분을 따지고 사리정당을 지켰던 그의 생애의 면면이 보여주듯 그의 유집인 『소운선생미정고』를 유의해 보아도 상권 첫머리가 일반 문집처럼 한시부터 나오는 것이 아니라, 소(疏)·언(上言)·장(狀)·서(書)·기(記)·발(跋) 같은 산문 류가 독장(獨場)하다시피 한다. 산문 중에서 특히 구한말의 인사인 의암(毅菴) 유인석(柳麟錫)과 우당(藕堂) 민영달(閔泳達) 등에게 올린 서신이 많이 알려져 있다. 한편 『음성읍지』에는 〈지천강재중수기(知川講齋重修記)〉·〈석가헌상량문(夕可軒上樑文)〉·〈운곡서원(雲谷書院)〉·〈태교사(泰僑祠)〉·〈차산(車山)〉 등의 작품이 소개되어 있다.

아울러 작품 중에는 '擬~'와 '代~'로 시작되는 표제가 상당수 구사되고 있다. 전자는 후한의 역사가인 반고(班固)와 조선 병자호란의 척화신(斥和臣)과 성리학자인 정명도(程明道) 같은 옛 역사 속 누군가의 입장을 살려 의작(擬作)하는 형식의 글이다. 후자 또한 그 설정이 크게 다르지 않다. 예컨대 진나라 말기 유방과 혜제(惠帝)를 보좌하다가 여태후 죽은 뒤에 여씨 세력을 제거하고 문제(文帝)를 추대하는 데 공로를 세웠던 장군 주발(周勃)이라던가, 후한 시대 행정가로서 많은 치적을 남겼던 가표(賈彪) 등의 처지를 빌려 대신 글을 지어 올린다는 가정 속에 쓴 글들이다. 글들의 공통점은 그들의 시대에 부딪힌 문제들을 앞에 두고 시비와 곡직을 밝게 규명하는 데 있다. 역시 시의(時宜) 적절을 가리는 논정이 주류가 되는바, 그의 삶의 내력과 관련하여 잘 들어맞는다.

이렇듯 한성리는 자신의 판단에 부당하다고 생각되는 일이 생길 때마다 그저 그렇게 넘어가는 무난한 성격이 못되었다. 매사 그 부당함에 정면으로 맞서 고발 비판하는 적극 열혈적인 인물이었다. 이 같은 기질은 그의 자작 열전인 〈관성자전〉에 그대로 투영되는 양하다. 이를테면 작중 주인공 관성자의 개성을 설명해 보임에,

> 또한 바깥으로 나타내 보이기를 좋아해서 어느 때는 남의 잘못을 드러내기도 하고 세상의 이지러짐을 비꼬기도 하여 당시대 임금들의 미움마저 샀다.

고 한 대목은 한갓 제3자의 얘기, 우연의 소치로만 돌리기 어렵다. 바로 작자 자신의 신상고백으로 다가오는 것이다.

뿐만 아니라 행적에서 보듯이 그는 이렇게 자신의 가문이나 향리 일 외에 다른 이의 문중 관련의 일에조차 수고로움을 가리지 않고 한껏 조력한 인물이었다. 역시 〈관성자전〉의 최종 평결 중에,

> 자기 스스로를 위해 얻은 바는 없었다. … 게다가 진실로 남이 아쉬워서 구하는 바가 있으면 이마가 닳고 발꿈치가 해짐을 가리지 않고 응하였다가 외려 다른 부류의 비웃음마저 샀으니, 그 어찌 스스로를 아끼지 않았던가?

로 탄식한 대목은 흡사 한성리 자신이 지금까지의 처신을 통회(痛悔)하는 것 같은 느낌이 절실하게 다가온다.

〈관성자전〉에는 주인공 성씨를 이용하여 관중(管仲)·관녕(管寧) 등 역사 속 인물을 끌어들이는데, 이와 같은 소재 취용은 아무래도 앞 시대 이덕무(李德懋, 1741~1793)의 대나무 의인 열전인 〈관자허전(管子虛傳)〉으로부터 착상을 받은 듯싶은 국면이 있다.

의인열전 창작은 아무래도 주변 사물에의 관심에서 비롯된다고 할 때 『소운전고』에 실린 유작 모음들 가운데는 사물에 대한 관심을 표명한 시들이 상당수 눈에 띈다. 이를테면 〈우영안경(偶詠眼鏡)〉을 포함하여 〈영도화(詠桃花)〉·〈영낙목(詠落木)〉·〈영설(詠雪)〉·〈영로(詠爐)〉·〈영침(詠枕)〉 및, 심지어 나막신의 〈영목극(詠木屐)〉 등등 그 수가 적지 않다. 이들은 각각 안경·복사꽃·잎이 진 나무·눈·화로·베개·나막신들을 대상한 것이다. 1916년 작으로 표기된바 매화를 읊은 〈영매(詠梅)〉 6수(首)만 해도 〈동매(冬梅)〉·〈납매(蠟梅)〉·〈춘매(春梅)〉·〈화매(畵梅)〉·〈분매(盆梅)〉·〈황매(黃梅)〉로 세분하여 읊고 있다. 문방사우와 관련해서도 연적을 다룬 것이 있는가 하면, 벼루와 종이를 읊은 〈영연(詠硯)〉·〈영지(詠紙)〉도 보인다. 칠언 율시의 '벼루' 음영을 보기로 한다.

四友周旋中一吾	문방의 네 벗 주선하여 한우리를 형성하니
躬修玄黙任追呼	몸소 침묵의 도 닦아 영예로운 이름 얻었네.
光磨雀瓦如沈璧	칙칙한 기와 곱게 가니 신비로운 옥과 같고
香吐龍涎忽漲湖	근사히 뿜는 용의 침은 호수 가득 넘실넘실.
錫以玄圭先取象	검은 빛깔 옥홀 먹에 모양새 미리 풍시해 주고
染來素繪孰知烏	흰빛 종이 물들이매 누구라 그 오묘함 알 건가.
方圓動靜皆隨矩	모난 곳 둥근 곳, 동과 정이 하나같이 반듯하니
收得雲烟匣以梧	기운생동 붓자취가 오동상자로 연해 거두이도다.

다만 지금 이 붓 관련 '傳' 작품인 〈관성자전〉의 경우 『소운전고』에

는 실려 있지 않고 『가헌미정고』에서만 볼 수 있는 점이 못내 희한한 일이다.

모처럼 주관의 정서를 표출한 〈만음(謾吟)〉이란 작품도 보인다. '마음 가는 대로 읊어본다'이다.

箕耀斗杓爛玉京	바람의 별이 북두 삼성 비춰 중심 빛내듯
森羅胸裏護三星	내 가슴속 그득한 충정도 삼성을 호위한다.
高飛那得追鵬擧	어떻게 하면 높이 날아 저 붕새 따라갈까
愽涉無由愧鯫生	까닭 모를 잇단 근심에 스스로가 부끄러워.
神策餘華纔一葉	암만 잘난 꾀도 고작 한 이파리 차이요
靈芝新秀了三莖	영지버섯 신통한들 기껏 세 줄기인 것을.
差過幾日春應到	언제나 몇 날 살폿한 봄의 전령이 되어
可與衆芳遊化城	꽃들 함께 안식의 터전에 노닐 수 있을지.

『죽창만록』에 실린 것인데, 이 시에서조차 그의 이상 이념과는 멀리 떨어져 있는 현실 앞에 어쩔 수 없는 한계와 울적의 심사가 십분 잘 나타나 있다.

직제학 민병승(閔丙承)이 한성리에 대한 묘갈(墓碣)을 찬했다고 하며, 『조선환여승람(朝鮮寰輿勝覽)』의 음성군 '학행(學行)' 조에서는 한성리를 평하되 '文章浩汗 操筆立就(문장이 넓고 커서 붓을 손에 쥐었다 싶으면 곧장 글을 이뤄 내었다)'고 적고 있다.

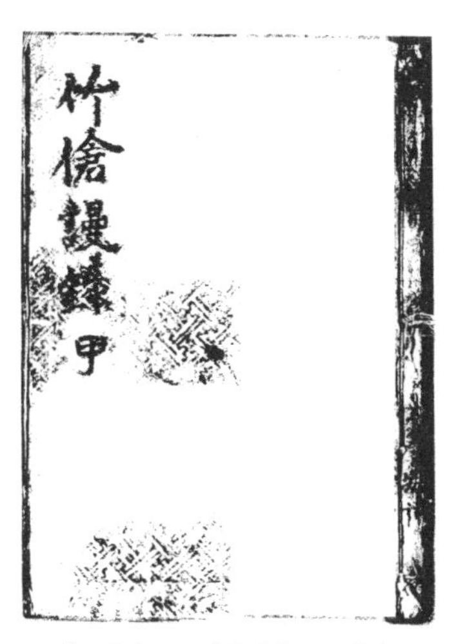

『죽창만록』–연세대학교 소장본

• 管城子傳 •

管城子者 石鄉人也 娶於孤竹君家 故日管城子 初名毛穎也 事載韓昌黎所撰傳中 盖其爲人 貌短而心長 氣逸而精銳 通百王之得失 傳千聖之旨訣 與石鄕侯硯 楮先生紙 卽墨侯圭 相友善 晝夜相從 憂樂相關 無一日之或離 故世皆稱 文房四友 管城子釋褐於史皇元年 歷颺內外 無華不踐 若其薇院之翰林學士 栢府之御史臺 木天之檢校官 蘭臺之太史令 乃其履歷也 於易而得其動變 於書而採其聱牙 於詩而軆其諷詠 於經而得其根柢 於史而鑑其筆鉞 人之善惡 事之是非 世之治亂 莫不燭照而數計 鑑開而影從 此其性才也 雖默運 而人主畏其議己 雖謙恭而勇士失其强禦 雖訥言 而辯士奪其造化 管城之世 人無賢愚 而皆就質于此 聽其指麾 然後事得其情 而人得其平 此其功能也 有一弟仲 當齊桓公之時 一匡天下 九合諸侯 雖爲孔門之羞稱 其功則可以爲首 有一孫寧 當漢宣帝之時 以經術鳴於世 此其閥閱也 然而其軆段甚輕銳 故不能渟精含華 而喜其宣露 或揚人之惡 譏世之亂 往往爲時君世主之所憎惡 雖欲自悔自改 而未能得 抑其天賦也 是以人或譏之 四友無不同心同契 而事功 則莫如管城 故管城能以是爲主盟 每於天子封禪之日 諸侯會盟之地 史局褒貶之際 非管城 無以得其任 故人人皆自以爲吾之管城 管城可謂萬古第一人物 而實則不知其何許人也

野史氏日 余讀管城子傳 歎其有及人之量 而無自己之實得也 胡不畜銳而養精 以裨其壽 而苟有人求 不計磨頂放踵 而應之 以招外譏 何其不自惜也 惜乎 其小此也.

『少雲先生未定稿』

안엽의 문방사우전
安曄 · 文房四友傳

문방선생(文房先生)[1]이 용렬하고 모자라 남보다 나은 수준이 못 되지만, 다만 특별한 사람이 되려는 기질만큼은 남들보다 앞서는 바가 있었다. 그리하여 선생은 일찍이 마음에 혼자 맹세하였다.

'사대(四大)[2]가 이 몸을 만들고 오상(五常)[3]이 거기 이바지하였지만, 나를 온전히 이룩시켜줄 계기는 바로 누군가와 벗 삼고 가까이 하는 데 있으리라! 내 장차 고을 사람 중에 훌륭한 이를 벗으로 삼아 그 도를 다하고, 나라 사람 중에 훌륭한 이와 벗하여 그 도를 다하며, 천하 사람 중에 훌륭한 이를 벗하여 그 도를 다하리라. 그래도 오히려 미진할 테니, 무릇 도란 끝 간 데가 없는 것임에랴. 그러매 거슬러 저 옛사람들 가운데 훌륭한 이들을 벗 삼아 그 도를 다하리라. 이럴 때에 우리는 저 도를 구하는 근본 주체가 되고, 도는 우리를 아름답게 해주는 근원

1) 글의 작가인 창우(蒼愚) 안엽(安曄) 자신을 말한다.
2) 인물을 이루는 근본인 지(地) · 수(水) · 화(火) · 풍(風).
3) 인(仁) · 의(義) · 예(禮) · 지(智) · 신(信)의 다섯 가지 덕.

이 될지니, 더할 나위 없이 하리라.'

하지만 고을에서 그것을 구하려 하니 고을의 현자는 선생을 어리석다 했고, 재주 있는 이는 선생을 둔하다 했으며, 지혜로운 이는 선생을 미련하다 했다. 살찌거나 마른 사람, 꾀죄죄하거나 번듯한 사람, 내놓고 말하는 이, 소곤소곤 귓속말로 하는 이 누구라 할 것 없이 선생이 제대로 따라가지 못한다고 비난하며 밀치고 팽개치기를 멋대로 하였다. 한 고을뿐 아니라 한 나라, 온 천하에 이르기까지 죄다 그 지경 될 판인지라 이 마당에 선생은 스스로 이렇게 마음을 돌리고 말았다.

'사람들이 나와 어울리지 않는 통에 저 마른 나무처럼 고독단신(孤獨單身)이 되었으니 나 혼자서야 제대로 할 도리가 없잖은가. 그럴 바에 문득 내 마음이 그 덕에 나아지고, 이 마음을 땅처럼 의지할 만한 이가 누구쯤 될까?'

선생이 바야흐로 널리 구하던 차에 하루는 서재에서 사우(四友)를 만나 벗을 삼게 되었다. 이름하여 '모원예(毛元銳)'·'저지백(楮知白)'·'현중자(玄中子)'·'석허중(石虛中)'이라 하는 이들이 그들이었다. 매일처럼 서로 가까이 하면서 읊조릴 거리나 깨우침에 보탬이 될 만한 계훈, 공정한 논의 따위에 함께하지 않음이 없었다. 또한 사우가 사귐을 맺고 있는 옛 훌륭한 인물들과도 벗을 삼았던 연유로 선생의 도가 크게 통하게 되었다.

온 세상 사람들 가운데 참으로 훌륭한 사람이 많지만 이 사우를 빼놓고 어찌 도라 하겠으며 감히 옛 사람들과 맞서 겨뤄 볼 길 있겠는가. 하루아침에 선생이 이들을 다 확보하게 되면서 그제야 온 세상이 선생의 벗들과 다툴 바가 없이 되매, 이에 전(傳)을 써서 억만대에 끼쳐 전하지 않을 도리가 없게 되었다.

문방기명도(文房器皿圖)

전(傳)의 내용은 이러하다.

모원예(毛元銳)의 자는 문봉(文鋒)이요, 계통은 선성(宣城)에서 나왔다. 모영(毛穎)이란 이가 있어 진(秦)나라 중서령(中書令)을 하면서 공로가 있었음을 한문공(韓文公)이 전(傳)으로 썼지만[4] 그 계보까지를 갖추지는 않았거니, 원예(元銳)는 바로 그 후예인 것이다.

우리 문명의 왕조가 일어나면서 그는 묵조도통(墨曹都統)[5]에 흑수군

4) 한유(韓愈)가 토끼털 붓의 의인 전기인 〈모영전(毛穎傳)〉을 지은 일을 말한다.

5) '붓'의 다른 이름이니, 설직이 붓을 상대로 묵조도통과 흑수군왕에 호주자사를 겸한다는 말을 썼다고 한다. "薛稷對筆爲墨曹都統 黑水郡王 兼毫州刺史."【山堂肆考】 원래 묵조는 한나라 때 세워진 형벌 담당의 벼슬.

사(黑水郡事)[6] 겸 호주관찰사(毫州觀察使)[7]를 맡고 중서령(中書令) 관성후(管城侯)를 물려받게 되었다.

문방선생이 평상시 권세 쪽에 향하지 않았더니 원예가 무릎을 굽혀 그 아래에 들어갔다. 그러자 이 사실을 들은 이들이 원예의 겸손함을 가상히 여겼다.

원예는 평생 그 덕을 익숙하게 지켰을 뿐 아니라 타고난 성향이 총명 민첩하고 기억을 잘 하여 저 광박한 경전과 고서로부터 천문지리서, 명물 그림과 잡기 종류에 이르기까지 두루 관통하여 모조리 활용하였다. 육서(六書)[8]로 변화를 도모했고, 팔체(八體)[9]로 빚어 완성시켰으니 바람과 구름이 밝은 빛을 나타내고 해와 별이 연이어 나서는 양하였다. 이렇듯 사람의 지혜를 열어 온 세상으로 하여금 문화를 함께 누리도록 만듦은 모두 원예의 공로였다.

그러나 남의 뜻에 맞춰 아합(阿合)하니, 시비와 선악이 흐지부지되고 말았다. 그러자 원예가 줏대 없어 선생의 명예를 훼손한다고 비난하는 이들이 있었다. 그 일이 여러 시일 꾸준히 지속되자 원예가 이렇게 탄식하였다.

"내가 진정 이런 정도였구나. 진실로 다스려진 세상을 만나 내가 기꺼이 쓰이고자 했는데, 그만 불행히도 잘못된 사람들을 만나 그들한테 이용당하고 말았구나. 사람들이 어엿하고 떳떳치 못함, 세상이 다스려

6) 역시 '붓'에 대한 인격화 명칭. 『산당사고(山堂肆考)』에는 '黑水郡王'으로 되어 있다.
7) 역시 '붓'에 대한 인격화 명칭. 다만 『산당사고(山堂肆考)』에는 '毫州刺史'로 되어 있다. 위의 각주 참조. 이상 세 가지가 다 설직에 의해 붙여진 명칭이라고 한다.
8) 상형(象形)·지사(指事)·회의(會意)·형성(形聲)·전주(轉注)·가차(假借) 등 한자 형성의 여섯 가지 원리. 또는 고문(古文)·기자(奇字)·전서(篆書)·예서(隸書)·무전(繆篆)·충서(蟲書) 등의 여섯 가지 서체.
9) 여덟 가지의 서체. 고문(古文)·대전(大篆)·소전(小篆)·예서(隸書)·비백(飛白)·팔분(八分)·행서(行書)·초서(草書).

지고 어지러움이 다름 아닌 변화의 운수거니, 운수가 승하다면 내가 또한 어찌할 수 있으리. 먼 옛날 나의 선조께선 공부자(孔夫子)가 『춘추(春秋)』 지으신 일을 보좌하시면서 만세에 법이 되셨으나 그만 모발에 병이 나셨지. 장주(莊周)[10]의 접촉을 입은 많은 이들이 귀가 미혹해짐은 어찌 올바른 선택을 살피지 않아서였겠는가, 그저 운수가 그렇게 돌아갔을 뿐이다. 지금 선생은 공부자와 같은 동아리인데, 나 역시 장주를 구심(求心)이 없는 허물의 당사자로 받아들이지 않은 채 예외 없이 끌어들였다가 선생한테 혐의가 가게끔 만든 게 이만저만이 아니구나."

공자

장자

이 말을 들은 이들이 몹시 기뻐하였으나, 선생은 그 말에 더욱 원예를 가까이하면서 아침저녁 곁에서 놔주지 않았다.

선생이 바른 이치의 핵심을 다루는 일과 논변 상의 모순에 부딪혀서 바른 상태로 되돌리고자 수많은 근거를 세워야 할 일에 당면하여 세 벗이 서로 물어보지 않은 적이 없지만, 확실히 과감하게 결정짓는 상황에 이르면 원예에게 양보하였다. 그랬기에 선생이 원예를 대하기를 세 벗보다 낫게 하였으며, 호칭을 달리하지 않은 채 매양 모공(毛公) 아니면 모선생(毛先生)이라 일컬었다.

저지백(楮知白)의 자는 중소(仲素)로, 계양(桂陽)[11] 출신이다. 아득히

10) 전국시대 도가(道家)의 사상가인 장자(莊子).

11) 종이의 개량자인 채륜이 계양에 살았기로 이렇게 설정한 것임.

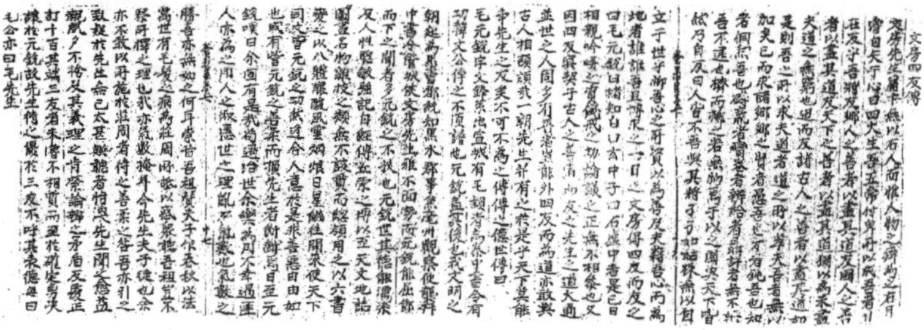

〈문방사우전〉의 서문 및 '모원예' 이야기 부분

문자가 처음 만들어진 시대에서부터 문장과 역사를 담당하며 대대로 그 직책을 잇기로 간(簡)[12]이라는 이, 겸(縑)[13]이라는 이가 가장 잘 알려졌다. 전국시대에 별도의 위(韋)[14]라는 성씨가 있었는데, 공자가 『주역』을 읽을 때 세 차례나 끊김을 당하였다. 그러나 위씨 자신의 잘못은 아니었다.

그는 나중에 분서갱유(焚書坑儒)의 화난을 만났을 때 더욱 스스로를 감추며 나타내지 않았다. 그러다가 한나라가 문(文)을 숭상하면서 채륜(蔡倫)이라는 이를 말미암아 천거되고 쓰여서야 존재가 세워져 그 성씨를 따로 하게 된바, 대개 저씨가 이에서 비롯되었던 것이다.

또한 마(麻)와 상(桑)의 두 겨레가 있었다.[15] 마씨(麻氏)로 말하면 대명(大明) 시절에 귀(貴)[16]라고 하는 이가 도독(都督)을 지내면서 우리나

12) 죽간(竹簡) 내지 간독(簡牘). 곧 종이가 없던 때에 중국에서 글씨를 쓰는 데에 사용한 대쪽과 얇은 나무쪽.

13) 합사(合絲)로 짠 비단.

14) 소가죽 끈에 대한 의인 명칭.

15) 마두지(麻頭紙)와 뽕나무로 만든 종이를 인격화한 명칭.

16) 마귀(麻貴, ?~?). 명나라의 장군. 1597년 정유재란 당시 조선에 원병 제독으로 파견되어 12월 도원수 권율(權慄)과 함께 울산성 전투를 치렀으나 크게 패하고, 1598년 만세덕(萬世德)의 14만 원군으로 제2차 울산성 전투를 치렀으나 성과를 올리지 못했다.

라를 구해준 공로가 있다. 상씨(桑氏)는 당나라 때 이르러 유한(維翰)[17]이라는 이가 문장으로 드날렸다. 그 나머지는 이름이 알려지지 않았으나, 다만 대대로 성심껏 글 쓰는 일을 업으로 하였다. 설직(薛稷)[18]이 개인적으로 그를 저국공(楮國公)에 봉하였기에 당시에 더할 나위 없는 인망을 받았다. 하지만 연속하여 문자를 짓고 정비하는 일에는 나서지 않았기 때문에 저씨는 때를 얻지 못하고 말았다.

설직과 〈信行禪師碑〉

진(晉)나라 때 저씨(褚氏)가 혹 저씨(楮氏)에게서 나온 게 아닌가도 했는데, 이는 그 발음이 서로 잘 맞아 떨어진데다 글자 모양 또한 서로 비슷했기 때문이었다. 저부(褚裒)[19]가 '피리양추(皮裏陽秋)'란 소리를 들었다든지, 저도(褚陶)[20]가 성현의 말씀은 책 속에 있다고 한 말들이 바

17) 오대(五代) 때 진(晉)나라의 상유한(桑維翰). 쇠 벼루를 만들어 그 벼루가 닳아 없어지지 않는 한 학업을 포기하지 않겠다고 했더니, 마침내 학업이 성취하여 중서령(中書令)에 이르렀다는 이른바 '철연미천(鐵硯未穿)' 고사의 주인공.

18) 설도형(薛道衡)의 증손자이자 위징(魏徵)의 외손자로 초당사대가의 한 사람. 649~713. 저수량의 영향을 많이 받아 일가(一家)를 이루었으니 〈신행선사비(信行禪師碑)〉가 유명하다. 『당조명화록(唐朝名畵錄)』에서는 그의 그림을 신품(神品)으로 분류했거니, 특히 학(鶴) 그림을 잘 그려서 이백과 두보가 시로써 그의 그림을 칭송했다. 〈추조람경(秋朝覽鏡)〉이란 시가 특히 이름 높고, 태자소보(太子少保)를 지냈기에 '설소보(薛少保)'로도 불린다.

19) 진(晉)나라 사람으로, 자는 계야(季野). 303~349. 환이(桓彝)라는 이가 그를 지목하여 "계야는 속에 춘추를 품고 있군![皮裏陽秋]"이라 했다. 겉으론 남의 선악에 대해 말하지 않으나 속으로는 다 포폄(褒貶)의 헤아림이 있음을 뜻하는 고사이다. 『진서(晉書)』 저부전(褚裒傳) 출전으로, 피리춘추(皮裏春秋)라고도 한다.

20) 진(晉)의 문사. 13세에 부(賦)를 지었다고 하며, 상서랑·중위(中尉) 등 벼슬을 하였다.

로 그 단서였다.

섬계(剡溪)의 겨레는 온 누리의 희망이었다. 이 때문에 천하의 선비들이 다 그곳에 몰려들어 부족을 메우고 힘을 쏟아서 문학이 더욱 번성하게 되었지만, 서원여(舒元輿)가 글을 지어 그 일을 슬퍼하기도[21] 했다.

우리나라는 문(文)을 숭상함이 그 이전의 어느 역사보다 앞섰기에 저씨들 가운데 어진 이들을 선발하였다. 이에 저지백을 총애하며 벼슬을 내렸는데 특별히 그에게 백주관찰사(白州觀察使)를 제수하였다가 호치후(好時侯)로 전직시키고 계양공(桂陽公)을 세습케 하여 봉하도록 하였으니,[22] 대단히 특별한 예우였던 것이다.

그렇게 귀해지면서 금화(金花)[23]의 옷을 입고 낭간(琅玕)[24]으로 장식하며 운람(雲藍)[25]으로 맞추고 하광(霞光)[26]으로 뒤받쳤다. 이리하여 은하수처럼 빛나고 맺힌 서리처럼 야멸친 그 모습이 더할 데 없이 찬란하였다.

문방선생이 한번 보고 서로 오래 알아왔던 사이와도 같아 마침내 막역한 벗이 되었다. 그런데 몇 날 지나자 지백이 선생더러 이렇게 말하였다.

"제가 평상시에 선생께 바라던 바는 봉새와 교룡의 용솟음같이 찬란한 문장을 그윽이 떨치고, 인주(印朱)는 문채를 발하며, 용무늬 비단 물들여 생동케 하고, 난초 향기 맴도는 속에 붓 찍을 때 황마지(黃麻紙)가

21) 서원여가 지은 〈비섬계고등문(悲剡溪古藤文)〉을 말한다. 종이를 함부로 낭비하는 폐단이 섬계의 들판을 황폐하게 만든 결과가 되기로 이를 애달피 여기며 쓴 글이다.

22) 세 가지 모두 '종이'에 대한 인격화 명칭이다.

23) 금으로 만든 꽃 장식. 금화전(金花牋)이란 종이도 있으매 중의법(重義法)이다.

24) 옥돌. 아름다운 문장. 역시 중의법으로 볼 수 있다.

25) 종이 이름. 당나라의 단성식(段成式)이 구강(九江)에 있을 때 만든 종이라고 한다.

26) 노을빛. 또는 노을빛으로 수놓은 그림이나 글자.

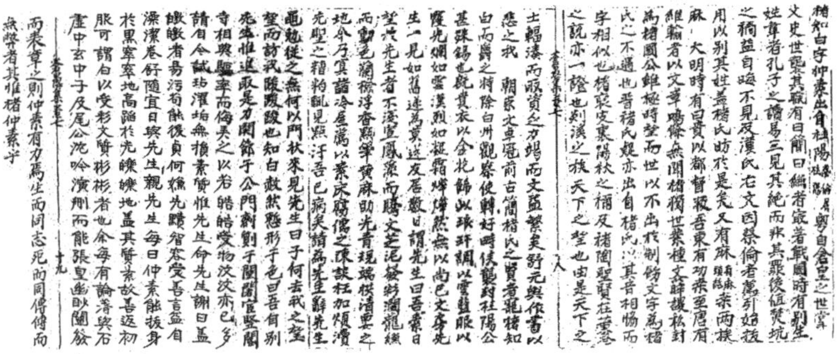

〈문방사우전〉 중의 '저지백' 이야기 부분

맵시를 도왔으면 했지요. 평범한 도덕만으로 애쓰지 않아도 천하를 다스릴 수 있는 그런 깨끗한 요직에 처하는 것이었소. 그런데 지금에 와서는 절 차가운 집에 두고 변변치 못한 평상을 자리 삼게 하는군요. 게다가 썩은 선비들의 해묵은 담론이 부질없이 앞 시대 성인들의 끼치신 바를 어지럽게만 하는 통에 나 또한 더럽혀져 어느새 병이 들고 말았구려. 그래 저는 이제 선생을 떠날까 하오. 선생께서 부지런히 힘쓰고 계시면 얼마 있다 내가 명함을 들고 선생께 뵈오리다."

그러자 선생이 이렇게 말하였다.

"그대는 어찌 내게서 떠나가려는 양이 그다지 창황하기만 하오. 하지만 날 찾을 때는 뒷걸음질치다시피 머뭇머뭇할 거외다."

그렇게 물러나왔던 지백이 용서를 빌고 얼굴에는 부끄러운 모습까지 띠면서 이렇게 말하였다.

"제가 선생을 이별하고 난 뒤론 오로지 출세하는데 갖은 노력을 다 기울였지요. 권력의 실세에 빌붙고 성내(城內)에서 어음을 떼며 궁궐 환관에게 비천한 태도를 보이는 등, 요모조모로 상종하며 영위해 왔는데 외려 모욕과 조롱만 당하였지요. 희디흰 것이 다른 걸 타서 더럽혀지는 듯한 상황이 속절없이 많더이다. 바라건대 이제부터는 실수를 돌아보고 허물을 씻어서 본바탕을 훼손하지 않은 채 오로지 선생이 하자는 대로만 하겠소."

기명도-국립고궁박물관 소장

이에 선생이 이렇게 대답하였다.

"대개 희고 깨끗한 자는 더러움을 타기 쉽지요. 하지만 진정 나중에라도 정결해질 수 있다면 이전에 더럽혀졌다 한들 무슨 혐의가 되겠소. 지혜롭다 함은 좋은 말을 잘 수용하는 것이리니, 더욱 스스로 깔끔히 하여 나타내고 감추는 처신에 온당함이 있게 하구려."

나날이 선생과 가까이 하였는데, 선생은 매번 이렇게 말하였다.

"중소는 능히 어두운 데서 몸을 빠져나옴이 재빠르게 하고, 광명한 터전에서 초탈을 고상히 여겨 아름답게 하였네. 생각건대 이는 그의 바탕이 희어 순수한 때문이지. 환해풍파 이전의 상태로 훌륭히 돌아갔으니, 가히 흰빛으로 채색을 받아들인 문질빈빈(文質彬彬)[27]한 이라고 할 것이다. 내가 매양 저술에 관해 논할 적마다 석허중(石虛中), 현중자(玄中子), 그리고 미공(尾公)[28]과 더불어 깊이 생각하면서 깁거나 줄이거나 하였지. 하지만 깊고 미묘한 것을 한껏 불리고 밖에 드러내어 아름답게 장식해주는 구실로 말하자면 그 능력이 바로 중소에게 있다고 하

27) 겉의 아름다움과 속내가 서로 잘 어울림. 외양과 실질이 조화를 이룸.
28) 붓을 지칭하는 듯.

겠다. 살아서 뜻을 같이 하고 죽어서는 전(傳)을 함께 하려니와, 전으로 남기고도 허물됨이 없는 이는 다만 저중소(楮仲素)가 그럴 뿐인저!"

현중자(玄中子)는 이송(二松)에게서 비롯하니, 이송이란 백이(伯夷)와 숙제(叔齊)를 말한다. 묵태(墨胎)의 성씨를 받았거니와,[29] 은나라에 벼슬하여 주(周)의 임금[30]에게 간했지만 주왕이 듣지 않자 수양산(首陽山)에서 굶어죽고 말았다. 이 일을 두고 맹자가 '성인의 맑음'이라고 하였다.[31]

악의

춘추시대에 묵적(墨翟)[32]이라는 이는 노씨(老氏)의 학문에 종사타가 맹자에게 물리침을 당하였다. 제나라의 대부가 그 성씨로써 읍(邑) 이름을 삼은 즉묵(卽墨) 땅에 봉해 주었다. 즉묵 땅을 봉해 받은 이는 악의(樂毅)의 난리 때 절의를 지켜 죽음으로써 급기야 전단(田單)이 제나라를 다시 회복토록 하는데 공을 거두었다.[33]

전단

29) 묵태는 은의 제후국인 고죽국이 은나라에게서 받은 성씨. 묵태(墨台), 묵이(墨夷), 목이(目夷) 등으로도 표기된다. 백이의 본명은 묵태윤(墨胎允), 숙제는 묵태지(墨胎智).

30) 은나라를 정벌하고 주나라를 세운 무왕(武王)을 일컫는다. 본명은 희발(姬發).

31) 『맹자(孟子)』 '만장(萬章)' 편에, "백이(伯夷)는 성인(聖人)의 청(淸)한 자요, 이윤(伊尹)은 성인(聖人)의 자임(自任)한 자요, 유하혜(柳下惠)는 성인(聖人)의 화(和)한 자요, 공자(孔子)는 성인(聖人)의 시중(時中)인 자[孟子曰 伯夷聖之淸者也 伊尹聖之任者也 柳下惠聖之和者也 孔子聖之時者也]"라고 하였다.

32) 춘추시대의 사상가 묵자(墨子). 노자(老子)를 수용하였다.

33) 제나라 땅이 모두 연나라에 속하게 되었으되 즉묵만이 함락되지 않자 연나라의 악의가 포위하였다. 곧 즉묵대부가 싸움에 나가서 죽거늘 즉묵의 사람들이 전단(田單)을 장수로 삼아 항거한 고사를 활용한 것이다. 그 상세한 경위는 이러하다. 악의가 거와와 즉묵 두 고을을 3년 동안 포위하여 함락하지 못하더니, 어떤 사람이 소왕에게 참소

묵(墨)이란 글자가 나중 현(玄) 자로 변화된 것은 대개 그 뜻이 같음에 따라 생겨난 것이겠으나, 그 비롯됨이 언제부터인지는 알지 못하겠다. 우리 동방에서의 현(玄)씨 성은 기자(箕子)로부터 출원했다. 은의 기자가 홍범(洪範)을 펼쳐서 주나라 무왕(武王)에게 주니,[34] 기자가 동쪽나라의 군왕이 되어 구정(九井)을 설치하고 팔교(八敎)를 시행하였다.[35] 기자는 은나라의 후예로, 앞서에 말한 이송(二松)·비간(比干)과 함께 세 사람의 어진 인물이라고 한다.

한편 은나라 초기에 송영(松楹)과 백사(柏社)라는 이가 있었거니와,[36] 바로 묵씨(墨氏)와 현씨(玄氏)의 근본이라 하는데 그럴싸한 근거가 있다. 성씨가 따로 생성되어 분류되기도 한바, 아울러 주씨(朱氏)와 백씨(白氏) 두 겨레도 있다.[37]

주(朱)는 본래 희(姬)씨 성으로, 주(邾)에 봉해졌으나 자손들이 그 읍

하기를, 악의는 지혜와 꾀가 남보다 뛰어나서 제나라를 쳐서 순식간에 칠십여 성을 빼앗았고 이제 남은 것은 두 성뿐인데 이는 그의 힘이 공략할 수 없는 것이 아니라 제나라 사람들을 복속시켜 왕 노릇 하고자 함이라 하였다. 그러나 소왕이 그 사람의 목을 베고 재상을 파견하여 악의를 제나라 왕으로 세우니, 악의가 황공하여 그 봉서를 받지 않고 죽음으로써 충성할 것을 맹세했다. 이윽고 연나라 소왕이 죽고 혜왕이 즉위했는데, 혜왕은 태자 때부터 악의에 대해 못마땅히 여겼단 사실을 제나라의 전단이 듣고 이에 반간계를 써서 말하기를 악의가 연나라 새 임금과 틈이 있어 죽임을 당할까 두려워 감히 돌아가지 못하고 제나라 공략을 명분으로 삼고 있으니 제나라 사람들은 다른 장군이 오면 즉묵이 무너질 것이라 두려워한다고 했다. 연나라 왕이 의심하던 차에 기겁을 장수로 삼고 악의를 부르자 악의가 조나라로 달아났다.

34) 기자가 자신을 찾아온 무왕에게 홍범구주(洪範九疇)를 전해 주었다 한다. 『홍범(洪範)』은 인사의 도를 오행학으로 풀이한 정치서. 무왕은 선왕인 문왕이 전한 『주역』과 기자가 전한 『홍범』을 전수 받아 치세의 토대를 마련했다 한다.

35) 기자가 B.C.1122년 무왕에 의해 조선왕에 봉해지니 단군조선을 교체하여 기자조선을 건국한 뒤 범금팔조(犯禁八條), 일명 팔조금법(八條禁法)을 가르쳤다고 하는데 이를 팔교(八敎)로 표현한 듯. 구정(九井)은 아홉 개의 우물.

36) 당상(堂上)에 있는 소나무 기둥, 곧 소나무 정자와 잣나무로 만든 이사(里社). 이사는 한 마을의 모든 소원을 종합적으로 기원하는 등 마을 전체의 발전을 위한 회합 장소.

37) 본문 세주(細注)에 '有朱墨白墨'이라 했다. 곧 주묵(朱墨)과 백묵(白墨).

(邑)을 떠나면서 고을 읍(⻏) 방이 빠진 주(朱)로 되었다. 후세에 해(亥)[38]니 운(雲)[39]이니 하는 이들은 모두 협기와 지조로 알려졌다. 주운은 중간에 마음을 고쳐 백자우(白子友)를 종유하고 『주역』을 배워서는 한나라의 곧은 신하가 되었다. 주문계(朱文季)[40] 또한 붓을 지니고 그릇된 바를 바르게 하니 간관(諫官)의 풍도가 있었다. 그는 또 붕우와 잘 사귀었거니, 이렇게 말하였다.

"자양(紫陽)[41] 어른께서 구경(九經)[42]을 가지런히 하시고 뭇 현자들을 모으면서 대성하셨지!"

자양의 증손인 주잠(朱潛)[43]은 호를 청계(淸溪)라 하였는데, 원나라 오랑캐가 송나라를 함락시킴에 자리를 동쪽으로 피해 능주(綾州)에 머물렀고, 자손들이 그 뒤를 이었다.

---

38) 주해(朱亥). 원래 전국시대 위(魏)의 도살업자로 용력(勇力)이 뛰어났다. 진(秦)이 조(趙)를 공략할 때 위나라에 구원을 청하자 위나라 공자 신릉군이 그를 보내 40근 철퇴로 진비(晉鄙)를 죽여 조나라를 구하였다.

39) 주운(朱雲). 한나라 성제(成帝) 때의 임협(任俠) 강개한 관리. 큰 체구에 성격이 방달(放達)하였으나 40세에 학문에 뜻을 두고 박사(博士)인 백자우에게 수학하여 『주역』의 일인자라는 평을 얻었다. 성제의 총신인 장우(張禹)가 자리만 차지하고 국록만 축내는 신하이니 목 베어야 한다고 직간하자 노한 성제가 그를 끌어내려 죽이라 하매 난간을 붙들고 승강이하다 난간이 부러지면서 죽임을 면하였다. 나중에 황제가 그 난간을 직신(直臣)의 상징으로 보전시켰다 하니 '주운절함(朱雲絕檻)'의 고사이다.

40) 주휘(朱暉). 후한 3대 황제인 장제(章帝) 앞에 충간(忠諫)으로 이름났다. 자가 문계이다. 기절(氣節)과 의리가 있고 강직함을 인정받았으며, 벼슬이 상서령에 이르렀다.

41) 주자(朱子)의 별호.

42) 『중용(中庸)』 제20장의 출전으로, 천하와 국가를 다스리는 아홉 가지 원칙. ① 몸을 닦는 일(修身) ② 어진 이를 존경하는 일(尊賢) ③ 친족을 친애하는 일(親親) ④ 대신을 공경하는 일(敬大臣) ⑤ 여러 신하를 내 몸처럼 살피는 일(體群臣) ⑥ 백성을 자식처럼 사랑하는 일(子庶民) ⑦ 모든 공장(工匠)들을 모이게 하는 일(來百工) ⑧ 먼데서 온 손님을 부드럽게 대접하는 일(柔遠人) ⑨ 제후들을 따르게 하는 일(懷諸侯)을 말한다.

43) 남송의 대유학자 주문공(朱文公). 주희(朱熹)의 증손이다. 한림학사(翰林學士)를 지내다가 송나라가 몽고에 패망하자 1224년 자신을 포함한 8학사 및 아들 여경(餘慶)을 데리고 구존유(具存裕)를 따라 고려 능주(綾州), 곧 능성(綾城)에 망명하였다.

송담서원(左)과 충렬사
경남 양산 물금면 가촌리 소재. 송담 백수회의 충의를 기리고자 군민과 백씨 문중에서 숙종 40년(1714)에 서원을 세우고 숙종 43년(1717)에 사액(賜額)을 받아 송담서원(松潭書院)이라 하였다. 이후 대원군의 서원 정리 때 철폐되어 빈터만 남아 있다가 1985년 중건되었다.

백씨로 말하자면 헤아려 알 길이 없다. 『한서(漢書)』에는, '백공(白公)과 초원왕(楚元王)[44]이 부구백(浮邱伯)[45]에게 시를 배워서 여러 대(代)에 들리는 바가 있었다'고 하였다.

우리 동방의 백씨 중엔 송담공(松潭公) 수회(受繪)[46]라는 이가 있었다. 그는 왜국(倭國)에 붙잡혀갔으나 굽히지 않은 채,

"차라리 이씨 귀신이 될망정 막된 자의 신하는 되지 않으리라(寧爲李氏鬼 不作太羊臣)"라는 열 글자를 몸에 새겨 넣으면서 스스로에게 다짐하였더니 마침내 지조를 온전히 하고 돌아왔다.

아아, 현씨·주씨·백씨가 우리 동방에 이르러서 더욱 그 이름이 드

44) 한고조(漢高祖) 유방(劉邦)의 이복동생 유교(劉交). 『시경』 진풍(秦風) 〈권여(權輿)〉 편에는 그가 신공(申公)과 백공(白公) 목생(穆生)을 공경 예우하였다고 되어있다.

45) 부구(浮邱)라고도 한다. 순자(荀子)의 문인.

46) 백수회. 벼슬은 자여찰방(自如察訪)이고 호조참의에 추증되었다. 선조 임진년에 왜군에 잡혀 9년 동안 구류되었다가 절개를 지켜 돌아왔다. 포로였을 당시 〈도대마도가(到對馬島歌)〉·〈재일본장가(在日本長歌)〉·〈단가(短歌)〉·〈화경도인안인수가(和京都人安仁壽歌)〉 등 5편 우국충정의 한시 및 가사를 남겼다. 『송담집(松潭集)』이 있다.

러났고 우리 동방의 문학은 성대해질 수 있었다. 그랬기에 온 천하가 '소중화(小中華)'로 일컫게 되었다.

잘 다스려진 시대에 들면서 주씨와 백씨 가운데 착하고 어진 후손들을 신하로 명하니 그 후예들의 정체성이 분명해졌다. 어진 현씨를 구하는 계제에 현광(玄光)으로 호주저군평장사(毫州楮郡平章事)를 삼고 송자후(松滋侯)를 세습토록 했고, 현향태수(玄香太守)의 외직을 더해주었다.

현광의 자는 처회(處晦)요 현중자는 그 아호이다. 문방선생이 그의 성품이 훌륭하다는 말을 듣고 드디어 그와 벗을 맺으니 모원예(毛元銳)·저지백(楮知白)·석허중(石虛中)과 같은 방에 거처하게 되었다.

지백이 언젠가는 현광더러 이렇게 말하였다.

"그대는 검은 빛을 숭상하는데 내 몸은 희니 그 지조가 같지 않구려. 무엇을 근거삼아 벗이라 하오리까? 그러니 일찌감치 관계를 끊고 더럽혀지는 일이 없도록 하는 게 낫겠소이다. 또한 듣건대 노자와 부처의 도가 현현(玄玄)이라 하여 그대는 진실로 그쪽의 업을 잇겠다고 하지만 묵태씨의 맑음을 본받지 않은 채 어떻게 묵씨다운 현묘를 굳건히 지켜나갈 수 있답니까? 내 이제 맹자께서 일찍이 물리치셨듯이 그대를 멀리하려 하오."

현광이 아무 말 않고 안색이 변하여 말하였다.

"내가 문방선생으로부터 듣기로, 노자는 사람과 사물의 형체 바깥에서 도(道)를 구한다고 했소. 그 도(道)란 것이 태극(太極)의 이전에 존재하였기에 사물을 멀리하고 물리쳐 일체 서로 간섭하지 않는 것이라 하오. 불씨(佛氏)는 공(空)으로 진리를 삼으니, 천지가 생성되기 이전을 자신들의 진체(眞體)로 여기지요. 천지만물을 모두 환상의 변화로 보고 인사(人事)를 조잡한 자취로 보아 일체 물리쳐버리고 진공(眞空)으로 돌립니다. 노씨와 불씨는 서로 같지 않지만 그 현(玄)·허(虛)의 면에서는 동일한 것이지요. 우리 유가는 형이상(形而上)을 도(道)라 하고 형이하(形而下)를 기(器)라 하지만 도 역시 실은 기(器)에 지나지 않으니 불변의 진리는 개물성무(開物成務)[47]를 실행해 나가는 데 있지요. 시험 삼아 눈앞의 일로 말할 것 같으면 나와 그대는 하나의 기(器)일 뿐이요, 우리가 현(玄)이라 함도 일을 앞에 두고 이치 따라가는데 지나지 않는 것이지요. 따라서 나는 그대 아니면 도를 이룰 수가 없고, 그대 또한 나로 말미암아 기(器)를 이루는 것이니, 진정 서로 따르지 않고는 기(器)를 헛되이 할 뿐이라오. 그리되면 노불(老佛)의 현허(玄虛)에 가까워지는 게 아닌가요? 지금 그대가 설령 나와 절교하려 한다손 나는 그대를 끊을 수 없는 입장이외다. 만약 끊었다간 온 세상의 문학도 멈추고 말테지요. 어찌 만만한 일이리까. 나한테 만약 누(累)가 발생한다면 그대 또한 용서 되지 않으리니, 문방선생께 버림받을 일이 분명하다오."

그러자 지백이 순간 마음이 바뀌어 뉘우치며 이렇게 말하였다.

"제가 벗 삼는 일을 어린 아이처럼 했군요. 하마터면 좋은 벗을 잃을 뻔 했소그려!"

이로부터 서로간의 정의(情誼)가 더욱 도타워져 생사를 넘나드는 의리를 갖게 되었다. 현광에게는 아홉 아들이 있었는데, 모두 한림(翰林)에서 문형(文衡)을 맡았으며[48] 청환(淸宦)과 현직(顯職)[49]으로 알려졌다.

석허중(石虛中)이란 이는 그 선조가 여와씨(女媧氏)를 도왔으되 오색의 돌을 달구어 하늘을 메웠다.[50] 그 후예 중에는 신기한 영묘함으로

47) 『주역(周易)』 계사전(繫辭傳)의 말. 만물의 뜻에 형통하여 모든 일을 이룸. 천하의 사물을 개통시키고 사업을 성취시킨다는 뜻.

48) 한림원은 조서(詔書)를 기초하는 일을 맡아보던 관아. 문형은 대제학.

49) 청환은 학식과 문벌이 높은 사람에게 시키던 벼슬. 현직은 높고 중요한 직책.

50) 『회남자(淮南子)』 남명훈(覽冥訓) 출전의 '여와보천(女媧補天)'의 고사를 가져 온 것이

알려지게 된 이들도 있고, 절의로 드러난 자도 있고, 일의 공로로 이름을 나타낸 자도 있었다. 아울러 진(晉)나라의 위유(魏楡)에서 사람의 말을 한 이,[51] 사수(泗水)를 타고 내려간 이,[52] 곡성산(穀城山)에서 신선이 된 이,[53] 무창(武昌)에서 여자가 변신했는가 하면,[54] 송(宋)나라에 떨어져 내린 이,[55] 곡(曲)에서 춤추던 이[56]도 있었다. 숭산(嵩山)에서

여와

삼생(三生)에 끊어지지 않는 부부의 깊은 인연,[57] 어복포(魚腹浦)에 돌을 쌓은 팔진도(八陣圖)를 펼친 일,[58] 무늬돌을 삼켜서 미성자(彌成子) 같은

다. 옛날 사방을 지탱하던 기둥이 무너지고 온 천하가 갈라져서 하늘이 대지를 다 덮을 수 없이 되고, 땅 또한 만물을 두루 실을 수 없게 되었을 때 사람의 머리에 뱀의 몸을 한 여와라는 여신이 오색의 돌을 달구어 하늘의 구멍을 막았다 한다. 여와는 천지가 개벽했을 때 황토를 빚어서 사람을 만든 설화의 주인공이기도 하다.

51) 『춘추좌전(春秋左傳)』 소공(昭公) 8년의 기사에 나온다. "八年春 石言于晉魏楡 晉侯問於師曠曰 石何故言 對曰 石不能言 或憑焉 不然 民聽濫也."

52) 『서경』의 '사빈부경(泗濱浮磬)'의 기사를 이용하였다. 사수는 노나라 배미산(陪尾山)에서 출원하는데 네 개의 샘에서 흘러나온다고 하여 이렇게 이름 하였다 한다. 그 물 위의 부석(浮石)이 경쇠 악기로 삼을 만했다.

53) 『사기』 장량전의 고사를 취해 왔다. 곧 이교(圯橋)라는 다리 위에서 만난 노인이 장량에게 책을 건네면서 읽으면 왕의 스승이 될 것이며 20년 뒤 제북(濟北)의 곡성산 아래에서 보게 될 황석(黃石)이 바로 자기라고 하였는데, 과연 그 말대로 되었다.

54) 무창 북쪽 산 위에 사람이 서 있는 것 같은 망부석이 있는데, 옛 정절의 부인이 정역(征役) 가는 남편을 전송하며 바라보다 돌이 되었다고 한다.

55) 『춘추좌씨전』 희공(僖公) 16년(B.C.644) 기사에, "十六年春 隕石于宋五 隕星也"[16년 봄에 송나라에 운석 5개가 떨어졌으니, 곧 운성이다]를 끌어 쓴 것이다.

56) 미상.

57) 우 임금이 도산(塗山) 순회 중에 만난 여인과 결혼을 하고 며칠 만에 치수(治水)를 위해 헤어진 뒤 나중 돌아와 보니 부인이 산에 올라 남편 우를 기다리다 돌이 되었다고 한다. 회남자의 어록에 의함인데, 그 위치가 숭산의 아래쪽인가 하였다.

58) 제갈량이 촉나라에 들어가면서 후일 오나라의 침입에 대비하여 어복포(魚腹浦)에 돌

문장을 성취한 일,[59] 미원장(米元章)이 절하고 뵙는 어르신으로 된 일[60]도 있었다.

미불의 행서《多景樓詩冊》중에서

대개 그들은 물들여지지도 닳지도 않는 황금의 무늬와 옥 바탕으로 쪼듯이 갈듯이 자기 몸을 닦고 조정에 공물 바치는 일을 충당하였다. 옥당(玉堂)에 기용된 이들은 너그럽고 작은 일에 구애받지 않는 재상감인지라 마땅히 세상의 필요에 응해 쓰이면서 천자의 광대한 다스림을 도왔다.

중국에선 단주(端州)에 있는 이들을 최고로 쳤고, 우리 동방에서는 남포(藍浦)를 유망한 겨레로 보았다.[61] 옛날 진시황이 폭정을 휘둘러 유생들을 땅에 묻고 책을 태웠다. 뿐만 아니라 성을 쌓아 오랑캐에 대비한다면서 절대자의 채찍을 몰아 사역을 시키매 그렇게 당하는 것이 부끄러워 동쪽으로 피신하였다. 오랑캐 청나라가 명

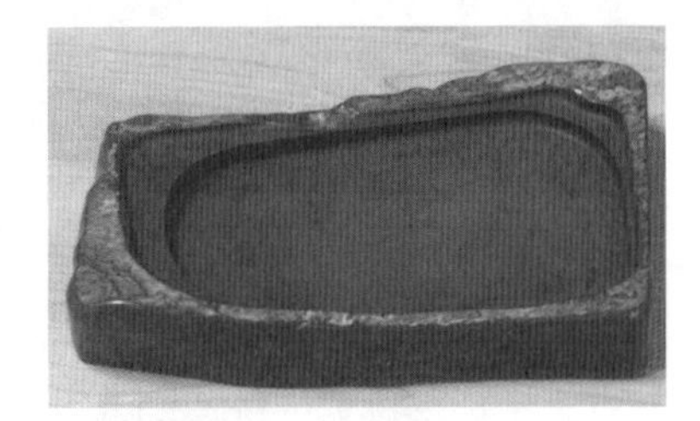
보령 남포연 중에서도 최고라고 하는
白雲眞上石硯

을 쌓아 팔진도를 설치한바, 십만 정병을 매복시킨 효과에 상당하다고 하였다. 팔진도는 8소대 1진(440명), 8개의 진(3520명)으로 구성한 전술.

59) 미성자가 어떤 이로부터 계란만한 무늬돌을 받아 삼키고 총명해진바, 병이 나 그 돌을 토하였더니 문하인 충종(充宗)이란 이가 다시 삼켜 학문이 밝아졌다는『서경잡기(西京雜記)』의 기록이 있다. 작품의 원문에는 '彌' 대신 '弘'으로 표기되었다.

60)『석림연어(石林燕語)』에, '미불(米芾)의 자는 원장(元章)인데, 고을의 관아에서 신기한 입석(立石)을 보고 기뻐 마땅히 자신이 절해야 할 대상이라면서 석장(石丈) 곧 돌 어른이라 부르며 매번 절하였다가 언관(言官)의 탄핵을 받았다'고 하였다.

61) 중국의 단계연과 충남 보령군 산(産)의 남포연을 말한다.

나라를 함락시키는 일에 당해서는 더욱 종적을 감추었다.

석성옥여(石成玉汝)라는 이가 있었다. 그는 '숭정일원(崇禎日月)' 네 글자를 새기면서[62] 정통 왕실을 존숭하고 오랑캐를 배척한다는 의지를 몸소 실천하였다. 그리하여 유구 천년 우주의 기운이 그제야 마무리되고 상고시대에 하늘을 메운 공로도 거뜬히 수렴할 수가 있었으니, 아아 대단하구나!

호사가들은 그것이 거룩한 『주역(周易)』에 기초하여 석씨가 간궁(艮宮)의 정기[63]를 받아 태어났기에 그렇다고 여긴다. 천지의 도(道)란 간(艮)의 자리에 있고 여와가 하늘을 메운 일 또한 간(艮)에 머물면서 벼리 삼고 도달하여 성취한 것이다. 우리 동방 역시 간(艮)의 위치에 처해 있고[64] 따라서 동방에 살던 이들이 더럽혀진 세상천지 가운데서도 춘추(春秋) 대의로 삼대의 문물을 떠받친 것이라 하니, 그 설이 더욱 확실한 근거를 띤다고 하겠다.

조정에서 그 자손들에게 벼슬로 상을 내리고자 함에 남포에서 탐문하여 석허중을 찾아내고는 즉시 철면학사(鐵面學士)에 석향후(石鄕侯)를 제수하고 즉묵군사(卽墨軍事)의 부절(符節)을 지니게 하였다.

허중(虛中)의 자는 거묵(居默)이요, 둥근 듯 각진 듯도 한 도량에 중심은 굳건히 평탄하였다. 문방선생이 한번 상대하고는 인격과 학문을 갈고 닦는데 보탬을 얻으매 따로 서사(書社)[65]를 지어 모원예·저지백·현

62) 작품의 자주(自註)에 보면 작가의 7대조인 안붕(安鵬)이라는 이가 검은 빛깔의 아주 단단한 남포연(藍浦硯)을 가지고 있었는데, 벼루 오른편에는 '석성자옥여(石成字玉汝)'의 다섯 글자, 왼편에는 '숭정일월(崇禎日月)'이라는 네 글자가 새겨 있었다고 한다.

63) 간괘(艮卦). 팔괘(八卦)의 하나. 상형(象形)은 '☶'으로, 산을 상징한다.

64) 간방(艮方)은 팔방(八方)의 기준으로는 정동(正東)과 정북(正北) 사이 한가운데를 중심으로 한 45도 각도 안의 방향이고, 24방위의 기준에서는 15도 각도 안의 방향이다.

65) 주대의 제도에 25가구를 한 리(里)로 삼으면서 마을의 자치를 위해 세운 두레. 또는 그러한 단체의 집.

중자들과 함께 거처하게 했다. 성품이 정갈해서 하루에 세 차례 몸을 닦는데 매양 문사들을 이끌고 목욕하러 나아갔다.

도홍(陶泓)이라는 이가 허중과 직책을 교대하여 이 자리에 나서 연구에 동참하였다. 그의 자는 경연(景淵)으로, 도량이 크고 너그러우며 맑고 담박한 품이 석허중과 나란하매 세상에서 '빼어난 두 인물'이라 하였다. 진(晉) 시절에 이슬로 먹 갈아 역사를 쓰던 도연명(陶淵明)이 바로 그의 시조인바, 도홍은 앞 시대의 발자취를 용케 뒤밟아 맑고 깨끗한 절개를 이루었다.

아아, 석씨 겨레에게 절의의 칭송이 자자하였음은 그들의 절개 굳센 성품 덕분이었다.

태사공(太史公)은 이르노라.

「사우(四友)는 예원(藝苑)의 빼어난 존재들이다. 온누리 문명의 행적들을 모아 교화로 둘려있는 범주들을 포괄하였다. 그들이 후학에게 사표와 모범이 될 만한 업적들을 쌓아올렸지만, 오히려 세간의 속된 선비들은 멸시하였다. 다만 문방선생이 깊이 이들과 관계를 맺어 자주 접하였으되 소홀하지 않았고, 폐단이 보여도 서운해 하지 않는 가운데 글로써 만남을 가졌다. 그렇게 인(仁)을 강화하고 대업을 성취하여 그 이름을 저 가없는 곳까지 드리웠으니, 붕우의 도가 이 마당에 극진하였다. 공자께서 사우를 얻어 도가 더욱 높아졌거니와, 문방선생이 이를 본받았다고 할진저!」

구한말 선비인 창우(蒼愚) 안엽(安曄)의 〈문방사우전(文房四友傳)〉은

지금껏 다른 문방열전들에 비해 잘 알려지지 않았던 작품이다. 그리 된 이유는 대개 안엽이라는 인물이 워낙 문학사 안에서 나타나 있지 못했던 까닭이다.

알고 보니 그는 울산 서쪽의 외진 향리인 웅촌(熊村) 검단리(檢丹里)에서 작은 서당 하나를 운영하면서 살다가 간, 물외유(物外遊)의 야인(野人) 선비였으니 그럴 일이 당연해 보인다.

〈문방사우전(文房四友傳)〉이 처음으로 영인(影印) 소개된 것은 1986년에 안병렬의 『한국가전연구』 부록에서였다. 자료 소개 차원이었던지라 작가가 한말의 인물이란 정도가 언급되었을 뿐, 더 이상의 작가 관련 설명이거나 작품 출처 등에 대한 기대가 어려웠다. 아울러 일각에서 이 작품에 대한 논문 형식의 글도 없지는 않았으나 역시 작가 안엽에 대한 인적 정보도 없고 문집도 확보되지 않은 상태에서였다. 역시 작품의 초역(抄譯)을 바탕으로 한 대의(大義) 서술에 머물러 총체적인 파악이 아쉬운 국면이 따랐다.

저자가 이에 대해 비로소 관심 갖고 면밀한 검토를 시작한 과정에서 이 〈문방사우전〉 작품이 『창우집(蒼愚集)』 문집 속에 들어있음을 단서로 포착하였다. 그의 호가 당연 '창우(蒼愚)'라는 것과 그의 문집인 『창우집(蒼愚集)』이 국립중앙도서관에 보관되어 있음을 알게 되었고, 해당 도서관을 찾아 전체를 일람한 결과 이 작품이 권7 안에 들어있음을 목격할 수 있었다. 문집은 분량 면에 있어 두터운 편은 못되고, 그나마 정식 활자본이 아닌 다소 조악한 형태의 필사본 양식을 취하고 있었다. 또한 검색을 통해 그가 조선 후기에 울산에서 작은 서당을 운영했던 무명의 선비였다는 일련의 사실들을 확인하기에 이르렀다.

문방 전기들의 거의 모두는 필자가 1985년부터 2000년에 걸쳐 진작 번역 출간을 보았는데, 지금 유독 문숭(文嵩)의 《사후전(四侯傳)》과 이 작품만 유예하고 있었다가 이 마당에 비로소 번역을 시도한 것이다. 문방열전에 이보다 더 용량이 큰 신홍원의 《사우열전》이 있지만 네 편(篇) 체재로 조성되어 있는바, 단독의 작품으로서는 이 〈문방사우전〉이 가장 큰 규모의 작품에 속한다. 이번 전체 번역 과정에서 보니 여타의 문방 전기에 비해서 빈도 높은 험구(險句)로 인해 그 내용이 자못 난삽(難澁)한 쪽이다.

작품의 체재는 붓의 '모원예(毛元銳)'와 종이의 '저지백(楮知白)', 먹의 '현중자(玄中子)', 벼루의 '석허중(石虛中)' 순으로 전개되어 있다.

애당초 안엽(安曄)이란 인물은 기존의 인명록 등에서 확인이 되지 않고 문학사 안에서도 다뤄진 일이 없다. 당연히 아호라든지 유저 등 그 무엇 하나 제대로 밝혀진 바가 없던 존재이다. 따라서 당사자의 생몰 연대를 포함하여 간략한 행적이나마 추려 고증한다는 일이 생각만큼 쉽지 않다. 다만 〈문방사우전〉이라는 자료 중에 얼핏 미세한 형태로 나타나 보인 세 글자를 단서로 그의 글 모음집인 『창우문집(蒼愚文集)』을 확보할 수 있었다. 연이어 확인된 이 책 6책 7권의 안에 들어있는 이기희(李紀曦)의 서문과 안붕언(安朋彦)의 서문, 성낙서(成樂緖)의 인행기(印行記), 권12에 이기희(李紀曦)가 쓴 행장(行狀), 안종석(安鍾石)의 발문 및 남긴 작품들 종종을 통해 일단의 접근이 가능하였다.

그리하여 안엽은 자가 숙형(淑亨)이요 호는 창우(蒼愚)로, 울산의 인물 직양재(直養齋) 안영집(安永集)의 중자(仲子)임을 확인해 볼 길 있다. 이에 더 나아가 어느 무렵의 인물인지를 알아내는 일이 우선 궁금하고 요긴한 일이 아닐 수 없다.

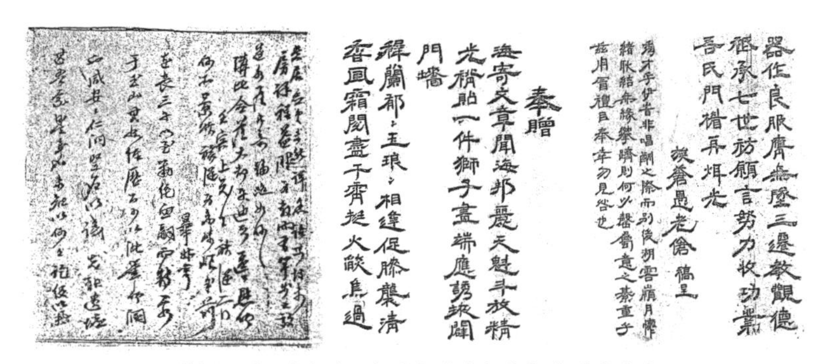

『창우문집』 개권 벽두에 실린 안엽의 행서 및 예서 유필

한운성(韓運聖, 1802~1863)의 시문집인 『입헌문집(立軒文集)』의 서한 목록에 보면 안엽의 부친인 안영집 앞으로 보낸 서독(書牘)이 아홉 건에 달한다. 또한 역시 울산 사람으로서, 이종상(李種祥)의 문인인 간우(艮宇) 이인중(李仁仲, 1825~1896)이란 이는 진즉 과거에 응시했으나 여러 번 실패 후 성리학 연구에만 힘을 기울였다던 인물이다. 그의 문집인 『간우유집(艮宇遺集)』에는 마침 그가 안엽 부자와 교계한 자취가 있다. 이 책 권3 '書'에는 〈상안직양재영집(上安直養齋永集)〉과 〈답안직양재(答安直養齋)〉 등 2건(件)의 편지글이 있는데, 이 또한 바로 안엽의 부친 앞으로 올린 것이다.

권2에는 〈국화오절증안숙형엽(菊花五絕贈安淑亨曄)〉이라는 시가 있으니, 바로 안엽의 앞으로 증정한 것이다. 같은 2권에 〈유제김선오양호단계서당벽상(留題金善吾養浩丹溪書堂壁上)〉이라는 시도 눈에 띄거니와, 여기의 단계서당은 역시 안엽의 서당을 이르는 듯싶으니, 안엽의 서당에서 시회(詩會)를 여는 과정에 지은 시로 보인다. 실제 『창우문집』 안에도 단계의 밤 모임에 송남언(宋南彦)에게 화답한다는 뜻의 〈단계야회수송남언(丹溪夜會酬宋南彦)〉의 시가 보임으로써 그러한 예측을 무난히 뒷받침해 준다.

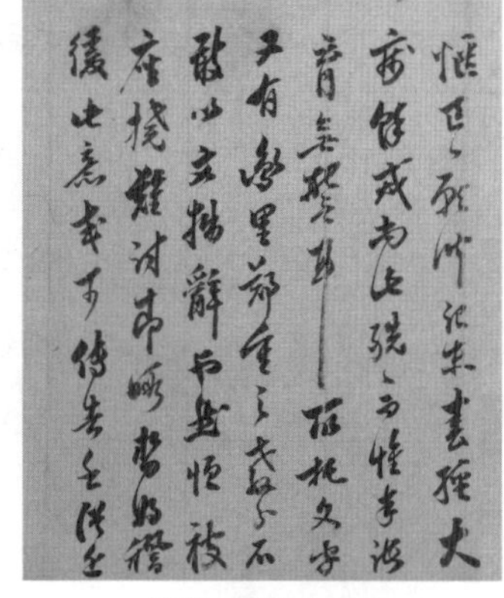
연재 송병선의 글씨

『창우문집』 권5의 편지글 모음집인 '書' 중에는 안엽이 임재(臨齋) 서찬규(徐贊奎, 1825~1905)에게 올린 편지글인 〈상임재(上臨齋)〉라는 글도 있는바 '정유(丁酉)'년으로 적혀 있으니, 곧 1897년이다.

또한 '기묘(己卯)' 간지(干支)로 된 이기희의 〈행장(行狀)〉(권12 부록)에 보면, 조선 고종조의 문신이자 순국지사인 연재(淵齋) 송병선(宋秉璿, 1836~1905)과 한말 우국지사인 면암(勉菴) 최익현(崔益鉉, 1833~1906)이 경상도 지역을 찾았을 때 안엽이 찾아뵌 이야기도 나온다. 안엽이 평소 의문가는 내용을 여쭈매 연옹이 도의와 세상을 우려하는 태도에 깊이 탄복하고 면암도 '창우거사'로 호칭했다고 하는 일화를 들을 수가 있다. 또 문집 권5의 '書'에는 임진(壬辰)년에 연재 송병선 앞으로 띄운 〈상연재선생(上淵齋先生)〉 편지가 있는 바, 임진년은 바로 송병선 56세 때인 1892년이 된다.

만근(輓近)에 성균관 부관장을 지냈던 안종석(安鍾石)의 〈창우문집발(蒼愚文集跋)〉(권12 부록)의 앞부분에 보면 '지금 그분이 돌아간 지 이미 육십 여 년이나 되었다[今距其歿已六十有餘載矣]'고 한 대목이 있다. 이 발문의 지은 시기가 을묘(1975)년이니, 이때를 기준으로 60여 년 전이라 하면 어림잡아 1911~1914년 사이가 된다.

이 모두를 종합해놓고 판단컨대 안엽 부친의 생년이 대개 1830년 어간으로 유추가 가능하고, 안엽의 경우는 생몰의 연대가 대략 1850년대 중반에서 1910년대 초반경으로 상정해 볼 길 있다.

특히 이기희의 〈서(序)〉와 〈행장(行狀)〉은 안엽과 동시대를 살면서

연재 송병선(左)과 면암 최익현

직접 대면하여 나눈 대화 내용까지를 전언(傳言)한 터라 그 명문(明文)이 보다 생생하고 여실하다. 서문에 보면 안엽이 영탈(穎脫)하여 발군의 재주가 있었음에도 나라가 제대로 나아가지 못하는 시대를 만나서 일찍 관직을 저버리고 굳건히 스스로를 격려하면서 수많은 책들을 두루 꿰어 통하지 않음이 없다고 하였다. 궁극에는 유학의 사서(四書)에 진력, 장구(章句)를 캐어 고구해낸 바가 주자장구(朱子章句)를 보는 것 같다며 그의 학문적 집중에 대해 높이 평가하였다. 이는 곧 부사(父師) 역할을 한 선고(先考) 안영집의 가르침의 여운이기도 하다는 말도 하고 있다. 말년에는 연재 송병선, 면암 최익현과 사리 논변에 관해 주고받는 가운데 자신의 지키는 바가 그르지 않았음을 더욱 자신하였더라는 말도 보태었다. 실제로 문집 권5에 안엽이 송병선 앞으로 보낸 〈상연재선생(上淵齋先生)〉 2편과 〈상면암선생(上勉菴先生)〉 1편이 그것을 뒷받침해 준다. 그 나머지는 역시 하마터면 사라지고 말았을 선생의 글과 뜻이, 향리의 우제(友濟)라는 이 덕분으로 뒷시대 선비들에게 전할 수 있게 됨을 다행으로 여긴다는 취지였다. 서문 끝부분에는 이기희가 안엽의 옥산계당(玉山溪堂) 우거(寓居) 시에 찾아가 뵈었을 때 책상 위에 일부분의 강목(綱目)이 있었는데, 자기를 돌아보면서,

"이건 주회암[朱子] 선생의 춘추(春秋)라네! 이즘 선비들이 이 책만큼은 꼭 읽어야 하는데…"

했다던 회고도 적었거니와, 생생하고 소중한 증언이 아닐 수 없다.

을묘(1975)년 12월에 성균관장을 지내던 성낙서(成樂緖, 1905~1988)가

行狀
公諱華字叔亨號蒼愚以高麗太祖朝大將軍諱邦
傑爲鼻祖有軍功封廣州子孫因以爲貫自是名公
碩卿世不乏人遂爲東方著姓諱綏官侍御史剿平
倭亂時稱禁中頌牧自廣州移居咸安諱祉高宗朝
文科官光祿大夫上護軍諱海忠烈王朝官密直府
使以翰林接華使稱禮儀非外國人狀特拜提學時
謂朝端鳴鳳諱器恭愍王朝文科重試判典農寺事
私議朝托疾不仕諱夢得我 太宗朝生員官勸農
判事諱勇智 成宗朝以生員登第歷典清河順天
有氷蘗聲清河人碑以頌之曰清河萬頃挹公心清
光廟受禪辭官家居諱宙號耻庵 中宗丙子追士
蒼愚集卷之十二 四十
戊子登第官弘文舘校理疏斥元衡絶交百齡及肇
小釀禍見幾勇退隱于慶州之虎鳴洞諱應春餘忠
順衛諱潤身號棣叟以進士自廢於大北科諱永命
號大明居士又號南黎 仁祖丙子倡義西赴聞媾
成而罷歸後除軍資監直長諱鵬號東岡 崇禎甲
申後廢擧自靖尤翁之格棘長髻徃謁問爲學之方
諱是棠司果以篤行非其人絶意進取諱守賢號陶
菴門寔公五世以上也高祖諱尚德號洛坪曾祖諱
景石號希窩祖諱允中號儉軒移居蔚山吉村里考
諱永集號直養齋從梅山洪先生學嘗言志于函丈

이기희가 창우 안엽을 위해 쓴 行狀

『직양재문집(直養齋文集)』과 『창우문집(蒼愚文集)』, 『술고상제(述古常制)』 3책을 한꺼번에 아울러서 쓴 인행기에 따르면 부친인 직양재 안영집은 매산(梅山) 홍문경(洪文敬)을 사사했고, 교유가 왕성했지만 전재(全齋) 임옹(任翁)과 가장 가까운 동학(同學) 지기라 했으며, 학문과 지조가 당시의 추중(推重)을 받았노라 했다. 창우는 바로 그러한 집안의 가르침을 받아 문사(文詞)와 필한(筆翰)에서 또렷이 들릴 수 있었다고 했다.

또한 창우는 연재(淵齋) 송문충(宋文忠)과 면암(勉菴) 최찬정(崔贊政) 등에게 동기상응(同氣相應)의 목소리를 내면서 도왔다. 문충(文忠)은 다름 아닌 송병선의 시호이고, 찬정은 최익현이 비록 벼슬에 나가지 않았지만 1898년 의정부찬정(議政府贊政)과 중추원의관(中樞院議官)에 임명됐던 일로 붙여진 호칭이다.

또 같은 해 12월에 대전 거주의 안붕언(安朋彦)은 『창우문집』 서문에서 같은 안씨 문중에서 간행해야 마땅한 일을 성균관에서 먼저 출간

해 준 일이 부끄럽고, 인멸될 뻔한 원고를 건진 것은 천지신명의 도움이라고 감개하였다. 아울러 부친인 법강(法岡)의 소싯적에 안엽이 글을 가르치고 〈명자설(名字說)〉을 지어주고, 이별의 시를 건네주기도 했던 일이 한 시대에 회자됐다고 했다. 이후에도 자주 시를 주고받았음에도, 자기가 받아본 문집 중에 〈명자설〉은 있지만 편지는 한 편에 불과하고 다른 시는 없는 것으로 보아 그 안의 내용이 상당수 유실된 것 같다고 하였다.

한편, 울산광역시에서 편찬한 내용을 살펴보면 그가 '단계서사(丹溪書社)'를 운영했던 사실도 나타난다. 관련지어 『울산광역시사(蔚山光域市史)』(2002)의 「사회·문화편」에 들어가면 조선 후기 울산 일원에 세워졌던 서당들의 양상을 한눈에 조견할 수 있어 흥미롭다. 그 안의 그림을 고스란히 옮겨 보이기로 한다.

〈조선 후기 울산의 서당〉

	서당명	운영훈장명	운영시기 및 위치	비 고
1	삼일당(三一堂)	지평 이근오 사인 이운협 진사 윤병호	1814년 양사교 자리	1894년 갑오경장 후 폐지
2	거강재(居講齋)	사인 고경화 부사 윤경진	1870년 창건	상세 내용 불명
3	양사재(養士齋)	부사 박제만 계은 이규창	1898년 삼일당 옛터	강송술작소(講誦述作所)
〈↑ 관 지원(官支援) 서당〉				
〈↓ 지역별 운영 서당〉				
1	매헌정사(梅軒定舍)	매헌 이겸익	장소 미상	증 한성우윤(贈漢城右尹)
2	만정헌(晩定軒)	독성당 김선립	울주군 상북 명촌	언양현감 김자간이 지음

3	청수헌(聽水軒)	청수헌 이 익	북구 농소 신천	구강서원 창건 기여
4	죽초정사(竹樵精舍)	죽초 김중빈	북구 강동 죽전	후진교수 강론
5	양진서실(養眞書室)	수와 이문구	장소 미상	사마시(司馬試) 급제
6	복재서당(復齋書堂)	복재 이이상	장소 미상 (1651~1728)	동헌 알안당 상량문 저술
7	영모당(永慕堂)	영모당 박구년	장소 미상	장서 수천권 비치 학자 다수 배출
8	괴천초당(槐泉草堂)	괴천 박창우	북구 화봉 (1636~1704)	생원시(生員試)합격 괴천집 남김
9	봉산정사(鳳山精舍)	하계 박세도	장소 미상 (1651~1728)	구강서원 창건 기여 하계집 남김
10	퇴학헌(退學軒)	박천계	이룡담	하계 박세도의 자 가학계승 후진 양성
11	무민당(无悶堂)	무민당 이여규	장소 미상 (1689~1748)	북정일기(北征日記) 무민집 남김
12	오암서당(鰲庵書堂)	오암 서유항	응봉산 밑	후학 양성
13	덕동서당(德洞書堂)	일한헌 박민덕	장소 미상	강론 경의(講論經義) 후학 양성
14	무릉서당(武陵書堂)	송옹 이원담	북구 송정 서당골	후학 양성
15	학서서사(鶴西書社)	학호 이준민	남창 (1736~1799)	진사시(進士試)급제 학고문집
16	석천서사(石川書社)	반계 이양오	석천 (1737~1811)	학성관 중수기 반계집 남김
17	한천정사(寒泉精舍)	일성헌 이효대	농소 냉천 (1752~1815)	반계 이양오의 기문을 남김
18	한천묵장(寒泉墨莊)	사재 이승헌	농소 냉천 (1803~1877)	가학 계승 후학 양성
19	기산서당(企山書堂)	간우 이인중	울산 태화동 난곡	향약계제명서 울산 본청창건서 저술
20	득락당(得樂堂)	간우 이인중	농소 차일리(1883)	간우집 남김

21	송애정사(松厓精舍)	소암 박시무	북구 송정동 (1828~1879)	소암집 남김 증 동몽교관
22	광헌서당(光軒書堂)	광헌 조관식	장소 미상 (1830~1885)	광헌집 남김
23	분천서당(芬泉書堂)	침천 박희수	북구 농소 천곡	분천시당 시(詩) 남김
24	양호정사(良湖精舍)	후송 이정효	울주 청량 양천 (1832~1857)	후송집 남김
25	반곡초당(盤谷草堂)	일암 윤인석	언양 반곡 (1842~1884)	일암집 남김
26	차일서사(茶日書社)	국려 이석선	농소 차일	국려집 남김 문가헌 이라함
29	능산서당(陵山書堂)	목와 강여망	상북 능산	왜정 말년까지 가학을 계승
30	단구서옥(丹邱書屋)	경옥 송병원	웅촌면 검단	詩와 書에 능함 양산과 온양 출장 훈도

〈자료출처〉 '울산광역시사' -사회, 문화편-

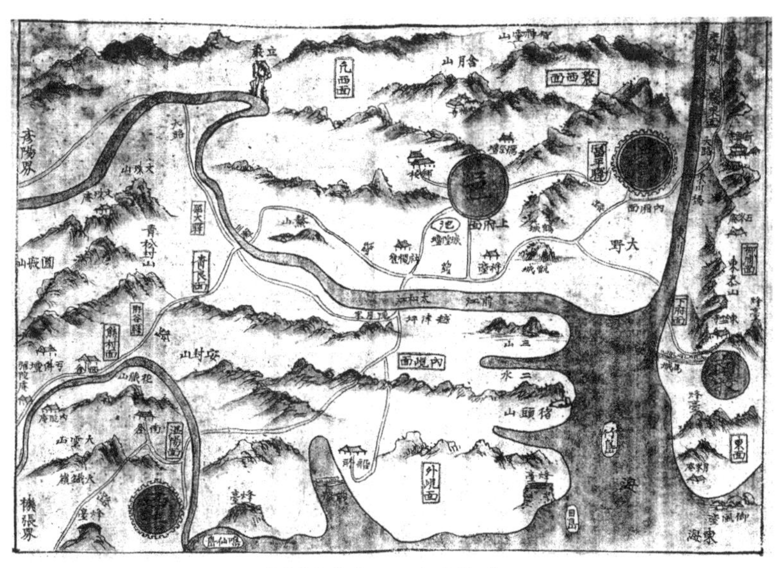

『영남읍지』(1871)의 울산 지도.
그림 왼쪽의 중간쯤에 안엽의 '단계서사'가 있었다는 웅촌면이 보인다.

이 가운데 특히 19번째 기산서당(企山書堂)의 운영자는 앞서 언급한 간우(艮宇) 이인중(李仁仲, 1825~1896)이다. 그리고 이렇게 열립(列立)해 있던 많은 서당들 중 28번째에 안엽의 서당인 '단계서사(丹溪書社)'가 소개되고 있는데 그다지 존재감이 커 보이지는 않는다. 또한 이기희의 『창우문집』 〈서(序)〉와 〈행장〉에서는 안엽이 '옥산서원(玉山書院)·옥산계당(玉山溪堂)'에 기거한 사실을 말하기도 했는데, 이것이 단계서사의 이칭(異稱)인지 아니면 별외(別外)의 처소인지 불분명하다.

『창우문집』의 체재를 보면 권1과 4까지가 '詩', 권5와 권6은 '書' 즉 서간인데, 비록 숫자 면에서 아주 적은 편은 아니지만 나타난 것만으론 안엽의 교유 폭이 넓었다고 간주하기는 어렵다. 누군가가 보낸 편지에 대한 '答~'보다는 안엽 쪽에서 먼저 보낸 '上~' 및 '與~'의 글이 더 많은 점도 그렇고, 그의 유작 및 서문·발문·행장 등이 알려주는 내용들 안에 이렇다 할 인맥 관계를 찾아보기 어렵다. 별반 사회적인 교제가 없는 대신, 차라리 내성적이고 소극적인 사교 성향을 띤 인물로 다가온다. 실제로 본 의인열전의 서문 중에도 얼핏 신상고백과도 같이, 사람들이 나와 어울리지 않는 통에 저 마른나무처럼 고독단신(孤獨單身)이 되었다는 말도 농담처럼 한 말 같지는 않아 뵈고 문집 전반을 통해서도 대개 울적한 기미를 감지할 수 있다.

그가 표제에 지명(地名)을 앞세운 음영의 사례는 문집 안에서 셀 수 없이 많다. 특히 권4의 〈도일동십구영(道一洞十九咏)〉과 〈옥산십육영(玉山十六咏)〉, 〈차포암권공입암이십팔영(次逋菴權公立巖二十八咏)〉 등은 가장 집중된 형태이다. 사물을 향한 각별한 관심의 자취 또한 1권에서 4권에 걸친 '詩' 안에서 만만치 않은 숫자로 발견된다. 〈매화(梅花)〉·〈하일영송(夏日詠松)〉·〈노송(老松)〉·〈백로(白鷺)〉·〈호로(葫蘆)〉·〈무명화(無名花)〉·〈노송(老松)〉·〈연(硯)〉·〈포죽(圃竹)〉·〈간류(澗柳)〉·〈면경(面鏡)〉·〈작소(鵲巢)〉, 그리고 권2에서 〈독락당장미화(獨樂堂薔薇花)〉·〈두견(杜鵑)〉·〈첨성대(瞻星臺)〉·〈금척(金尺)〉, 권3에서 〈영봉(咏蜂)〉·〈영송(咏松)〉, 권4에 〈지주(蜘蛛)〉·〈산유화(山有花)〉·〈영월시계사(咏月市桂史)〉 등을 가려낼 수 있다.

그럼에도 어디까지나 작가가 단순히 사물을 바라보고 느낀 점을 서술하는 태도만을 견지할 뿐 그 사물을 인간처럼 대하여 다루는 의인법에 관해서만큼 사례를 찾기가 쉽지 않다. 사물 관심이 의인화로까지 연결되지 않음은 마침 문방사우 관련해서 남아있는 영물시 한두 편만 보아도 이내 헤아려 알만 하다. 다름 아니라 '치술령 아래 지저촌 세필동 묵자곡 연동이 있기에 시로 기록한다'라는, 문방사우 관련의 칠언절구 한 편이 있다. 원제는 〈치술령지하유지저촌세필동묵자곡연동시이지지(鵄述嶺之下有紙底村細筆洞墨子谷硯洞詩以識之)〉(권1)이다.

紙村深邃筆峰長　깊숙이 들어앉은 종이 촌에 긴 붓 봉우리
硯洞相連墨子崗　죽 벋어나간 벼루 동(洞)에 먹의 언덕이 있네.
箇中猶有修文意　이 가운데 고운 글 다듬어낼 마음 일거니
一面溪山四友房　저편 저 산 계곡은 바로 사우의 방이렷다.

또한 벼루를 읊은 〈연(硯)〉(권1)이라는 작품이다.

琢以金椎磨以沙　쇠망치로 쪼아내고 모래로 갈아내니
礓文珉質爛生華　옥돌바탕의 검은 무늬 난만히 빛난다.
銅盤淸滑秋凝露　미끈한 구리쟁반에 송글 맺힌 찬이슬
玉臼砑夜研梟花　옥 절구로 갈아내자 야생화 피어나네.

滿床排了文三友　만좌에 문방의 세 벗 포진해 놓았기에
群聖用之語百家　거룩한 분들 그 덕에 백가서를 펼쳐냈지.
須知靜壽養生法　모로매 안존으로 장수하는 양생법이야말로
曾子篇中題品嘉　증자편 중에도 빼어난 부분임을 알아야 하지.

역시 1인칭 시점에 따라 시종 자신의 소감을 피력해나갈 뿐이다. '국화야 너는 어이 삼월춘풍 다 보내고…' 하는 식의 대상 사물을 2인칭 활용으로 불러낸다든지, 대상 사물을 '그'로 취급하는 3인칭 관찰자시점 내지 전지적작가시점은 찾을 수 없다.

한편, 〈연(硯)〉 시 최종부에 '증자 편' 운운한 것이 있다. 대개 증자의 사상은 '증자(曾子) 18편'으로 요약되고 그 중 10편이 『대대례(大戴禮)』에 남아 전한다. 정식 명칭이 『대대례기(大戴禮記)』인 『대대례』는 한나라의 대덕(戴德)이 편찬한 책의 이름이다. 그 대체는 효(孝)와 신(信)을 도덕 행위의 근본으로 삼는 데 있다. 그런데 암만 살펴도 장수 양생과 관련 있는 글은 못내 찾아보기 어렵다. 혹 '증자질병(曾子疾病)' 편에 있으려나 했지만 역시 해당 글이 없다. 『소학』에도 실린바, '관리는 지위가 생기면 게으름을 피우게 된다. 병이 조금 나을 만하면 마음을 놓아 오히려 중하게 되기 쉽다'가 있지만 이 역시 우원(迂遠)하다.

차라리 증자보다는 북송 시절 당경(唐庚, 1068~1118)이 쓴 〈가장고연명(家藏古硯銘)〉이 보다 장수 양생과 관련하여 직접성 있다고 보겠다. '집안에 소장한 옛 벼루의 명문(銘文)'이란 말이니, 바로 여기에 붓과 벼루를 통한 양생(養生)과 수요(壽夭)의 논리가 담겨 있다.

硯與筆墨 蓋氣類也 出處相近 任用寵遇相近也 獨壽夭不相近也 筆之壽 以日計 墨之壽 以月計 硯之壽 以世計 其故何也 其爲體也 筆最銳 墨次之 硯鈍者也 豈非鈍者壽而銳者夭乎 其爲用也 筆最動 墨次之 硯靜者也 豈非靜者壽而動者

矣醉把杯酒可以呑江南吳越之淸風拂劒
長嘯可以吸燕趙秦隴之勁氣然後歸而治
文著書子畏子長乎子長畏子乎不然斷編
敗冊朝吟而暮誦之吾不知所得矣 後生當活看可
也以造處書是癡人前說夢之弊矣

家藏古硯銘 唐子西

硯與筆墨蓋氣類也出處相近任用寵遇相
近也獨壽夭不相近也筆之壽以日計墨之
壽以月計硯之壽以世計其故何也其爲體

大 眞寶後集十 十七

也筆最銳墨次之硯鈍者也 此未有人文義明 豈非
鈍者壽而銳者夭乎其爲用也筆最動墨次
之硯靜者也豈非靜者壽而動者夭乎吾於
是得養生焉以鈍爲體以靜爲用或曰壽夭
數也 雖好亦 非鈍銳動靜所制借令筆不銳不
動吾知其不能與硯久遠矣雖然寧爲此勿
爲彼也 只平淡尤好 省冗詞最高使它人爲之多百十字
矣 銘曰不能銳因以鈍爲體不能動因以靜
爲用惟其然是以能永年 銘揔括大意又好

上席侍郎書

『고문진보』 후집 권10 소재의 〈가장고연명〉

天乎 吾於是得養生焉 以鈍爲體 以靜爲用 或曰 壽夭數也 非鈍銳動靜所制 借令筆不銳不動 吾知其不能與硯久遠矣 雖然寧爲此 勿爲彼也 銘曰 不能銳 因以鈍爲體 不能動 因以靜爲用 惟其然 是以能永年.

벼루와 붓, 먹은 모두 마음이 맞는 무리들이다. 들고나는 처신이 서로 비슷하고 쓰이면서 사랑과 대우를 받음도 비슷하나, 수명만은 서로 다르다. 붓의 수명은 날짜로 헤아리고, 먹의 수명은 달수로 헤아리지만, 벼루는 세대(世代)로 헤아린다. 그 까닭이 무엇일까? 모양새로 말하면 붓이 가장 날카롭고, 먹은 그 다음이며, 벼루는 무딘 존재이니, 어찌 무딘 이가 장수하는 대신 예리한 이가 단명하다 하지 않겠는가? 쓰임새로 말하면 붓이 가장 많이 움직이고 먹은 그 다음이며 벼루는 가만한 존재이니, 가만한 이가 장수하는 대신 움직이는 이는 단명하다 아니 하겠는가? 나는 여기서 양생(養生)의 이치를 터득했으니, 둔함으로 기틀을 삼고 잠잠한 것으로 쓰임을 삼고자 한다. 어떤 이는 말하기를 오래 살고 일찍 죽는 것은 다 운수이거니, 둔하거나 예리하거나 움직이거나 고요히 있거나 하는 따위에 의해서 조정되는 것은 아니라고 한다. 아닌 게 아니라 설령 붓이 예리하지도 움직이지도 않는다 한들 그것이 벼루와 나란히 오래도록 함께 할 수 없음을 나는 안다. 비록 그렇다곤 해도 이렇듯 벼루처럼 무디고 잠잠해야 할망정, 저렇듯 붓처럼 날카롭고 움직임이 많아서는 안 되는 것이다. 그래서 벼루에다 이렇게 명문(銘文)을 새긴다. 날카로울 일 없으니 둔함으로 체(體)를 삼고, 돌아칠 일 없으니 고요함으로 용(用)을 삼으리라. 다만 그렇게 할 뿐이니, 이로써 오랜 삶을 누리리라.

안엽은 〈문방사우전〉의 서문에서 문방선생으로 책정한 자기 스스로를 '용렬하고 모자라 남만 못하지만… 고을의 현자는 날 어리석다 했고, 재주 있는 이는 둔하다 했으며, 지혜로운 이는 미련하다 했다. 누구라 할 것 없이 제대로 따라가지 못한다고 비난하며 밀쳐내고 팽개치기를 멋대로 했다'고 묘사한 바 있다. 그런데 우연의 일치인가, 실로 공교롭게도 문집(권1) 중에 문득 〈창우자조(蒼愚自嘲)〉라는 시 하나가 눈을 잡아끈다. '나 창우, 스스로를 비웃네'이다.

我生三十一年春	내 지나온 인생 삼십일 년 그 시절은
千騃百癡不齒人	온통 미련하고 어리석어 다른 이만 못했지.
是非毁譽渾無別	옳고 그름하며 망신 자랑 전혀 구별 못했으니
接物焉能遽笑嚬	접하는 일마다 비웃음 사는 게 놀랄 일은 아니지.

격심한 자기 비하를 토로한 내용이 앞부분 문방선생의 자백과 혹초(酷肖)하니, 혹 〈문방사우전〉도 자조의 시를 지은 31세거나 그 무렵 어느 즈음의 창작은 아닌지 비상히 유의되는 국면이 없지 않다.

그것이 어느 시점 안에서 이루어졌든지 간에, 분명한 것은 안엽이 결코 사람들에게 비웃음이나 살 정도의 어리석고 녹록한 촌학구(村學究)는 아니었다는 사실이다. 적어도 그의 이 문방 전기 하나만 읽어본대도 한학에의 박섭(博涉)한 정도가 예사롭지 않음을 금세 간파해 낼 수

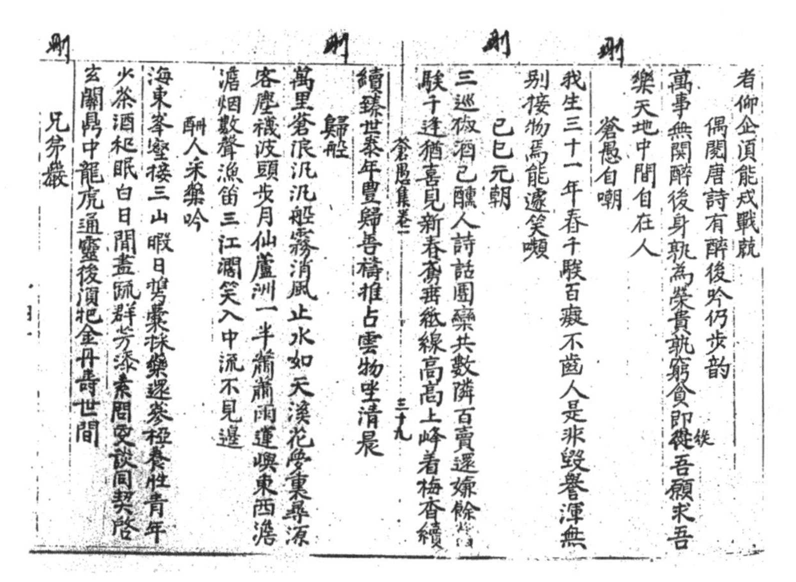
者仰企須能戎戰兢
偶閱唐詩有醉後吟仍步韵
萬事無関醉後身孰為榮貴孰窮貧即從吾願求吾
樂天地中間自在人
蒼愚自嘲
我生三十一年春千駭百癡不齒人是非毁譽渾無
別接物焉能遽笑嚬
己巳元朝
三巡椒酒已醺人詩話圍棊共數隣百賣還嫌餘
駃千逢猶喜見新春裔書絲線高高上峰着梅香續
蒼愚集卷一 三十九
續臻世泰年豊歸吾禱推占雲物坐清晨
歸船
萬里蒼浪汎汎船霧消風止水如天溪花處處東尋源
客壓襪波頭步月仙蘆洲一半蕭蕭雨蓬喚東西港
澹烟數聲漁笛三江濶笑入中流不見邊
酬人采藥吟
海東峯巒接三山暇日携囊採藥還參極養性青年
火茶酒和眠白日間盡疏群芳添素問安談同契啓
玄關鼎中龍虎通靈後須把金丹壽世間
兄弟巖

『창우집』 권1 중에 실린 시 〈창우자조〉

있다. 그 문기(文氣)를 안에 담고만 있기가 벅차서인가, 작가는 사뭇 험난한 글귀로 전편을 메워나가고 있었다.

'길굴오아(佶屈聱牙)'라는 말이 있다. 문구가 난삽하여 뜻을 이해하기 어렵다는 뜻이다. 사우(四友) 이야기는 전반에 걸쳐 바로 길굴(佶屈)한 문장의 나열로 지지한 독서를 면하기 어려운 정황이다. 그런 중에도 특히 벼루 전의 앞부분, 돌에 관한 이야기 전개에서 난해의 극치를 보여주고 있다. 곧 안엽은 벼루 전기를 서술해 가는 과정에서 벼루의 자재가 되는 돌을 벼루의 선조로 설정, 이를 화두로 꺼내 들었다. 그러면서 수천 년 중국의 기록 속에서 돌과 관련하여 저 외진 곳 잘 알려지지 않은 고사(故事)·일담(逸談)을 끌어 썼다. 따라서 그것들을 우선 파악하고 있지 못한다면 절대로 영문을 알 길 없는 희귀한 사안들을 연속적으로 편철시키는 방식으로 문장을 조성하였다.

이를테면 본문에 돌이 진나라에서 말을 했다[言于晉]는 내용은 역사 사실도 아닌 허구 바탕의 설화인바, 옛 일반 지식인의 보편성 있는 정보 내용으로 간주하기 어렵다. 그리하여 애써 모색하여 본 결과, 그 근거는 다름 아닌 『춘추좌씨전(春秋左氏傳)』 소공 8년(B.C.534)의 안에 있었다. 위유(魏楡)란 곳에서 돌이 사람의 말을 했다는 다음과 같은 기록이 그것이다.

八年春 石言于晉魏楡 晉侯問於師曠曰 石何故言 對曰 石不能言 或馮焉 不然民聽濫也 抑臣又聞之曰 作事不時 怨讟動于民 則有非言之物而言 今宮室崇侈民力彫盡 怨讟竝作 莫保其性 石言 不亦宜乎.

소공 8년 봄에 진나라 위유란 곳에서 돌이 말을 했다. 이에 진나라 임금이 사광(師曠)에게 물었다. "돌이 어떻게 말을 하는가?" 하자, 대답하기를 "돌이 말을 할 수는 없나이다. 무엇이 붙어있는 게지요. 그렇지 않다면 백성들이 뜬소문을 들은 것일 테지요. 제가 또 들으니 '백성을 부리는데 때를 어겨 원망의 소리가 백성들을 흔들게 되면 말을 할 수 없는 물건이 말을 한다'고 했나이다. 지금 궁실이 높고 사치스러워 백성들의 힘이 다하면서 원성이 함께 일어 그 성명(性命)을 보존할 수 없으니 돌이 말을 한다 해도 이상한 일은 아니지 않겠나이까"라고 했다.

뒤에 이어진 바 그 조상 중에는 '송나라에 떨어진 일도 있다[隕于宋]' 역시 마찬가지다. 각별히 이것의 영문을 일깨워 줄 근거가 될 그 어떤 전고든 찾아내지 못한다면 절대로 그 의미를 파악해 낼 길은 없다. 이런 이중 장치의 글로 거지반 점철되어 있는데, 그는 이 희한한 내용들의 정보를 일일이 어디서 가져온 것일까?

그러나 이제 정보의 집산처와 연상해서 그 답변은 자명하다. 바로 전통시대의 백과사전에 해당하는 유서(類書)인 것이니, 그것의 대표격은 송대의 『태평어람(太平御覽)』·『사문유취(事文類聚)』 내지 청대의 『연감유함(淵鑑類函)』 등이었다. 『태평어람』은 송초(宋初) 977년(太平興國 2)에 태종(太宗)의 칙명을 받아 이방(李昉) 등이 편찬하였고, 『사문유취』는 송나라 축목(祝穆)이 1246년 처음 완성한바, 송대 유서의 양 날개 역할을 하여 왔다. 이후 강희제 49년인 1710년에 장영(張英)을 비롯하여 130여 명의 학자가 펴낸 『연감유함』은 역대 최대 규모를 자랑하는 유서의 결정판이라 할 수 있다.

지금 〈문방사우전〉과 관련해서도 '고금사실'은 물론이고 허구적인 설화까지를 망라해서 최대한 수용해 놓은 여러 유서들을 펼쳐 대조해 보는 일로 문제의 실마리를 찾아낼 길 있는 것이다. 결과, 작품 속에 묘사된 희한한 내용들을 『사문유취』와 『태평어람』 안에서 어지간히 연

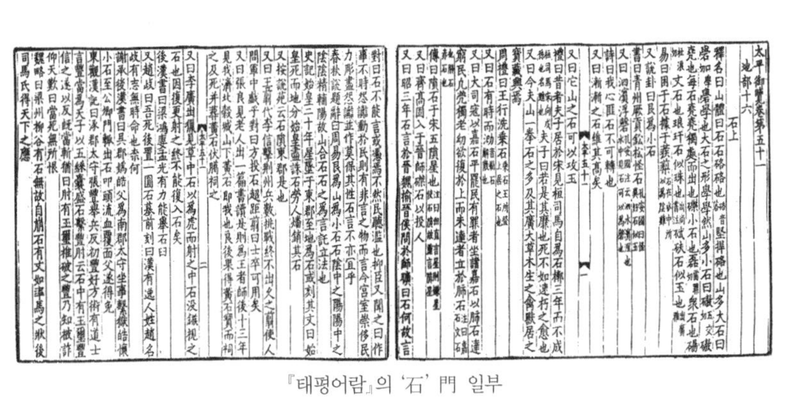

『태평어람』의 '石' 門 일부

『사문유취』의 '石' 門 일부

결의 맥락을 찾을 수 있다.

그럼에도 여전히 작품 속의 난해처 몇 군데는 해결을 기약할 실마리를 찾기 어려웠다. 이를테면 미성자(彌成子)가 무늬돌을 삼켜 문장을 성취한 일, 또는 미불이 기이한 입석(立石)을 보고 '돌 어르신[石丈]'이라 부르면서 절한 일화 등등. 하지만 이의 해결처는 따로 있었으니, 궁극에 가장 섬부(贍富)한 백과사전인 『연감유함』에서 완전에 가까운 정보 합치의 효과를 기약할 수 있게 된다. 결국 작자는 그 소재를 『연감유함』에 있는 광박한 정보 내용으로부터 가져다가 적재적소에 활용·편철하는 방식 안에서 이야기를 전개해 나갔음을 최종 확인할 수 있었다.

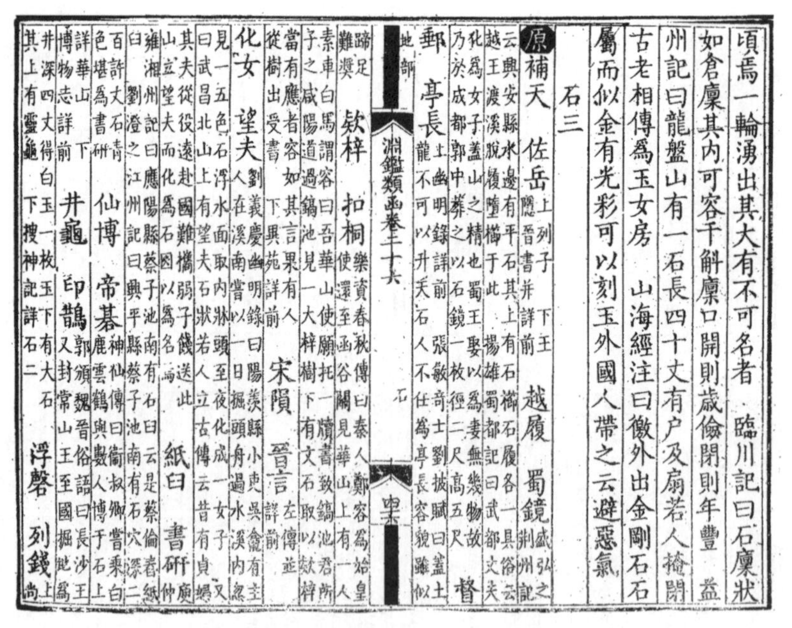
頃焉一輪湧出其大有不可名者 臨川記曰石廩狀
如倉廩其內可容千斛廩口開則歲儉閉則年豐 益
州記曰龍盤山有一石長四十丈有户及扇若人掩閉
古老相傳爲玉女房 山海經注曰徼外出金剛石石
屬而似金有光彩可以刻玉外國人帶之云避惡氣
石三
原 補天 佐岳 上列子 下王隱晉書并詳前 越履 蜀鏡 盛弘之荊州記
云興安縣水邊有平石其上有石㮇石履各一具俗云越王渡溪脫履墮㮇于此 揚雄蜀都記曰武都丈夫
化爲女子蓋山之精也蜀王娶以爲妻無幾物故乃於成都郭中葬之以石鏡一枚徑二尺高五尺 督
郵 亭長 上幽明錄詳前 張敏奇士劉披賦曰蓋土龍不可以升天石人不任爲亭長容貌雖似
地部 淵鑑類函卷二十六 石
蹄足難獎 欽梓 扣桐 樂資春秋傳曰秦人鄭容爲始皇使還至函谷關見華山上有一人
素車白馬謂容曰吾華山使願托一牘書致鎬池君所子之咸陽道過鎬池見一大梓樹下有文石取以款梓
當有應者容如其言果有人從樹出受書 下異苑詳前 宋隕 晉言 左傳並詳前
化女 望夫 劉義慶幽明錄曰陽羨縣小吏吳龕有主人在溪南嘗以一日掘頭舟過水溪內忽
見一五色石浮水面取內牀頭至夜化成一女子又曰武昌北山上有望夫石狀若人立古傳云昔有貞婦
其夫從役遠赴國難攜弱子餞送此山立望夫而化爲石因以爲名焉 紙臼 書研 庾仲
雍湘州記曰應陽縣蔡子池南有石臼云是蔡倫舂紙臼 劉澄之江州記曰興平縣蔡子池南有石穴深二
百許丈石青色堪爲書研 仙博 帝碁 神仙傳曰衛叔卿嘗乘白鹿雲鶴與數人博于石上
詳華山下 博物志詳前 井龜 印鵲 郭頒魏晉俗語曰長沙王又封常山王至國掘地爲
井深四丈得白玉一枚玉下有大石其上有靈龜 下搜神記詳石二 浮磬 列錢 上尚

청대의 최대 규모 유서인 『연감유함』의 '石' 門 일부.
〈문방사우전〉의 경우 『연감유함』에서 가장 결정적인 정보들을 제공 받았음이 확인된다.

작품은 붓과 종이, 먹과 벼루의 순서로 구성되어 있다. 작중의 문방선생은 역시 안엽 자신의 자화상이 되겠다. 문방선생의 캐릭터를 전체 안에서 그 요체만을 추리면, '용렬하고 모자라되 비범한 사람이고자 하는 의지가 남다르지만 사람들에게 소외를 당해 고독단신(孤獨單身)이다. 평상시 권력 쪽에 향하지 않으며, 늘 원예[붓]를 가까이 두고 조석으로 놓지 않으면서 올바른 이치와 논변을 위해 수없이 바로잡고, 매양 어떤 문제에 관한 진실이며 견해를 논하여 작문하는 사람'이다.

뿐만 아니라 문방선생과 한 동아리가 되어 움직이는 네 벗의 언행들 또한 자체로 작가 자신의 투영임이 명백하다. 곧 철저히 공자를 중심한 유교의 사상 안에서 장자에 미혹되지 않고, 노자와 부처의 현(玄)과 허(虛)를 기피하는 태도. 이러한 기반 위에 저 주자에게는 천하와 국가를 다스리는 아홉 가지 원칙을 가지런히 하고 뭇 현자들을 모아서 대성했던 일이 높이 살만한 일이라 하겠고, 우리 동방은 문(文)을 숭상함이 이전 어느 역사보다 가장 윗자리에 있으니 그 성대함이야말로 '소중화(小中華)'라 이를 만하다. 또한 중국에 주해(朱亥)·주운(朱雲) 같이 협기와 지조로 알려진 이가 있다면, 조선에는 백수회(白受繪)라는 분이 왜에 저항하여 지켜낸 지조가 빼어나다.

이상은 모두 문방선생 곧 작자 안엽이 속에 품은 생각의 실체에 다름 아닌바, 중국에 지지 않는 조선의 문화적 자긍을 십분 고양한 뜻이 서려 있다. 한중 두 나라 문화 수준의 대등과 동격을 강조함이니, 이는 벼루 이야기 속에서 한국의 남포연을 중국의 단계연과 필적할 만한 일류 벼루로 인정함은 물론, 그것을 곧장 주인공 삼은 사실로도 여실히 입증된다. 맨 끝 평결부 태사공의 말 역시 당연히 안엽의 의중임이 물론이니, 이렇게 안엽은 문방선생 및 모원예·저지백·현중자·석허중의 사우와 태사공이라는 세 군데 채널을 통해서 자신의 사유를 한껏 펼쳐

냈던 것이다.

소설 이론에서, 이야기 속에 또 하나의 이야기가 들어있는 소설을 '액자소설(額子小說, story within a story)'이라고 한다. 액자가 그림의 바깥에서 그림을 돋보이게 하듯 바깥 이야기[외부 스토리]가 액자 구실을 하면서 속의 이야기[내부 스토리]를 포함하는 그 구조가 액자 형상과 같다고 해서 붙인 이름이다. 예컨대 고전소설에서 작가 미상의 〈운영전〉과 연암 박지원의 〈허생(許生)〉이 여기 해당하는바, 각각 유영(柳泳)과 박지원이 이야기를 유도 소개하는 액자 주인공이라 할 수 있다. 근대소설로 김동인의 〈배따라기〉·〈붉은 산〉이라든지, 전영택의 〈화수분〉, 김동리의 〈등신불(等身佛)〉 등이 여기 속하고, 외국의 소설로는 보카치오의 〈데카메론〉, 설화집으로서는 일명 '아라비안나이트'라 하는 『천일야화(千一夜話)』 등이 이 방식을 채택한 경우가 된다. 그러면 그림과 액자의 관계가 반드시 소설과 설화 안에서만 가능한 수법인 줄만 알았는데, 지금 의인 열전인 〈문방사우전〉에서도 사우(四友)가 그림 속의 주인공이 되고, 문방선생(文房先生)은 액자상의 주인공이 되는 액자 열전의 형상을 보여 주고 있음에, 열전사상 특이한 현상이라 할 만하다.

동시에, 여타의 의인열전들은 주인공의 면모와 태사공의 언급이라는 두 가지 경로를 통해 자신의 의중을 나타내는 데 비해, 〈문방사우전〉에서는 액자열전 외부 주인공인 문방선생 한 존재를 추가 설정시킴으로써 자기 표출을 더 강화하고 곡진히 했으니, 본 작품의 두드러진 특징으로 보아도 좋겠다.

• 文房四友傳 •

文房先生庸下 無以右人 而惟人物之癖爲之右耳 嘗自矢于心曰 四大生吾 五常付卑 所以成吾者 其在友乎 吾將友鄕人之善者 以盡其道 友國人之善者 以盡其道 友天下之善者 以盡其道 猶以爲未盡 夫道之無窮也 追而友諸古人之善者 以盡其道 如是則 吾之所以求夫道者 道之所以華夫吾者 無以加矣耳 而求諸鄕 鄕之賢者 愚吾也 才者鈍吾也 知者倜然吾也 礴羸者臠卷者辨給者聶許者 無不姍吾不逮也 擠而擲之若無物焉 于以之國與天下皆然 乃自反曰 人皆不吾與 其將孑孑如姑株無以自立于世乎 抑吾心之所資以爲善 及夫籍吾心 而爲地者誰誰 吾且博求之 一日之文房得四友 而友之 曰毛元銳 曰楮知白 曰玄中子 曰石虛中者是已 日相親 吟哢之資箴戒之功論議之正 無不相參也 又因四友竝契于古人之善者 而友之 先生之道大通 實世之人固多有善者 豈能外四友 而爲道 亦敢與古人相頡頏哉 一朝先生竝有之 於是乎 天下莫能爭先生之友矣 不可不爲之傳 傳之億世 傳曰

毛元銳 字文鋒 系出宣城 有毛穎者 爲秦中書令有功 韓文公傳之 不須譜也 元銳盖其後也 我文明之朝起 爲墨曹都統知黑水郡事兼毫州觀察使 襲拜中書令管城侯 文房先生雅不面勢 而元銳能屈節而下之 聞者多元銳之不挾也 元銳世其德 能濡染 及人性聰敏强記 自經傳丘索之博以至天文地誌圖畫名物雜技之類 無不該貫 而總領用之 以六書變之 以八體釀醞 風雲炳烺 日星繼往 開來使天下同文 皆元銳之功 然逢合人意 於是非善惡由由如也 或有訾元銳之善柔 而損先生者斷斷焉 日至元銳嘆曰 余固有是哉 苟遇治世 余樂爲用 不幸遇匪人 亦爲之用 人之淑慝 世之理亂 乃氣數也 氣數之勝 吾亦無如之何耳 崇昔吾祖贊夫子作春秋以法萬世 有毛髮之病 爲莊周所詆 以惑衆聽 吾祖豈不察所擇之理也哉 亦氣數掩耳 今先生夫子徒也 余亦不敢以所施於莊周者 待之善柔

之咎 吾亦引之 致疑於先生無已太甚歟 聽者怡澳 先生聞之愈益親 夙夕不捨 及其義理之肯綮論辨之矛盾反覆正訂 千百其端 三友者未嘗不相質 而至於確定勇決 讓於元銳 故先生待之 優於三友 不呼其表德 每日毛公 亦日毛先生

楮知白 字仲素 出自桂陽 粤自倉皇之世 掌文史 世襲其職 有日簡日縑者寂著 戰國時 有別生 姓韋者 孔子之讀易 三見其絕 而非其罪 後値焚坑之禍 益自晦不見 及漢氏右文 因蔡倫者薦引始拔 用以別其姓 盖楮氏昉於是矣 又有麻桑兩族 麻大明時 有日貴 以都督救吾東有功 桑至唐 有維翰者 以文章鳴 餘無聞 楮獨世業種文 薛稷私封爲楮國公 雖極時望 而世以不出於制飭文字 爲楮氏之不遇也 晉楮氏疑亦出自楮氏 以其音相恊 而字相似也 褚皮裒裏陽秋之稱 及褚陶聖賢在黃卷之說 亦一證也 剡溪之族 天下之望也 由是 天下之士輻湊 而取資乏力竭 而文益繁矣 舒元輿作書以悲之 我朝崇文 卓冠前古 簡楮氏之賢者 寵楮知白而爵之 特除白州觀察使 轉好畤侯 襲封桂陽公 甚殊錫也 旣貴 衣以金花 飾以琅玕 調以雲藍 服以霞光 爛如雲漢 烈如凝霜 燁燁然無以尙已 文房先生一見如舊 遂爲莫逆友 居數日 謂先生日 吾素日望於先生者 不淺宣鳳藻 而騰文 芝泥發彩 潤龍縑 而動色蘭檢 浮香點筆 黃麻助光 靑規端拱 淸要之地 今乃寘諸冷屋 薦以素床 腐儒之陳談 枉加煩瀆 先聖之糟粕 輒見點汙 吾已病矣 請爲先生辭 先生黽勉從之 無何以門狀來見 先生日 子何去我之望望 而訪我踆踆 踆也 知白赧然 慙形于色 日 吾自別先生 惟進取是力 關節于公門 劑劑于闤闠 宦竪閽寺 相與驅率 而侮弄之 以若皓皓受物 汶汶亦已多 請自今 試玷濯垢 無損素質 惟先生命 先生謝日 盖皦皦者易汚 苟能後貞 何嫌先黷 智容受善言 益自澡潔 卷舒隨宜 日與先生親 先生每日 仲素能援身於黑窣窣地 高踏於光 皪皪地 盖其質素故 善返初服 可謂白以受彩 文質彬彬者也 余每有

論著 與石虛中玄中子及尾公 沈吟演刪 而能張皇幽眇 闡發而表章之 則仲素有力焉 生而同志 死而同傳 傳而無弊者 其惟楮仲素乎.

玄中子祖於二松 二松伯夷叔齊也 受氏於墨胎 仕于殷 諫周王不聽 餓死於首陽山 孟子云聖人淸 春秋時 有名翟者 爲老氏學 見斥於孟子 有齊大夫邑其姓 錫封於卽墨 有治績 死節於樂毅之亂 竟收田單之功 墨之爲玄 盖以義起者 而不知肇自何時焉 吾東之玄 出自箕子 陳洪範 授武王 君臨東土 設九井 施八敎 箕子殷後也 與二松及比干爲三仁 而 殷之初 有松楹柏社 墨氏玄氏之本 蓋有據矣 別生分類者 又有朱白兩 族 朱本姫姓 封於邾 子孫去邑爲朱 後世曰亥曰雲者 皆以節俠聞 變節 從白子友 受周易爲漢直臣 朱文季亦簪筆繩違有諫臣風 又善交朋友云 紫陽老子 整頓九經 集群賢 而大成 至曾孫潛 號淸溪 元胡陷宋 避之于 東 居綾州 子孫仍貫焉 白之不可考 漢史云 白公與楚元王 受詩於浮邱 伯 而世有聞者 吾東之白 有松潭公受繪 被執于倭 不屈書寧爲李氏鬼 不作犬羊臣 十字涅之 以自誓 竟全節而歸 噫 玄朱白三氏 至吾東而愈 著 吾東之文學 其盛矣乎 故天下號曰 小中華 熙朝以朱白賢良之後命 臣 蠲其後 求玄氏之賢者 以玄光爲亳州楮郡平章事 襲松滋侯 補外爲 玄香太守 字處晦 玄中子其號也 文房先生聞其賢 遂結爲友 與毛元銳 楮知白石虛中 同處一室 白白嘗謂玄光曰 子尙玄 吾體素 志操不侔 何 以友乎 不如早絕 無被汙衊之患也 且聞 老佛之道以玄玄 子苟欲世其 業 不祖墨胎之淸 而何膠守墨氏之賢爲 吾將以孟子之所嘗斥者斥之 玄 光黯然作色曰 吾聞諸文房先生曰 老子求道於人物形器之外 謂道在太 極之先 厭事却物 都不相干涉 佛氏以空爲以天地之先 爲吾眞體 以天 地萬物都爲幻化 以人事看做粗迹一切屛棄 歸之眞空 二者不同 而其爲 玄虛 則一也 吾則以形而上爲道 形而下爲器 而道實不外器 眞實做去 以開物成務 試以目下言之 吾與子等一器也 而吾之玄 不過卽事徇理也

吾非子無以爲道 子亦由吾而成器 苟不相須 空器而已 不幾於老佛之玄虛乎 今子縱然絕吾 吾不能絕子 若絕之則 天下之文學息矣 豈細故也 吾如有累 不待子 而見棄於文房先生 必矣 知白幡然改悟曰 吾以兒取友 幾失良友 自是情契益篤 有死生不渝之義 玄光有九子 皆爲翰林典文衡 以清顯聞.

石虛中者 其先 佐女媧氏 以五煉補天 其後以以靈異聞者 有以節義著者 有以事功顯者 言于晉 浮于泗 爲仙于穀城 化女于武昌 隕于宋 舞于曲 有三生崇山 八陣于魚腹 呑文以成弘成子之文章 納拜而爲米元章之丈人 盖其金章玉質 不緇不磷 如琢如磨 充廊廟之貢 爲玉堂之用者 磊落相望 宜其爲世需用 助成鴻化也 在中國者 以端州爲宬 吾東以藍浦爲望族 昔秦始皇暴虤坑儒燒書 又築城 備胡驅神鞭 而役之 耻爲其辱 避地而東 及建虜陷明 愈益韜晦 有石城玉汝 崇禎日月四字 服以寓尊攘之義 宇宙千百年間氣 於是乎 結局而克收 上古補天之功 欲歟盛哉 說者以爲在大易 石氏稟艮宮之精 天地之道 止於艮 而娃皇之補天也 亦止于艮 維而底成 吾東亦位艮位 故居吾東者 以春秋之義 扶三代文物於天地腥穢之中 其說確尤可據也 朝廷賞其子孫爵 采訪於藍 得石虛中 卽除鐵面學士 以石鄉侯 持節卽墨軍事 虛中字居黙 器度方圓 中心坦夷 文房先生一見之 有切磨之益 別搆書社 與毛元銳楮知白玄中子同處 性潔 日三洗濯 每携文士出浴 有陶泓者 迭遞而進 以參研究 字景淵 寬弘淸淡 與虛中埒 世稱二絕 晉時研露寫史者 淵明乃其鼻祖也 泓克踵先武 有淸節 嗟乎 石氏之族 多以節義稱 介于之性 乃爾也

太史公曰 四友者 藝林之秀也 鍾天地文明之運 包敎化衛翼之村 蘊其有可以師範後學 而世之俗儒 視之蔑如也 獨文房先生 深自結納 數而不疎 弊而無憾 文以會之 彊補其仁 卒成大業 名垂無垠 朋友之道 於斯盡矣 孔子得四友 而道益尊 文房先生似之. 『蒼愚集』

최현달의 연적전

崔鉉達 • 硏滴傳

연적(硏滴)이란 이는 본관이 낙양(洛陽) 사람이다.

그의 선조에 연잠(硏潛)이란 이가 있었는데, 소싯적 낙수(洛水)[1]에서 놀다가 신령한 거북을 만나 숨을 내쉬고 들이쉬는 방법을 체득하였고, 겸하여 하락(河洛)[2]의 이치에도 통달하였다.

그는 일찍이 이렇게 말하였다.

"도의 원대한 근원은 천일(天一)[3]에서 나오고, 그것의 오묘한 운용(運用)은 음양 두 기운의 혈(穴)에서 나타났다 사라졌다 하는 변화에 있다!"

주공(周公)이 낙수(洛水)에 자리를 정했을 때 은밀히 나타나 보좌한 공로가 있었기에, 그를 연(硏)[4] 땅에 봉하고 석성(石城)[5]을 식읍으로 주

---

1) 섬서성(陝西省) 낙남현(雒南縣)에서 발원하여 황하로 흘러 들어가는 물.

2) 하도낙서(河圖洛書)의 준말. 하도(河圖)는 복희씨 때 황하에서 용마(龍馬)가 등에 지고 나왔다는 그림. 낙서(洛書)는 하우씨(夏禹氏)의 치수(治水) 때 신귀(神龜)의 등에 있었다는 글로, 홍범구주(洪範九疇)의 기원이라 한다.

3) 우주 생성의 근원인 태극(太極). 이(理).

4) 벼루. '硯'과 통용하였다.

하북성 易縣 易水湖. 역수는 易水硯 벼루의 명산지이기도 하다.

었다. 이에 자손들이 대대로 그 자리를 잇게 되었으며, 말미암아 연씨(硏氏)라 칭하게 되었다.

16대에 이르러는 역수(易水)[6]로 옮겨서 연(燕)나라의 연인(涓人)[7]이 되었으니, 그가 바로 적(滴)이다.

적의 됨됨이가 용모는 반듯한데다 그릇이 넓었고, 마음을 비웠으며 성품은 깨끗했다. 맑은 물을 만나면 기어이 받아들여 가슴과 배 안에 간직해 두었다. 게다가 문사(文士)를 좋아하니, 그들이 찾아오면 반드시 머금었던 것도 뱉고 정성을 쏟았다.

무엇을 가지거나 주는 데 있어서도 역시 청렴하였으니, 받는 게 있으면 반드시 갚을 줄 알았고 들어오는 게 있으면 반드시 나가는 법도 있었으니, 생각건대 그는 지조 있는 깨끗한 선비였음이다.

갈석(碣石)[8] 출신 석홍(石泓)[9]이 그 풍도(風度)를 듣고서 찾아가 연적

5) 벼루의 다른 이름. 석재(石材)로 만들어진 벼루의 몸체를 성(城)에다 비유했다.
6) 하북성 소재의 강 이름. 춘추시대 제후국인 연(燕)나라 영토의 남단에 있다.
7) 궁중 안에서 소제(掃除)나 영접을 맡은 사람. 알자(謁者) 또는 내시(內侍).

전국시대 제나라의 직하는
가장 저명한 문화와 학술의 중심지였다.

을 보고는 말하였다.

"선비란 아름다운 은택이 서로에게 보탬이 됨을 귀히 여기지요. 그런데 저는 완고한 탓에 일체 남과의 교제가 없어 구제의 방도가 없군요. 청컨대 그대 말씀의 뒷자락이라도 받아서 제 자신의 윤택에 이바지하고 싶은데 그럴 수 있겠는지요?"

했더니 적이 허락하였다. 이로부터 홍(泓)은 나날이 새로워져 갔다.

홍에게는 제(齊)나라 직하(稷下)[10]에 옛 친구가 있었다. 바야흐로 방문하러 가는 길녘에서 즉묵대부(卽墨大夫)[11]를 만났는데, 처음 만나 나누는 대화가 몹시도 즐거웠다.

대부가,

"그대 나라에 어진 선비로서 가히 벼슬에 끌어올릴 만한 이가 있겠는가?"

묻자, 홍(泓)이 곧 적을 내세워 말하니, 대부가 기꺼이 제나라 임금에게 천거했다. 임금은 폐백을 후하게 갖추고 사자(使者)를 보내서 적을 초빙하였다.

적이 제나라에 갈 때에 가볍고 비싼 털옷을 입지도 건장한 말을 타지도 않았다. 그의 말인즉 이러했다.

8) 본시 둥근 비석이란 뜻이나, 여기서는 우뚝 솟은 돌 또는 산을 말한다.

9) 원래 돌 또는 벼루의 우묵 들어가 물이 괴는 곳이나, 여기선 벼루의 인격화 명칭.

10) 제나라 성(城) 아래 산동성 임치현(臨淄縣) 북쪽의 땅으로, 제선왕(齊宣王)을 찾아 많은 학자가 모인 곳.

11) 벼루의 별명. 즉묵후(卽墨侯).

"내 듣기로는 임치(臨淄)[12] 거리는 번화하여 사람들 어깨가 서로 닿고 수레바퀴끼리 서로 부딪친다 하니, 내 몸을 망가뜨릴까 두렵단 말이거든."

급기야는 자신의 짐보따리를 사자의 수레에 실어가지고는 제나라로 갔다. 목욕재계한 후에 임금을 알현하니 임금이,

"선생께서 멀리 강호(江湖)를 건너 오셨으니, 이제 내 나라에 은덕을 베풀려나 보오!"

라고 하자, 적이 대답하였다.

"『서경(書經)』에 이르기를, '크게 가물 것 같으면 그대를 장맛비로 삼으리라'[13] 했나이다. 이럴진대 나라만 윤택하게 할 뿐 아니라 장차 온 천하를 윤택케 할 것이옵니다. 신과 같은 사람은 그릇이 작고 지혜가 얕아서 그 중심을 살펴보면 한 국자도 채 되지 않사오나, 이제 왕께서 그 이익과 혜택이 나라에 미칠 일을 생각하시매, 왕의 의사가 훌륭하나이다. 만일 제가 버려지지 않는 은택을 입는다면, 하찮은 힘이나마 충정을 다 바쳐 은혜에 보답드릴 수 있기 바랍니다."

이에 왕이 말하였다.

"이전에 초나라의 영왕(靈王)[14]에게 옥섬여(玉蟾蜍)[15]란 신하가 있었는데, 맑은 포부를 품고 흉중에 간직한 일을 바르고 깨끗이 해서 사방 천지에 두루 미칠 수 있게 하였소. 그러다가 불행히 영왕을 따라 죽은 연유로 과인이 만나볼 수 없었던 게 한이었다오. 그런데 지금 선생 모

12) 산동성 광요현(廣饒縣) 남쪽의 현(縣) 이름. 제나라 헌공(獻公)이 도읍한 곳.

13) 본문에 '若旱用 汝作甘霖'은 『서경(書經)』, 「열명(說命)」·上에, '若歲大旱 用汝作霖雨'라고 한 대목을 응용한 것이다.

14) 춘추시대 초(楚)나라 임금으로, 겹오(郟敖)를 죽이고 위(位)에 올랐으나 태자가 채(蔡) 대부의 아들에게 피살되면서 내란이 일어나고 궁에서 쫓겨나 자결하였다.

15) 옥으로 만든 연적을 인격화한 명칭.

습을 보니 외려 틀 안에 박혀 있어 답답한 마음만 꽉 찬 듯싶소."

적이 대답하기를,

"신이 듣기로 밝으신 임금께서는 외모로 사람을 쓰지 않으신다 했나이다. 신은 참으로 외모가 못나기 이를 데 없사오나, 못난 정도를 무덤 속 해골과 같은 데서 찾으시진 않았으면 하옵니다. 사람에게 있어 귀한 것은 도(道)가 서로 같은 데 있는 것이지요."

하자 왕이 얼굴빛을 고치면서 사과하여 말하였다.

"과인이 말을 실수하였구려. 내게 도를 들려주기 바라오."

적은 이렇게 응대하였다.

"무릇 도란 자기 자신의 덕을 함양하는 데서 시작하여 천하에 널리 행하도록 하는 데서 끝맺음하는 것이옵니다. 이른바 그 근원은 드넓고 그 흐름은 왕성한 것이지요. 이런 까닭에 냇물에 임하시던 공자께서 그것을 칭송하시었고, 표주박의 물을 마시면서도 안연(顔淵)[16]은 그것을 즐겼던 것입니다. 다함이 없는 이치와 그침이 없는 공효(功效)가 모두 여기에 있나이다. 요컨대 도에서 소중한 바는 스스로가 다른 이에게 베풂으로서 족하다 하겠습니다."

이에 임금이 말하였다.

"내게 네 사람의 신하가 있으니, 관자(管子), 묵자(墨子), 석생(石生), 저생(楮生)이 그들이지요.[17] 하나같이 학문에 뜻을 두었으나 아직 학문의 근원을 얻지 못해 때로는 갈증을 앓는다오. 다행히 선생께서 계시면서 그들을 받아들이고 도와주신다면 이 또한 크나큰 베풂이라 할 것이오!"

16) 안회(顔回). 노(魯)나라 사람으로 자는 자연(子淵). 공자의 수제자로, 공자가 그 덕을 크게 칭찬하였으나, 일찍 요절하였다.

17) 각각 붓, 먹, 벼루, 종이에 대한 인격화 명칭이다.

적이 대답하였다.

"저도 현사(賢士)와 대부(大夫)의 반열(班列)에 따라가기를 원합니다. 하오나 신이 여기저기 떠돌아다닌 나머지 정신이 고갈되었사오니, 바라옵건대 신에게 궁 연못 한 귀퉁이를 빌려주시와 잠깐만이라도 차가운 물에 몸을 담가 섭생을 더하고난 연후라야 거지반 그런 일들이 가능할까 하나이다."

이에 임금은 적에게 설궁(雪宮)[18] 곁의 승지(澠池)[19] 위에 머물도록 했고, 으뜸 경(卿)의 벼슬을 주어 네 신하의 위에 자리하게 하였다.

임금이 네 사람 신하들과 무언가 꾀할 일이 있게 되면 일의 크고 작음을 막론하고 반드시 먼저 적에게 일의 시작을 제시하였다. 그러면 적은 거기에 막힘없이 응대했는데, 그 입은 마치 현하(懸河)[20]와도 같았다. 기거동작(起居動作)이며 요량해서 처리하는 일마다 제대로의 격에 들어맞았으니, 임금은 대단한 그릇 감으로 여기었고 네 신하들도 흔연히 끊임없는 정을 더하면서 매우 흡족해 했다.

얼마 뒤에 임금이 제후들과 더불어 경수(涇水)[21] 위에서 동맹을 맺게 되었는데 네 신하들도 그 뒤를 따랐다. 그런데 적이 오지 않자 창졸간에 희생(犧牲)의 제물에 서약의 글을 올릴 도리가 없게 되었다. 임금이 궁지에 몰린 정도가 이만저만이 아니었다. 곧바로 위천(渭川)[22]으로 가

---

18) 전국시대 제나라의 궁(宮) 이름. 산동성 임치현(臨淄縣) 동북쪽에 있었다. 맹자가 제 선왕(齊宣王)을 만난 곳.

19) 승수(澠水). 옛 제나라 성(城) 바깥쪽, 산동성 임치현에서 발원하여 서북쪽으로 흐르는 시수(時水)의 지류.

20) 급한 경사를 세차게 흐르는 하천. 전(轉)하여 유창하게 잘하는 언변을 뜻하기도 한다. 여기서는 연적을 기울여 물이 흘러나오는 모양을 형상한 것이다.

21) 감숙성의 고원현(固原縣)을 근원으로 한 것과 화평현(化平縣) 서남쪽을 근원으로 한 것이 있는데, 합류하여 위수(渭水)로 흘러 들어간다. 일명 경하(涇河).

22) 위수(渭水). 위하(渭河). 감숙성 위원현(渭源縣)에서 발원, 섬서성을 거쳐 황해(黃海)

서 죽군(竹君)[23]을 찾아서는 그 절개를 꺾어 입을 열게 함으로써 적 대신 겨우 급한 일을 넘길 수 있었다.

涇水

돌아와서 임금은 적을 책망하여 말하였다.

"내가 그대에게 그다지 박하게 대접하지 않았거늘 경수(涇水)의 모임에서 그대가 내 뜻을 따라주지 않음은 어인 일인가?"

하니, 적이 대답하였다.

"경수의 모임은 제후들이 문사(文事)로 하는 행사가 아니었던지라, 자칫 닭과 개와 마소의 피로 더럽혀질 것 같았지요. 게다가 경수의 물은 심히 탁해서 깨끗이 닦을 방도도 없어 보였나이다."

그러자 임금은 별안간 안색을 바꾸면서 성을 내었다.

"지나치구나. 그 맑다고 하는 것이……. 그대는 그만 벼슬을 놓고 한가히 지내도록 하라!"

마침내는 파직시키니, 적은 물러나면서 한숨짓고 탄식했다.

"지금 왕의 뜻이 정도에 지나치도다. 제(齊)를 떠나지 않는다면 사람들이 장차 나의 입에 자물통을 채우겠구나. 듣기로는 동방에 기자(箕子)[24]의 나라가 있어 그 문화가 두루두루 미치지 않은 데가 없다 하니 게 가서 살 만하리라!"

로 들어가는 강. 대나무의 다산지이다.

23) '대나무'의 의인 명칭. 대나무를 잘라 낸 대통에 물을 받아다 쓴 상황을 뜻한다.

24) 중국 은(殷)나라의 태사(太師)로서, 숙부인 주왕(紂王) 앞에 자주 간(諫)하였고, 은나라가 망하자 조선에 망명하여 기자조선(箕子朝鮮)을 세웠다고 한다.

드디어 두둥실 바다에 떠서 넌지시 조선(朝鮮) 땅에 모습을 나타냈다. 이 무렵 제나라 네 신하의 겨레로 일찍부터 동방에서 벼슬을 살고 있던 이들은 꽤 높은 자리에 임용된 채 능히 왕의 정치를 빛나게 하고 있었다. 연적이 당도했다는 말을 듣고서 다투듯 찾아와 상견(相見)하는데, 마치 큰 가뭄에 비를 만난 양하였다. 드디어 그를 추천하였고, 적이 왕께 알현하매 왕이 기뻐 말하였다.

"내가 그대에 대해 들어온 지 오래요. 더욱이 저 네 분이 그대 칭찬을 대단히 하는구려. 그대께선 무엇으로 과인을 끌어 주시겠소?"

이에 적은 아뢰었다.

"신이 동쪽으로 건너오는데 바다에는 파도가 일지 아니하였나이다. 이제로부터 전하의 은전(恩典)을 기대하지 않을진정 신의 자손들이 이 성인의 나라에서 번성하기를 바라나이다."

왕이 정치에 대해 묻자, 적이 대답을 드렸다.

"선왕께서는 구주(九疇)[25]의 정치를 펴시어 다스림의 교화가 널리 미치게 되었고, 팔조(八條)[26]의 교령(敎令)을 베푸시와 인심이 맑아졌나이다. 백성들에게 끼치시는 은택이 저 동해의 가없음과 같이 왕께서 계속 채워 나가시고, 항시 못가에 임하신 것과 같이 하신다면 경사로움이 만세(萬世)에 유전(流傳)할 것이옵니다. 그렇지 못해 이를 버리신다면 아무리 신으로 하여금 종일토록 정치에 관해 진언하라 하신들 기껏 졸졸대는 가는 물줄기에 지나지 않을 것이옵니다."

이에 왕이 크게 기뻐하여 말하였다.

"훌륭하오, 그대의 말씀이여! 마치 강하(江河)를 가르는 듯 명쾌하구려!"

25) 우(禹)가 홍수를 다스릴 때 하늘이 그에게 내려 준 아홉 가지 큰 이법(理法).
26) 고조선 시대에 통용되었다던 여덟 조목의 간단한 법률.

그리고는 적에게 문연각직학사(文淵閣直學士)[27]의 벼슬을 제수하였다.

동진시대 靑釉龜形 연적

임금이 알아주고 대우하는 바가 이토록 융성함에, 적은 왕의 은혜에 감격해서 저네 사람과 더불어 한마음 한뜻이 되어 힘을 합치었다. 밤낮으로 자신의 마음을 열어 임금의 뜻을 살찌게 하였으며, 아랫사람들에게는 은덕을 베풀었다.

이렇듯 함께 나라 일을 돕다 보니 세월은 어느덧 임자년(壬子年)[28]에 이르렀고, 이 때 적의 나이는 벌써 일백육십이 넘었다. 이제 그는 글을 올려 노년 은퇴를 요청하였고, 드디어 강호를 방랑하게 되었다.

하루는 낙동강을 지나다가 홀연 물속으로 들어가 흰 거북이로 화(化)하였다. 일천년을 더 지나서는 예저(豫且)[29]가 장차 잡으러 올 줄을 짐작하고는 한밤중에 달세계로 들어가 두꺼비가 되었으니, 그 최후는 알 수가 없다.

외사씨(外史氏)는 이르노라.

「내가 역대의 기록을 읽노라니 진(晉)의 역사에 이르러는 증험해 볼 만한 문헌이 넉넉지 못했다. 이것은 아마도 진(晉)의 선비였던 도잠(陶潛)[30]이 국화 이슬로 역사를 쓰다 보니 빠뜨린 부분마저 생겨난 까닭인

27) 문연각(文淵閣)은 청나라 때 사고전서(四庫全書)를 보관하던 전각. 직학사(直學士)는 당나라 때 만든 벼슬 이름. 처음 관각(館閣)에 들어가 숙직하는 직책으로 학사(學士)의 아래이자 대제(待制)의 윗자리.

28) 최현달의 생애 안에서 임자년은 1912년, 46세에 해당한다. 바로 〈연적전〉 창작의 해당 연도로 보인다.

29) 춘추시대 송(宋)나라의 어부. 이 부분의 내용은 『사기(史記)』, 〈귀책전(龜策傳)〉에, '江使神龜 … 使於河 至於泉陽 漁者豫且 擧網得而囚之 置之籠中 夜半龜來 見夢於宋元王'의 기록과 직접 관련이 있다.

가 싶다. 도연명이 역사를 쓰던 당시에 적은 이미 동쪽으로 떠나 버린 뒤였으니, 그가 미처 쓰이지 못했음이 한스런 일이었다.

도연명

세상에 전하기로는 도잠의 아들들이 모두 지필(紙筆)을 좋아하지 않았으나, 연잠으로 말하면 그 후손들이 즐겨 글하는 선비들과 노닐면서 흡족케 해 준 바가 많았다.

하지만 역사책을 살펴보면, 도씨(陶氏)는 종종 그 이름이 드러난 반면에 연씨(硏氏)는 그 이름이 빠져 버렸고, 다만 뒷시대의 문사(文士) 중에 어쩌다 그를 위해 보록(譜錄)[31]한 것이 있을 뿐이다.

그러나 적의 갈래는 끝까지 그 이름이 들리지 못했으니, 한 씨족이 드러나고 묻힘에 있어서도 꼭 바른 방향으로만 갈 수는 없는 무엇이 있는가 보다.

적은 낙(洛)에서 시작해 낙(洛)에서 최후를 맞았는데, 그가 거북으로 변화했다거니 두꺼비로 변화했다거니 하는 말들은 제동(齊東)[32]에서 나온 말로 다 믿기 어려운 것이다. 그러나 연나라에 있을 때 중요한 위치에 있었고, 제나라에 있을 시에 현달했으며, 급기야 저 동쪽 땅에 나타나서는 능히 문연(文淵)[33]에 공훈을 이룩하였다. 뿐만 아니라 그가 맑고 깨끗한 문장 풍아(風雅)[34]를 자손들에게 끼쳐서 그 재량을 평생의 대계(大計)로 삼도록 해 줄 수 있었으니, 얍슬한 졸장부들과 비할 바 아

30) 도연명(陶淵明). 동진(東晉)의 시인·문호.

31) 계보. 족보. 보첩(譜牒).

32) 제나라 동쪽 지대. 여기서는 '제동야어(齊東野語)'의 뜻. 제나라 동쪽의 야인(野人)들이 전승하는 말이라 요긴하지 않다는 뜻. '此非君子之言 齊東野人之語.'[孟子, 萬章].

33) 도서 일반을 지칭하는 의미로 썼다. 원래 문연각은 『사고전서(四庫全書)』와 『고금도서집성(古今圖書集成)』 같은 거대한 저작들을 보관하던 청대의 전각이다.

34) 풍류와 고상한 멋.

『一和先生文集』 권5에 실린 〈研滴傳〉

닌 것이다. 사람들의 말에 '연적은 작은 구실'이라 하는데, 그러면 도대체 어느 존재가 큰 구실이란 말인가?」

일찍이 존재 박윤묵은 오언율시 〈수적(水滴)〉에서 문방의 사우는 마땅히 연적이 함께하는 오우(五友) 되어 그 가상한 이름을 나란히 세상에 떨쳐야 한다[四友當爲五 嘉名竝世鳴]면서 그 자격과 위상을 높여 읊은 바 있었다. 허구적 산문 분야에서 역시 문방의 도구를 인격화하는 이들은 거의 대부분 지필묵연 사우(四友)를 주역으로 하여 글을 쓰는 것이 일반이라는 점을 생각할 때, 연적을 주인공으로 삼아 의인화시켰다는 사실 한 가지만으로도 우선 특기할 만한 일이 된다. 그러한 실천이 문방 전기(傳奇) 쪽으로 석응윤(釋應允)의 〈연적전(硯滴傳)〉이 있었거니와, 문방 열전(列傳) 방면으로도 현재까지 단 하나 작품이 보이는 바에 그것은 다름 아닌 근대의 유학자인 일화(一和) 최현달(崔鉉達, 1867~1942)이 지은 〈연적전(研滴傳)〉이다.

一和 崔鉉達

최현달은 경주 본관 석노(錫魯)의 아들로, 대구 사람이다. 자는 성내(聖鼐), 호는 일화(一和)라고 하였다. 심산(心山) 김창숙(金昌淑, 1879~1962)이 쓴 〈행장(行狀)〉(1950)과 1948년 정부 수립과 함께 초대 부통령을 지낸 성재(省齋) 이시영(李始榮, 1869~1953)이 쓴 〈묘지명(墓誌銘)〉(1952)을 바탕으로 그의 생애의 주요 간력(簡歷)을 적어본다.

고종 31년인 1894년(28세)에 주사(主事)가 되었으며, 1903년(37세)에는 경상남도시찰사(慶尙南道視察使)로서 지방 관리의 행정을 엄정히 감찰하였다. 1905년(39세) 제실회계심사관(帝室會計審査官)으로 고종을 돕다가, 그 해 겨울 칠곡군수(漆谷郡守)로 부임하였다. 그의 선정(善政)에 백성들이 송덕비를 세우려 하매 이를 제지시켜야 할 정도였다고 한다. 1907년(41세) 대구판관(大邱判官)에 나아갔으나, 이듬해(42세) 병을 이유로 사직하였다. 달포 만에 다시 청도군수(淸道郡守) 임명을 받고 근무하면서 청렴의 칭송을 받았다. 1910년 44세 되던 경술년에 일제에 의한 국치(國恥)의 소식을 청도 동헌에서 듣자 즉시 관인을 던져 사임하고 돌아와 단식으로 자진코자 했다. 이때 어머니와 벗들의 극구 만류로 겨우 마음을 고친 후로는 두문불출했다고 한다. 친지 한 사람이 일본 유학을 떠날 때 이국땅에 내리거든 그 흙을 풀어 땅에 깔고 밟으라며 흙 한 봉지를 한지에 싸서 건네주었다는 일화도 전해진다.

각별히 친모 봉양을 위해 중앙 관직을 포기하고 칠곡군수를 자청할 정도의 효자였다고 한다. 그의 유작집인 『일화선생문집(一和先生文集)』에 남아 있는바, 진주(晋州) 강씨(姜氏)인 팔순 노모가 나날이 음식을 잘

못하는 경상에 근심 깊은 심사를 읊은 〈북당(北堂)〉(권2), 그리고 1912년 88세 노모 앞에 색동저고리 입은 아이의 마음으로 축수를 간망하는 〈임자원조(壬子元朝)〉(권2) 같은 시 안에서 그 절절한 효심을 십분 헤아려 볼 수 있다.

그러한 모친이 작자 51세인 1917년에 93세로 별세하자, 3년 상을 치르느라 1919년과 1920년의 2년 동안 일체 집필을 중단했다. 따라서 문집에는 이 기간 안의 자취가 없다.

1921년에는 고종의 탈상에 참여하기 위해 잠시 상경하였다. 그리고 중국에 망명할 계획이었으나 뜻을 이루지 못했다고 한다. 만년에는 향리에서 창작에만 전념한 듯하다. 형제들에 대한 우애와 친지들에 대한 의리도 남다른 바 있었다고 한다. 장남인 최해종(崔海鍾, 1899~1961)은 한학자이자 한의사로 활동하였고, 차남인 최해청(崔海淸, 1905~1977)은 대구에 청구대학(靑丘大學)—지금의 영남대학교—을 설립하였다.

일화선생 善政碑閣에서 선생의 2남 최해청(左)과 노산 이은상

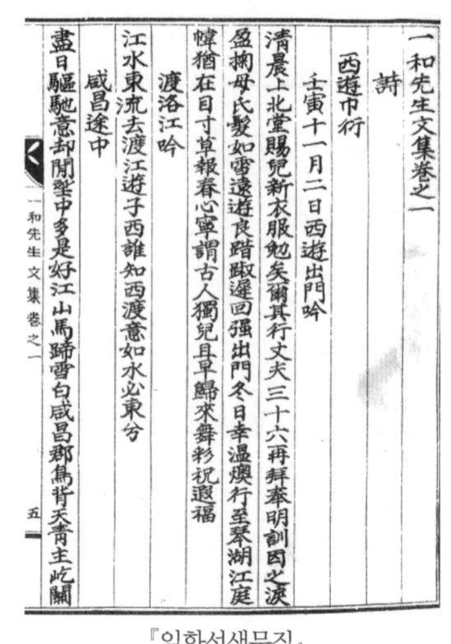

一和先生文集卷之一

詩

西遊巾衍

壬寅十一月二日西遊出門吟

淸晨上北堂賜兒新衣服勉矣爾其行丈夫三十六再拜奉明訓因之淚

盈掬母氏鬢如雪遠遊良踖蹴遲回强出門冬日幸温燠行至琴湖江庭

幃猶在目寸草報春心寧謂古人獨兒且早歸來舞彩祝遐福

渡洛江吟

江水東流去渡江遊子西誰知西渡意如水必東兮

咸昌途中

盡日驅馳意却閒望中多是好江山馬蹄雪白咸昌郡鳥背天靑主屹關

一和先生文集卷之一 五

『일화선생문집』

그의 저술을 한 자리에 모은 『일화선생문집(一和先生文集)』이 그가 작고한 지 17년 만인 1959년에 간행된 바, 석판(石版) 인쇄본의 전체 5권으로 되어 있다. 1권에서 3권까지는 한시 1,394수가 수록되어 있는데 거의 시작(詩作)의 연대 간지(干支)순으로 되어 있음이 특징이다. 4권에는 표전(表箋)·소(疏)·주본(奏本)·서(書)·기(記)·서(序)·발(跋)·상량문(上樑文)·축문(祝文)·유사(遺事)·행장(行狀)이, 5권엔 제문(祭文)·사(辭)·잡저(雜著)·부록(附錄)이 수록되어 있는 등, 총 120편 정도에 달한다.

〈연적전〉은 바로 이 5권의 잡저 안에 들어 있다.

잡저 가운데 〈삼교변(三敎辨)〉은 유(儒)·불(佛)·선(仙) 삼교에 대한 정당성 논변이다. 유자(儒者)는 농사를 지어먹고 사는 데 반해, 불자(佛者)는 걸식으로 살고, 선자(仙者)는 먹지 않는 벽곡(辟穀)으로 사니, 바른 가르침이라고 할 수 없음에도 유교를 그 둘과 나란히 놓고 삼교(三敎)라 일컬음은 심히 잘못된 것이라고 주장하였다.

〈이학오조(理學五條)〉는 성교(誠敎)·이언(邇言)·이해(利害)·문무(文武)·중도(中道) 등에 나누어 일상의 수양 및 처세에 요긴한 메시지 다섯 가지를 추려 강조한 글이다. 대개 도학에 종사하는 후생을 위한 지남(指南)으로 쓴 것인가 한다. 글은 흡사 중국 남송(南宋) 시절에 주자와 그 제자인 여조겸이 북송 이학(理學)의 대가들 저서나 어록 중 일상 수양에 요긴한 장구(章句)들을 추려 분류한 『근사록(近思錄)』의 대목들을 연상케 하는 면이 있다.

또한 '역지유언(易旨孺言)'이란 명제 하에 작은 항목으로 열서(列敍)한 〈계사전변해(繫辭傳辨解)〉·〈설괘전변해(說卦傳辨解)〉·〈역수설(易數說)〉·〈도해(圖解)〉·〈대역음(大易吟)〉 등은 하나같이 늘그막에 『주역』 읽기를 더욱 즐기면서 그 깊은 의미를 궁구한 나머지의 회심적 결론이었다.

최현달의 필적

별도의 편저로서 『시해운주(詩海韻珠)』는 고시(古詩) 4만여 구와 금시(今詩) 1만여 구를 운목(韻目)에 따라 정리하여 시작(詩作)에 참고하도록 한 일종의 한시 사전이다.

의인 열전을 쓴 대부분의 작가에게 거의 공통한 현상이라 하겠지만 최현달 역시 사물에 대한 관심이 비상하고 세밀하였으니 그것을 감지할 만한 내용들이 문집 도처에 산견되고 있다. 대략 열거하되 권1 중의 〈우산(雨傘)〉, 〈입모(笠帽)〉, 〈목극(木屐)〉, 〈안경(眼境)〉, 〈교의(交椅)〉, 〈시계(時計)〉, 〈연필(鉛筆)〉, 〈권연(卷煙)〉 등은 각각 우산, 갓 위에 덮어 쓰는 우비인 갈모, 나막신, 안경, 다리가 접히는 의자, 시계, 연필, 담배에 대한 안중(眼中) 소견(所見)을 읊은 것이다. 권2 중의 〈차인영지전운(次人詠紙錢韻)〉, 〈차인영노송운(次人詠老松韻)〉, 〈비행기(飛行機)〉, 〈화영기차(和詠汽車)〉, 〈설(雪)〉 7첩(疊), 〈매화(梅花)〉 12첩(疊)은 각각 지폐, 노송(老松), 비행기, 기차, 눈, 매화에 대한 서사와 서정을 겸한 것이다. 권3에 이르면 더욱 빈번하니 〈혈서(穴鼠)〉, 〈선(蟬)〉, 〈괴석(怪石)〉, 〈단풍(丹楓)〉, 〈연(鳶)〉, 〈수양(垂楊)〉, 〈연(蓮)〉, 〈추접(秋蝶)〉, 〈응(鷹)〉, 〈학

(鶴)〉, 〈지주(蜘蛛)〉, 〈노화(蘆花)〉, 〈장명(杖銘)〉은 각각 쥐, 매미, 괴석, 단풍, 제비, 수양버들, 연꽃, 가을나비, 매, 학, 거미, 갈대꽃, 지팡이에 대해 음영한 것이다. 특징적인 것만을 뽑은 것이요, 이 외 영물의 사조(詞藻)는 일일이 매거하기 어려울 만큼이다.

이 가운데 문방사우와 가장 관계 깊은 의인 조자(調子)인 〈연필(鉛筆)〉(권1) 한 작품을 보기로 한다. 19세기 말에 처음 들어온 연필 곧 '흑연으로 만든 붓'을 바라본 그의 소회이다.

鉛華蘊蓄發爲文　그러당긴 분가루가 문필에 뛰어들었지만
謝却泓玄意不羣　도홍 진현 마다하니 한 동아리 아니로다.
自是任專傾寸悃　이제론 혼자서 도맡아 수고롭게 됐으나
偶然承之策頭勳　어쩌다 물려받은 일로 으뜸 공훈 꾀하네.
鋒稜剪似新抽笋　뾰족히 깎인 모양은 막 솟아난 죽순인가
精彩描爲澹抹雲　정채로움 손끝으로 살포시 구름을 뭉갠 양.
心法中書遵畵一　중서군 의중을 본받아 쪽고른 획 지켜가니
不慚毛薦及之君　모영의 추천 받은 것 전혀 부끄럴 일 없네.

하나만 더한다면, 1916년 작인 〈차인영지전운(次人詠紙錢韻)〉은 '지전(紙錢)' 곧 종이돈에 대한 음영이다. 그리고 밑의 한글풀이는 편의상 노산(鷺山) 이은상(李殷相)이 『일화선생문집』 중에서 가려 번역한 『일화시문선(一和詩文選)』(1965) 안의 글을 그대로 옮긴 것이다.

分明是紙却稱錢　이게 분명 종이인데 돈이라 하고
的確形方反喚圓　네모 모양임에도 원(圓)이라 하네.
若將斯例論人物　인물도 이런 식으로 논평한다면
淸濁安知亦不然　맑고 흐림 안 바뀐다 누가 말하리.

지금 문방제구의 하나인 연적을 상대로 쓴 산문 형태의 열전 〈연적전〉 역시 위의 경우들처럼 그의 사물에 대한 남다른 용심과 배려가 낳은 또 하나의 결실이 아닐 수 없겠다.

벼루에 먹을 갈 때 쓸 물을 담아두고 따르는 용기인 연적을 옛날에는 '연뎍'으로 발음했고, 순국어로는 '믈집'이라고 하였다. '물집'이란 말이니, 오늘날 '물'의 조선 중세의 고어 및 고구려어가 '믈'이었던 까닭이다. 한자로는 보통 '硯滴'으로 적는데, '研滴'으로도 표기한다. '研' 자에는 '갈다', '궁리하다'는 뜻 외에, '벼루' 내지 '사람의 성씨'라는 뜻도 있기 때문이다. 작자 최현달이 작품의 제목 표기를 굳이 '硯' 대신 '研' 자를 취하여 '研滴'이라고 한 배경에는, 사람의 일인 양 의인화하는 마당에 실제 성씨로 존재하는 글자 쪽을 살려 쓴 것이겠다.

水注

秦나라 甘露甕 水丞

연적은 크기와 형태에 따라 수주(水注)·수적(水滴)·수구(水確)·연수(硯水)·옥섬여(玉蟾蜍)·옥구여(玉確餘)·수승(水丞)·수중승(水中丞)·수우(水盂)·연수우(硯水盂)·연수병(硯水瓶) 등 그 별칭이 자못 넉넉하다. 그러나 이는 초창기에 물을 담아두는 병이나 주발, 주전자까지 포함하는 넓은 의미의 연적까지 다 합쳐 놓았기에 그러하다. 이를테면 수주는 귀때와 손잡이가 있는 주전자 모양으로 된 것이다. 수승은 수중승을 줄인 말일지니, 옥석(玉石)이나 도자(陶瓷)로 만들어 벼룻물[硯水]을 저장해두기 위한 항아리같이 생긴 그릇이다. 수우(水盂)는 본시 물을 담는 그릇이라는 뜻의 보통명사이거니와, 특별히 문방에서 연적의 용도로 사용할 경우 연수우(硯水盂)로 호칭하기도 한다. 또 연적은 반드시 벼루에 물을 따르는 용도 이외에 붓을 빠는 그릇으로 사용하기도, 숟가락으로 물을 떠올려서 쓰기도 하는 등 그 가용(可用) 범위가 자못 컸다.

水盂

그러나 오늘날 일반적인 연적의 개념은 가운데 공기구멍인 풍혈(風穴)과 가장자리에 물이 드나드는 구멍인 수혈(水穴)이라는 두 개의 작은 구멍을 뚫어 소량의 물방울이 떨어지도록 만든 용기 쪽으로 수렴 요약된다. 배가 불룩 나온 두꺼비 형태를 본떠서 만든 연적의 경우 두꺼비의 한자어인 '섬여(蟾蜍)'로 부른다. 다름 아닌 두꺼비가 큰 배에 물을 넣어둔다고 믿었던 데서 생겨난 별명이지만 널리 연적 일반을 가리키는 뜻으로 쓰이기도 한다.

연적의 재질은 초기의 구리, 옥, 돌로부터 나중 시대의 도자기까지 다양하다. 중국에서는 위진 남북조(魏晉南北朝) 무렵부터 청동제 연적인 수우가 나온 것으로 알려져 있고, 송나라 이후에는 도자기로 빚은 수우를 많이 만들었다. 명나라에서 청나라에 걸쳐 번창했던 강소성의 의흥요(宜興窯)에서는 붉은 진흙 자기인 주니(朱泥)와 검은색의 오니(烏泥), 갈색의 갈니(褐泥) 등, 차 주전자형 수주가 활발하게 제조되었다.

한국에서의 연적은 일찍이 삼국시대 이래 벼루와 함께 사대부들의 한묵 정취(翰墨情趣)를 위해 사용된 것으로 추정하기도 하니, 고구려 때 사용하던 도제(陶製) 거북 연적이 남아 있다. 고려 때는 청자 연적이 많이 보급되었으니, 국보 제74호로 지정된 오리 모양의 청자 연적 같은 것이 좋은 일례이다.

조선시대 백자연적
인천시 소장

고려시대 青瓷鴨形水滴
국보 제74호, 간송미술관 소장

연적은 특히 수요가 급격히 증대된 조선시대에 이르러 형태의 다양화와 함께 앞 시대에 비할 수 없는 호황을 누렸다. 조선 전기의 분청연적도 없지는 않으나, 유교를 숭상하던 선비정신을 고스란히 잘 나타내주는 순백색의 백자 연적이 대종을 이룬다고 하겠다.

연적은 일반적으로 연상(硯床) 위에 놓고 주로 물을 대기 위한 목적으로 사용된 실용품이지만, 비교적 큰 것은 서재의 문갑이나 사방탁자 위에 얹어놓고 바라보는 미술품으로도 애호되었다. 동시에 청완(清玩)의 흥치가 겨우면 문학적 영물의 대상으로도 나름의 위치를 공고히 하기도 했다.

이제 연적 음영(吟詠)과 관련한 잠시의 여적(餘滴)으로 일사(一史) 구자무(具滋武)의 〈연적도(硯滴圖)〉에 들어있는 재미로운 연적시를 하나 소개해 보기로 한다. 편의상 『一史具滋武』(2010년 10월) 도록 안의 한문 화제(畵題) 및 번역 내용 그대로를 전재(轉載)한다.

余嘗日 漫步街上 入一古書肆 偶閱諸詩篇 見一小册中有詠硯滴詩一絕云 天女何年一乳亡 偶然今日落文房 年少書生爭手撫 不勝羞愧淚滂滂 不知爲何人所作 而寫意極其精巧 乃擬作一小圖 若得陶藝手 倣鑄小硯滴 置之硯北 此亦文房一風流事也.

내가 일찍이 어느 날, 거리를 산책하다가 한 고서점을 들러 우연히 제시

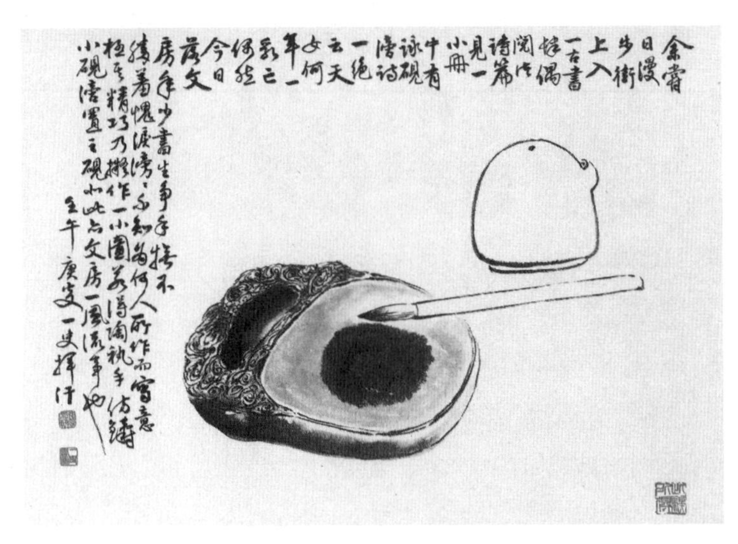

一史 具滋武作〈硯滴圖〉

편(諸詩篇)을 열람하면서 한 자그마한 책 가운데 연적을 읊은 시 1절을 보았는데 그 시구에,

天女何年一乳亡	천녀(天女)가 어느 해인가 한쪽 유방을 잃었는데,
偶然今日落文房	우연히 오늘 문방(文房)에 떨어졌네.
年少書生爭手撫	나이 어린 서생(書生)이 다투어 어루만지니,
不勝羞愧淚滂滂	부끄러움을 이기지 못해 주르르 눈물 흘리네.

라고 읊었던 것이다. 이 시의 작자가 누구인지 알 수 없으나 그 사의(寫意)가 참으로 정밀하고 교묘하다. 이에 그 시의(詩意)를 상량(商量)하여 이 그림에 손대어 보았다. 만약 상고(尙古)의 식견과 안목을 갖춘 도예수(陶藝手)를 만날 수 있다면 이를 모방하여 자그마한 연적을 빚어 벼루 곁에 두면 이 또한 문방의 하나의 멋스러운 일이 아닌가!

최현달 이전에도 연적을 인격화시킨 문장의 자취는 중국과 한국 모두에서 찾아 볼 길 있다.

중국에서는 시대를 알 수 없으나 진시교(陳詩敎)가 지은 〈도수부전(陶水部傳)〉과, 역시 시대 미상으로 조우신(趙佑宸)이 쓴 〈수중승전(水中丞傳)〉이 면모를 드러내고 있었다. 작품의 문맥으로 보아 글이 짤막하고 건조한 진시교의 〈도수부전〉이 먼저이고, 내용이 훨씬 풍부하고 윤택한 〈수중승전〉이 나중인 듯싶다. 두 작품이 모두 사마천의 열전 형식을 따른 문방 가전(假傳)이지만, 특히 〈수중승전〉에는 앞 시대 한유나 소동파, 문숭 등이 펼쳐놓았던 문방 관련의 명칭들이 적절히 재현된다. 이를테면 중산(中山) 출신 관성후 모영(毛穎)이며 흡(歙) 출신 즉묵후 석허중(石虛中)도 나오고, 화음(華陰) 출신 저선생(楮先生) 지백(知白) 및 연(燕) 출신 송자후 역원광(易元光)의 출현과 함께, 이른바 '문방사보(文房四寶)'라는 표현까지 그대로 나타난다.

한국에서는 최현달보다 약 120년 앞에 연적 의인담인 석응윤(釋應允, 1743~1804)의 〈연적전(硯滴傳)〉이 더 보인다. 다만 이 작품은 사마천이 쓴 열전 형식에서 벗어나 있어 장르상 가전으로 정하기는 어려우나, 역시 문방의 여러 벗 가운데 연적을 다룬 것이 극히 희한하다는 점에서 크게 반가운 작품이다. 여기 '천일선생(天一先生)'이 나오는데, 바로 이 용어가 최현달의 〈연적전〉에서 재현되고 있는 점도 특기할 일이다.

〈연적전〉에 등장하는 주인공인 연적(硯滴)은 주(周)나라 주공(周公) 시대를 살았다는 연잠(研潛)의 16대손으로 되어있다. 동시에 주인공 연적은 연(燕)나라 출신이고, 주인공과 같은 시대 석홍(石泓)의 벗인 즉묵대부(卽墨大夫)가 제(齊)나라 사람으로서 임치현(臨淄縣)의 직하(稷下)에 살았다고 한 점으로, 그 시대적 배경은 춘추시대가 된다. 게다가 글 중에 제나라 임금이 초영왕(楚靈王)의 죽음으로 인해 왕의 신하인 옥섬여를 만날 수 없게 되어 한(恨)이라고 한 대목도 있다. 초영왕은 춘추시대(B.C. 770~403)가 진행되던 기원전 540년에서 529년 사이에 재위하였으니, 더욱 개연성을 높게 한다.

특히 작품에는 주인공 연적이 임치(臨淄) 거리를 지나가기가 두렵다는 말도 하고 있다. 임치는 그 옛날 제나라 왕이었던 강태공의 도시로, 오늘날 산동성 소재의 땅이다. 춘추시대 당시에도 제나라 수도였던 이곳은 그때도 이미 7만 호 정도나 되어 전국칠웅(戰國七雄) 어느 나라 수도보다 크고 화려한 것으로 알려졌다. 무릇 장(莊)에는 '여섯 갈래의 큰길'이란 의미가 있고, 강(康)에는 '다섯 갈래의 한길'이란 뜻이 있다. 그리하여 일약 오방(五方)에 달하고 육방(六方)으로 통하는 대로인 강장(康莊)을 닦아 놓은 이곳 임치의 왕래 잦은 번화가엔 백성들이 윤택하고 활기차 길거리에서는 서로 어깨를 부딪칠 정도였다고 하니, 최현달은 춘추시대 제나라의 이 풍광을 활용하여 작품에 생동감을 높인 것이다.

주인공 연적이 제나라로 가려 할 때 하는 말에, "임치 거리는 번화하여 사람들 어깨가 서로 닿고 수레바퀴끼리 서로 부딪친다 하니, 나를 손상케 할까봐 걱정스럽다"고 했으니, 그것이 깨지기 쉬운 옥 또는 도자기 형태의 연적임을 암시하고 있다. 또 "들어오는 것이 있으면 나가는 것이 있었으니"라고 함은 연적의 두 구멍을 암시하는 말이다. 다시, 제나라 임금을 알현하면서 스스로를 소개하는 말 가운데, "신(臣)과 같은 사람은 그릇이 작고 지혜가 얕아서 그 중심을 살펴보면 한 국자도 채 되지 않사오나" 한 것은, 그 용수량이 많지 않음을 엿보게 하는 대목이다. 그리하여 작자 최현달이 염두에 둔 주인공 연적의 모양새를 대략 가늠해 볼 길 있다.

최현달의 〈연적전〉 안에는 각별히 괄목해서 볼 만한 연대 간지(干支)

가 하나 나타나 있다. 주인공 연적이 조선에서 문방의 네 신하와 함께 임금의 뜻을 살찌게 하고 아래로 은덕을 베푸는 등 나라 일을 돕다가, '현익곤돈세(玄黓困敦歲)'에 나이 일백육십이 넘자 은퇴하여 강호를 유랑한다는 대목이 그것이다. 여기의 현익(玄黓)은 고갑자(古甲子)에서 십간(十干) 중 '임(壬)'의 다른 이름이다. 곤돈(困敦)은 십이지(十二支) 중 '자(子)'의 별칭이니, 바로 '임자(壬子)'년이다.

그런데 이 '壬子' 두 글자를 괜히 아무런 이유 없이 작품 안에 기입해 놓은 것 같지는 않으니, 암만해도 작자가 이 작품을 집필한 당해 년의 간지라는 심증이 든다. 그렇지 않아도 작자의 문집을 보면 작자 생애의 꽤 이른 시기부터 해당 연대별로 작품들을 한 자리에 정돈해 놓은 모양이 특이하였거니와, 어느 것을 어느 해에 작성했는지 최대한 남겨놓으려는 작자의 주도면밀한 용심(用心)이 전달된다.

그러면 바로 이 '玄黓困敦歲' 즉 '壬子'년 간지도 그저 무작위로 기입한 우발적인 표기가 아니라, 필경 작자가 작품 쓴 시기를 짐짓 표시해 두려던 암시의 기호로만 보여진다. 최현달 생애 중의 임자년은 경술년 국치 후 2년이 지난 1912년, 작자 46세 때이다.

〈연적전〉은 공간적 배경을 중국과 한국 두 나라에 걸치고 있음으로 하여, 가전문학사상 공전절후(空前絕後)의 규모와 특색을 지닌 작품이다. 작품은 덕치(德治) 정신의 표상으로 부각되어진 주인공 연적이 중국 제나라 및 바다 건너 조선의 두 나라를 차례로 유력(遊歷)하는 과정 속에 정치적 부침(浮沈)과 진퇴를 그렸다. 이에서 작자가 중국의 정치 및 선비문화보다 이쪽의 그것을 문득 우위로 처리하는 전개와 동시에 은연중 문화적 주체의식을 노정시키고 있다. 연적 주인공을 그들 문방의 사신(四臣)보다 윗길로 설정시킨 것도 특이하다. 문학의 형식 여하를 막론하고 이를테면 운문이든 산문이든 언제 어디서든지 기운 생동하는 최현달 특유의 애국심의 발로라고 아니할 수 없겠다.

주인공이 바다에 떠서 동경하던 조선에 슬며시 나타났다거나, 160여 세에 은퇴한 뒤 낙동강에 들어가 백구(白龜)로 변화했다는 발상 등 신비주의적 구상도 이채로운 부분이었다.

• 硏滴傳 •

硏滴者 本洛陽人也 其先有硏潛者 少遊洛水中遇神龜 得呼吸吐納之術 竝通河洛之理 嘗曰 道之大源 出於天一 而其玅用在於二氣之竅爲之消息 及周公卜洛 潛有出贊之功 封于硏 食邑石城 子孫世世沿其職 而因稱硏氏 至一十六世 徙于易水 爲燕涓人 是爲滴 滴爲人 容貌方正 器宇弘豁 心虛而性潔 遇淸流必納 而置之心腹中 尤喜文有訪必吐哺傾倒 取予亦廉 有受必有報 有入必有出 盖淸介士也 碣石人石泓聞其風 往見滴曰 士貴麗澤相資 而僕頑澁 交枯涸無救 請得子咳唾餘津以澤我 可乎 滴許諾 自是泓日益新 泓有故人于齊稷下 將往訪之 遇卽墨大夫于塗 傾盖甚歡 大夫曰 子國有賢士 可以汲引者耶 泓乃以滴對大夫喜而薦于齊王 王遣使者 厚幣聘滴 滴之之齊也 不以輕裘肥馬 曰吾聞臨淄之塗 人肩磨 車轂擊 恐敗我也 遂槖載使車而至齊 沐浴見王王曰 先生遠涉江湖 而來將以澤吾國乎 滴對曰 書曰 若旱 用汝作甘霖若是者 不惟澤國 將以澤天下也 如臣者器小智淺 顧其中 未必一勺之多 而今王思以澤及于國 王之志則善矣 若蒙不棄 願竭衷以效涓埃 王曰 昔楚靈王有臣 曰玉蟾蜍 能懷淸抱 潔胸中所藏 彌可六合 不幸殉于靈王 恨寡人不得見之矣 今見先生尙有典型慰滿矣 滴對曰 臣聞明王不以貌取人 臣誠貌醜無似 然不願求同於塚中之枯 所貴乎人者 道相同耳王改容謝曰 寡人失辭 願聞道 滴對曰 夫道也者 始之涵養其德 終之流行天下 所謂浩浩其源 混混其流者也 是故在川而孔子稱之 飮瓢而顔淵樂之 無窮之理 不息之功 盡在是矣 要之 所貴乎道者 足乎己旋諸人 王曰 吾有四臣者 管子墨子石生楮生是也 皆有志於學 而學未有源 有時病渴 幸先生存以容濟之 則是亦旋之大者也 滴對曰 願從賢士大夫之列然臣流離之餘 神精枯渴 願借臣宮池一曲 使少須臾沈潛充養然後 庶其可矣 王乃館滴于雪宮之側 澠池之上 官以上卿位 四臣之上 王與四臣

有所謀畫 事無大小 必先提源於滴 滴應對無窮口若懸河 俯仰斟酌 亦皆中度 王甚器之 四臣亦喜得源源之益情 甚洽然 久之 王與諸侯 約盟于涇水之上 四臣者從而滴不至 猝無以載書于牲 王窘甚 徑造渭川 訪竹君 强其折節 開口以代滴 僅以濟急 及還 王數滴曰 吾待子 不甚薄而涇水之會 子之不我從 何也 滴對曰 涇水之會 諸侯不以文事 而鷄狗馬牛之血 若將浼矣 且涇流甚濁 無以爲洗矣 王勃然曰 甚矣 淸乎 子則休矣 遂罷滴官 滴退而喟然歎曰 今王之志溢矣 不去齊 人將鉗我之口吾聞東方有箕子之國 文化普洽 是可居也 乃浮海 潛出朝鮮 時齊之四臣之族 已有仕于東者 頗顯用 能潤色王政 聞滴至 爭來相見 若大旱逢雨 遂引 滴見王 王喜曰 吾聞子久矣 且四家盛稱子 子何以教寡人 滴對曰 臣之東渡也 海不揚波 今來非爲干澤 願滋臣子孫於聖人之國 王問爲政 滴曰 先王敍九疇之政 治化以溥 設八條之敎 人心以淑德澤之 若東海之無窮 王善持盈焉 若臨淵焉 則慶流萬世矣 捨是則 雖使臣終日言政 皆涓涓細流也 王大悅曰 善哉 子之言 如決江河 拜滴文淵閣直學士 寵遇有隆 滴感王恩 與四家同心協力 日夜啓沃于上 宣澤于下 共濟國事 至玄 黓困敦歲 滴年已百六十餘 上章乞骸骨歸 自是遂放浪江湖一日 過洛東江 忽入水中 化爲白龜 歷千有餘年 推知豫且將至 夜入月爲蟾蜍 不知其所終

外史氏曰 余讀歷代史 至晉史 文獻不足徵者 盖晉士陶潛 以菊露寫史 致有渝漏故也 當陶之寫史也 滴已東出 恨其不及爲用也 世傳陶潛有子 皆不喜紙筆 而研潛則有孫 喜與文士 游有足多者 然按史書 陶氏則往往著顯 而研氏則闕如 惟後世文士 或有爲研作譜 研滴之一派 終無聞焉 氏族之顯晦 亦有不可常者耶 滴始於洛 終於洛 而若其化龜化蟾之說 出於齊東 未可盡信 然居燕而重 在齊而顯 及夫東出 能策勳文淵 亦能以淸白文雅貽厥孫 謨其才器 非淺淺小丈夫 比也 語曰 滴也爲之小 孰爲之大.

『一和先生文集』

김창룡의 흡주자금성전

金昌龍 • 歙州子金星傳

이는 필자 김창룡의 창작 한문 전기(傳奇)이다. 찬문(撰文)은 필자가 지난 수년간에 걸쳐 서예문인화 교양지인 월간 『묵가』에 연재해 온 '문방열전'과 '문방별전'을 마무리하면서 대단원을 장식한다는 의미와, 동시에 여한(麗韓) 육백 여년에 걸쳐 연면히 이어온 문방 의인문학에 대한 전통의 단절을 애석히 여긴 뜻이기도 하다.

〈흡주자금성전(歙州子金星傳)〉은 일사(一史) 구자무(具滋武) 선생의 진장(珍藏) 연보(硯譜) 중에 흡주산 이형(履形) 벼루를 주인공으로 삼으면서, 주인공 금성(金星)이 선생과의 기우(奇遇) 및 당대 명가(名家)들과의 묵연(墨緣), 그리고 문방사우 간의 담화(談話) 등을 수의(隨意)의 허구에 맡겨 그린 것이다.

금성(金星)의 자는 월운(月暈)[1]이요, 호는 복리(福履)[2]이다. 흡주(歙州)

무원(婺源) 사람으로, 그 아버지 금지(金池)[3]가 계명성(啓明星)[4]이 무궁화 산울타리에 떨어져 내리는 꿈을 꾸었더니 어머니가 임신을 하였다. 그는 용미산(龍尾山)의 정기를 타고났기에 중후하고 굳세고 단단했다. 몸 전체엔 금색의 반점이 별처럼 분포되어 있었고, 피부는 매끄럽고 깔끄러운 두 가지의 장점을 모두 갖추었다. 그가 사람들에게 얘기를 들려줄 때면 뎅뎅하는 금석성(金石聲)의 운치가 있었다. 이렇듯 외모가 크고 기이하였지만 다만 생긴 모양이 사뭇 신발 같았기에 왠지 웃음을 자아내기도 했다.

겨우 약관의 나이 때부터 큰 뜻을 품은바, 북경(北京)으로 유학하여 유리창(琉璃廠)[5] 한 언저리의 객사(客舍)에 머물러 지냈다. 그는 마음이 외롭고 적적할 때마다 가만히 두고 온 고향을 생각하곤 했다.

원래 금성의 선대는 외부 사람들에게 알려지는 것을 원치 않았기에 계두향(鷄頭鄕) 용미산에 은거하면서 태평하게 지냈다. 그러다가 당나라 개원(開元)[6] 연간에 사냥꾼 섭씨(葉氏)가 불시에 종문(宗門)을 찾아드는 바람에 온 겨레가 어쩔 수없이 세속과 어울리게 되었다. 바야흐로 단계(丹溪) 출신의 석씨(石氏)가 세상에 알려진 지 일백 년이 지난 다음이었다. 특히 남당(南唐) 이후주(李後主)[7]가 그의 문중 몇 사람을 예로써

1) 달무리. 달 언저리에 둥그렇게 생기는 구름 같은 허연 테. 월훈(月暈)으로도 읽는다.
2) 복록(福祿). 『시경』 주남(周南)의 〈규목(樛木)〉 편에, '樂只君子 福履綏之.'
3) 벼루의 별칭.
4) 금성(金星)의 이칭. 태양계의 제2 유성(遊星). 새벽녘 동쪽 하늘에 보이는 별.
5) 북경 전통의 문화 거리로 골동품과 고서적, 문방제구 판매의 명소이다. 명대 황궁을 덮는 유리기와[琉璃瓦]를 구워내던 터전이었다.
6) 당(唐)나라 제6대 황제인 현종(玄宗)의 연호. 서기 713~741.
7) 남당의 마지막 임금인 이욱(李煜, 937~978). 문학·서화·음악 등에 조예 깊은 예술가이기도 한 그가 흡주연 벼루와 이정규(李廷珪)의 먹, 징심당(澄心堂)의 종이, 오백현(吳佰玹)의 붓 등을 천하 명품으로 칭예한 바 있다. 937년 일어난 남당은 오대십국 중 제일의 문화국이었으나 975년 송(宋)에 의해 멸망했다.

맞아들여 특별한 은혜와 보살핌을 베풀 때는 그 누리는 영화가 한 시대에 풍성하였다.

그 이후 예원(藝苑)에서는 석씨와 금씨 두 겨레가 영웅으로서 쌍벽을 이루었다. 그런데 이들이 비록 서로 승부를 겨루는 일만큼은 피하였지만 빼어난 자들 간에 은근히 어깨를 나란히 하면서 서로 견주려는 낌새가 있었기에 지금껏 마치 군웅이 할거하는 형상을 방불케 하였다.

하지만 그의 가슴속엔 항상 외롭고 고독한 심사가 맺혀 있었다. 그랬기에 바로 이웃에 있는 이들과 가까이 지냈는데, 더불어 노는 문방 여러 사람들 가운데서도 같은 흡주 출신인 나씨(羅氏)와 가장 친하였다. 나씨는 다름 아닌 같은 고향 용미산에서 온 사람으로, 둘은 순식간에 서로 마음을 터놓고 사귀게 되었다. 나씨가 언젠가는 자신의 선조인 나문(羅文)에 대해 이야기 한 적이 있다. 한무제(漢武帝) 당시 총애를 잃고 저버림을 당할제 호족(胡族) 출신 김일제(金日磾)[8]가 떠미는 바람에 넘어져 요절하였다고 했으니, 그 이야기가 소동파(蘇東坡) 지은 〈만석군나문전(萬石君羅文傳)〉[9]에도 실려 있다. 두 사람은 나문의 전철(前轍)을 귀감과 경계로 삼아 세심히 마음 쓰며 삼갔거니, 몸을 움직일 때는 애써 낮은 자리를 찾아 임하였다.

금성이 고향을 떠나서 머무르는 몇 달 동안 서로 반갑게 만나는 이가 상당히 많았다. 그 중에는 대개 한가로이 유람하는 이들이 많았거니와, 또한 문인 학자거나 서화에 종사하는 이들도 적지 않았다. 그런 와중에 성은 깊은 속내를 터놓을 만한 훌륭한 선비를 만났으면 했지만

8) B.C.134~86. 흉노 휴도왕(休屠王)의 세자로 한나라의 포로가 된 뒤 무제의 신임을 얻어 여러 관료생활 끝에 후(侯)까지 올랐고, 김씨(金氏) 성을 하사 받았다.

9) 동파는 송나라의 문호인 소식(蘇軾, 1036~1101)의 호. 〈만석군나문전〉은 벼루 마니아인 소동파가 흡주산 나문연(羅文硯) 벼루를 주인공으로 한 의인열전 작품이다.

오래도록 그런 인물을 만나지 못하매 항시 배가 주린 듯 목이 마르는 양 하였다.

병자(丙子)년[10]이 저물어가는 어느 날, 성은 드디어 한 선비와 만나게 되었다. 호를 일사(一史)라고 하는 그는 한국 문인화의 거장이었다. 둘이 만나 대화 나누기가 처음이었으나 마음 맞고 정이 듦이 오래전부터 사귄 벗처럼 친밀하였다. 가슴속에 위안이 번지고 얼굴 그득 기쁨이 넘쳤다. 황홀한 심사를 형언할 길이 없어, 성은 자신도 모르게 일사의 발걸음을 좇고 있었다. 두 사람은 두터운 뜻으로 서로를 돌아보며 챙겼으니 어느 때든 곁을 떠나지 않았다. 손 붙들며 같이 다니지 않는 곳이 없더니 얼결에 한국으로 향하는 비행기에까지 오르게 되었다. 그리하여 마침내 선생이 거주하는 용인(龍仁)의 소영루(疎影樓)에 이르게 되었다.

몸을 의지하여 지낸 지 오래지 않은 어느 날, 그는 일사의 뒤를 따라 당대의 큰 학자인 연민(淵民) 이가원(李家源) 노학(老學)을 찾아뵈었다. 대학자가 머무는 자벽관(紫甓館) 서재는 의외로 좁았다. 성은 이내 무릎걸음으로 다가가 방바닥에 닿도록 머리를 조아렸다. 연옹(淵翁)이 마주하고 한참을 뚫어지게 바라보다가 다음 순간 절로 기쁜 낯빛을 감추지 못하였다. 옹은 그의 고향인 흡현과, 생김새가 신발 모양을 닮은 것을 특징으로 세워 그 자리에서 그를 위한 네 구절의 찬(贊)을 지어 주었다. 거기의 글은 이러하였다.

月暈星光　달무리에 별빛 반짝이는
歙産履形　흡주출신 草履의 생김새.
一史用之　一史가 얼러가며 쓰거니
千祥駢之　상서로운 일 모여들어라.

10) 1996년. 이 해에 일사 구자무 선생이 중국 북경을 순람하였다.

두 사람은 흐뭇한 기쁨에 넘쳐 감사의 절을 올리고 귀가 길에 들었으니, 이에 한갓 일신이 두터운 은혜를 입었을 뿐 아니라 뜻밖에 관례(冠禮)를 행하고 자(字)까지 지어 받는 절차를 치른 셈 되었다. 다름 아니라 글 맨 앞 구절의 '월운(月暈)'으로 자를 삼았던 것이다.

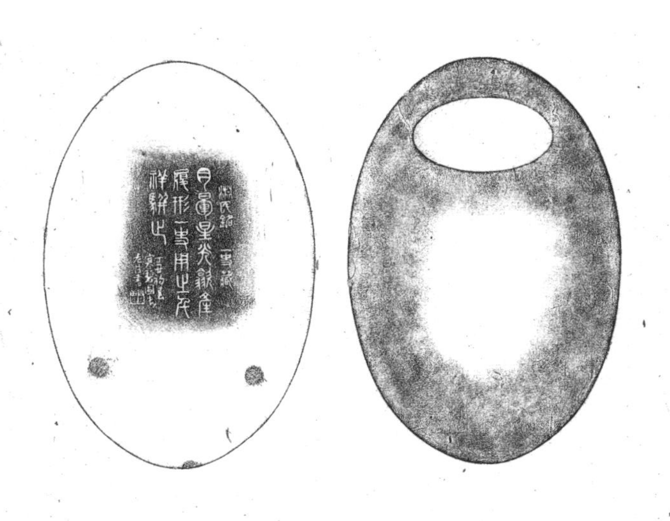

외현 장세훈의 〈歙州産履形古硯銘〉 탁본 및 일사 구자무의 小識

이듬해 이른 봄 성은 또다시 일사를 모시고 월전(月田) 선생이 기거하는 한벽원(寒碧園)에 찾아 들었다. 그 앞에 뵈오니 선생은 애정 어린 눈길로 바라보면서 칭찬의 말을 아끼지 않았다. 그리고는 흔쾌히 일사의 부탁을 받아들여 연민 노사(老師)가 지은 글 내용을 가뿐하게 전서(篆書) 글자로 휘호하여 성에게 전별(餞別)의 선물로 주었다.

석헌 임재우 墨, 연민 이가원 撰의 〈歙州産履形古硯銘〉

성은 강호의 학문 예술이 뛰어난 이들과 계속하여 만나는 가운데 그들로부터 정표(情表)를 받았다. 마하(摩河) 선주선(宣柱善)은 연옹(淵翁)과 월옹(月翁)이 지어낸 보람에 맞춰 그의 등에 고운 문양을 새겨 주었으며, 석헌산인(石軒散人) 임재우(林栽右)와 외현자(外玄子) 장세훈(張世勳)이 차례로 그의 초상을 고스란히 재현시켜 주었다. 금세 이 이야기가 일류 묵객들의 입으로 퍼져 왁자하게 되었고, 대번에 널리까지 전해져 당대의 풍류 화제가 되었다.

그때에 일사의 문방에 의탁해 지내는 가객(家客)이 적지 않았지만, 각별한 지우(知遇)를 받는 광영을 누리기로는 금성이 가장 위에 있었다.

임오(壬午)년 입추(立秋)에 일사는 한국과 중국 출신 석씨(石氏)들의 영화로운 자취를 한 자리에 망라하고 각각 한 폭 안에 함축시켜 그림으로 완성하였거니, 이에 예술의 세계에 몸 둔 모든 이들이 선망해 마지

죽림 정웅표의 선면필. 경유 김창룡 製 〈歙州產履形古硯銘其一〉

않았다. 몽벽산사(夢碧散士) 김경유(金景游)도 금성이 그려진 그림을 만나보더니 또한 마음속에 느낌이 일어 그를 위한 두 편의 찬(贊)을 짓게 되었다. 그 첫 번째의 것은 이러하다.

何物老手　어느 대가의 솜씨가
刮磨寧馨　이토록 기특한 이 만들었나.
諸賢同樂　고운님들 한마음 즐거워하니
福履綏盛　느긋한 행복이 넘치누나.

두 번째의 것은 이러하다.

履須有雙　신발은 모름지기 짝을 이뤄야 제격
借問一隻何處羈　묻노니 남은 한 짝 어드메 매였난고.
求之杖策　필경에 찾으리라 말채찍 높이 들고
白雲莊處進途時　흰 구름 장관 이룬 저 길 향해 나설 차.

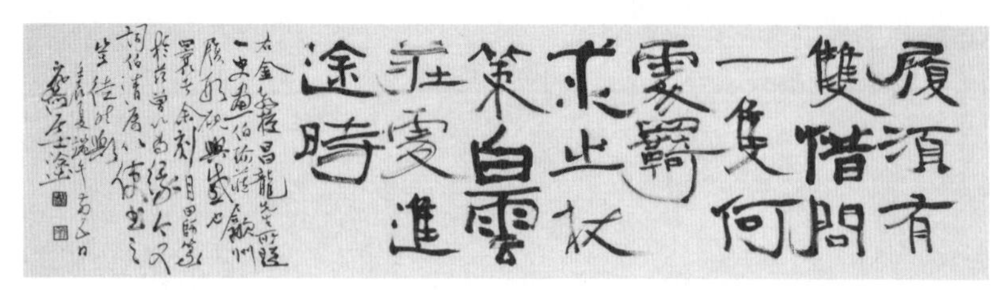

마하 선주선 揮灑, 경유 김창룡 吟哦之〈歙州産履形古硯銘其二〉

소영동부(疎影洞府)[11]에 붙어 지내는 문방 빈객 중에 모정(毛精)·당현(唐玄)·선옥판(宣玉板)·석음마(石飮馬)란 이가 있었다. 이들은 바로 중산(中山) 출신인 모영(毛穎), 황산(黃山) 출신인 당묵(唐墨), 경현(涇縣) 출신인 선지(宣紙), 단계(丹溪) 출신인 석허중(石虛中)의 후예였다. 이 네 사람이 한 방에 나란히 머물면서 자신들만이 갖고 있는 재주로 일에 따라 각각 그 적합한 바를 펼쳤거니, 옥판은 모정과, 당묵은 허중과 편의상 한 조(組)가 되어 서로 호응하며 도왔다. 매번 글 쓸 일이 있을 적마다 일사는 이 네 사람을 불러 온 다음 순서대로 각자의 수완을 부탁해 맡기면 네 사람은 즉시 교대로 나서서 속에 따로 감춰 챙기지 않고 부지런히 그 마음과 몸이 지치도록 각자의 능력을 다 쏟았다.

얼마 지나지 않아 모정은 얼굴이 헐고 머리카락은 손상되었으며 하는 말도 산만하여 온전치 못한 것이 거지반 조로(早老) 형상을 면치 못한 양 하였다. 게다가 놀랍게도 그의 다북쑥처럼 흐트러진 머리카락 색깔이 시간이 갈수록 딴판으로 검어지는 것이었다. 이것을 보는 이들마다 의아해하며 말하였다.

"신기하기도 해라. 보통사람들은 처음 늙기 시작하면 흰 머리가 생기고 칠팔십 노인이 되면 더욱 허옇게 되어 호호백발이 되는데, 저 모

11) 일사(一史)의 거처인 소영루(疎影樓)를 달리 호칭한 뜻이다. '동부(洞府)'는 신선이 사는 곳. '동천(洞天)'이라고도 한다.

정은 여남은 살 아이 땐 온통 백발이었다가 나이 먹어가면서 외려 검은 빛깔로 변하다니…. 게다가 한창 때보다 기억력도 강해져서 시드는 법이 없으니, 그야말로 기인이 분명하군!"

당현이 이 말을 듣고 바장이면서 껄끄럽고 볼멘 목소리로 말하였다.

"나야말로 평생 육체의 지배를 받음이 세 사람에 비해 아주 심하지. 머리끝에서 발끝까지 다 닳아 없어지도록 일하는 통에 내 몸은 점차 사라져 가고 있고 목숨도 다 꺼져가는 등불과 같아. 충심을 다해 몸을 희생하는 일에 나만한 이가 있을까?"

이때 모정이 자세를 바로 하고 예민한 태도로 말하였다.

"일신의 사정을 돌보지 않는 일로 말한다면 그것이 어찌 그대한테만 관계된 일이겠는가? 언제든 일이 생기면 나는 물구나무를 선 채 머리카락이며 피부가 다 망가질 때까지 일을 한다네. 하물며 글을 쓰는 과정에 어쩌다가 권세가의 비위에 거슬리기라도 할양이면 그 징계는 오직 나 혼자서 감당을 해야 하지. 예로부터 필화(筆禍)의 몫은 나에게만 온통 주어져 왔잖은가. 그렇지, 언제 한 번이라도 지화(紙禍)니 묵화(墨禍)니, 연화(硯禍)니 하는 말 따위 들어 본 적이 있던가? 어휴, 슬프고 원통해라!"

탄식이 잠깐 멈추는가 싶더니 백짓장 같은 창백한 얼굴을 한 옥판이 잔뜩 구부리고 있던 몸을 펴면서 느릿느릿 앞으로 걸어 나와 자신의 처지를 애처롭게 하소연하였다.

"문묵에 종사하는 사람이라고 어디 저마다 재주를 갖춘 이들뿐이겠는가? 미숙한 이가 더욱 많은 법이니 내 얼굴은 걸핏하면 괴발개발 개칠하는 자들에 의해 훼손되고 오염되고 심지어는 내 온몸이 찌그러짐을 당하여 쓰레기더미에 버려지기도 한다네. 그대들이 어찌 내가 당하는 이 불행을 가볍게 보아 넘기는가?"

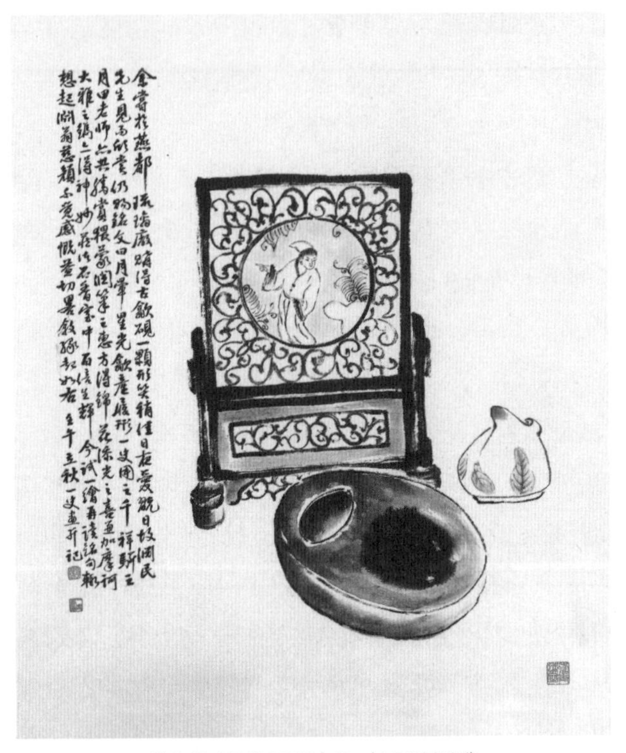

일사 구자무의 2002년 作 〈文房淸供圖〉
그림 속 벼루가 바로 본 작품의 주인공이다.

그러자 옥판의 먼 친척 아우뻘인 단(單)과 협(夾), 정피(淨皮) 형제[12]가 다른 가문의 운모(雲母)·선의(蟬衣) 등[13]과 옥판의 옆에 앉아 있다가 상심한 듯 슬픈 기색을 비치면서 머리를 끄덕였다.

12) 각각 단선지(單宣紙), 협선지(夾宣紙), 정피선지(淨皮宣紙)를 의인화하였다. 일반적으로 선지를 생선(生宣), 숙선(熟宣), 반숙선(半熟宣) 등 세 가지로 나누는 바, 이 중 단선지·정피선지·협선지 등은 생선(生宣)에 해당한다. 흡수력이 강한 것이 특징인데, 좋은 생선은 먹의 광택을 보존하며 먹이 마른 뒤 물이 닿아도 번지지 않고 오래 지나도 잘 산화되지 않는다.

13) 둘 다 숙선(熟宣)에 속하는 종이이다. 질이 강하나 먹은 잘 흡수되지 않는 특징을 띤다. 운모지는 운모가루를 바른 종이. 선의지는 매미의 허물 느낌이 나는 종이.

뒤미처 저 향항(香港)에서 온 석음마(石飮馬)는 나면서부터 머리 뒤쪽에 말에게 물을 먹이는 문양이 새겨져 있었기에 그 같은 이름이 붙여진 인물이다. 단계 혈통에다 골계를 잘했는데, 각별히 목말라 물을 마실 때마다 항시 물의 근본인 우물 파 준 이를 마음에 잊지 않았다. 그러한 그가 수굿한 태도로 허심탄회하게 말하였다.

"나는 지난 을해(乙亥)년[14] 음력 6월에 이 구연재(九研齋)의 문객으로 들어온 이래 오늘날 십칠 년이나 되었네. 대부분의 일들은 내가 맨 앞장에 섰으니, 선생도 내 문방의 공덕이 헤아릴 수 없다면서 칭찬하시었지. 다만 몸을 잘 보전한다는 점에서야 내 어찌 저 금성에 비해 적은 손실이나마 없다고 하겠나. 그럴망정 스스로는 내 분수거니 하며 만족할 줄 알지. 하물며 선생의 기쁜 표정을 뵙고 친히 은덕으로 베푸신 은혜를 한몸에 받은 것을 헤아려 본다고 할 때 나보다 더 한 이가 누구라 하리오? 진정 이 사람의 홍복(洪福)이라 생각하네!"

이에 좌중이 갑자기 흠칫하며 망설이고 헤매는 눈치였다.

잠깐 뒤에 고상하고 담박하게 생긴 얼굴에 이마에는 고운 매화를 꽂고 아리땁게 화장한 이가 뎅그렁 맑은 소리를 내었다. 다들 소리 난 쪽을 돌아보니 바로 단계 가(家)의 여랑(女郎)[15]이었다. 그는 금성들과 정의(情誼)가 두터운 석우(石友)[16]였다. 그녀가 이렇게 말하였다.

"정확히 어느 해인지 잘 기억나진 않지만, 아마도 내가 이 서재에 가장 오래 의지해 살았을 것이네. 그 사이 여러 유익한 벗들과 정신적인 사귐을 나누었지. 이 즐거운 터전에서 맘껏 웃고 노니느라 늙음이 다가오는 것도 알지 못하였으니, 이 모두 여러분들 덕택이라오."

14) 1995년. 일사 구자무의 『연북청화(硯北淸話)』에, 이 해 늦여름 홍콩 여행 중 선생이 고완품(古玩品) 가게에서 단계 음마연(飮馬硯)을 구득(求得)한 일을 적었다.

15) 남자에 못지않은 기개나 재주를 가진 여자.

16) 금석(金石)처럼 변함이 없는 벗. 아울러 벼루의 별칭이기도 하다.

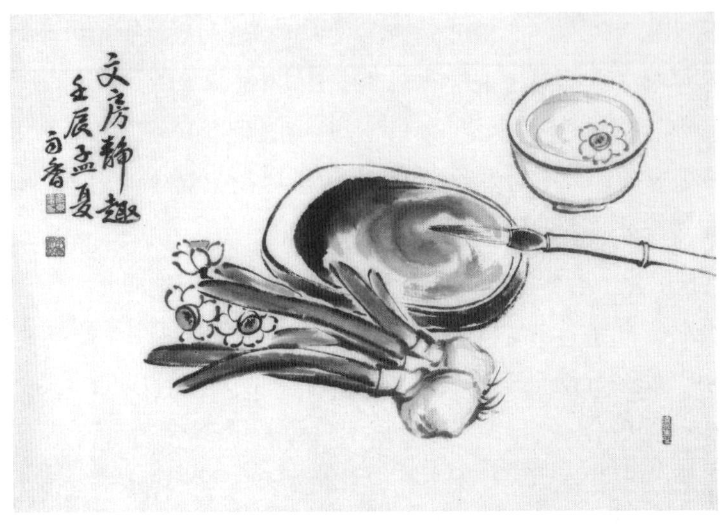

雨香 김동애의 〈文房靜趣〉

금성은 깊이 생각에 잠긴 채 무겁게 침묵하면서 한참을 여러 사람들의 말에만 정성스레 귀 기울이고 있다가 그제야 마지못하는 양 말을 꺼냈다.

“천지간에 생명 있는 존재는 육신을 부여 받고 그 안에 정신을 담고 있지. 효도에는 부모님의 몸을 편안하게 봉양하고 부족한 것이 없도록 해드리는 육체의 봉양이 있는가 하면 부모님의 뜻과 마음을 흐뭇하게 해드리는 정신의 봉양이 있잖은가. 어느 쪽이 다른 한 쪽보다 더 중요하다고 감히 말할 수 있을까? 또한 육신만으로 비유한다고 해도 두 팔 두 다리만 가지고 완전하다 할까? 이목구비도 함께 요긴한 것이지. 오장(五臟)이 꼭 있어야 하지만 육부(六腑)가 없을 순 없지. 손발은 움직임을 돕지만 두뇌는 생각을 돕는다네. 입과 혀가 미각에 관계한다면 위와 창자는 소화에 관계하지. 여기에 더 낫고 못하고, 귀하고 천하고가 따로 없잖은가. 설령 있다손 치더라도, 다만 늙은이와 젊은이, 어른과 아이가 하늘이 정해 준 순서[17] 인 것처럼 우리 역시 주어진 천분(天分)에 따를 뿐이야. 『중용(中庸)』에 이르기를, '필부필부와 같이 부족한 사람이 능히 실행 할 수 있는 것도 그 지극함에 이르러서는 비록 성인이라도 실행할 수 없는 경우가 있다'고 했네. 과연 요임금 순임금도 은정(恩政)을 널리 시행하지 못하는 것을 병통으로 여겼으며 공자도 목표하던 벼슬자리에 오르지 못하였으니, 큰 구실도 한 역량 작은 구실도 한 역량이 아닌가. 낫다거나 못하다거나 가볍다거나 무겁다거나 하는 분별은 이 모두가 보는 사람의 마음이 지어내는 주관일 뿐이니 나는 묵묵히 마음으로만 새길 뿐이라네."

나중에 일사가 이 말을 듣고는 빙그레 웃으면서 말하였다.

"내가 금성을 아끼는 것이 어디 꼭 실용의 업무에 부려 쓰고자 함이겠는가? 그의 전아한 운치와 격조를 높이 사는 것이지. 필묵의 일은 그 나머지 선택일 뿐이야!"

그 후 금성은 일신이 퇴락(頹落)[18] 하는 줄 모른 채 참선 삼매(三昧)[19] 로 해탈의 경지에 도달하였고 영세(永世)토록 장수하였으니, 그야말로 유자(儒者)로서 불자(佛子)의 몸가짐과 선가(仙家)의 자취를 겸비한 그러한 부류로구나!

---

17) 『명심보감』 준례편(遵禮篇)의 '老少長幼 天分秩序 不可悖理而傷道也'에서 응용했다.
18) 왕성한 시기를 지나 쇠퇴하여 무너짐.
19) 잡념을 버리고 한 가지 대상에만 정신을 집중하는 경지. 삼매경.

• 歙州子金星傳 •

金星字月暈 號福履 歙州婺源人也 其父金池夢啓明星飛隕槿籬 母因而有孕 生而稟受龍尾山精氣 體格重厚堅剛 金色斑點散布全身 肌膚兼全滑澁悅 其與人談吐時 鏗鏗有鐵聲韻 形貌奇瑋如此 而頗如履屣 稍惹可笑 自妙齡纔弱冠 懷壯圖 遊于北京 僑居琉璃廠一隅客舍 每心事孤寂 竊念桑梓 其上世 隱棲溪頭鄕龍尾山 不求外人知 秘跡泰寧 其後唐開元年間 獵者葉氏倉卒造詣宗門 一族因不得已同塵焉 方端溪産石氏出世一百年迄也 至南唐 李後主造詣超逸者 招聘歙人 殊眷之 榮華一世之殷豊 邇來藝苑 歙氏端氏確立以兩雄 兩門英特 雖屏角逐 隱現有比肩匹對之機微 至今依稀割據群雄之狀 然胸底恒蘊結煢獨 乃親待比隣 所與游 文房諸賢 最與歙州羅氏善 則來自同鄕龍尾山者矣 倏然相照肝膽 羅氏嘗言己之先羅文 云 漢武帝時 失寵被捐 爲胡人金日磾所擠 顚仆而夭折 其話亦載蘇東坡萬石君羅文傳矣 二友鑑戒羅文之前軌 小心翼翼 擧措務臨庫所 分手故園 淹留數月來 相見好者頗衆 其多有閑情遊客 亦不少翰林墨客 而欲得腹心佳士 久之未遇其人 恒如飢渴 歲在丙子將暮 一日星遂見一士 號曰一史 韓國文人畵家之巨擘 偶語雖初 一面如故 慰洽方寸 喜溢眉宇 惚情思 無得而狀 不覺追隨一史 兩人敦厚繾綣 朝夕不離左右 提携無不偕行 渾不省搭乘韓國行飛機 遂到一史亭居龍仁疎影樓 寄寓之靡久 一日隨尾一史 謁見當代巨儒淵民老 雄住紫豐館書齋 慮外窄小 星輒膝行稽顙 淵翁相對而凝視良久 自然不禁預容 特擡之其鄕里之歙縣 與形貌之彷彿如履 爲之亟製四句贊 曰 月暈星光 歙産履形 一史用之 千祥騈之 星與一史 洽足悅饜 拜謝而歸 非但身蒙優渥 而望外修冠字禮 遂以首句月暈字之 翌年肇春 星復陪從一史 就尋月田起居寒碧園 見參之 月田目愛而不吝稱辭 而欣諾一史請囑 豪爽以淵翁哦吟

揮灑篆字而賵賜之 繼之後 與江湖明匠相邀 受贈情表 摩河宣柱善以淵月二翁之果 彫鐫玉紋于背面 石軒散人林栽右栽外玄子張世勳 遞迭爲搨寫其眞影 未幾 此話乃隱現喧藉于上等墨客 一躍流傳 當世風流之事也 託身一史之文房家客不少 然涵濡殊遇之光 星最高也 歲在壬午之立秋 一史網羅韓中石氏榮跡 各以一幅 渾含遂畵 遊藝諸生 羨望無已 夢碧散士金景游 値畵星圖 亦有所思 製贊二篇 其一日 何物老手 刮磨寧馨 諸賢同樂 福履綏盛 其二日 履須有雙 借問一隻何處羈 求之杖策 白雲莊處進途時 寄居疎影府之文房客中 有毛精唐玄玉板宣石飮馬 這是中山毛穎黃山唐墨涇縣宣紙丹溪石虛中之後 此四人 儕居一室 以固有才華 隨事各得其當 玉板與毛精 唐墨與虛中 便宜爲組 助援相應 每有文墨之事 一史招來四人 而循循然咐囑伎倆 則四人輒遞進 未有韞匵 孜孜營營 盡其心 竭其力 各逞其能 居無何 毛精顔髮潰損 言語支離 幾若未免于早老之狀 而驚異乎彼蓬頭髮色 移時反轉黑 觀者皆疑訝之 日 妙哉 凡人初老生白 而耄耋益皓皓 精也穉兒渾白 老而猶點化黔黎 況較計盛年 强記不衰 盍奇人乎 唐玄聞之僵佪 咈然澀拒聲日 我生平形役 較之三友殊甚 以摩頂放踵 吾身漸滅 命在殘燈 盡衷捐躬 其誰如我 于時毛精危坐而敏銳日 謂之滅私 何必汝之係事乎 每有事 我倒立爲人役 髮膚至盡毁 況而書錄中 儻抵觸權貴之脾 則其譴嘖 獨我當之 自古有筆禍之分 未嘗不專在我耳 又未曾聞紙禍墨禍硯禍等言耶 吁吁痛哉 歎息暫歇 玉板 顔色蒼然似白紙 引伸跼蹐身 舒舒出班愁訴日 從事文墨者 唯有能手者乎 未熟者尤多 吾顔動輒爲鳥足寫者所毁汚 甚至全身被轢蹙投棄于垃圾堆 汝曹獨輕視予之罹禍耶 是時玉版之族弟單夾淨皮兄弟與他姓雲母蟬衣等 并席玉板側 惆愴頷首 仍繼之 來自香港石飮馬 生而有飮馬紋在腦後 因名之 丹溪世統 善滑稽 尤常懷飮水思源 掘井之人坦懷寬博日 我嚮乙亥流月 編入九研門客以來 迄今十有七載 居多役事

子爲率先 先生褒余功德無量 但關於保身 較之星 豈無少損 雖然自安分知足 況而料量得先生之青眼 享涵煦之沐恩 過予者其誰 誠謂僕之洪福也 座中遽色 依違微茫 俄而雅澹容貌 頂戴姸梅以靚飾 作錚錚聲 衆人回向 卽丹溪門中之女郎 其與星等 契會爲石友 乃日 余不詳記其年 蓋賴居諸此室者最久矣 其間與僉位爲神交 笑黙遨遊桃園地 不知老之將至 皆汝二三子德澤也 金星沈潛重黙 只屬耳良久 於是 乎若不得已而出言日 天地生靈 賦稟肉身 內含精神 孝有養口 加有養志 焉敢何者爲緊切乎 取比於人身 曷以四肢萬全爲 耳目口鼻并要存 五臟必須 六腑不無手足爲人動 頭腦爲人思 口舌之於味覺 胃腸之於消化 無上無下 無貴無賤 設令有之 似若老少長幼之 天分秩序 我亦順天而已 中庸日 夫婦之不肖 可以能行焉 及其至也 雖聖人亦有所不能焉 堯舜病博施 孔子不得位 則彼一能也 此一能也 上下之別 輕重之分 總是觀者之心造 吾將黙識矣 後一史傳聞之 莞爾笑日 吾愛星者 何必爲俾掌實務耶 吾用其典雅韻格之嘉賞 卽墨餘事也 其後一身 不知頹落 禪定度脫 永年久視 其豈儒而佛仙者流歟.

『景游集』

일사 구자무 愛藏의 歙州産履形硯

부록

옛 선비들의 정보 검색

동물과 식물, 사물들을 사람처럼 인격화시켜 의인열전을 쓰려는 작가들은 창작에 보탬이 될 보다 많은 글의 재료를 필요로 하였다. 이때 그들은 해당되는 글거리들을 어디서 가져왔을까?

궁금한 일이 아닐 수 없겠는데, 사실은 옛 선비들이 소재를 구하러 가는 통로, 필요한 글감을 간편히 이용하기 위한 경로가 있었다. 아낙네들이 필요한 물을 길어 올리는 우물과 같은, 또는 웬만한 것 다 갈무리돼 있어 요긴하게 꺼내다 쓰는 곳간과도 같은 공간이 있었다.

그 한 곳은 선행(先行)의 작품이다. 고려의 임춘과 이규보가 술을 의인화하여 만든 〈국순전〉과 〈국선생전〉은 그보다 조금 앞에 송대 진관(秦觀)이 쓴 술의 열전인 〈청화선생전(淸和先生傳)〉의 상당부를 참고하고 인용하여 만든 것임은 이미 확인된 사실이다. 고려조에 이곡이 죽부인을 열전화한 〈죽부인전〉은 송대 장뢰(張耒)의 〈죽부인전(竹夫人傳)〉을, 조선조에 장유가 동치미를 의인화한 〈빙호선생전〉은 명대 사조제(謝肇淛)의 〈빙호선생전(氷壺先生傳)〉을 직접 본받아 지은 것이다. 이제 문방열전에서도 붓을 주인공 삼은 조선조 권벽의 〈관성후전〉, 박윤묵의 〈모원봉전〉, 한성리의 〈관성자전〉은 하나같이 한유 〈모영전(毛穎傳)〉에서 물꼬를 튼 것이다.

다른 한 군데는 유서(類書)이다. 요컨대 동양의 백과사전에 해당하는 유서들 가운데 제일 큰 영향력을 떨친 『사문유취(事文類聚)』 및 『태평어람(太平御覽)』 등 유서를 기본 자료로 삼으면서 창작에 임하였던 진실이 있다. 임춘 〈국순전〉과 이규보 〈국선생전〉의 창작 과정에는 〈청화선생전〉 이외의 정보를 각각 『사문유취』와 『태평어람』에 의지했던 사실이 확인되었다. 임춘의 엽전 의인화인 〈공방전〉 또한 『사문유취』에 대한 의존도가 압권이었음이 명백히 나타났다. 결정적으로 이규보의 거북 의인화인 〈청강사자현부전〉의 경우엔 이야기 소재의 90%가 넘는 자료들을 『태평어람』 안의 거북 관계 자료인 '龜' 문(門)에서 취해 왔음이 포착되었다.

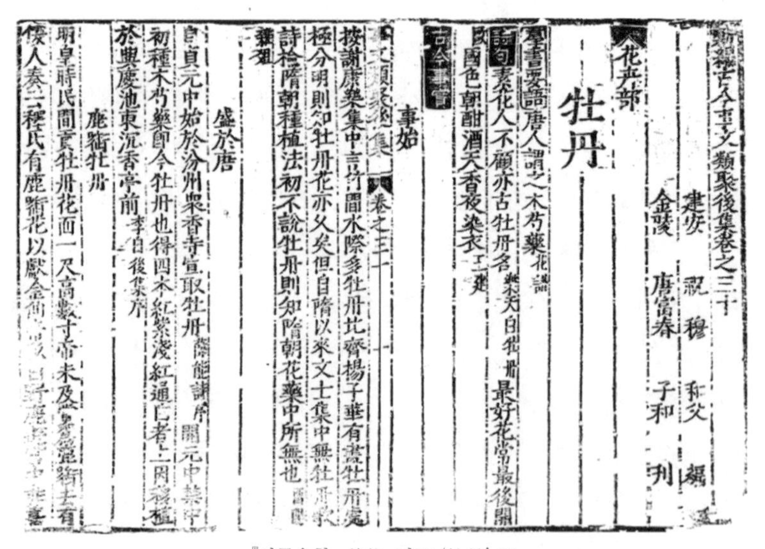
新編古今事文類聚後集卷之三十
建安 祝穆 和父 編
金陵 唐富春 子和 刊
花卉部
牡丹
羣書要語 唐人謂之木芍藥 花譜
詩句 素花人不顧亦古牡丹名 紫天白牡丹 最好花常最後開
國色朝酣酒天香夜染衣 王建
古今事實
事始
按謝康樂集中言竹間水際多牡丹 北齊楊子華有畫牡丹處
極分明則知牡丹花亦久矣 但自隋以來文士集中無牡丹歌
詩 檢隋朝種植法初不說牡丹則知隋朝花藥中所無也
盛於唐
自貞元中始於汾州衆香寺宣取牡丹 … 開元中禁中
初種木芍藥即今牡丹也得四本紅紫淺紅通白者上因移植
於興慶池東沉香亭前 李白後集序
明皇時民間貢牡丹花面一尺高數寸帝未及 …
後人秦三穆氏有鹿韭花以獻 …

『사문유취』 後集 권30 '牡丹' 門

花王傳 淨如闖泛齋藁

王姓牡，或曰：『牧。』名丹，姚魏其氏也。世爲洛陽貴族，居衆香城。王旣生矣，豐肌秀色，韶光外敷，備有繁華富貴氣象。往載秋，白帝將軍入城，大有肅殺之氣。王潛于太玄之宮，至翊年春三月，遣大樹將軍，出細柳營，過芙蓉城，破六花之陣。王乃以東君之命，卽皇帝位於甘泉宮之華萼樓。是日也，王以文藻袞袍，戴月桂冠，苣佩蕙帶，光采葳蕤，儼然登土階三等，英風動天下，衆芳爲之索然，莫敢仰視。以木德王，歲紀攝提，或曰：『以火德王。』以其色尙紫也。王旣秉赤符，肇基一葉，不令而治，無爲而化，奠鞏基於翠紫之堆，囿群生於煦嫗之苑。埜德極，而戴黃髻白者，各得其所，天馨開，而普天率土，咸歸彤庭。時和年豐，萬彙呈瑞，慶雲興，景星出，玉芝產，嘉禾見，太平之治，于斯極矣。然王猶不解聽政，禮下有道，而芹曝葵傾，各獻其忱。如穠李公、夭桃侯、朱槿子、紫薇伯、荷君子、孤竹君、松大夫之倫，莫不來朝而受封焉。第有梅處士、菊隱逸數子者，獨采西山之薇，王以爲：『可友而不可臣。』不強屈其節焉。乃依歐陽脩花品敍，命譔仙花璿譜，派凡二十四，而姚黃、魏花，居其首，細葉壽安、醒紅、牛家黃、潛溪緋、左紫、獻萊紅、葉底子、鶴翎紅、添色紅、倒暈檀心、朱砂紅、九蘂眞珠、延州紅、多葉紫、鼂葉壽安、丹州紅、蓮花萼、一百五鹿胎花、甘草黃、一撒紅、王版白等，敍其後，或以氏，或以名，或以色，或以州，盎多樣彩焉。延芍藥夫人，爲后，靑鳥氏之所媒，實與王同族也。王好色，蓄傾國名姬於棠梨之宮，天下夭夭之英，灼灼之靈，無不走臻，後宮三千，艷列星河，而如花蕊、海棠二夫人，與之相埒，然海棠覺獨嫥其寵，貴爲妃焉。每當陽春氣極，百脈動盪，韶光并騁，紫禁日長，萬機多暇。王乃淸蘭路，肅桂苑，鋪文茵，重開讌，梨園弟子，蕙裳蓮步，飄然前進，羯鼓催花。王樂甚，引葡萄一酌，醉後丹渥，春風滿面。遠望之，絳煙朦朧，紅霞縹緲，怳然若周穆帝之宴瑤池，楚襄王之夢陽臺也。時沈香亭之畔，木芍藥盛開，名花國色，與之相當，遂開盛讌爲木芍藥會，王命召妃，妃於時卯酒未醒，侍兒扶腋而至，妃醉顏殘妝，釵橫鬢亂，不能再拜。王笑曰：『海棠春睡未足邪？』李白

이가원 作의 〈화왕전〉

필자는 일찍이 모란 왕국을 그린 연민 이가원의 꽃 열전 〈화왕전〉을 분석, 그 취재원이 전적으로 『사문유취』의 화훼부 '牡丹' 문(門)과 '海棠' 문(門)에 있다고 단정지었다. 직후 배안(拜顏)하고 청문(請問)한 결과, 선생이 소싯적 이 작품 창작시에 전적으로 『사문유취』를 참조하였다는 사실을 직접 확인 받은 일도 있다.

역사책 안에 '열전(列傳)'이라는 틀을 처음 만들어낸 사람은 사마천이다. 『사기(史記)』의 집필 과정에서였는데, 이는 이전의 역사서에서는 볼 수 없던 특이한 형식이었다. 이전의 역사 서술은 역사적 사실을 연대순으로 기록하는 기술 방법이었다. 이를 기년체(紀年體) 또는 편년체(編年體) 서술이라고 부른다. 그런데 사마천은 바로 이 기존 편년체 방식에서는 역사의 저변에서 활약한 큰 인물들을 제대로 알릴 수 없는 한계를 느꼈다. 이를 보완 극복하고자 본기(本紀)의 뒷부분에다 정치사의 뒤안길에 있어 본 기록에서 미처 다 다루기 어려웠던 여러 분야의 주요 인물들을 각각의 주인공으로 세웠다. 그리고 그 명칭을 열전(列傳)이라 했다. 이 대단한 독창은 동양의 문필사에 엄청난 지평을 열어 준 셈이 되었다. 이후의 역사가들마다 약속처럼 사마천의 기전체(紀傳體) 서술 방식을 따라 쓴 까닭이다. 이로써 그는 동양 역사의 아버지란 이름까지 얻게 되었다.

열전은 역사 부문에서 출발하였으나 그 뒤 시간의 흐름 안에서 가전(家傳)과 탁전(托傳), 가전(假傳) 같은 다양한 갈래의 전이 생겨날 수 있는 터전을 열어 주었다. 이로써 열전은 전(傳) 양식의 처음을 가름하는 우뚝한 권여(權輿)가 되었다.

이 중 맨 끝에 나타난 가전(假傳)은 그 주인공이 인간 아닌 동식물·사물·마음 등이다. 그럼에도 사마천의 열전과는 가장 관계가 깊은 형식이었다. 여기서의 '假'는 '거짓'이란 말이 아닌 '빌려오다'의 뜻이다. 빌려오는 대상은 다름 아닌 사마천의 열전이었다. 이때 사마천 열전의 어떤 면을 빌리려 했던가? 바로 열전이 취하고 있는 형식이었다.

사마천 이후 오랜 세월 뒤에, 당나라의 문장가 한유는 비인격체인 붓을 사람인양 살려 쓸 아이디어를 내었다. 그는 글을 어떤 형식으로 써 나갈 것인지에 대해 생각한 끝에 인간 주인공인 사마천의 열전 형식을 빌려다 쓰기로 작정했다. 그렇게 만들어낸 작품이 〈모영전(毛穎傳)〉이다. 최초로 비인간을 인간인양 흉내 내어 쓴 의인열전이 탄생한 것이다.

한유를 본받아서 뒷시대의 여러 문인들도 비인간인 사물·동물·식물 등을 주인공으로 세워 인간 세상의 이야기처럼 십분 표현적 묘미를 발휘하였다. 의인문학의 새로운 패러다임이 성공을 이룬 것이다. 한참의 세월 뒤에 명나라 때 서사증(徐師曾)이 문학이론서인 『문체명변(文體明辯)』을 만드는 과정에 수많은 전(傳)들을 분류할 필요에 닿았다. 그는 이 마당에 이러한 형태의 의인열전들을 '가전(假傳)'이라고 처음 명명하였다.

그런데 동물·식물·사물을 주인공으로 삼은 이상 주인공 이야기를 끌고 가는 과정에는 기초 자료로 활용할 만한 상식과 지식이 요구된다. 물론 송대의 장뢰(張耒)가 죽부인을 사람의 일생처럼 다룬 〈죽부인전〉이나 조선시대 유본학(柳本學)이 고양이를 인격화시킨 〈오원전(烏圓傳)〉처럼 대상에 대한 기본적인 상식과 지식, 또는 견문이나 상상력만 가지고도 가전을 쓸 수는 있다.

一史 具滋武의 〈耄耋圖〉

하지만 고양이 및 관련 사물·사항에 대한 보다 넉넉한 사전적(事典的) 주변 지식이 작품 내용을 더욱 다양하게 해주는 것만큼 사실이다. 조구명(趙龜命)의 고양이 열전인 〈오원자전(烏圓子傳)〉이 그런 경우라 하겠다. 의인전기를 쓴 작가들 대부분은 선비 지식층들의 현학적인 욕구를 만족시켜 줄 만한 메시지에 관심이 크다. 그러한 글쓰기를 위해서 작가들은 해당 사물에 관계된 용어라든지 내력 같은 사실 전고(事實典故) 내지 유명 시와 산문 등 문학작품에 관한 정보를 절실히 필요로 한다. 요컨대 경(經)·사(史)·자(子)·집(集)의 전 분야에 걸치는 백과사전적 지식의 확보가 최대 관심사라는 뜻이다.

여기서 가전 창작의 기간(基幹)이 되는 그 총체적 지식들을 추려서 수록한 문헌이 일찍부터 동양에도 있어 왔다. 일찍이 그것을 일컫는 말이 있었으니, '유서(類書)'라 하였다. 사전의 설명처럼 유서야말로 '중국의 경(經)·사(史)·자(子)·집(集)의 여러 책들을 내용이나 항목별로 분류 편찬하여 알아보기 쉽도록 엮은 책의 총칭'이다. 서양의 백과사전과 비슷한 것이지만 그 분류와 편성의 방식 면에서 얼마간 차이점은 있다.

이때 동양의 유일한 백과사전다운 형태라 할 유서의 가장 큰 이로움은 어디에 있을까?

무엇보다 역시 선비들의 작시(作詩)와 제문(製文)에 가장 요긴한 자구(資具)로서 이바지됨을 들 것이다. 『중화백과전서(中華百科全書)』의 '유서(類書)' 조에 있는 다음과 같은 설명은 이의 여실한 증좌가 된다.

> 前人編類書 是爲了做詩文的尋檢資料 或是查事典的出處而編成的.
>
> 앞 시대 사람들이 유서를 만듦은 시문을 짓기 위한 자료를 찾아 검토하기 위함이었다. 혹은 사전의 출처를 밝혀 편성하기도 했다.

이 백과전서 안에서 『예문유취(藝文類聚)』를 설명한 대목이 또한 보탬이 된다.

> 我國類書的編纂 一是使於帝王披閱瀏覽 以簡馭繁 二是供知識分子賦詩撰文時 檢索事類 採頡詞藻.
>
> 유서의 편찬은 첫째, 제왕이 펼쳐 열람함에 번잡한 것을 간편하게 하려는 데 있었고, 둘째, 지식인들이 시(詩)와 문(文)을 지을 때 사항의 검색과 표현의 인용에 이바지하려는 데 있었다.

그것이 비록 중국의 역사성에 비추어 그 명분과 목적의 우선성을 제왕의 손쉬운 열람을 위한다는 데 두었다고 하였지만, 현실적으로는 바로 시문에 관계하는 사류(士類) 일반의 시 짓기와 글쓰기 과정상 제일로 간편하게 찾아 쓸 수 있는 곳집 역할을 했던 것이다. 이랬을 때 자료를 한 자리에 집성(集成)해 놓은 유서의 정보 지원적인 효과는, 그 이야기가 동물·식물·사물의 지식과 밀접하게 관련된 의인열전 쪽에서 최대화될 것은 당연한 일이다.

『이아(爾雅)』나 『황람(皇覽)』 등 유서의 성격을 띤 책들이 이른 시기부터 존재해 왔지만, 본격적인 시작은 당나라 때부터라고 할 수 있다. 유서란 명칭이 처음 생겨난 것도 이 무렵의 일이다. 바로 『신당서(新唐書)』 예문지(藝文志)와 구양수의 『숭문총목(崇文總目)』에서 이전까지 일컫던 '사류(事類)'를 '유서(類書)'로 바꿔 쓰면서 '유서류(類書類)'를 따로 분류 설정하고 해당하는 서적 이름을 열거하기 시작했다. 이후 우세남의 『북당서초(北堂書鈔)』, 구양순 등이 편한 『예문유취(藝文類聚)』, 서견 등이 편한 『초학기(初學記)』 같은 유서가 나왔다.

송대는 유서의 발전기이다. 국책사업에 따라 이방(李昉) 등이 편저한

『태평어람(太平御覽)』과 『책부원귀(册府元龜)』들은 1,000권에 달하는 제대로 된 규모의 유서였다. 이후 축목(祝穆) 한 개인이 엮은 『사문유취』가 사실(事實)에다 문학(文學)을 더하는 쾌거를 이룩하였다.

명대에는 해진(解縉)의 『영락대전(永樂大全)』이 나타났는가 하면, 유안기(俞安期)가 당 구양순의 『예문유취』를 근간으로 하면서 『초학기』·『북당서초』 등에 나름의 수정을 가한 『당유함(唐類函)』이 출현했다.

청대에 강희제(康熙帝)의 명으로 장영(張英) 등이 편한 『연감유함(淵鑑類函)』이 역대의 유서로서는 가장 나중 시대까지 포괄한 유서의 총람이 되었다. 이 시대에 도서 분류의 차원에서의 유서라고 할 수 있는 장정석(蔣廷錫) 등 편찬의 『고금도서집성(古今圖書集成)』은 전체 일만 권이 넘는 굉대(宏大)한 규모의 편술이었다.

이토록 역사상 유서의 이름을 남긴 책들이 많았지만, 구체적인 시대적 실정에 비추어 볼 때 위의 유서들 모두가 선비 사회에 유포되었던 것은 아니었다. 실은 이들 중 문사들의 협사(篋笥) 가운데 놓이고 아협(牙頰) 사이에 올라 꾸준한 참고서로서의 구실을 담당할 수 있었던 책은 기실 몇 종류 안 되었다. 그 중에서도 『태평어람』과 『사문유취』가 주장(主掌)과 주류를 이루었던 것으로 보인다.

그러면 우리나라의 경우는 어떠했는가? 이것을 알기 위해서는 우선 우리의 여(麗)·한(韓) 두 시대에 걸쳐 중국의 유서가 수입되고 유포된 실상을 조사해 볼 필요에 닿는다.

먼저 그 수입의 측면에서 볼 때, 다른 유서들에 관하여는 일체 고증의 길이 막연하기만 하다. 다만 송 태종의 명에 의해 A.D.983년 이방 등이 편찬한 『태평어람』을 고려의 조정이 입수하기까지의 경로를 『증보문헌비고(增補文獻備考)』와 『고려사(高麗史)』에서 더듬어 볼 수 있을 뿐이다. 곧 고려의 사신이 선종(宣宗) 2년(A.D.1085)과 선종 10년(A.D.

1093)의 송 황실에 조문(朝問) 갔던 차에 이 책 얻기를 간구했음에도 불구하고 뜻을 이루지 못하고 말았다.[1] 그러다가 숙종 6년(A.D.1101)에 오연총(吳延寵)과 왕하(王蝦) 등이 어렵게 입수해 왔고, 숙종의 큰 칭찬을 받았다.[2] 이 내용이 『고려사』에는 숙종 5년(A.D.1100)으로 되어 있고, 입수의 과정이 더 극적으로 서술되어 있다.[3] 그리하여 고려의 숙종이 너무도 감개무량한 나머지 『태평어람』 등을 구해온 사신들에게 포상과 작위까지 내려 주었다고 했다.[4] 그러니 이 얼마나 대단한 일이었는지를 충분히 짐작하고도 남음이 있는 것이다.

그 후 고려 명종 때에 다시 송나라 상인이 와서 『태평어람』을 바치매 왕실에서 백금 60근을 주었다고 하며, 최유청(崔惟淸)의 아들인 최선(崔銑)에게 이 책의 오류를 교정하여 간행하게 했다고 적혀 있다.[5]

이제 이 책이 반입된 경로가 이다지 까다로울 뿐 아니라 그 보답으로 백금 60근이나 내어 줄 정도라면 얼마만큼 진귀하게 여겼는지 감잡을 만하다. 또 그것을 교정하여 새로 만들었다 해도 고작해야 왕실 서고에 비치하는 정도에 그쳤음을 짐작케 한다.

과연, 그 뒤 어지간한 사족(士族)들 간에도 이 책은 여간하여 전파되지 못했던 듯하다. 그리하여 조선왕조에 이르러도 그것이 꽤 신중하고도 인색한 하사(下賜)의 품목에 들어가 있음을 확인할 수 있다. 『성종

1) "宣宗二年 宋哲宗立 遣兩使奉慰致賀 請市刑法之書太平御覽開寶通禮文苑英華 惟賜文苑英華一書 十年 遣使如宋 請太平御覽 不許." (『증보문헌비고』 권242 藝文考)

2) "王蝦吳延寵等 朝宋還 帝賜太平御覽一千卷 又賜神醫普救方 曰 此方濟世之要術 今得之 此使臣之能也." (위와 같음)

3) "吳延寵 … 肅宗五年 與尙書王蝦如宋賀登極 以朝旨購太平御覽 宋人秘不許 延寵上表懇請 乃得." (『고려사』, 권96 列傳 권9 '吳延寵')

4) "及還 王曰 此書文考嘗求之不得 今朕得之 使者之能也 使副僚佐 竝加爵賞 拜延寵中書舍人 乞外補." (위와 같음)

5) 『고려사』, 권20 세가(世家), '명종(明宗)' 조 및, 같은 책 권99 열전(列傳) '최유청(崔惟淸)' 참조.

실록』(권237 21년, 庚戌 二月 丁酉日)에 보면 조선조에 성종 임금이 특별히 각 도의 관찰사들에게 사서(賜書)했다는 기록이 나온다. 따라서 이것이 특수층 고관대작들의 생활 반경 안에서나 겨우 접해볼 수 있는 서적이었을 뿐 도저히 민간에까지 유포되지는 못했던 듯싶다. 그 때문인지 실제로 사림들 간에 『태평어람』을 참조했다는 기사를 잘 찾아보기 어렵다.

하지만 『사문유취』의 경우 상황은 일변한다. 송대 주희(朱熹)의 문인인 축목(祝穆)이 당대 구양순(歐陽詢)의 『예문유취』를 모델로 하여 1246년 완성한 이 책은 고금의 사실(事實)과 문학(文學)을 널리 수집하여 부문별로 분류 편찬한 인문백과사전이라 하겠다. 전집(前集)은 천도(天道)·천시(天時)·지리(地理)·제계(帝系)·인도(人道)·사진(仕進)·선불(仙佛)·민업(民業)·기예(技藝)·악생(樂生)·영질(嬰疾)·신귀(神鬼)·상사(喪事) 등 13부문, 후집(後集)은 인륜(人倫)·창기(娼妓)·노복(奴僕)·초모(肖貌)·곡채(穀菜)·재목(材木)·죽순(竹筍)·과실(菓實)·화훼(花卉)·인충(鱗蟲)·개충(介蟲)·모린(毛鱗)·우충(羽蟲)·충치(蟲豸) 등 14부문으로 되어 있다. 속집(續集)은 거처(居處)·향차(香茶)·연음(燕飮)·식물(食物)·등화(燈火)·조복(朝服)·관리(冠履)·의금(衣衾)·악기(樂器)·가무(歌舞)·새인(璽印)·진보(珍寶)·기용(器用) 등 13부문, 별집(別集)은 유학(儒學)·문장(文章)·서법(書法)·문방사우(文房四友)·예악(禮樂)·성행(性行)·사진(仕進)·인사(人事) 등 8부문으로 되어 있다.

이 유서가 언제 우리나라에 반입되었는지를 파악할 만한 기록은 막연할 뿐이다. 단지 책이 간행된 1100년대 후반 이후, 이 땅에 신속하게 입수되어 대략 임춘(1150경~?), 이규보(1168~1241)의 무렵에는 이미 들어와 있었을 것으로 추정된다. 이것이 『태평어람』처럼 황실 단위의 서책이 아니어서 별 부담 없이 민간 교역의 형태로 흘러들어왔으니, 결정적으로는 임춘의 가전인 〈국순전〉·〈공방전〉 등과의 긴밀한 관계를 통해 증거를 세울 수 있다.

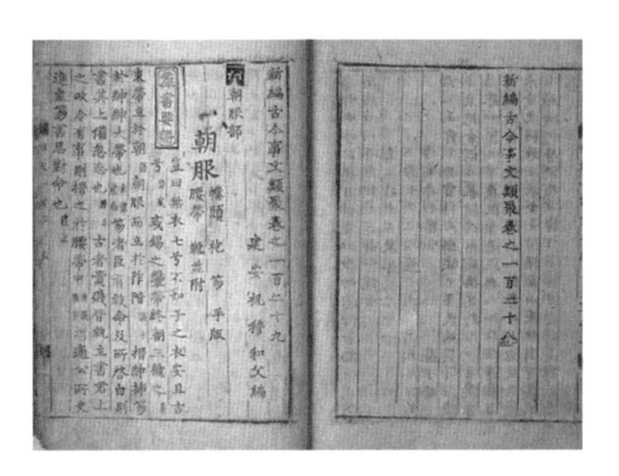

중종조의 문신 沖齋 權橃(1478~1548)의 종가소장본 『사문유취』

조선시대에 들어와서 『사문유취』의 존재는 유서로서의 진면목을 십분 발휘하게 된다. 하지만 아직 조선 전기 안에서는 널리 보급되지는 못한 듯하다. 성현이 쓴 『용재총화』를 보아도 성종이 인간(印刊)한 여러 서적이 많았다는 언급과 함께, 열거하고 있는 책들 중에 유서로서는 『사문유취』가 꼽히고 있음을 알겠다.[6] 과연 『성종실록』(권282, 계축 9月 경신일 조)에 보면 『사문유취』를 찍어서 나누어 준 수량의 정도를 직접 밝히고 있어 흥미롭다. 곧 90건(件)을 만들어 문신들에게 나누어 주었다는 것이다.[7] 성종 24년, 1493년의 일이다. 3년 전인 같은 성종 대에 『태평어람』을 관찰사 영내에 한 건씩만 하사하였다는 사실과 대조하여 상당한 격차를 느끼게 한다.

흥미롭게도 책이 유포된 직후인 중종조 어숙권(魚叔權, 1490경~?)의 『패관잡기(稗官雜記)』 안에서 벌써 이 책의 활용이 보인다.

6) 성현, 『용재총화』 권2에, "成廟學問淵博 文詞灝 命文士撰東文選 輿地要覽 東國通鑑 又命校書館 無書不印 如史記 左傳 四傳春秋 前後漢書 晉書 唐書 宋史 元史 綱目 通鑑 東國通鑑 大學衍義 古文選 文翰類選 事文類聚 歐蘇文集 書經講義 天元發微 朱子成書 自警編 杜詩 王荊公集 陳簡齋集 此余之所記者 其餘所印諸書亦多."

7) "校書館印進事文類聚 命以九十件 頒賜文臣."

시속에 새로 된 관원이 연일 숙직하는 것을 포직(儤直)이라 하는데, 『사문유취』를 상고하면 새 관원이 본서(本署)에 아울러 숙직하는 것을 포직이라 하였다.[8)]

다시 조선 명종 때 권응인(權應仁, 1520경~?)의 『송계만록(松溪漫錄)』에도 열람의 요긴한 사례가 보인다.

나도 들은 대로 알아왔으나 우연히 『사문유취』를 보고는 비로소 화산(華山)의 화자는 본시 화(崋)자이지 초두(草頭)가 아닌 것을 알았다. 세상 사람들이 능히 분별하지 못하고 화(華)로 통용하고 있는 것이니 사람의 성(姓) 역시 화(崋)인 것을, 고금의 글들이 전부 초두를 쓰고 있으니 모두 와전되어 그런 것이나 아닌지 매우 의심스러워서 박식한 사람에게 묻고 싶다.

또 월정(月汀) 윤근수(尹根壽, 1537~1616)의 『월정만필(月汀漫筆)』에 이런 얘기도 있다.

만력 기축년(선조22, 1589)에 종계 주청사(宗系奏請使)로 북경에 갔었다. 그때 마침 중양일(重陽日)이어서 국자감에서 공자를 뵈었다. 여관으로 돌아올 적에 일부러 딴 길을 택했는데, 길 위에서 보지 못한 것을 구경하려는 것이었다. 그 길을 지금 비록 기억해 낼 수 없으나, 동화문(東華門) 남쪽으로 뻗은 거리인 듯한데 그 거리가 아주 좁았다. 학관(學官) 안정란(安庭蘭)이 중국말을 잘하였으므로 말머리에 서서 앞을 인도하였다. 발걸음이 그 동네의 중간쯤에 도착하니, 화분을 길가에 내다 놓은 것이 있었다. 그 꽃나무는 외줄기로 우뚝하게 바로 올라서 해마다 자란 마디가 있고, 마디마다 바야흐로 잎사귀가 붙어 있는데, 옆으로 뻗어 나간 가지가 없으며, 그 잎사귀는

---

8) 『대동야승』 권4의 국역본(『국역 대동야승1』, 민족문화추진회편, 1983. 1) 원용. 이하 『사문유취』 출현의 번역은 편의상 민족문화추진회편의 국역 내용을 옮겨 실었다.

꽤 두툼하면서도 넓적하여 마치 두충(杜沖)의 잎사귀와 같았다. 잎사귀 사이에 하얀 꽃이 때마침 활짝 피어 있는데, 꽃봉오리가 오얏꽃에 비해서 조금 더 크고도 두꺼웠다. 나는 생각하기를, 9월에 피는 흰 꽃은 우리나라에서는 없는 것이니 반드시 이름난 꽃이리라 여기고, 곧 말을 멈추고 안생(安生)을 시켜서 길옆에 사는 사람에게 물으니, 대답하기를 이 꽃은 관가의 물건이라고 했다. 한 관리가 있다가 이 말을 듣고 문밖에 나와서 내게 이르기를, "당신이 이 꽃을 사겠소?" 하였다. 나는 말하기를, "사려는 것이 아니요. 나는 외국 사람인데 이 꽃이 무슨 꽃인지를 몰라서 물어본 것뿐이오." 하자 대답하기를, "이것은 말리화(茉莉花)입니다" 하고, 인하여 손수 그 꽃 네댓 송이를 따서 내게 선물하였다. 냄새를 맡아보니 맑은 향기가 코를 찔렀다. 인해서 젊을 적에 본 『사문유취』 가운데 말리화를 두고 읊은 시가 떠올랐다.

말리화

오늘날 재스민(jasmine)이라고 불리는 말리화(茉莉花)에 관한 낭만적 체험담이다.

광해조에 계곡(谿谷) 장유(張維, 1587~1638)의 문집인 『계곡만필(谿谷漫筆)』(권2, 漫筆)에도 이 사전에 대한 검색의 사례가 있어 흥미롭다.

인목왕후(仁穆王后)의 상사(喪事)에, 내가 교명(敎命)을 받들고 애책문(哀册文)을 지었는데, 그 글 가운데에 "이에 동관(彤管)에게 명하여 향기로운 자취를 찬양하게 하였다"는 표현이 들어있었다. 그러자 김판서 신국(金判書藎國)이 이것을 보고 나에게 말하기를, "동관이라는 것은 바로 여사(女史)가 사용하는 것인 만큼, 여기에다 적용한다면 본래의 뜻을 잃어버릴까 염려된다" 하였다. 그런데 내가 기억하기로는, 옛사람들이 역사를 기록할 때의 붓도 동관이라고 하였는데, 다만 어느 책에 나오는지를 확인할 수 없었기 때문에 그의 의혹을 해소시켜 줄 수가 없었다. 그러다가 오랜 시간이 지난 뒤에 우연히 『사문유취』를 뒤적이다 보니, "사관(史官)이 사실을 기술할 때에는 동관을 가지고 기록한다는 말이 『고금주(古今注)』에 나와 있다"고 하였으므로, 그때에야 비로소 모든 의심이 확연히 풀리었다.

원래 동관(彤管)이란 단심(丹心)을 나타내기 위하여 붓대를 붉게 칠한 여성용 붓을 주로 말한다. 여자가 남자에게 글을 써 보내어 은근한 정을 전하는 것을 비유적으로 이르는 '동관이(彤管貽)'란 말도 있고 보면 이런 논의가 생길만도 하다. 아무튼 『사문유취』가 세상의 수많은 자료를 섭렵하고 취합해 놓은 공효(功效)는 뒷시대 지식인들의 지적(知的)인 의혹 해소에 긴요한 역할을 하였다.

이 책이 어느 때는 과거 시험의 출제 자료로 이용되기까지 하였던 기록도 있었다. 예컨대, 『사문유취』에 얽힌 광해조 병진년 알성과(謁聖科)에서의 과제(科題) 부정 누출 건에 관한 흥미로운 기사가 『연려실기술』(권21, 廢主光海君故事本末)에 들어있다.

병진년 알성과는 3, 4일 전에 간흉한 사람이 그 같은 당파 이진사에게 붓을 보냈는데, 전해 준 사람이 잘못 알아 성이 같은 이웃집에 전하였다. 이에 그 사람이 받아서 자세히 보니 붓대통 속에 작은 종이가 있는데, 이는 그 과거의 글제인, '당나라 여러 신하들이 유류화(楡柳火)를 하사 받음을 사례한다'는 것이었다. 그 사람이 이웃집에서 『사문유취』를 빌려다 보았는데, 마음속으로 반드시 이 책을 곧 찾아갈 것이라고 짐작하고 급히 그 요긴한 문자만 베끼고 다시 그 붓을 이웃집 이진사에게 전해주었더니, 조금 뒤에 그 집에서 과연 『사문유취』를 찾아갔고 두 사람이 모두 합격되었다. 막 과거장에 들어갔을 때 글제를 미처 내지도 않았는데 모인 사람 가운데서 서로 전하여 말하기를, "오늘은 불이 나온다. 불이 나온다." 글제의 유류화(楡柳火)를 이름하더니, 과연 이 글제가 나왔으나 이첨의 세력을 두려워해서 사람들이 감히 말을 못하였다. 『사옹만록(思翁漫錄)』

그런가 하면, 바로 그 과거에 응시했던 한 사람이기도 한 조경남(趙慶男, 1570경~?)이 시험 뒤에 『사문유취』에서 찾아보고는 확실히 알게 되었다는 『속잡록(續雜錄)』의 기록도 있다.[9] 『사문유취』가 그 시대 생활 속에 어느 정도 깊이까지 파고들었는지 짐작케 해주는 일화이다.

인조 21년(1643)에 김육(金堉, 1580~1658)이 편찬한 『유원총보(類苑叢寶)』는 46권 30책 규모의 유서(類書)이다. 『사문유취』의 체재를 따라 엮었다고 하는데, 책의 서문인 〈유원총보서(類苑叢寶序)〉[10]에 괄목할 만한 내용이 보인다.

> 지난날의 자취를 두루 고찰하는 데는 축목(祝穆)이 편찬한 『사문유취』보다 더 나은 것이 없다. 그러나 학사(學士)와 대부(大夫) 가운데에도 이 책을 가지고 있는 사람이 적은데, 하물며 먼 외방의 궁한 선비들이겠는가. 지난해 여름에 내가 한국(閑局)에 있으면서 비로소 이 책을 초록(抄錄)하여 번잡스러운 것을 빼버리고 그 요지(要旨)만을 남기었다. 그리고는 『예문유취(藝文類聚)』, 『당유함(唐類函)』, 『천중기(天中記)』, 『산당사고(山堂肆考)』, 『운부군옥(韻府群玉)』 등의 여러 책에서 표제(標題)에 따라 넣고 빼고 하여 빠뜨려진 것을 보충하고 문장을 가다듬었다. 그리하여 한 질(帙) 안에 수백 권의 정수(精粹)를 포괄하고는 책 이름을 『유원총보(類苑叢寶)』라고 하였다.

인조 때까지도 『사문유취』가 가가호호 보급되지는 않았던 것 같지만 필사 또는 초록(抄錄) 등의 방법으로 차츰 그 범위가 확대되어 나간

9) 『속잡록(續雜錄)』(『대동야승』 권30 소재) 병진년(丙辰年) 조에, "뒷날에 시험장에 들어가 보니 시제가 유류화라, 『사문유취』에서 찾아보고 청명절에 하사하는 물건인 줄 알았습니다." (『국역대동야승7』, 민족문화추진회 편, p.492에서 원용).

10) 그의 전체 문집인 『잠곡유고(潛谷遺稿)』 권9 '序' 안에 들어있다.

양하다. 그리하여 중국에서 수입된 유서 가운데는 가장 인기 있는 자료가 되다시피 하여 사방천지에 그 성가(聲價)를 높였다.

이밖에도 이 책이 실로 조선시대 사대부 사이에 상당한 전파의 힘을 갖고서 활용되었던 유서라는 좌증을 문헌의 도처에서 산견할 수 있는 것이다. 선조 때 지봉(芝峯) 이수광의 『지봉유설』 문장부(文章部)에도 『사문유취』 활용의 일단(一端)이 나타나 보이며, 특히 성호(星湖) 이익의 『성호사설』 권4의 만물문(萬物門)과 인사문(人事門)에서도 대거 원용하고 있다. 이익의 직제자(直弟子)로 볼 수 있는 순암(順菴) 안정복의 『잡동산이(雜同散異)』에 다른 유서로부터의 인용은 아무것도 없이 오로지 『사문유취』의 상당 부분을 나름대로 뽑아 기록한 현상들도 접해 볼 수 있다. 그리하여 이 책이 그 높은 효용성과 함께 공부하는 선비들 사이에 오롯한 사전으로서 독장(獨場)하다시피 했던 상황을 밝게 살펴 알 수 있다.

더욱이 다른 종류 유서보다도 『사문유취』에 더욱 크게 의존했던 이유 중에는 필경 그것이 지니는 전례(典例)와 고사(故事), 즉 전고(典故)뿐 아니라 운문과 산문의 문학 부문까지를 포괄한 이중적 멀티 효과에 있다고 본다. 만들어 놓은 틀부터 『사문유취』는 앞부분에 경(經)·사(史)·자(子)에서 뽑은 전고들을 '고금사실(古今事實)'과 '군서요어(群書要語)' 안에 담아 소개하였다. 더하여, 뒷부분에다가는 '고금문집(古今文集)'이란 항목을 갖추어 그 안에 각 문집에 들어있는 문예작품까지를 골고루 수용하였다. 다른 유서에서는 기대하기 어려운 유서의 특성화가 바로 여기 『사문유취』 안에서 이루어졌다 하겠다.

그리하여 앞 시대의 명 문장가들이 동일한 소재 하에 이뤄 놓은 시문들이 그대로 글 쓰는 이의 황금 텃밭이 되었다. 비근한 예로 이 안의 모충부(毛蟲部) '牛' 문(門)에는 한유가 소와 소가죽신을 의인화해서 쓴

〈하비후혁화전(下邳侯革華傳)〉이 있어 뒷시대의 가전, 이를테면 조선 남유용과 청대 후방역(侯方域)이 말을 의인화한 〈굴승전(屈乘傳)〉·〈건천리전(蹇千里傳)〉에 영향과 계기를 주었을 가능성이 있다. 『사문유취』 '竹夫人' 문(門)에는 송대 문인 장뢰의 〈죽부인전〉이 담겼으니, 고려 이곡의 〈죽부인전〉에 직접 자극 요인으로 작용했을 터이다.

이제 문방사우와 관련해서도 『사문유취』에는 이 부문의 원조 대부격인 한유의 〈모영전〉이 그대로 실려 있으니 굳이 그의 문집인 『한창려집(韓昌黎集)』 없이도 곧장 이를 참조할 수가 있다. 그리하여 이후 〈모영후전(毛穎後傳)〉, 〈모영전보(毛穎傳補)〉, 〈관성자전(管城子傳)〉, 〈저생전(楮生傳)〉, 〈저선생전(楮先生傳)〉, 〈적도후전(翟道侯傳)〉 등 한중문학에 직접 파급 효과를 줄 수 있었다. 저 박윤묵의 문방열전들이 『사문유취』 별집의 '문방사우(文房四友)' 문(門)을 공급원으로 하고 있음은 이미 밝힌 대로이다. 또한 이첨의 〈저생전〉과 명대 민문진의 〈저대제전〉, 청대 장조(張潮)의 〈저선생전〉 등은 모두 『사문유취』 '紙' 문(門)과 긴밀하게 연결된다. 초횡의 〈적도후전〉 역시 『사문유취』 '墨' 문(門)과의 관계 안에서 회심처가 발견된다.

'어떤 분야의 중심이 되어 사람들의 동경·숭배의 대상이 되는 곳'을 메카(Mecca)라고 한다. 허다한 유서들이 전통시대 선비들의 정보 검색 및 글쓰기 자료의 원천 노릇을 하였다. 그 가운데서도 옛 지식인 선비들이 각별히 종요로운 지식의 스승으로 여겨 사숙해 마지않았던 『사문유취』야말로 유서 중의 메카가 아닐 수 없다.

■ 景游 金昌龍

평양 원적, 서울 출생.
연세대학교 문과대학 국어국문학과 졸업(1976).
연세대학교 대학원 국어국문학과 문학석사(1979).
연세대학교 대학원 국어국문학과 문학박사(1985).
한성대학교 인문대학장, 학술정보관장 역임.
한성대학교 한국어문학부 교수(현재).

저서

『한중가전문학의 연구』(개문사, 1985)
『한국가전문학선』(정음사, 1985)
『우리 옛 문학론』(새문사, 1991)
『한국의 가전문학・상』(태학사, 1997)
『한국의 가전문학・하』(태학사, 1999)
『중국 가전 30선』(태학사, 2000)
『가전문학의 이론』(박이정, 2001)
『고구려 문학을 찾아서』(박이정, 2002)
『한국 옛 문학론』(새문사, 2003)
『가전 산책』(한성대학교출판부, 2004)
『인문학 산책』(한성대학교출판부, 2006)
『가전을 읽는 방식』(제이앤씨, 2006)
『가전문학론』(박이정, 2007)
『교양한문100』(한성대학교출판부, 2008)
『인문학 옛길을 따라』(제이앤씨, 2009)
『고전명작 비교읽기』(한성대학교출판부, 2009)
『우화의 뒷풍경』(박문사, 2010)
『한국노래문학의 의혹과 진실』(태학사, 2010)
『대학한문』(한성대학교출판부, 2011)
『시간은 붙들길 없으니』(한성대학교출판부, 2012)
『문방열전-중국편』(지식과 교양, 2012)
『우리 이야기문학의 재발견』(태학사, 2012)
『조선의 문방소설』(월인출판사, 2013)

문방열전 – 한국편

2013년 6월 20일 초판 1쇄 펴냄

지은이 김창룡
펴낸이 김흥국
펴낸곳 도서출판 보고사

책임편집 이경민
표지디자인 윤인희

등록 1990년 12월 13일 제6-0429호
주소 서울특별시 성북구 보문동7가 11번지 2층
전화 922-5120~1(편집), 922-2246(영업)
팩스 922-6990
메일 kanapub3@chol.com
http://www.bogosabooks.co.kr

ISBN 979-11-5516-003-9 93810

정가 21,000원

이 도서의 국립중앙도서관 출판시도서목록(CIP)은 서지정보유통지원시스템 홈페이지(http://seoji.nl.go.kr)와 국가자료공동목록시스템(http://www.nl.go.kr/kolisnet)에서 이용하실 수 있습니다. (CIP제어번호: CIP2013004059)

본 저서는 한성대학교 교내학술연구비 지원과제임.